Agnès PALACH

Une vie pas si ordinaire

© 2024 Agnès Palach
Édition : BoD · Books on Demand GmbH,
In de Tarpen 42, 22848 Norderstedt (Allemagne)
Impression : Libri Plureos GmbH,
Friedensallee 273, 22763 Hamburg (Allemagne)
ISBN : 978-2-3225-4177-5
Dépôt légal : Octobre 2024

Couverture générée par une IA

Merci à ma première lectrice, Sylvie,
Pour ses encouragements,

À ma sœur Jacqueline,
Pour ses minutieuses corrections.

1

Ça y est, c'est parti, la voilà encore en train de rêvasser. Il faut dire que ça lui arrive très souvent en ce moment, l'impression de perdre pied avec la réalité, de se déconnecter, d'avoir des instants d'absence. Et toujours ce sentiment, lorsqu'elle revient, que de longues minutes se sont écoulées, enfin, « longues minutes » étant vraiment une expression bizarre, une minute est forcément égale à une autre minute, qu'elle soit longue ou courte. Bref, elle est ce qu'on nomme communément une étourdie.

Si elle devait se présenter à une personne qu'elle ne connaît pas, elle ne saurait rien dire de plus que « Bonjour, je m'appelle Élise et je suis caissière ».

Elle était plutôt bien partie, elle a eu une jeunesse heureuse mais l'école n'a jamais été son fort. À l'obtention de son baccalauréat, elle a tout de suite trouvé du travail afin de prendre son envol et quitter le domicile familial. Ah, c'est sûr qu'elle a évolué, elle n'est plus chez l'épicier en bas de sa rue, mais dans une grande enseigne dans le centre commercial de sa bonne vieille ville. Elle imaginait mieux pour s'épanouir professionnellement.

Mais elle voulait profiter et elle sortait beaucoup, des mecs de passage traversaient sa vie. Jusqu'au jour où l'un d'entre eux a laissé plus que ses empreintes et ses clopes dans son appartement. Elle s'est retrouvée à dix-huit ans à peine, fauchée et enceinte. Et voilà ! Onze ans plus tard, elle est toujours célibataire, maman d'une petite Émilie et le même boulot sans grand intérêt.

Il parait qu'elle n'est pas désagréable à regarder « mais elle a une vraie cervelle de piaf » comme dit sa mère. Alors c'est peut-être pour ça qu'aujourd'hui encore les hommes passent, mais ne s'arrêtent jamais. En général, dès l'aube ils se souviennent qu'ils ont un truc pressé à faire et ne peuvent pas rester pour le petit déjeuner. Elle n'est pas dupe, certains doivent avoir une « légitime » qui attend avec impatience son retour au foyer. De toute façon, ça l'arrange, la plupart du temps, elle ne saurait pas quoi leur raconter.

Élise ne se fait plus d'illusions « Que de l'entretien ! » s'amuse-t-elle à dire pour fanfaronner. Mais ça n'est qu'une façade, elle serait heureuse de trouver quelqu'un qui la chérirait et serait là le soir pour lui demander comment s'est passée sa journée. Quelqu'un auprès de qui vivre quelques années, peut-être pas toutes, mais au moins un peu et ne plus ressentir cette sensation de vide.

L'horizon est noir, il fait nuit et le vent sent le soufre. Une plainte s'entend dans cette plaine hostile : un animal sorti d'un cauchemar ? Ici, rien n'est familier et il subsiste une impression de malaise, oppressante, le sentiment que l'air est si lourd qu'il vous plaque au sol.

Élise se lève soudainement de sa chaise et cramponne le bord de son tapis roulant. Elle a la tête qui tourne et un goût amer de bile dans la bouche. Encore un moment où elle s'est perdue dans ses pensées. La cliente devant elle est la représentation typique d'une revue de mode pour quinquagénaire. Les cheveux laqués sont disciplinés, le maquillage est impeccable. Le tailleur n'est pas d'un grand couturier, mais entame sûrement son budget de plusieurs centaines d'euros. Son teint caramel et lissé laisse imaginer qu'elle fréquente assidûment un salon d'esthétique. Quelqu'un devrait lui dire que les UV, c'est mauvais pour la peau. La cliente, dont toutes les minutes de la journée doivent être répertoriées dans un agenda, l'observe avec un air de mépris qu'elle n'essaye pas de dissimuler, son regard n'exprime aucune compassion.

– S'il vous plaît, le total ?

Même la formule de politesse parait être une insulte dans la bouche de cette femme revêche. Ses yeux lancent toute la rage d'être retardée d'une minute dans cet emploi du temps chronométré. Élise se reprend. Les illusions d'un ailleurs hostile ont disparu et elle se retrouve face à un présent et une entité, mi-humaine, mi-dragonne, guère plus engageante. Elle a les doigts qui tremblent et peine à insérer le chèque dans la machine automatique. La cliente la regarde en coin et s'éloigne sans daigner répondre à son « au revoir, Madame ». Élise est soulagée, elle jette un coup d'œil furtif à sa montre et voit qu'il ne lui reste plus que trois heures pour atteindre quinze heures et la fin de sa journée de boulot.

Elle a toujours été « tête en l'air », mais en ce moment, c'est pire que d'habitude. Elle manque de concentration, son esprit se déconnecte et elle se retrouve plongée dans des mirages qui lui paraissent appartenir à la réalité. Elle a déjà regardé à la télévision des reportages sur les gens qui s'endorment à tout moment. C'est peut-être son cas, il faudrait qu'elle pense à en parler à son médecin quand elle y retournera.

Enfin, l'après-midi se termine. Ses dernières clientes lâchées, elle éteint la lumière de sa caisse. Aujourd'hui, à part la vieille rombière à la mine aigrie, elle a surtout observé que le magasin était essentiellement fréquenté par des mères de famille pressées, mais néanmoins fauchées. Elle a l'œil pour repérer ce genre de chose : les caddies à moitié vides qui ne contiennent que l'indispensable et des produits « discount ». Elle connaît ça, les fins de mois difficiles qui commencent dès le 15 ; et le superflu que l'on ne peut s'offrir : les aliments de grande marque, colorés avec des vignettes à collectionner.

Elle, son superflu serait plutôt les stickers pour décorer les murs. Chaque mois, elle se dit qu'elle verra plus tard, quand ça ira mieux. Mais les modes changent et la monnaie se fait toujours aussi rare. On passe des stickers « art déco » en forme de bulles, à des fleurs pastel. Mais les cloisons restent ternes. Au départ, dans son petit appartement, elles étaient anthracite et au fur et à mesure du temps et du soleil qui marque les saisons, elles sont devenues grises et fades et désespérément nues. Mais enfin, Élise a une surprise pour sa fille : le mois des stickers est arrivé avec de grandes marguerites jaune et blanc, c'est sûr, ce soir ce sera la soirée du mieux. Après la galère, le froid glacial du logement et le ventre qui se plaint dès l'assiette de soupe en brique engloutie, voici son jour du non-indispensable ! Depuis quelque temps, en plus de son boulot à la caisse, Élise est formée pour gérer le rayon papèterie. Quelques heures par semaine, son collègue, proche de la retraite, lui prodigue des conseils. À terme, elle espère que la direction, en récompense de ses bons et loyaux services et malgré son absence de diplôme, lui octroiera le poste. Du coup, elle se retrouve à réaliser presque le double d'heures, et surtout quelques centaines d'euros en complément. Cette aubaine pécuniaire va lui permettre de passer d'une vie de restriction et du « juste utile » à la vie de petit plus, la vie avec les stickers et les vignettes à collectionner. Pour la première fois, elle songe même qu'elle pourrait économiser un peu tous les mois, se faire une cagnotte pour les « tuiles ». Sa caisse recomptée et remise au central, son badge et ses affaires rangées dans son vestiaire et son paquet sous le bras, Élise rejoint sa voiture garée dans l'un des parkings réservés aux employés. Enfin, dans le silence, elle profite de l'instant pour souffler. Tout est calme dans le souterrain, elle ferme les yeux, imaginant la surprise de sa fille à la vue des marguerites.

Drôle d'odeur ! Élise ouvre les paupières.

Son véhicule a disparu. Elle n'est plus assise derrière le volant, mais debout dans un paysage étrange. Elle a l'impression que le jour se lève. Une brume épaisse s'élève au-dessus du sol, comme si celui-ci était chaud et qu'au contact de l'air l'humidité s'en évaporait, et lui cache l'horizon. Ce brouillard a une teinte ocre très prononcée, qui lui fait penser à la couleur de la rouille qui s'étale peu à peu sur la carrosserie de sa voiture. La terre, qu'elle aperçoit au travers de la purée de pois, est spongieuse et envahie d'une flore dense et luxuriante. Elle se dit que c'est le genre de décor que l'on pourrait trouver en forêt amazonienne, bien qu'elle ne s'y soit jamais rendue. Elle n'a jamais voyagé et ne connait pas d'autres paysages que celui de son quartier. Les éléments paraissent mal assortis et créent un patchwork végétal détonnant. Les arbres qu'elle admire lui rappellent ceux du bois situé à la sortie de la ville, celui dans laquelle elle se promène parfois avec sa fille lorsqu'il fait bien froid, mais ensoleillé. Elle n'est pas fortiche en sciences naturelles, mais les noms qui lui viennent sont : bouleaux, hêtres et chênes, rien à voir avec les plantes immenses qu'elle avait vu dans un documentaire sur l'Amazonie. Leur sommet est recouvert d'une épaisse couche de givre, voire même de la neige à certains endroits. Elle souffle volontairement plus fort et de la buée s'échappe de sa bouche, asséchée par la peur. Elle tend la main vers l'arbre le plus proche et sent l'écorce rêche et froide. Elle frotte ses doigts les uns contre les autres et une fine poussière s'en détache.

Ça n'est pas possible, puisqu'elle doit être en train de dormir. Elle se rappelle très bien s'être assise au volant un instant plus tôt. C'est étrange, tout à l'air si réel. Elle baisse les yeux et constate qu'elle porte une tenue plutôt inhabituelle, même pour elle qui aime la fantaisie. De gros bracelets enserrent ses bras nus. Un genre de plastron et un pagne lui couvrent le strict minimum du corps avant l'indécence. L'ensemble parait être fabriqué en cuir et orné d'un métal qui pourrait être du cuivre, pas très confortable, mais bizarrement, elle se sent bien dedans. Le chignon, savamment exécuté ce matin, à laisser place à une chevelure étrangement plus longue que d'ordinaire, qui vient lui chatouiller le milieu du dos. Ils sont aussi plus brillants qu'à l'accoutumée, ses reflets auburn sont plus prononcés. La vapeur d'eau a envahi le sol au point où elle ne voit plus ses pieds à l'extrémité de ses jambes nues. Elle sent qu'elle se trouve dans la flotte. Elle est tiède et des bulles lui passent entre les doigts de pied pour éclater à la surface. En voulant s'extirper, elle réalise que la vase et la mousse la retiennent, chaque mouvement est difficile. Enfin, elle réussit et constate qu'elle est chaussée de sandalettes en cuir, très rudimentaires, seulement une lanière qui tient la cheville et revient vers le gros orteil, cela lui fait penser aux tongs qu'elle met l'été. Elle ne peut empêcher une grimace de dégoût en voyant un animal étrange : un corps longiligne d'un serpent avec une tête triangulaire de batracien, tombé en même temps que la boue qui était accrochée à sa jambe. Il zigzague dans l'eau et disparait.

Puis d'un coup, elle éclate de rire. Un rire franc et guttural qui vient du plus profond de son être. Elle rit comme si elle ne l'avait jamais fait auparavant et qu'elle découvrait ce nouveau plaisir. C'est sûr, pour être vêtu de cette façon avec tous ces trucs bizarres, elle s'est assoupie.

Son expression de joie terminée, Élise réfléchit et se dit que c'est incroyable d'avoir une telle conscience des détails pendant un songe, ça ne lui était jamais arrivé. Allez, pas de temps à gaspiller, elle doit rentrer, sa fille l'attend. Il faut qu'elle se réveille, ça ne va être qu'une formalité, et se mettre en route.

– Donc, il suffit que je ferme les yeux et que je les rouvre pour me retrouver dans la voiture et m'apercevoir que l'étourdie que je suis a perdu une demi-heure à roupiller.

Parler à voix haute dans ce lieu est étrange, elle a le sentiment de papoter dans une pièce insonorisée et que ses mots sont étouffés.

Elle inspire une grande bouffée d'air froid et épais et cligne exagérément des paupières en soufflant. Une volute de vapeur s'échappe de sa bouche et va rejoindre la brume rouge environnante. Elle est toujours dans la forêt.

– Ce n'est pas vrai, comment je fais pour sortir de ça !

Elle ne comprend pas pourquoi ça n'a pas fonctionné, ça ne devrait pas être difficile de quitter ce qui ressemble maintenant davantage à un cauchemar. Elle doit faire comme le matin, lorsque sa radio ne s'est pas encore mise en marche, mais qu'elle sait intuitivement que c'est l'heure de se lever. Elle commence à avoir froid, seuls ses orteils sont au chaud dans l'eau, mais au souvenir de la bête visqueuse, Élise décide qu'elle doit essayer de bouger de là. En détaillant les environs, elle s'aperçoit qu'elle est probablement dans le lit d'une rivière dont le niveau est à son plus bas, ce qui explique toute cette boue. Les accotements paraissent remonter en pente douce de chaque côté. En s'aidant des arbres proches d'elle et en faisant pivoter le poids de son corps, elle extirpe ses pieds l'un après l'autre de ce sol qui semble vouloir la retenir.

En accomplissant cet effort, elle remarque que dans ce monde de fiction, sa musculature est beaucoup plus modelée. Ses abdominaux sont plus saillants et dessinés que dans la réalité. Il est vrai qu'elle n'est pas une sportive de haut niveau, un peu de course, occasionnellement, quand son emploi du temps le lui permet et encore elle n'en raffole pas. Elle le fait uniquement parce que les journaux féminins la mettent en garde contre la culotte de cheval et la cellulite.

Enfin, le sol rougeâtre et palpitant la libère dans un bruit désagréable de succion. Elle est soulagée de ne plus sentir cette vie aquatique s'ébattre entre ses doigts de pieds. Elle aperçoit une clairière un peu plus loin, le brouillard y semble moins dense. Elle peut même voir un feu dont les volutes de fumée grises se mêlent aux reflets écarlates de la brume. Elle a soudain l'impression d'avoir avalé tout rond un glaçon qui serait en train de fondre dans son estomac.

Elle a peur de quelque chose, mais elle n'arrive pas à savoir de quoi. Un peu comme lorsque vous cherchez le nom de quelqu'un que vous connaissez et que celui-ci erre quelque part entre votre cerveau et votre bouche. Élise laisse le lit grouillant de la rivière et s'approche du feu qu'elle distingue maintenant au travers des arbres. Alors qu'elle n'est qu'à quelques mètres, elle voit qu'un homme se tient là, derrière les flammes. Il la scrute. Il est très grand, sûrement pas loin de deux mètres. Il est habillé tout en noir, de vêtements qui lui cachent tout le corps et dans lesquels il parait flotter. L'individu, dont seuls la tête et le bout de ses doigts sortent de la bure, est d'une pâleur cadavérique, avec des traits émaciés et les joues creuses. Elle se fait la réflexion que même au pays des songes, la misère existe et que cet individu ne doit pas manger de la viande et des légumes frais tous les jours.

Il a les cheveux blancs qui lui tombent sur les épaules et quelques mèches rebelles lui barrent les yeux. Il a l'air très âgé et ses traits crispés lui donnent une mine soucieuse.

– Ça y est Mala, tu es enfin arrivée !

Le vieil homme vient de prononcer cette phrase avec un accent qu'elle ne connait pas. Les pensées se bousculent dans la tête d'Élise et soudain, elle hurle d'effroi. Elle a l'impression que la bille de glace dans son estomac éclate, et d'un coup, l'idée sur laquelle elle ne parvenait pas à mettre le doigt s'impose à elle :

elle ne rêve pas, en fait, elle devient folle !

Élise est assise derrière le volant, qu'elle cramponne à deux mains. Elle est en nage et son t-shirt lui colle à la peau, tellement il est humide. Elle a dû s'endormir et rester longtemps dans la voiture parce qu'en plus d'être mouillé, il est gelé. Elle ne peut voir le jour. Ce matin en arrivant il faisait moche et elle a choisi le parking souterrain. Elle prend ses clés et met le contact pour regarder l'heure qu'il est au tableau de bord. À peine quinze heures trente, dix minutes sont passées depuis sa sortie du magasin, elle se rappelle avoir aperçu l'horloge accrochée au mur avant de franchir la porte.

C'est surprenant, son mirage lui a paru durer au moins une heure. Vu l'état de ses vêtements, c'est incroyable qu'il se soit écoulé si peu de temps. À moins que….

– À moins que quoi !

Elle se rassure en parlant à voix haute. Et l'idée qui a doucement germé dans son imagination n'est pas possible chez quelqu'un de sain d'esprit. Il est, par exemple, inconcevable de penser que son t-shirt est mouillé parce qu'elle se serait trouvée dans un marécage très humide aux reflets de sang. Elle a l'impression de sentir encore l'odeur qui s'en dégage. STOP, elle doit empêcher ses théories loufoques de se propager, ou alors elle est bonne pour l'asile.

Peu à peu, elle reprend ses esprits. Elle comprend maintenant que ça ne peut être qu'un cauchemar, celui du genre où vous vous réveillez en sursaut et que vous ne savez plus où finit la fiction et où commence la réalité. Après, on est mal toute la journée, à se traîner une angoisse chaque fois que des bribes reviennent en tête.

Eh bien, voilà, de longues heures à la caisse ont eu raison d'Élise et la fatigue l'a terrassée dans la voiture. Elle se met à sourire, quelle situation grotesque ! Les gens riraient si elle racontait ça, ce qu'elle n'a pas prévu de faire, à moins d'être prise pour une illuminée. De nouveau l'esprit clair, elle démarre le véhicule, en essayant de se focaliser sur autre chose : sa journée, ses stickers et la soirée à venir, afin d'éliminer les restes de malaise qui persistent.

La circulation est fluide à cette heure, elle arrive rapidement à destination. Elle n'a pas envie de descendre de la voiture, mais elle doit récupérer sa fille, elle ne va pas quand même pas juste klaxonner et attendre. Elle coupe le moteur devant le petit pavillon dans lequel elle a grandi.

Sa mère, Elisabeth, habite seule. Son père est mort alors qu'elle n'avait que deux ans. Elle ne s'en souvient plus. Mais aujourd'hui, elle sait que ses parents vivaient très heureux, avant son arrivée dans ce monde. Puis, apparemment, très rapidement, sa présence a été l'excuse la plus utilisée par son paternel.

– « Chérie, je rentre tard, comme ça, tu pourras pouponner, je ne serais pas dans tes jambes ou bien – « Tu comprends, depuis la naissance du bébé, je suis un peu perdu, j'ai besoin de me retrouver, ne m'attends pas ce soir, je fais une sortie avec les potes pour me changer les idées. «

Et bien sûr, toutes ses escapades ne pouvaient se terminer bien que si elles avaient été copieusement arrosées. Jusqu'au moment où, d'après l'enquête de gendarmerie, avec plusieurs grammes d'alcool dans le sang, il se serait endormi au volant et percuté un arbre.

Le jour de ses dix ans, sa mère a estimé qu'elle était en âge de connaitre la dure réalité de la vie

– Ça y est ma fille, te voilà grande ! Mais avant de te donner ton cadeau, je dois te parler. Je vais te dire la vérité parce que c'est important d'être honnête dans la vie, surtout avec les gens à qui l'on tient et tu sais que je t'aime beaucoup. Je comprends que ton père te manque beaucoup et que tu l'idolâtres, mais je dois te dire que ce n'était pas une bonne personne. Je suis au courant que tu caches sa photo sous ton oreiller en pensant que c'était le meilleur papa du monde, mais il faut que je sois franche avec toi, c'était quelqu'un d'égoïste. En fait, il n'aimait que lui. Il ne m'aimait pas et toi non plus, il ne t'aimait pas, sinon il aurait fait les choses autrement. Tu vois, il disait toujours qu'il ne te serrait pas contre lui parce que tu sentais mauvais le lait caillé et que tu braillais tout le temps. Il répétait qu'il te câlinerait plus tard, lorsque tu serais plus grande. Mais en fait, il préférait aller retrouver ses copains. Il vivait avec nous, mais c'était comme s'il nous avait abandonnés. C'est très difficile de te parler de toutes ces choses, mais je t'adore, tu es la prunelle de mes yeux et tu dois te construire en sachant la vérité. Peut-être que tu ne comprends pas tout, mais j'espère qu'un jour cela sera possible afin que tu ne fasses pas les mêmes erreurs que moi.

Élise se rappelle très bien s'être mise à pleurer à chaudes larmes. Ces mots étranges : égoïste, abandonner, elle les connaissait à peine, mais dans la phrase, elle avait saisi leur sens. Elle savait qu'ils n'exprimaient que de la tristesse, et le ton dur de sa mère n'avait fait que renforcer ce sentiment. Elle avait sangloté jusqu'à être à bout de force. Mais sa maman l'avait bercée contre elle et lui avait dit qu'elle était là et que jamais elle ne la laisserait. Elle lui avait expliqué qu'elle était sa chair et son sang et que son cœur ne battait que pour elle, que c'était ça avoir un enfant et l'aimer, qu'un jour elle aussi comprendrait.

Elle se souvient encore de cette date où elle avait peut-être perdu un héros, mais en contrepartie, gagné une protectrice contre la maladie et la tristesse. La photo de son père est restée sous son oreiller pendant un moment, avant de terminer dans le tiroir de sa table de nuit, mais celle de sa mère, plus jeune, avec le sourire d'une époque heureuse, est venue le rejoindre. Et cette dernière a tenu sa promesse, elle est toujours là pour l'épauler, quelles que soient les galères dans lesquelles elle se met.

Élisabeth entretient seule sa maison. À l'intérieur, on peut y trouver un capharnaüm bigarré. Elle n'aime pas jeter, et garde tout. Cependant, la place commence à manquer et toutes les babioles, les cartes postales et autres souvenirs se côtoient. Du coup, la poussière s'installe partout et l'on a du mal à circuler au milieu du mobilier disparate. La décoration de la maison est le contraire de ce qu'elle affectionne. Dans son appartement, à l'inverse, tout est épuré. Elle n'aime pas voir traîner les choses et adore les meubles design qui brillent et cachent absolument tout derrière leurs façades lisses. Ses maigres moyens l'obligent à avoir de l'ingéniosité. Entre le mobilier de récupération et celui déniché dans les magasins hard-discounters, elle trouve que le résultat est assez bluffant. Sa mère, lorsqu'elle lui rend visite, dit toujours que l'appartement n'a pas d'âme. Elle pense qu'au travers des babioles et collections diverses, on apprend à la connaitre et que c'est une façon de se présenter.

D'un autre côté, les gens qui viennent chez Élisabeth, enfin ceux qui sont reçus jusqu'au salon, pas les démarcheurs en tout genre, ne sont que les amis de longue date. Alors que dans le logement d'Élise, dont les copines ne se comptent que sur une main, il est assez courant que les individus qui franchissent le seuil ne soient que des amants d'une nuit, quelquefois un peu plus, sans jamais atteindre la semaine. Elle n'a pas forcément envie que d'un coup d'œil, ils sachent tout d'elle. Elle adore s'inventer des personnages et des existences nouvelles, suivant son inspiration et l'homme qu'elle rencontre. Elle ne se souvient plus quand pour la dernière fois elle a parlé avec véracité de sa vie. Elle ne pense pas, de toute façon, que les gars qu'elle trouve soient un tantinet intéressés par son histoire. Tantôt émancipée à 16 ans, originaire des pays de l'Est, tantôt échangée à la naissance et à la recherche de ses parents biologiques, elle ne pousse jamais le bouchon assez loin pour que la situation lui échappe et pour risquer de perdre sa crédibilité. Elle ne sait pas si elle a pris goût au mensonge ou si c'est une façon de se protéger, mais elle n'éprouve pas le besoin de dire la vérité et ses affabulations lui permettent de sortir de sa vie monotone et de s'amuser un peu.

Lorsqu'elle entre dans la maison, elle est accueillie par une bonne odeur de pâtisserie. Elle va encore avoir sa tourte pour ce soir et ses crêpes pour le petit déjeuner. Sa mère ne lui a jamais fait de reproches sur son boulot, son salaire et ses fins de mois difficiles, mais elle est au courant que le quotidien n'était pas simple pour elle. Comme elle comprend que, si elle avait pris Élise en pitié, celle-ci aurait refusé son aide. Elle le fait donc d'une manière beaucoup plus subtile.

– « Je me suis fait beaucoup trop à manger hier, je t'ai préparé un Tupperware à emporter. »

Ou alors

– « J'avais très envie de tester cette nouvelle recette, je l'ai vu à la télévision, mais je fais attention à ma ligne et il y a de la crème, alors que, vous deux, vous êtes fines comme des fils de fer, vous pouvez manger ce que vous voulez, je t'ai mis de l'aluminium, tu n'as plus qu'à faire réchauffer. »

Élise ne refuse jamais car cela lui permet de dépenser moins et en plus les plats de sa mère sont vraiment délicieux. Elle a un don, avec les restes de son frigo, elle fait des mets extraordinaires, bref, chacune y trouve son compte.

– Hou hou, vous êtes là ?

– Derrière !

La porte d'accès au jardin est entrouverte. C'est la fin du mois de septembre et l'été indien perdure. Lorsque Élise franchit l'enchevêtrement de végétation qui constituait le patio, la grand-mère et sa petite fille se relèvent ensemble.

– On installe de nouvelles fleurs, les anciennes étaient passées. Et je trouvais que c'était nu dans ce coin-là. Il reste encore du temps avant que le froid ne vienne tout détruire.

L'extérieur est à l'image de la maison, toutes sortes de haies, d'arbres et de plantations se battent pour gagner de la place, hormis un espace réduit pour une table et quatre chaises en fer forgé blanc, c'est une vraie jungle. Alors qu'Élise les observe, elle voit à quel point sa fille a grandi. Bien sûr, pas là, juste aujourd'hui, pendant la journée qui vient de s'écouler, mais c'est maintenant qu'elle en prend pleinement conscience. Son bermuda est presque devenu un short tellement il est court. Ses jambes paraissent disproportionnées, elles sont fines et longues. Deux petites bosses, qu'elle n'a pas remarquées avant, déforment à présent son t-shirt. Il est temps d'aller faire les boutiques de sous-vêtements avec elle. Il ne lui semble pas qu'elle-même ait eu besoin d'un soutien-gorge à onze ans, mais lorsqu'elle voit les copines de sa fille devant l'école, elle a l'impression qu'elles se transforment bien plus vite en femme qu'à son époque. Émilie parait plus jeune que ses amies, et Élise s'en réjouit. Elle trouve un peu bizarres ses gamines qui se maquillent et s'habillent comme des adultes.

– On termine et je te donne un petit quelque chose que je t'ai préparé. Je voudrais ton avis sur la recette.

Une nouvelle feinte de Mamie Zabeth, comme l'appelle tendrement Émilie…

– Qu'est-ce que t'as fait maman, t'es sûr que tu étais au boulot ? dis d'un coup la fillette en contemplant le sol.

– Ben oui pourquoi cette question ?

– Regarde tes pieds, ils sont tout rouges, tu t'es fait un henné ?

Élise baisse la tête si vite qu'elle entend ses vertèbres craquer. Comment a-t-elle fait pour ne pas le remarquer ? Ce matin, avec le temps estival, elle a mis ses nu-pieds. Et elle voit maintenant que sa peau est d'une couleur ocre prononcée, comme si elle avait appliqué du fond de teint.

La même nuance que dans son monde imaginaire. Elle ne comprend pas. La logique sur laquelle elle avait basé son existence lui semble soudainement s'effondrer. Elle n'est ni pieuse ni mystique. Elle ne croit ni aux extra-terrestres ni aux fées.

Sa connaissance de la vie est fondée sur les galères, la routine, le sexe et parfois tout de même, malgré tout, un peu d'amour. Elle est très terre-à-terre et pas une seule seconde, elle n'a envisagé le quotidien autrement. Elle croit ce qu'elle voit.

Et là d'un seul coup, tout s'écroule. Comment peut-on ramener un élément d'une illusion ? On ne peut pas, point !

Par quelle logique peut-elle se l'expliquer, une allergie ?

Elle se frotte doucement le pied avec le bout des doigts et de la poudre rouge s'envola dans les airs. La poussière du sol a dû se coller sur sa peau humide. Elle remarque une trace blanche, en forme de « Y » inversé, qui entoure son gros orteil.

Celle laissée par les lanières des nu-pieds dont elle était chaussée dans son songe.

Non, rien du tout n'a pu se coller sur ses pieds et elle n'a pas vraiment porté de sandalettes puisque tout ça ne s'est pas vraiment produit.

– Ça va maman, tu es toute pâle ?

– C'est vrai, tu es livide. Émilie, va chercher une chaise à ta mère.

Émilie, c'est le prénom de sa fille et elle en est très fière. Elle a choisi seule le nom de baptême avec le calendrier que les éboueurs étaient venus lui apporter pour le Nouvel An. Malgré l'absence d'un père, son éducation est, à son avis, plutôt bien réussie. C'est une nana sage et à l'aise dans ses baskets. Elle s'intéresse à tout et travaille bien à l'école. De plus, elle a un joli visage. Elle est encore épargnée par l'acné, contrairement à certaines de ses amies qu'Élise a aperçues vers le collège. Seuls ses grands yeux vert clair ne sont pas d'elle, ceux de sa mère sont

« bleu océan », comme elle aime le dire lorsqu'on lui demande.

Elle les doit sans doute à son père. Élise ne se rappelle plus ses traits ni de la couleur de ses prunelles. Ils ont eu une relation pendant environ un mois, ce qui était déjà du sérieux pour elle. Quatre semaines plus tard, elle apprenait la nouvelle et décidait qu'elle ne pouvait envisager l'avortement. Non pas par conviction religieuse ou spirituelle, mais parce qu'elle se rendait bien compte que son quotidien était vide et que l'arrivée d'un bébé à choyer, même si c'était galère dans sa situation, était aussi une façon de trouver un sens à son existence.

Et pour ce point, elle a été comblée.

Émilie est devenue sa raison. Raison de se battre contre la vie parfois si dure, raison de s'accrocher lorsque tout dit qu'il faut « lâcher prise » et se jeter sous le premier bus qui passe, raison de ne pas sombrer dans l'alcool quand tout est moche. Pendant un moment, elle a tenté de retrouver le père d'Émilie pour l'informer, toutes ses investigations ont fini dans une impasse. Il avait disparu et un beau jour, elle s'est arrêtée de chercher.

Soudain, il n'y a plus ni Émilie et ses yeux verts, ni sa mère avec sa mine inquiète. Juste des lumières blanches qui forment un kaléidoscope et Élise s'effondre.

2

Lorsqu'elle reprend connaissance, quelques dizaines de secondes plus tard, les visages de ses deux parentes au-dessus d'elle sont pâles d'inquiétude.

– Ça y est, elle revient à elle !

– Élise, comment te sens-tu, veux-tu qu'on appelle les urgences ?

– Non, merci, j'ai juste besoin de m'asseoir et de boire.

– Émilie, donne-moi la chaise qui est à côté de toi et va chercher un verre d'eau froide à ta mère.

L'adolescente part dans la cuisine en courant pendant qu'Élise, aidée par Élisabeth, se glisse sur le fauteuil de jardin.

– Ne t'inquiète pas maman, c'était seulement un coup de chaud. Je me sens déjà mieux.

Et c'est vrai, le gouffre qui l'avait avalé s'est refermé. Élise s'oblige à faire le vide et à ne plus penser à toutes ces histoires tordues. Elle se force aussi à ne pas regarder ses pieds. Elle doit résister contre cette hystérie qui la gagne. Si elle finit dans un hôpital psychiatrique, parce qu'il ne peut s'agir que de démence passagère, elle perdra sa fille et cette idée, plus encore que de sombrer dans la folie, lui est intolérable.

Elle est restée une heure assise, à siroter son verre, à l'ombre du marronnier. Pas une seule fois elle n'a jeté un coup d'œil à ses doigts de pieds. Émilie et sa grand-mère lui racontaient leur journée, non sans lui lancer des regards en biais pour s'assurer qu'elle retrouve des couleurs et ne risque pas un deuxième malaise, et ensuite les potins du quartier, en attendant d'être sûre qu'Élise aille mieux. À l'heure du départ, sa mère lui fit promettre de consulter un médecin si elle ne se sentait pas en forme.

La soirée « stickers » avec Émilie fut joyeuse. Au moment de prendre sa douche, elle s'efforce de garder les yeux clos, par crainte de voir l'eau se teinter d'ocre. Ensuite, elle se glisse dans l'un de ses pyjamas confortables et prépare un plateau télé pendant qu'Émilie installe ses décors au mur. Elles passèrent un bon moment à rire et discuter. Émilie était inquiète pour sa mère, mais celle-ci réussit à la rassurer avant qu'elle n'aille se coucher.

Et maintenant, Élise est seule, assise dans son lit à essayer de comprendre ce qui lui est arrivé. Si elle devient folle et que les gens autour d'elle s'en aperçoivent, elle perdra tout ce pour quoi elle se bat depuis plusieurs années : son boulot, son appartement et par-dessus tout sa fille. Elle déteste également l'idée de privation de liberté. Se retrouver dans des établissements tels qu'elle en a déjà vu dans les reportages à la télé est inenvisageable. Émilie serait placée, sa mère en mourrait de chagrin, ça ne peut tout simplement pas se produire !

Elle ne doit parler de ça à personne, pas même à ses proches.

En premier lieu, il faut qu'elle se calme et arrive à faire passer cette angoisse qui lui vrille le ventre. Elle attrape le livre sur sa table de chevet, une histoire à l'eau de rose sans consistance qui laisse croire aux femmes isolées, comme elle, que le prince charmant richissime existe et qu'il tombe éperdument amoureux d'une nana superbe et fauchée, afin de l'emmener au septième ciel et la couvrir de diamants. Elle trouve ces romans bêtes, mais aime bien le côté un peu érotique.

Élise est en train de lire depuis trente minutes quand elle commence à avoir des vertiges. Elle relève les yeux de son bouquin. Elle a l'impression que le lit va l'avaler. Le papier peint de sa chambre disparait et lui permet d'entrevoir un paysage désertique. Plusieurs images se superposent alors.

Cette vision lui donne la nausée.

Ça y est, ça repart, elle perd les pédales. Elle ne souhaite pas revivre ça. De toutes ses forces, elle s'accroche à la couette qu'elle sent sous ses doigts. Elle ne veut pas être avalée par son cauchemar. Pas question de laisser son cerveau mener la danse, elle doit penser à des choses concrètes, sa fille présente derrière la cloison, le bruit de la ville sous les fenêtres, s'ancrer dans la réalité !

Élise est en nage, tellement l'effort était intense. Tous ses muscles sont sollicités, elle a l'impression d'être tiraillée de toute part. Deux paysages, sa chambre semi-obscure et un désert lumineux ne cessent de se superposer, tantôt l'un est plus net, tantôt l'autre. Elle se mord la lèvre jusqu'au sang pour ne pas hurler de terreur.

D'un seul coup, elle se retrouve assise sur son lit, transpirante, les poings serrés. Elle ne sait pas combien de temps cette errance a duré, mais elle est épuisée, un goût métallique dans la bouche. Elle se lève d'un bond. Elle est fatiguée, mais ne veut pas dormir, une peur immense lui noue l'estomac. Ne risque-t-elle pas de dériver vers cette folie dès qu'elle aura les paupières fermées ?

Elle s'imagine, pareil à ces patients qu'elle aperçoit parfois à l'asile lorsqu'elle passe devant pour se rendre à son travail, les lèvres entrouvertes et les yeux vides d'expression, déambulant sans but en pyjama dans la cour au bras d'une infirmière bienveillante. Elle ne sait pas grand-chose des maladies mentales, mais rien que le nom la terrorise. Peut-on un jour basculer comme ça ? Peut-être que son père avait des problèmes neurologiques et qu'il n'a pas vécu suffisamment pour que les gens s'en rendent compte. Il aurait pu lui transmettre ses gènes défaillants. Elle doit peut-être essayer de cuisiner sa mère, mais elle risque de vouloir connaitre la raison. En attendant, il faut qu'elle trouve une solution pour ne pas replonger, elle décide qu'elle doit rester éveillée.

Elle ne sait pas combien de temps elle pourra demeurer sans sommeil, mais pas question de fermer l'œil cette nuit. Elle boit deux cafés à la suite et s'installe devant la télé, un programme qui l'intéresse, elle ne somnole jamais quand elle tombe sur un film ou un reportage qui lui plait. Élise réussit à rester éveillée jusqu'à environ quatre heures, enfin le dernier souvenir qu'elle a lorsqu'Émilie la réveille le matin, date de ce moment. Finalement, elle a dormi, mal, quelques heures, mais rien ne s'est produit, à part un terrible torticolis. Seule l'angoisse sourde persiste, les autres pensées, Élise est décidée à les ensevelir dans un coin de sa mémoire. C'est l'unique solution qu'elle a pour continuer d'avancer. Mais la peur ne veut pas disparaitre, elle va devoir apprendre à vivre avec. Mais ça, c'est déjà son quotidien pour tellement de raisons qu'elle devrait y arriver, de toute façon il le faut.

Le week-end commence et elle est maussade. Une semaine

venait de passer et elle avait été rythmée par son anxiété et l'insomnie. Elle a largement abusé du café. Le manque de sommeil la rend nerveuse. Elle essaye de se contenir au travail, mais se relâche à la maison. Du coup, dès qu'Émilie ouvre la bouche, elle lui tombe dessus, désagréable et consciente de l'être, charmante !

– Écoute, j'ai besoin de me changer les idées, j'ai appelé mamie, je te dépose ce soir et reviendrai te chercher demain matin.

– Ah, c'est « ta soirée privée » ?

Émilie ne sait pas exactement ce que « la soirée privée » de sa mère veut vraiment dire. Juste, qu'elle va dormir chez sa grand-mère et qu'elle la revoit le lendemain, fatiguée, mais parfois heureuse. Enfin, c'est ce qu'Élise, qui la prend encore pour une enfant, croyait.

Pour parfaire son ignorance, au petit matin, après avoir gentiment remercié l'homme trouvé dans la soirée, si celui-ci n'est pas parti dès les premières lueurs de l'aube, elle fait un grand ménage. Elle met les draps à laver et aère les pièces pour ôter tout parfum masculin. Élise ne pense pas qu'Émilie comprenne ce qu'elle fait vraiment : répondre à des besoins primaires. Et elle espère que ce jour viendra le plus tard possible, car alors elle devra s'en expliquer et surtout lui éviter de commettre les mêmes erreurs qu'elle. Elle craint qu'elle ne perde trop tôt l'innocence de l'enfance. Mais aujourd'hui, les gamins sont de plus en plus précoces et les copines de sa fille ont tendance à vouloir lui préciser les choses plus rapidement que sa mère ne le souhaite. Élise a déjà dû répondre à certaines questions sur la sexualité, mais a éludé toutes celles qui lui semblaient un peu prématurées.

Elle a conscience qu'elle ne pourra pas lui cacher la vérité très longtemps. Il faudra peut-être bientôt songer à éviter de ramener ses fugaces amours à la maison.

Elle déposa Émilie de bonne heure chez sa grand-mère afin d'avoir un moment pour camoufler cernes et mauvaise mine. Mais une fois encore, elle se rendit compte que sa mère était une femme perspicace.

– Mon Dieu, la tête que tu as !

– Sympa maman, bonjour aussi !

– Tu es sûre que tu manges bien, tu as des soucis ?

– Mais non, mais maintenant avec mon nouveau boulot, j'ai plus de responsabilités, j'ai envie de bien faire et de ne pas tout fiche en l'air, cette fois-ci, du coup je me donne à fond.

Bonne excuse le travail, mais gérer le stock et renseigner les clients n'apportent pas autant d'insomnies qu'une préinscription en hôpital psychiatrique.

– Eh bien, j'espère que l'augmentation vaut le coup, surtout si c'est pour tomber malade…

– Ne te fais pas de soucis maman, ce n'est que l'histoire de quelques jours. Allez, Émilie vient me faire un petit bisou et je file.

Émilie prend sa mère par la taille, sa tête contre elle et serre fort. Ça n'est pas son habitude et Élise comprend qu'elle aussi s'inquiète.

– Je t'aime maman, tu le sais ?

Ses grands yeux verts semblent si matures, si bienveillants. Quel soulagement ça serait si elle pouvait la mettre dans la confidence !

« Tu sais, ma puce, moi aussi, je t'aime et d'ailleurs j'en profite pour te dire que je deviens complètement maboule ! »

Mais ça n'est pas possible, elle ne doit pas obliger sa fille à garder un tel secret, ce n'est encore qu'une enfant, elle doit la protéger. Elle n'est pas une copine à qui l'on raconte ses petites confidences. Et comment aurait-elle pu comprendre quelque chose alors même que sa mère ne trouve déjà pas d'explication à cet état ?

– Oui, Émilie, je le sais et moi aussi, je t'aime fort. Soyez rassurées toutes les deux, je vais bien ! Sois sage avec ta grand-mère. Je te récupère demain matin, merci maman, à demain.

Elle frôle la joue de sa mère avec un baiser et plonge dans la voiture. Elle va devoir redoubler d'efforts pour le maquillage et cacher cet air maladif.

Effectivement, elle a besoin d'un peu de temps. Elle s'éternise dans un bain bien chaud pour enlever ses courbatures dues aux mauvaises nuits qu'elle a passées. Elle insiste plus que d'habitude sur l'anticerne qui n'arrive tout de fois pas à faire disparaitre les stigmates de ses insomnies. Elle choisit soigneusement l'endroit où elle se rend. Un bar, un peu chic, mais avec une bonne ambiance. La musique y est assez forte pour que les longues discussions soient impossibles, mais suffisantes pour permettre de flirter sans être gênés par les blancs qui se produisent quelquefois quand on n'a plus rien à se dire. En général, elle prend une boisson pas trop chère, qu'elle fait durer jusqu'à ce qu'un dragueur lui en offre un autre ou qu'elle ne trouve personne et qu'elle s'en aille.

Dès son entrée, Élise repère plusieurs beaux mecs. Mais certains paraissent plus captivés par un groupe de copines qui rient fort et attirent les regards. Deux gars continuent de lui faire des œillades. Elle n'a pas pour habitude de laisser traîner les choses, et effectue rapidement son choix parmi les prétendants qui semblent intéressés. Il lui arrive de ne pas faire le plus judicieux. Une fois, un type a passé plusieurs heures à lui parler de son ex-femme et comme bouquet final, il s'est même trompé de prénom en s'adressant à elle.

Parfois, elle préfère rentrer seule chez elle plutôt que mal accompagnée. Si elle constate que son compagnon commence à aborder des goûts qu'elle trouve douteux ou qu'il a l'air vraiment trop paumé, elle prétexte une migraine fulgurante pour s'éclipser. En général ils ne sont pas dupes, mais ils comprennent. Une fois, elle est tombée sur un lourdingue qui l'a retenue. Au bout d'un moment il a fini par capituler, vexé et frustré d'avoir perdu son temps, et « même pas une petite gâterie pour se dire au revoir ? ». He oui, elle ne rencontre pas toujours l'élite de la gent masculine, mais parfois plutôt le fond du cageot.

Elle a un procédé dénué de romantisme. Elle ne laisse rien au hasard. Il y a beaucoup de timbrés et, pire que tout, elle est devenue inaccessible à l'amour, enfin elle s'en persuade, sachant que de toute façon elle ne va trouver rien d'autre qu'un coup d'un soir. Elle cherche juste quelqu'un qui lui plaise, le temps d'une soirée. Elle ne veut pas savoir s'ils ont des goûts et des idées en commun.

Elle est honnête, elle annonce la couleur et presque toujours, les mecs qu'elle rencontre dans ces endroits en sont ravis. Seules quelques âmes perdues espèrent y dénicher une femme avec qui construire des relations sérieuses. Les autres désirent juste une aventure sans lendemain, du sexe et une nuit agréable ! Parfois, elle aime ressentir le frisson du risque. Alors, elle choisit celui qui a l'air mauvais genre sur les bords. Pas violent, ni méchant, mais surtout pas non plus « mollusque ». Du genre qui prend les choses en main et qui la bouscule un peu. Mais bien sûr, elle se trompe souvent. Une fois, elle a jeté son dévolu sur un narcissique. Son appartement était une garçonnière toute proprette où chaque bibelot de valeur, ramené de ses nombreux voyages, était déposé sur un socle. Il n'avait pas eu beaucoup d'intérêt pour elle et la considérait visiblement pour une gourde en répondant à ses questions. Ce soir-là, elle s'était inventé une histoire : elle était mariée et son époux venait de le découvrir et avait piqué une crise. L'homme avait blêmi et pris peur !

– Quoi, t'es sérieuse ! Et si ton mec apprenait mon existence ! J'espère qu'il ne t'a pas suivi. Ma voiture décapotable est garée en bas, j'ai pas envie qu'il l'a démolisse pour se venger !!!

Génial le type !

En plus, il était nul au lit et n'avait pensé qu'à son plaisir. Et pour couronner le tout, elle lui avait découvert un duvet rouquin sur les testicules, on aurait dit un bébé phoque échoué sur la banquise.

Au bout de quelques heures, elle s'était éclipsée. Et elle ne souhaitait pas attendre d'être mise à la porte, poliment, mais sûrement, ce qui aurait encore agrandi son malaise. Elle ne voulait pas un gars pour la vie, mais quand même, parfois, elle aurait espéré davantage !

Ce soir, elle jette son dévolu sur celui à l'air gentil. Il semble un peu perdu et mal à l'aise. Élise soupçonne une rupture récente, mais l'homme est assez courtois pour ne pas en parler. Il s'appelle Bertrand et il est plutôt mignon. Ils bavardèrent une bonne partie de la soirée, malgré le volume de la musique qu'elle regretta pour une fois. Il a l'air d'avoir une vie stable et tranquille, pile ce qu'il faut à Élise ce soir. Vers deux heures du matin, elle accepte son invitation pour aller boire un dernier verre à son appartement. Elle n'est pas naïve au point de ne pas savoir quels sous-entendus se cachent derrière. Et justement, son envie se fait plus vive que la règle qu'elle s'impose, à savoir de ne jamais aller chez les types qu'elle rencontre. Elle a développé une peur, limite phobique. Elle craint de se retrouver dans une situation qu'elle voudrait fuir, retenue par la force et que cela ne dégénère. Alors que, dans son immeuble, elle connait les voisins, les murs sont fins et elle espère que si elle se met à appeler au secours, ils alerteraient rapidement la police, au moins pour le tapage qu'elle ferait. Elle suit régulièrement les informations et elle sait qu'une jeune femme, seule et plutôt jolie, est une proie privilégiée. De la même façon, elle comprend que son attitude de « chercheuse de sexe » peut faire passer un message erroné auprès de son partenaire. Du sexe oui, mais il est important que les deux parties soient d'accord. Si elle autorise ses peurs à diriger sa vie, alors il ne lui reste qu'à acheter un chat et s'initier au tricot. Mais elle aime l'adrénaline procurée par le fait de partager son intimité avec des hommes qu'elle ne connait pas. Il faut donc vraiment qu'elle se sente très à l'aise avec son nouveau compagnon pour aller chez lui. Elle sait que se baser sur son intuition est complètement futile et que ça n'est pas ce comportement qui va la mettre à l'abri, mais ce soir elle a envie de se laisser guider par son instinct. En plus, avec ce qui lui arrive, elle veut éviter son appartement où les hallucinations se cachent dans l'ombre.

3

Au premier coup d'œil, elle se dit que l'appartement est typiquement masculin, mais bien rangé. Un peu de bazars par-ci par-là, de la décoration avec des voitures de course, quelques boîtiers de jeux vidéo qui traînent sur une table basse.

Bertrand lui sert un bon vin rouge dans un joli verre à pied. Elle trouve ça très sensuel. Elle est sereine et détendue avec un petit pincement au cœur. L'impression que celui-ci va sortir de sa cage thoracique. Elle a toujours cette légère angoisse lorsqu'elle sent qu'elle se rapproche de son partenaire. Un sentiment doux-amer de peur et d'envie.

Enfin, quelques fous rires plus tard, Bertrand se lance et presse sa bouche sur la sienne. Ses lèvres sont charnues et suaves, ses mains hésitantes, respectueuses, dans l'attente d'une autorisation. Élise exalte, elle se laisse aller aux caresses de son amant. Sa langue effleure sa peau, tendrement.

Elle a une faible perception de son environnement. Elle est toute tournée vers ce plaisir sensuel, malgré tout, elle sent comme un courant d'air désagréablement froid. Elle est un peu frileuse et ce problème de température la détourne de l'excitation d'être blottie contre cet homme. Elle a soudain la chair de poule et son amant n'a pas encore atteint les endroits qui déclenchent ce phénomène. Elle n'a pas envie que ce moment soit gâché par une fenêtre mal fermée. Maintenant, elle a carrément très froid !

Elle ouvre brusquement les yeux en grand et écarte les bras pour ne pas tomber. Elle est debout dans la neige. Un vent glacial souffle.

Elle porte des habits sommaires empilés les uns sur les autres, certains en toile et d'autres en cuir, ou une matière qui y ressemble. Elle sent de nouveau des bracelets lui serrer les biceps. Elle a une peau d'animal qui lui glisse des épaules, très épaisse et lourde. Elle parait « brut », à croire que la bête à qui elle appartenait précédemment, ne tiédit que depuis quelques heures dans un coin, d'ailleurs l'odeur qu'elle dégage semble confirmer cette idée. Elle porte cette fois des bottes fourrées, cousues de façon grossière, avec de gros lacets.

Une bourrasque la fait frissonner, elle s'enveloppe dans la toison qui sent la viande et la fumée. Cette odeur lui donne la nausée, ou alors c'est le vertige dû au changement de décor…

Elle cligne des yeux et essaye de comprendre où elle est. Des torches flamboient autour d'elle, formant un cercle. Cela lui parait étrange de les voir allumées alors qu'il fait jour. La neige tombe abondamment et elle ne distingue pas clairement le paysage, mais les rafales qui lui sifflent aux oreilles semblent venir de loin.

Un mouvement à l'orée de son champ de vision lui fait tourner la tête. L'homme qu'elle a déjà aperçu dans son précédent rêve la regarde. Les bourrasques lui collent sa grande robe noire à la peau. Cette fois-ci, il n'a pas de capuche et ses cheveux blancs aux reflets d'argent volent au vent.

– Enfin, tu es là ! Ça n'a pas été facile. J'ai dû attendre le moment où ta volonté ne m'empêcherait pas de te faire venir à moi.

– Qui êtes-vous et que me voulez-vous ? crie-t-elle à la bise.

Elle voit les lèvres du vieil homme remuer, mais ne comprend que des bribes de mots. Elle s'avance vers lui, au centre du cercle de lumière. Elle n'a pas peur de l'individu. Elle vit avec l'angoisse de devenir folle depuis plusieurs jours. Elle a perdu le sommeil et craint sa propre ombre. Mais maintenant qu'elle se retrouve ici, elle est décidée à aller jusqu'au bout pour trouver un sens à ce qui se produit.

Peut-être que son subconscient lui propose une forme de thérapie ? Elle doit continuer et comprendre ce qui se passe. Et pourquoi cela lui arrive à elle ?

Lorsqu'elle s'approche de l'homme et qu'elle relève la tête, elle se rend compte qu'il est plus grand qu'elle n'avait cru. Il s'appuie sur une vieille canne gravée de signes et de lettres qu'elle ne reconnait pas et qui paraissent osciller au rythme du vent. Il a l'air fatigué. Cependant, les yeux noirs qui la scrutent semblent malicieux, ils sont brillants et montrent de la curiosité, ce qui contraste avec son visage couvert de rides.

– Où suis-je ?

L'homme sourit, son inquiétude l'a quitté.

– Enfin, tu t'adresses à moi. Je vais tout te raconter « Mala Et Tro El Aarie ».

– Comment ? Je ne saisis pas la moitié de ce que vous dites.

– C'est ainsi que mon peuple te nomme. Cela signifie : « La femme des deux mondes », mais Mala sera plus court.

– Ça, c'est sûr ! Pour info, d'habitude, on m'appelle Élise. Mais si je suis dans votre univers, comment se fait-il que je vous comprenne ?

– J'utilise la langue commune de la deuxième terre. Tu la parles et la comprends, c'est ainsi.

– La deuxième terre ? Je ne saisis pas !

– Nous sommes dans un monde qui est parallèle au tien. La légende et les écrits qui nous restent du passé disent que nos mondes sont liés, mais extrêmement différents, seule une chose est semblable, enfin plus précisément une personne : « Mala Et Tro El Aarie ». Parfois, celle-ci naît, vit et meurt sans savoir que nous existons. C'est ce qui est arrivé depuis des centaines d'années. À ma connaissance, deux « Mala » ont été appelées.

– Alors, justement, voilà la question qui m'importe le plus, pourquoi m'avoir « appelée » pourquoi ne pas m'avoir laissé naître, vivre et mourir dans l'ignorance et surtout, que dois-je faire pour ne plus vous voir et vous entendre ? Parce qu'en fait, je n'aime pas venir là ! Je voudrais que vous me laissiez tranquille maintenant !

– Mala, je dois t'expliquer un certain nombre de choses, mais je dispose de peu de temps. Les « portes » qui s'ouvrent entre nos mondes ne sont pas toutes les mêmes et celle-ci va bientôt se refermer. Tu devras lorsque je t'appellerai les prochaines fois, ne pas t'y opposer, afin de simplifier le passage.

– Mais je ne souhaite pas simplifier le passage ! Je ne veux plus que vous m'appeliez, j'espère qu'il n'y aura pas d'autres fois. Fichez-moi la paix ! C'est ça que je veux !

Élise se sent fatiguée à force de se battre contre ses cauchemars et là, dans ce monde imaginaire, elle laisse éclater sa colère. Ici, elle se moque d'être jugée, elle est une autre. Elle doit sûrement parler à son subconscient, donc pas besoin de prendre des gants, elle se fout de ce qu'elle peut dire. Bizarrement, elle a soudain l'impression d'une grande liberté.

Qui n'a jamais rêvé de ne plus être soumis aux contraintes sociales : vivre avec ses concitoyens, en harmonie alors que chacun évolue dans sa propre bulle, être serviable avec ses voisins qui décident de bricoler un dimanche matin, poli avec ses collègues qui ne sont que des flemmards prêts à vous écraser à la première occasion, respectueux des règles afin d'être acceptée dans la société tandis que l'on passe son existence à galérer, d'avoir des amis qui viennent vous voir lorsque l'on est souffrant, et disent du mal de vous une fois la porte refermée. Et puis le poids de la famille, devoir penser à son prochain, toujours donner la meilleure part, se sacrifier pour les jeunes, les plus âgés, les plus malades.

Elle explose, ses idées éclatent en mille débris. Et bien si elle est « ailleurs », soit ! Elle choisit donc d'être égoïste et d'envoyer balader les gens. Dans cet espace imaginaire, aucune obligation ne retient les barrières de la bienséance. Elle en a marre, elle est fatiguée et ce vieux bonhomme lui tape sur les nerfs ! Elle désire retourner dans les bras de son amant. D'ailleurs que se passe-t-il pendant qu'elle est là, au milieu de ce désert de glace ? Est-elle figée, ses lèvres embrassant le vide, tandis que son compagnon la regarde, horrifié ?

– JE VEUX QUE VOUS ME LAISSIEZ !!!

Elle a crié très fort et le vent emporte ses paroles. Toutes ses nuits sans sommeil sont sorties dans ce cri. Le stress qu'elle éprouve depuis des jours ne peut plus être contenu.

– Je ne peux pas renoncer Mala, tu es là pour nous sauver, sans ton intervention, notre monde va disparaitre.

Élise voit le paysage autour d'elle s'effacer, comme une peinture qui se dissout avec de l'eau et les mots du vieillard sont de plus en plus inaudibles. Les contours paraissent moins nets et l'homme devant elle semble devenir transparent. Elle doit se dépêcher pour lui faire entendre raison et qu'il lui fiche la paix.

– Je ne veux pas vous sauver et si votre monde disparait, j'en serai ravie.

Pas envie d'être polie et aimable, elle veut se débarrasser de cette folie

– Mais s'il disparait, alors ce sera la fin du tien aussi, l'un ne peut exister sans l'autre !!!

Le vieil homme semble soudain encore plus âgé et ses yeux expriment maintenant toute l'horreur d'une situation qu'elle ne comprend pas.

Elle ouvre les paupières en grand et se relève brusquement. Bertrand, imaginant sans doute qu'il a fait quelque chose de déplaisant, lève les deux mains en l'air comme si elle avait pointé une arme sur lui.

– Désolé, je pensais que tu en avais aussi envie.

Élise est perdue, elle ne sait plus où elle est. Elle a l'impression d'avoir passé au moins un quart d'heure dans ce monde irréel et pourtant, il semble qu'il ne s'est pas écoulé plus de quelques secondes. Elle est tellement préoccupée par ce qu'elle vit dans ces cauchemars qu'elle n'arrive même pas à profiter de l'instant présent et de sa réalité. Elle a gâché leur première étreinte ! Son amant n'a pas l'air de comprendre, il est juste étonné qu'elle se soit relevée si vite.

– Non, non excuse-moi, j'ai seulement eu une crampe, je suis désolée pour ma réaction, je ne te repoussais pas du tout.

Alors là, pas question que son esprit l'entraîne davantage dans ces illusions. Elle est avec un type bien, gentil, elle doit s'accrocher à la réalité et ne plus penser à la fiction. Il faut qu'elle parvienne à maîtriser son cerveau, ses cauchemars et les voix dans sa tête.

En tout cas pour l'instant, elle s'oblige à se concentrer sur le moment présent.

Et puis, elle a été claire avec son subconscient. C'est ce que le vieil homme doit être ou représenter. Plus question de déraper ! Elle doit effectuer des recherches sur internet pour trouver de quoi elle souffre. En attendant, elle décide qu'elle doit profiter de sa soirée !

Élise fait semblant d'étirer son mollet en faisant quelques pas boitillants puis retourne auprès de Bertrand, et lui saute quasiment dessus, pour qu'il soit bien sûr qu'elle n'hésite pas. Ses lèvres sont chaudes, mais maintenant ses caresses paraissent retenues, comme s'il craignait de mal faire.

Il s'avéra que Bertrand était tel qu'elle se l'est imaginée : tendre et prévenant. Ils dormirent peu. Elle passa une nuit très agréable et espérait que cela soit réciproque. Mais l'ombre de sa folie pèse et elle a des difficultés à empêcher son esprit de tourner en boucle. Elle a légèrement abusé du champagne pendant la soirée pour réussir à occulter ses pensées un moment, si bien qu'elle s'est assoupie dans le lit de Bertrand après qu'ils aient fait l'amour. Ça ne lui arrive pratiquement jamais, elle redoute ensuite le réveil : rien à se dire et d'un seul coup la situation devient banale, voire gênante. Parfois, lorsque les types qu'elle amène chez elle s'endorment, au matin, ils ne sont pas franchement ravis de se trouver encore là. Du sexe, mais surtout rien de plus…

Elle ouvre les yeux et s'aperçoit que la place à côté d'elle est vide. Pas mal le coup de la fuite pour éviter une position embarrassante ! Puis elle entend des bruits de vaisselle dans la cuisine. Elle souffle très fort et met le visage sous la couverture, elle va devoir affronter cette situation et ça ne l'enchante guère. Elle a mal à la tête et la bouche pâteuse, signe qu'elle a abusé de l'alcool.

Mais d'un autre côté, elle a passé une agréable soirée. Elle se sent épanouie et satisfaite et d'après les gémissements de son amant pendant la nuit, elle suppose que pour lui aussi le moment a été bon. Et maintenant, elle doit se lever et se montrer à la lumière blafarde du jour, décoiffée et le rimmel qui coule. Et pire que tout : faire la conversation alors qu'elle n'a qu'une envie, retourner se coucher.

Elle empoigne son courage à deux mains et s'habille rapidement, elle se douchera à la maison avant d'aller chercher sa fille.

D'une main, elle démêle grossièrement ses cheveux et rentre dans la cuisine ses chaussures dans l'autre, pour ne pas salir. Elle a pris moins de précautions hier soir.

Bertrand est en train de servir un grand bol de café et la pièce est pleine d'odeurs agréables. Il a fait griller du pain, a sorti de la confiture, du beurre, même de la brioche. Tout est joliment installé sur la table. Élise ne s'est pas préparée à être accueillie de la sorte. Une fois, un mec pour la mettre dehors plus vite, l'attendait debout près de la porte. Un autre, une tasse à la main lorsqu'elle s'était levée lui avait dit « désolé, c'était la fin, tu veux que j'en refasse ? ». Sous-entendu, moi, j'en ai aucune envie…

Bertrand se retourne et lui sourit.

– Salut, bien dormi ?

Il a l'air content de la voir ! Incroyable !

– Oui, merci, je suis navrée, je pense que j'ai un peu abusé de l'alcool, sinon je serais partie avant.

– Ben non, ça me fait plaisir et en plus, tu aurais raté le petit déjeuner, c'est le repas que je prépare le mieux.

Il est sérieux, Élise a l'impression de rêver, ça ne lui était jamais arrivé.

– Et les crampes ? Tu n'as pas l'air dans ton assiette ? Est-ce que j'ai fait quelque chose de déplaisant, ou c'est la situation ? Tu aurais préféré t'éclipser pendant la nuit ? Non, ne me donne pas de réponse, je suis désolé d'être si bavard de bon matin. C'est comme ça quand je suis de bonne humeur, après une telle nuit.

Élise n'a pas le temps de répliquer, elle lui sourit de toutes ses dents pour lui montrer son contentement.

Puis Bertrand l'attire à lui et l'embrasse tendrement. Elle n'en revient pas !

Ils prennent leur petit déjeuner entre deux baisers. Elle mange la brioche en déchiquetant des morceaux avec ses doigts. Malgré les moments d'intimité qu'ils ont partagés, elle veut encore faire bonne impression, pas question d'enfourner des tranches toutes dégoulinantes de café, un peu de tenue quand même !

C'est agréable et elle n'a pas besoin de trouver un sujet de conversation. Ils sont à l'aise, l'un et l'autre.

Élise vient se frotter légèrement à lui. La nuit a été sympa, hormis ses hallucinations et elle regrette qu'elle soit déjà finie. Il la laisse faire, mais ne parait pas enclin à remettre ça pour l'instant. Il lui explique qu'il a maintenant des obligations et il doit aller se préparer, même s'il n'en a pas envie. Elle comprend le message, c'est l'heure de se dire au revoir, pas besoin de dessin. Néanmoins, il souhaite qu'ils échangent leurs numéros de téléphone, c'est plutôt engageant. Elle ne veut pas s'emballer, mais elle n'a pas eu un aussi bon sentiment depuis longtemps.

Elle le quitte sur un « Merci, j'ai vraiment passé une bonne soirée ! »

Nulle comme réflexion ! Elle a toujours le don pour les phrases vides de sens. Elle n'a pas fait de grandes études et manque de sujet de conversation. En situation de stress, c'est encore pire et elle doit passer pour une gourde. La plupart du temps, elle préfère ne rien dire plutôt qu'avoir des propos qui tombent à plat.

4

Élise a passé la journée du dimanche à ruminer ses pensées.

On est au début de l'automne et les jours raccourcissent vite ce qui n'arrange rien à son humeur. Émilie, sentant bien que sa mère est contrariée, s'est enfermée dans sa chambre. Elle y a une petite télévision, reçue à Noël dernier.

Élise songe qu'elle devrait peut-être interrompre ses sorties nocturnes temporairement du moins, en attendant d'avoir repris la totale possession de ses facultés mentales. Ça lui éviterait d'être dans des situations impossibles en plein rendez-vous avec des inconnus.

Mais d'un autre côté, elle aime les moments de plaisir, notamment charnel, avec ses amants d'un soir. D'ailleurs, elle espère avoir des nouvelles de Bertrand.

Le week-end s'est fini sans incident, autrement dit, sans hallucinations de son cerveau dysfonctionnant. Elle a beaucoup réfléchi dernièrement. Elle se demande si les quelques joints clopés au lycée peuvent être responsables de son état. Elle a même essayé le « Poppers » quelques fois : liquide volatile et planant dans des petites bouteilles en verre fumé, à sniffer. En tout cas, c'est comme ça que Pierre-Antoine, grand spécialiste et fournisseur officiel de sa classe, le proposait à ses camarades avides de nouvelles expériences.

Elle a acheté un vieil ordinateur dans une vente d'objet de

récupération et possède quelques heures de connexions intégrées dans son forfait téléphonique. Elle se lance dans des recherches sur internet au sujet des maladies mentales. Elle sait que ce n'était pas chose à faire pour éviter de paniquer, et cela se confirme. Les pages qui s'affichent sont plus horribles les unes que les autres et elle finit par avoir la certitude d'être paranoïaque ou de développer une dégénérescence congénitale. Finalement, elle laisse tomber et referme l'ordinateur. Elle n'est pas médecin et ne peut établir de diagnostic, plusieurs pathologies peuvent expliquer son problème. Mais elle n'arrive pas à se résoudre à consulter un docteur et à rentrer dans un système qui la déclarerait malade et la priverait à coup sûr de sa fille. De plus, cela ne justifie pas ses pieds couverts de poussière de l'autre jour. Elle tourne en rond.

Encore une semaine qui s'est écoulée à vitesse « grand V » et son moral commence à remonter, pas d'autres « folles » alertes. Seule ombre au tableau, elle n'a pas eu de nouvelles de Bertrand. Elle est un peu déçue, même si, elle si attendait. Elle arrive à ne pas rater le réveil le matin malgré la fatigue et va au boulot sans problème, mais elle s'effondre rapidement le soir. Les vacances scolaires démarrent le samedi suivant et comme à son habitude, elle va laisser Émilie chez sa grand-mère. En général, elle n'affectionne pas trop ses moments où elle restait seule, elle déprime. Mais là, c'était différent, elle envisage de se faire une cure de sommeil intensive. Et peut-être aussi osera-t-elle passer un coup de téléphone à son amant d'une nuit.

Elle est toute à ses pensées, en train de ranger les livres nouvellement reçus, dans leurs rayons lorsqu'elle aperçoit sa supérieure lui faire signe.

Elle la trouve insipide et n'aime pas trop lui causer. Elle a une façon étrange de s'adresser aux gens. Elle utilise la même intonation monocorde pour parler de la météo ou vous annoncez une nouvelle tragique lorsqu'un membre de votre famille a essayé de vous joindre et a appelé sur sa ligne téléphonique.

– Oui Martine, tu veux quelque chose ?

– Élise, Mr Chambion désire te voir dans son bureau quand tu auras une minute.

Mr Chambion est l'un des nombreux responsables du magasin, le seul qu'Élise connait un peu.

Elle n'apprécie pas beaucoup cet homme. Elle trouve qu'il la regarde d'une façon perverse et incorrecte comme si elle avait oublié de mettre ses vêtements. Elle a constaté qu'il réserve ce regard plus spécifiquement aux jeunes femmes bien roulées. « Il est encadrant », comme il aimait le rappeler dans ses phrases, et il affiche une satisfaction malsaine à malmener les agents qu'il gère. Il ressent clairement un plaisir pernicieux lorsqu'il doit annoncer les mauvaises nouvelles. Une ancienne collègue avec qui elle était amie, lui avait résumé en pleurant le déroulement de son entretien :

– Vous êtes licencié. Oh oui, je sais que votre mari vous a quitté, certains employés sont venus me le raconter, la confidentialité n'est pas toujours au rendez-vous dans le monde du travail. Soyez sûr que j'en suis bien désolé, mais l'entreprise ne peut prendre en compte ce genre de considération. Ce n'est pas son problème, vous comprenez j'espère. Notre société est là pour le bien des clients et la satisfaction du plus grand nombre prévaut sur celui d'une seule personne.

Et il termine souvent en souriant « Allez, courage ! Ce n'est qu'un mauvais moment à passer ». Connard ou salaud est certainement le qualificatif qui peut traverser l'esprit de son interlocuteur effondré.

Bon nombre de ses collègues sont comme elle dans des situations précaires ou difficiles et avoir un emploi et de l'argent qui rentre tous les mois est primordial pour ne pas sombrer tout à fait et finir au fond du trou.

Mr Chambion aime faire croire aux salariés que le travail effectué dans leur supermarché est d'utilité publique et qu'aucun autre établissement n'arrive à la cheville de leur propre enseigne.

Elle a aperçu un jour son responsable en train de visiter le magasin avec sa femme et leurs progénitures, comme si la société lui appartenait. Leur attitude et la façon dédaigneuse avec laquelle ils l'ont regardé lorsqu'ils l'ont croisée, lui a laissé penser qu'ils ne connaissent pas ou peu les fins de mois difficiles et les tonnes d'emmerdes que la vie peut réserver. Même si Élise soupçonne qu'ils ont eu une posture bien supérieure à leur situation réelle, ça n'est pas la famille du Premier ministre non plus.

C'est un peu stressé qu'elle alla frapper à la porte de son bureau.

– Entrez ! Ah, Élise, comment allez-vous ?

– Bien, merci monsieur.

Il désigne tout le monde par son prénom. Élise se souvient de son premier jour, lorsqu'il l'avait reçu en entretien.

– Élise, je peux vous appeler Élise ? En revanche, pour ne pas faire de différence avec vos collègues, je préfère que vous m'appeliez Monsieur Chambion, ou même Monsieur, cela sera suffisant.

Et il avait ri, bêtement, comme s'il venait de raconter une très bonne blague. Il se donnait vraiment de grands airs, à croire qu'il se prenait pour un membre du comité directeur d'une multinationale et non pas l'un des nombreux responsables d'un hypermarché parmi tant d'autres.

– Alors Élise, j'ai sorti vos états de service…

Soudain, elle comprit pourquoi elle avait été appelée au bureau, il s'agissait sans aucun doute de sa promotion. Son collègue en poste ne partait en retraite que dans quinze jours, mais à force d'application et d'efforts, elle voyait enfin la récompense montrer son nez : un temps plein et un salaire décent.

– Vous êtes donc chez nous depuis sept ans.

– Tout à fait Monsieur Chambion

Il sourit de ses dents éclatantes. Il doit sûrement utiliser des produits blanchissants, la couleur parait trop parfaite. De même que son teint bronzé tous les mois de l'année présume un passage pour des séances d'UV régulières. Élise se demande également s'il n'est pas adepte des injections de Botox de temps en temps. Elle a vu des images dans les magazines féminins qui le lui font penser, ses pommettes un peu trop saillantes et sa figure de poupon toute lisse ne semblent pas très naturelles.

– Je suis donc chargé de vous faire part d'une proposition que la direction vous fait aujourd'hui.

Élise n'a peut-être pas les dents aussi blanches que son interlocuteur, mais elles doivent toutes être visibles vu le sourire qu'elle arbore maintenant sur le visage.

– Voilà, nous voulons vous faire signer un contrat à durée indéterminée.

L'entreprise offrait rarement ce type d'engagement.

– Pour un trois quarts de temps, pour commencer.

Mr Chambion laisse planer le suspense, comme s'il est en train de jouer une pièce de théâtre et qu'il attend les applaudissements pour poursuivre. Après quelques secondes, pensant avoir mis suffisamment de tension, il continue :

– Ah, mais avant de signer, nous souhaitions que vous alliez sur un poste, en complément de la caisse, au rayon poissonnerie !

Élise ne sourit plus du tout. Elle a fait un remplacement une fois et c'est le seul emploi qu'elle a détesté. Elle n'aime pas le poisson et elle a en aversion l'odeur qui imprégnait ses vêtements et ses cheveux. En plus, avec la toque, ces derniers graissaient très vite et malgré les abondants coups de brosse à la fin de son travail, elle restait toujours coiffée bizarrement.

S'il ne s'agissait que de problèmes de tenue ou olfactifs, elle aurait peut-être pu s'y faire, mais elle s'attendait vraiment à obtenir un temps plein. Ça n'est pas avec quelques heures de plus qu'elle va pouvoir garder la tête hors de l'eau. Elle pense qu'elle a eu son lot d'années galères, qu'elle mérite de s'en sortir et elle espérait que son ancienneté jouerait en sa faveur. Pour clore le tout, elle connait l'équipe qui travaille dans ce rayon, d'ailleurs tout l'établissement en a entendu parler : des femmes ou plutôt des harpies, mégères de première qui ne loupent jamais l'occasion de se faire les pires crasses…

– Non, Mr Chambion je vous remercie pour l'offre, mais je

préfère attendre que le poste en papèterie se libère, d'ici 15 jours je crois, d'autant plus que ça me ferait un temps plein. Pour être honnête avec vous, financièrement c'est pile ce qu'il me faut, mais c'est gentil d'avoir songé à moi quand même.

Ne pas oublier d'être un peu fayotte.

À ce moment-là, elle pense encore avoir le choix, elle n'a pas vu le piège se refermer sur elle.

– Ah non, ma petite Élise, ça ne va pas être possible, ce poste est déjà pourvu !

En voyant le visage surpris d'Élise et certainement pour le plaisir de l'enfoncer davantage, il précise :

– Je ne devrais pas vous le dire, mais la nouvelle ne va pas tarder à se faire connaitre de toute façon. Le neveu du grand patron a raté son bac pour la deuxième fois et ses parents, des gens très fortunés veulent lui donner une leçon. Le fiston a l'air de croire qu'il lui suffit d'attendre la passation des biens familiaux, de nombreuses entreprises florissantes, pour mener la belle vie. D'après ce que l'on m'a laissé entendre, au vu de mes responsabilités et comme il va être sous mon autorité (ben voyons, sûr que le directeur général en avait quelque chose à faire), son père a décidé de le placer à la papèterie, vous comprenez, il ne va quand même pas le mettre à la poissonnerie, la punition aurait été disproportionnée tout de même.

Et le voilà reparti à rire. Élise n'en peut plus, elle a froid, puis chaud. Elle transpire et son chemisier lui colle à la peau. Le Chambion n'arrête pas de mater son décolleté. Elle a l'impression que son monde s'écroule, et pire que tout, elle sent une rage terrible monter. Elle arrive, telle une vague qui balaye tout sur son passage. La colère grandit et elle est certaine qu'elle va énoncer des horreurs à son supérieur. Elle va devoir pointer au chômage demain.

Toujours cette odeur âcre. Elle est de nouveau avec ses habits de guerrière de jeu vidéo et la peau d'animal mort par-dessus. Le jour commence à poindre et un éclat de lumière un peu bizarre permet d'apercevoir maintenant le paysage dans lequel elle s'est retrouvée alors qu'elle était dans les bras de son amant. Elle est debout au milieu du cercle formé par les torches qui oscillent au rythme du vent. Le vieil homme devant elle la regarde fixement. Il n'a plus cet air malicieux qu'elle lui a trouvé auparavant. Il parait inquiet et fatigué et s'appuie lourdement sur sa canne. Les dessins gravés dessus semblent s'animer avec la clarté des flammes.

Il y a encore de la brume, mais le paysage a changé et à la place des arbres elle aperçoit maintenant des arbustes desséchés regroupés en petite grappe.

Plus loin, au-dessus du brouillard, elle entrevoit des sommets enneigés. Le vent glacial qui souffle, lui fait apprécier la peau de bête odorante qu'elle resserre même sur elle.

– Mala, tu dois m'écouter, si tu repousses de nouveau mes appels, bientôt je n'aurais plus la force de les renouveler et tout espoir sera perdu.

Élise se remémore ce qu'elle était en train de vivre avant de « tomber » dans son rêve : ses souhaits inaccessibles, son inquiétude de voir à nouveau arriver chaque fin de mois et compter chaque euro dépensé. Émilie grandit et ses besoins avec elle. Combien de temps pourra-t-elle maintenir le cap avant la descente aux enfers ?

Le loyer à payer, les courses, les études, s'habiller, combien de semaines parviendra-t-elle encore à tout boucler ? Et quand les tuiles se produiront : la vieille voiture qui lâche, une hospitalisation, la maladie ou les accidents de la vie, comment pourra-t-elle s'en sortir ?

Élise n'a pas de liquidité d'avance et mise vraiment sur un meilleur salaire pour réussir à placer un peu d'argent de côté et anticiper les ennuis que le destin, elle en est sûre, ne manquera pas de lui apporter du jour au lendemain. Et maintenant, l'espoir d'un quotidien plus facile s'envole avec le poste en papèterie et ne reste que l'odeur pestilentielle des crustacés et le goût fade des nouilles à l'eau de fin de mois. Elle va devoir continuer à vivre au jour le jour à compter chaque sou. Elle sait qu'elle exagère, mais elle était tellement déçue qu'elle voit à présent tout en noir.

Elle en a marre et baisse les bras. Peut-être que sa fille serait mieux ailleurs, dans une famille aisée qui l'accueillerait. Elle pourrait y apprendre autre chose que la privation et la restriction et bénéficier d'une existence plus enviable. Elle perçoit au fond d'elle-même que ça n'est pas ainsi que ça se passe et que rien ne peut remplacer une mère aimante, même si les conditions sont plus ou moins difficiles. Mais elle est si triste que ses idées se brouillent. Elle souhaite lâcher prise et s'abandonner. Des larmes de colère, de désespoir lui inondent les joues. Elle veut que cette absurdité l'emporte. Elle désire se laisser aller à cette vie dénuée de sens, où tout lui était étranger. Elle se jette à genoux, à bout de force, le moral en miette.

Élise est tellement perdue, elle a le sentiment qu'elle n'a plus rien à quoi se raccrocher.

– Je vais être franche avec vous, je pense que je suis en train de devenir folle et que j'ai des hallucinations et que tout ceci n'existe que dans mon cerveau surmené et probablement malade et que si quelqu'un l'apprend, je finirais sous cachets attachée sur un fauteuil à me pisser dessus, enfermée dans un institut psychiatrique et privée de liberté et de ma famille !

Elle jette sa phrase d'un coup à l'homme en face d'elle.

Ce dernier fronce les sourcils, il ne parait pas comprendre ce qu'elle dit.

Elle est abattue et la fatigue des mauvaises nuits qu'elle a passées se fait ressentir. Elle en a assez de cette chienne de vie qui semble encore vouloir en découdre avec elle. Toutes les interrogations au sujet de cette situation lui tournent dans la tête et lui donnent le vertige.

Le vent redouble d'intensité et des mèches de cheveux lui reviennent en pleine figure. Comment peut-on lorsqu'on délire, avoir la certitude d'être dans la réalité et être conscient de détails si précis ?

Et puis merde ! Finalement il serait plus facile d'imaginer que ce qu'elle vit est concret, croire qu'une nouvelle existence est possible et qu'elle peut être quelqu'un d'autre, dans un monde différent. En y repensant plus tard, elle fera le constat que c'est sans doute son désespoir qui à cet instant précis la fit basculer.

Très bien, elle va faire comme si tout cela est réel. Il est souvent beaucoup plus simple de se laisser porter que de nager à contre-courant. Elle doit juste ne parler de ses visions à personne, finalement si c'est dans sa tête, elle en est seule témoin. Elle sent les amarres de sa raison se rompre.

– Je suis d'accord, je vais vous écouter, même si je ne suis pas sûre de bien comprendre ce que vous dites. Que dois-je faire ?

L'homme semble soudain se redresser et ses pupilles brillent à nouveau.

– Je vais préparer une boisson à base de plantes que tu devras prendre et j'ai un rituel à exécuter. Nous ne savons pas exactement lequel des deux favorise le passage, mais après avoir réalisé la cérémonie et un peu de pratique pour toi, tu m'entendras plus clairement lorsque je te convoquerai et tu pourras venir plus facilement sur la deuxième terre. Mais tout d'abord, commençons par le début, je me présente, je m'appelle Rhoet. Je suis ton guide et l'un des derniers sorciers de la Congrégation. Si ça peut t'aider, moi aussi je suis effrayé car c'est une grande responsabilité qui m'incombe. J'ai également des questions, tu utilises des mots que je ne comprends pas « psykiatric », je ne sais pas ce que cela veut dire. Mais je m'attendais à ce que cela soit ainsi, que nous allions devoir apprendre à nous connaitre. Comme je te l'ai déjà dit, nous avons des écrits, laissés par nos ancêtres pendant des centaines d'années au sujet de Mala. Parfois, des textes se sont perdus ou les ouvrages ont été endommagés, donc tout n'est pas précis. Je comprends ton désarroi, les manuscrits expliquent que les terres, les hommes qui y résident et leurs modes de vie sont très différents. Tu dois me faire confiance et apprendre à connaitre notre monde pour atteindre ton dessein. Je t'assure que tout ce que tu vois est bien réel. Ici, nous attendions ta venue et ta légende est contée aux enfants dès leur plus jeune âge. Est-ce que sur l'autre terre, les histoires parlent de toi, tu es une personne importante là-bas aussi ?

Élise, la bouche sèche, déboussolée par les révélations du sorcier, lui répondit d'une petite voix.

– Non et c'est bien ça le problème. Si je racontais ça aux gens, on penserait que je suis folle et on m'enfermerait dans un endroit qui ressemble à une prison. Vous comprenez ce que c'est une prison ?

– Oui Mala, je connais ce mot, mais j'ai du mal à imaginer que ceux de l'autre terre ne savent pas que leur avenir dépend de toi et que tu sois cloîtrée pour cette raison. Je suis désolé, je suis très bavard, mais j'ai tellement attendu ta venue. As-tu toi aussi des questions ?

– Des centaines. Je croyais que je rêvais, je vous voyais, et le paysage d'ici, c'était fugace et je ne pensais pas que cela soit réel. Comment je fais pour être ici et là-bas ? Quand je suis ici, je m'évapore de ma terre ?

– Non, en fait, tu as deux corps, répondit l'homme.

– Savez-vous ce qu'il advient de celui qui est là-bas quand je suis ici et l'inverse ? Je meurs et ressuscite, ou quelque chose comme ça ? lui demande-t-elle perplexe.

Il fallait quand même de l'imagination à Élise pour croire que cela soit possible.

– Je vais déjà te parler de ta naissance ici. Tant que tu n'avais pas été invoquée, tu n'avais pas d'existence dans notre monde. J'ai pratiqué une cérémonie ancestrale qui a fait apparaitre une enveloppe des entrailles d'un Domuis, un monticule de glaise imprégné de magie. Ton corps était là à l'intérieur et j'ai creusé pour le sortir. Mais au début, il ne se passait rien, il était vide. Tu ne réagissais pas à mes sollicitations. Je t'ai habillé et j'ai allumé un feu pour te réchauffer. Ensuite, j'ai renouvelé les incantations plusieurs fois pour que ton mauari, ta conscience en quelque sorte, commence à se manifester. Tes venues étaient fugaces, sans doute ces bribes de rêves. Tu murmurais quelques mots que je ne comprenais pas vraiment. Tu avais l'air de t'adresser à quelqu'un. Et par la suite, tu semblais être là de plus en plus longtemps. Jusqu'à aujourd'hui où nous arrivons enfin vraiment à nous parler. Quand tu es ici, le temps de l'endroit que tu as quitté est comme ralenti. Mais, sans que l'on sache pourquoi, cette valeur n'est jamais identique d'un voyage à l'autre. Tu risques d'être déboussolée au début.

Élise fronce le front, les explications de son prof de math en terminale lui paraissaient plus évidentes.

– Pour faire simple, il est préférable de profiter de ton sommeil pour changer de monde ainsi l'enveloppe charnelle qui est vide pourra se reposer et ton corps inanimé ne suscitera pas l'interrogation des gens autour de toi. Est-ce que mes indications sont claires ?

Elle a l'impression que l'individu vient de lui faire un cours sur la physique quantique et qu'il vérifie qu'elle a retenu les informations. Elle n'est pas certaine d'avoir tout saisi.

– Oui, si l'on veut enfin, dans les grandes lignes.

Voyant l'homme perplexe, elle ajoute.

– Ça signifie : oui, à peu près, je crois. Bon, je reprends : vous vous appelez Ruth et vous êtes sorcier de la confédération, c'est exact ?

Le vieillard sourit et son maigre visage s'illumina.

– Non, pas Ruth, mais Rhoet, et pas la confédération, mais la congrégation. C'est un groupe de personnes qui a été créé il y a très longtemps, pour accompagner la messagère lorsque nous aurions besoin d'elle et la guider dans sa quête.

Élise soupire et se parle plus à elle-même qu'à son interlocuteur.

– Vos explications ne sont pas simples. Un sorcier et pourquoi pas un farfadet ou une luciole pendant qu'on y est ?

Le vieux relève un sourcil, il ne comprend visiblement pas les sarcasmes de son invitée.

Elle redresse la tête pour regarder à nouveau l'homme qui est vraiment grand.

– Je suis là pour t'aider et répondre à tes questions. Tu dois apprendre à connaitre notre monde pour parvenir à le sauver. Nous n'avons pas beaucoup de temps pour que tu te mettes au travail.

– Pourquoi je comprends ce que vous dites si nous ne sommes pas du même monde ?

– Ton corps possède des aptitudes liées à notre univers et tu utilises mon langage. Même si certains mots employés me sont étrangers. Mais comme je te l'ai appris, d'autres Mala sont venues avant toi et il est possible que tu aies des réminiscences de souvenirs ou de connaissance appartenant à l'une ou l'autre, ajoute Rhoet.

– J'ai l'impression que le paysage n'est plus le même et ma tenue a changé depuis mes premières « visites ».

– En effet, nous nous sommes déplacés. Je t'ai transporté sur un traîneau en bois que j'ai fabriqué moi-même et c'est moi qui t'ai habillée. Tes vêtements n'étaient plus adaptés au climat.

Élise rougit en comprenant que le sorcier a dû la voir nue plus d'une fois. Elle a vraiment froid, elle se rapproche du feu allumé au centre du cercle de torche. Elle a encore du mal à y croire et elle n'arrive toujours pas à expliquer ce qu'elle fait ici. Peut-être que finalement tout cela est dû au stress. Mais elle se rend compte que cette situation commence à lui plaire. C'est comme un voyage dans un pays lointain, à mille lieues de ses emmerdes. Soudain, elle a un flash et se rappelle sa conversation avec Mr Chambion dans l'autre monde.

– Mince, je dois rentrer, c'est urgent. Comment je fais pour retourner chez moi maintenant ? C'est vraiment pressant ! s'exclame-t-elle en faisant sursauter Rhoet.

– Je dois préparer le rituel qui nous permettra de mieux communiquer ainsi que le breuvage que tu devras boire. Je n'ai pas besoin de toi pendant ce temps-là, tu peux donc repartir.

– Quand même, il faudra que je vous parle de mon métier une prochaine fois. Je pense qu'il y a une erreur de casting pour le rôle que vous semblez me réserver.

Rhoet ne relève pas la remarque de Mala qu'il n'a probablement pas comprise et continue son explication.

– Comme je te l'ai dit tout à l'heure, si tu utilises un moment de repos, ton enveloppe se régénère. Sur la deuxième terre, pendant ton absence je veillerais sur toi en attendant de trouver quelqu'un à qui confier cette tâche. Dans l'autre monde, as-tu quelqu'un de confiance à qui raconter ton secret et qui pourrais s'occuper de ton corps lorsque tu es ici ?

– Non, personne. Je vous le répète, là-bas, tout est beaucoup plus compliqué. Si je parle de ce qui m'arrive, je serais enfermée et on me donnera beaucoup de médicaments pour dormir et m'empêcher de maîtriser mes pensées. Même mes proches ne pourraient croire une histoire pareille. Il y a en général pas mal de gens autour de moi. Je dois faire très attention de ne pas me faire voir les yeux dans le vague et la bave aux lèvres car ça serait suspect. Mais si je profite de mon sommeil alors je n'ai pas besoin qu'on me surveille. Il ne risque pas de se produire quelque chose de grave quand je suis sous la couette.

Devant l'air perplexe du vieil homme, elle ajoute :

– Mon lit est dans un endroit avec des murs solides, pas dehors, vous comprenez ? Je vous expliquerai mieux, mais plus tard. Pour l'instant, désolée d'insister, mais ça urge ! Pour le coup, juste avant ma venue ici je n'étais pas du tout dans cette situation, mais plutôt au bord d'un précipice, enfin c'est une façon de parler. Il faut que j'y retourne de toute urgence !

– Très bien. De toute façon, je crois que tu as assez d'informations pour aujourd'hui. Alors, tu dois simplement visualiser l'endroit où tu étais avant d'arriver à moi. Vide ton esprit des pensées parasites et détends-toi.

– J'ai déjà tenté de faire ça pour ne plus vous voir les premières fois et ça ne marche pas !

– Oui, mais maintenant que je sais que tu vas revenir, je vais t'aider. On essaye ? Ferme les yeux, écoute ta respiration et ne songe à rien.

Rhoet commence à psalmodier des mots qu'Élise ne comprend pas. Le timbre de voix très grave du sorcier lui donne l'impression de résonner dans sa cage thoracique. Les intonations viennent et repartent, comme des vagues sur le bord de mer, encore et encore…

5

– Oui, bien sûr, comme si c'était si facile, grommèle-t-elle.

– Comment ?

– Mr Chambion ?

– Vous allez bien, Élise ? Vous êtes toute pâle. Je vois que l'annonce vous laisse sans voix, mais il faut entendre cette proposition comme une bonne nouvelle. Et puis normalement, c'est temporaire.

Élise ne sait pas de quoi il parle et d'un coup tout lui revient en mémoire : la poissonnerie !

Mr Chambion a presque l'air compatissant. Soit il joue bien la comédie, soit il a peur qu'Élise ne fasse un malaise dans son bureau. Il a été réprimandé une fois, car il n'avait pas fait le nécessaire lorsqu'un de ses collègues s'est trouvé mal pendant que son supérieur égrainait les reproches sur son travail. Ce dernier avait tardé à demander de l'aide, sans doute mal à l'aise avec ses pratiques managériales souvent douteuses. Il s'est avéré que la perte de connaissance en question était liée à un problème cardiaque. L'agent pris en charge par les urgences s'en est plutôt bien tiré, mais à la sortie de son hospitalisation, il a réclamé un dédommagement pour non-assistance à personne en danger. L'affaire a été relayée dans la presse locale et l'entreprise, obligée de payer pour éviter le scandale, a forcé Mr Chambion à suivre des cours de secourisme malgré l'aversion qu'il a manifesté. À présent, les bouchers, lorsqu'ils se coupent, se font un malin plaisir en passant devant lui exprès, pour le voir blêmir en regardant le sang qui dégouline de leurs doigts qu'ils agitent en rigolant.

Maintenant, tout revient en mémoire à Élise, les paroles de Rhoet, qu'elle a mis de côté pour se concentrer sur l'instant présent et la mauvaise nouvelle que le père Chambion vient de lui annoncer, avant son saut dans l'autre monde.

– On m'a promis le poste à temps plein en papèterie. J'ai d'ailleurs été formée depuis un moment et je crois vraiment que j'ai tout à fait les qualités requises. Je trouve votre proposition plutôt injuste.

Élise est à présent presque suppliante, elle s'en rend compte, mais elle n'a plus la force d'avoir l'air digne, elle veut encore s'accrocher. La vague de colère est passée, c'est déjà ça.

– Je sais Élise, mais je m'engage à une chose, si votre remplacement en poissonnerie se déroule bien, je ferai en sorte que le poste en papèterie vous soit attribué. Olivier, c'est comme ça que s'appelle le neveu de Mr le directeur, ne devrait rester dans l'entreprise que quelques mois.

Il aime vraiment épater la galerie en donnant l'impression qu'il est dans les grâces des patrons les plus hauts placés, mais Élise n'est pas dupe. Elle sait aussi qu'il n'est pas à même de faire une promesse d'embauche : soit il essaye de la rassurer pour être tranquille, soit c'est la DRH qui lui a transmis ces consignes et dans ce cas-là, elle a une réelle chance d'avoir un jour ce changement. Les gens qui administrent l'entreprise ont de l'empathie, elle en a déjà rencontré quelques-uns. Ou alors c'est elle qui est encore d'une grande naïveté, ça, c'est tout à fait possible, elle s'est laissée berner si souvent.

– Vous pensez que je vais devoir attendre combien de temps ?

Mr Chambion commence à remuer des papiers, il se lasse apparemment d'Élise et ne trouve pas comment terminer l'entretien.

– Comme je viens de vous l'expliquer, je ne sais pas exactement ma petite Élise, mais je crois quand même plusieurs mois, ça n'est pas la peine de revenir toutes les semaines, je n'aurais pas forcément de réponse à vous apporter, ce que je vous suggère, c'est de vous rappeler quand la situation aura évolué.

Il cesse de s'agiter et la fixe maintenant avec un sourire figé. Il en profite pour laisser de nouveau circuler ses yeux baladeurs sur toutes les parties du corps d'Élise qui semblent lui plaire, sans vergogne !

– Je vous propose d'en rester là pour l'instant, retournez à votre poste et avant de partir allez vous présenter à votre nouvelle affectation et demandez au chef de rayon qu'il vous donne vos horaires. C'est une bonne nouvelle ça, vous allez quand même avoir des heures en plus, la paye va être plus grosse, lui dit-il en frottant son pouce et son index pour évoquer l'argent.

Élise se sent fatiguée, elle comprend qu'essayer de poursuivre la négociation ne servirait à rien et que dorénavant elle n'a plus le choix. Mais elle risque une dernière phrase pour tenter d'enfoncer le clou.

– Bon, j'attends de vos nouvelles dès que possible alors ?

Elle ne veut rien lâcher et en insistant, elle espère que ça l'obligera à tenir sa promesse.

– Oui, oui, c'est ça, allez à votre poste maintenant, d'autres caissières guettent sans doute votre retour pour terminer leurs journées, je n'ai pas envie qu'on leur doive des heures supplémentaires à cause de vous.

Il affiche de nouveau ce sourire si dérangeant en la regardant.

– Au revoir Mr Chambion.

– Au revoir ma petite Élise,

Elle se demande ce qu'elle arriverait à obtenir contre ses charmes qui ont l'air de tant plaire à son responsable. Mais cette image la répugne et elle ne peut empêcher un frisson de dégoût de lui parcourir le dos.

Élise rentre chez elle complètement exténuée. Elle est passée au rayon « poisson et crustacés » avant de terminer sa journée et elle a aperçu ses futures collègues en train de ricaner en la regardant. Elles ne se cachent même pas pour se moquer d'elle, ça promet des moments sympas !

Tous les derniers événements qu'elle a vécus, les réels ainsi que les imaginaires comme elle les appelle maintenant, lui ont mis les nerfs en pelote. Elle est dans son bain et réfléchit à la situation en se parlant à elle-même.

– Mes hallucinations peuvent très certainement être dues au surmenage.

Elle aurait aimé pouvoir échanger et poser toutes les questions qui lui tournent dans la tête à un professionnel, mais elle ne veut pas qu'un médecin décide qu'elle devient potentiellement dangereuse pour sa fille et que le pire scénario se transforme en réalité. Il faut qu'elle apprenne à vivre avec cette autre vie dans son cerveau. Elle doit aussi s'assurer que les gens autour d'elle ne s'aperçoivent de rien.

L'idée qui lui a traversé l'esprit précédemment, qu'Émilie serait mieux avec des inconnus, lui est désormais complètement passée. C'est vraiment une angoisse d'imaginer son quotidien sans sa « perle », comme elle l'appelle quelques fois affectueusement. Elles se sont toujours serré les coudes, et leur solidarité, pendant les coups durs, rempli les trous causés par les aléas de l'existence. Elles ne sauraient vivre l'une sans l'autre pour l'instant, Élise en est certaine, c'est elle qui est la plus à même de lui apprendre à construire sa vie d'adulte. Rien ne vaut une mère, la sienne le lui a assez souvent répété.

Elle a entendu la porte d'entrée, ça doit être Émilie. Quelques secondes plus tard, sa supposition se confirme.

– M'an, j'suis rentrée, je vais dans ma chambre, lui crie sa fille depuis l'autre côté de l'appartement.

– OK chérie, je prends un bain, on mange de bonne heure ce soir, je suis un peu fatiguée, lui répondit-elle suffisamment fort pour que ses paroles lui parviennent au travers de la porte fermée.

Pas de réaction, ça veut sûrement dire oui, ou alors elle est déjà avec ses écouteurs sur les oreilles hors de portée du monde extérieur.

L'eau refroidit, mais elle commence pourtant à se sentir bien mieux que depuis ces deux dernières semaines. Elle pense même un peu à Bertrand, son amant d'une nuit. Il faut vraiment qu'elle trouve le temps, et surtout le courage de le rappeler. Finalement, elle se fait la réflexion que depuis qu'elle a choisi de ne plus se battre contre son subconscient, mais d'accepter ses visions, elle est comme libérée d'un poids. Elle a envie de sourire et de profiter de la vie. Elle se redresse en sortant les épaules de l'eau et décide d'essayer.

Elle se remémore les paroles de Rhoet et inspire profondément par le nez l'air humide et tiède de la salle de bain.

Elle ferme les yeux et se concentre sur sa respiration. Elle entend en bruit de fond Émilie dans sa chambre, qui a allumé sa mini-chaîne achetée d'occasion l'été dernier, et les sons habituels du quotidien de l'immeuble, un enfant qui court dans le couloir, des casseroles qui s'entrechoquent dans une cuisine, des canalisations qui craquent, le vent qui souffle fort. Le vent ? Dans le bâtiment ?

Elle soulève ses paupières. Elle est couchée par terre, au milieu du cercle de torches. Le vieil homme marche lentement autour de celle-ci en récitant des incantations, en créant un jeu d'ombre et de lumière chaque fois qu'il passe devant un flambeau. Sa capuche est remontée sur sa tête, et la brise fait claquer sa longue robe. Elle se redresse, s'assoit en tailleur et inspecte son environnement proche avec plus d'attention. Elle voit mal et avec ses allers-retours, elle a perdu la notion de temps sur cette terre, elle ne sait pas si c'est le matin ou le soir. La brume épaisse et la semi-obscurité l'empêchent de distinguer plus loin que le cercle de lumière. Un gobelet, probablement en argile, ou quelque chose qui y ressemble, très différent des verres de marque suédoise qu'elle a dans sa cuisine, est posé à côté d'elle. À l'intérieur, elle aperçoit un liquide sombre, la lueur des torches y danse sur la surface.

Le sorcier la voit se redresser et interrompt sa litanie.

– Mala, bien, tu es revenue, parfait.

Rhoet lui envoie un sourire qu'elle trouve bienveillant. Elle n'a plus aussi peur. Elle lui rend, pour le lui faire comprendre.

– J'ai posé à côté de toi une boisson que tu dois prendre pendant que j'achève la cérémonie. C'est une décoction de plantes et comme je te l'ai déjà expliqué, cela doit aider ton esprit à voyager plus aisément. Je dois terminer, nous pourrons reparler du rite plus tard si tu as des questions. Maintenant bois.

– OK, c'est le petit verre de l'amitié, plaisante Mala.

Elle avale le breuvage d'une traite. C'est amer avec un goût d'humus. Elle fait la grimace.

L'homme qui n'a pas relevé sa remarque comique a recommencé à arpenter le cercle sans s'occuper d'elle, en psalmodiant des phrases dans une langue qu'elle ne comprend pas.

Arrivé sur la deuxième terre n'a finalement pas été si compliqué. Si le sorcier dit vrai et que la potion immonde qu'elle vient d'avaler doit encore plus simplifier l'exercice, il faut qu'elle essaye de reprendre le chemin en sens inverse pour voir si cela fonctionne. Elle se sent de nouveau angoissée en imaginant que cela ne marche pas comme prévu. Elle a laissé son autre corps dans l'eau, ce n'est peut-être pas une bonne idée, elle n'y avait pas pensé, mais elle risque de se noyer. Ça n'est pas malin.

Finalement, il lui a suffi de fermer à nouveau les yeux et de vider son esprit quelques secondes pour se retrouver dans son bain. Elle est beaucoup plus calme qu'elle ne l'a été depuis très longtemps et la facilité avec laquelle elle a fait son voyage retour l'a rassurée. Elle n'a plus peur de rester coincée dans « ses visions », c'est déjà ça. Elle désire reprendre le contrôle de sa vie et ce constat l'aide à croire que cela est possible, en tout cas, de pouvoir décider de l'endroit dans lequel elle veut être.

Elle se sourit à elle-même en replongeant dans l'eau tiède et moussante de la baignoire.

Plus détendue qu'elle ne l'est depuis des semaines, à la sortie de la salle de bain, elle propose à Émilie de manger devant la télé. Elles rient à la rediffusion d'un bêtisier et le moment qu'elles partagent est vraiment sympa. Mais d'un coup, sans savoir pourquoi, le charme se rompt. L'humeur de sa fille s'assombrit pendant une des remarques de sa mère et elle disparait dans sa chambre après l'avoir rapidement embrassée sur la joue.

– B'soir man.

– Tu vas déjà te coucher ? Tu peux rester encore un peu si tu veux, il n'est pas très tard.

– Nan, j'suis crevée, a d'main.

Quelque chose a l'air de la tracasser, mais malgré les questions de sa mère, elle n'a rien répondu.

Élise se dit qu'elle a dû dire quelque chose qui n'a pas plu à l'adolescente. Elle devient susceptible pour des broutilles en ce moment. Elle décide de revenir à la charge plus tard, lorsqu'elle sentira que le dialogue entre elles est rétabli. Peut-être qu'avec ses propres soucis, elle l'a un peu négligée. Il faudra qu'elle s'en assure.

Elle a fini par s'assoupir devant la télévision et est retournée dans son lit au milieu de la nuit. Elle a dormi d'un sommeil profond, sans rêve et, pour une fois, elle s'est levée reposée et de bonne humeur.

6

Elles ont passé un samedi très ordinaire : ménage pour la mère, devoirs de classe pour la fille. Élise sait qu'il vaut mieux qu'ils soient faits avant qu'elle ne parte en vacances chez sa grand-mère. Superviser les leçons n'est pas le fort de sa mamie qui d'ailleurs assume complètement en affirmant qu'une grand-mère est là pour l'amusement et la rigolade, que les corvées, c'est aux mères de s'en charger.

Émilie est une élève studieuse, ça n'est donc qu'une formalité, par contre si elle a un exposé avec des recherches à faire, un herbier à préparer ou des recherches à la bibliothèque, elle garde ça pour le faire avec « Mamie Zabeth ». Cette dernière sait toujours l'aider pour apporter une touche d'originalité et construire des projets qui trouvent l'approbation du professeur. De plus, elles aiment vraiment partager ces moments et lorsqu'elles font leur compte-rendu à Émilie, elles en rigolent beaucoup en expliquant leurs investigations et les fous rires qui en ont découlé.

Le dimanche, elles ne se levèrent pas de bonne heure. Élise, après avoir traîné une partie de la matinée, absorbée par des jeux idiots sur son téléphone, s'est mise en cuisine pour préparer le repas préféré de sa fille : poulet rôti, frites maison et salade verte.

Émilie est venue rapidement lui dire bonjour, et est repartie s'enfermer dans sa chambre. Apparemment, elle n'a toujours pas envie de parler. Pendant le déjeuner, sa mère a eu l'impression de lui tirer les vers du nez chaque fois qu'elle sollicitait une réponse.

– Tu as discuté avec mamie, tu sais ce que vous allez faire cette semaine ?

– Non

– Vous pouvez peut-être vous prévoir un ciné ?

– Ouais, j'sais pas, peut-être.

– Ah, et au fait, tu as vu avec mamie pour ta soirée Pyjama avec Noeline ?

Noeline est la meilleure amie d'Émilie. Elles sont dans la même classe depuis la maternelle et il a fallu que les mamans fassent un courrier pour leurs entrées au collège afin qu'elles y restent, sous la menace des deux adolescentes de « suicide collectif si on n'est pas ensemble, vous comprenez, on est comme des sœurs jumelles, on peut pas être séparées ! » avaient-elles minaudées.

– Nan, on verra… lui répond Émilie, peu encline à en dire plus.

Élise finit par allumer la télé pour briser le silence qui se fait pesant. Chaque fois qu'Élise demande à sa fille ce qu'elle la préoccupe, cette dernière lui réplique qu'il n'y a rien. Son repas terminé, elle quitte la pièce et referme sa porte de chambre derrière elle.

Élise soupire, elle se sent stressée par ces tensions. D'autant plus que ses rêves « fugaces » ont repris depuis son réveil. Par moment, elle entend le vent souffler dans l'appartement et à d'autres elle a l'impression que la température chute brutalement. Pendant un instant, il lui a même semblé percevoir la voix de Rhoet pendant qu'elle regardait les infos à la télé. Ces incursions « d'ailleurs » ne durent que quelques secondes, mais c'est vraiment bizarre d'avoir ces troubles auditifs et visuels qui viennent perturber sa réalité. Élise espère que sa fille ne l'a pas vue lorsqu'elle s'est bouché les oreilles ou qu'elle s'est mise à grelotter sur le canapé en resserrant ses bras autour de ses genoux, et que ça n'est pas la raison de son mutisme.

Une fois la vaisselle faite et la cuisine rangée, Émilie n'ayant pas refait surface, elle décida qu'il était temps de la conduire chez sa grand-mère. En général, c'est plutôt vers la fin d'après-midi, mais vu la tension, c'est sans doute mieux ainsi. Et puis elle est enfin déterminée à appeler Bertrand aujourd'hui et elle préfère être seule pour le faire.

Elle passe un coup de téléphone rapide à sa mère pour l'avertir qu'elles arrivent plus tôt que prévu en prétextant que l'ado a trop hâte de voir sa grand-mère. Elle n'a pas envie de se lancer dans une discussion sur l'éducation et devoir être mise face à son incapacité à régler un conflit.

Elle informe Émilie du changement de programme et cette dernière en parait satisfaite. Elle se sent un peu vexée, elle qui pensait que cela aurait pu l'attrister de se quitter plus vite, alors même qu'elles allaient être séparées une semaine entière. Ensuite, elle profite qu'elles sont coincées dans la voiture pour reprendre son interrogatoire.

– Émilie, ma perle, je vois que quelque chose ne va pas, tu as l'air contrariée, tu veux qu'on en cause ?

– Non, y'a rien

– Tu as des soucis à l'école, ou bien est-ce moi ? J'ai dit quelque chose qui t'a blessée ? Tu sais, tu peux tout me dire, on peut en discuter.

– Je t'ai dit qu'il n'y avait rien, t'es lourde !

– Émilie, tu me parles autrement !

Élise a haussé le ton, ce qui ne va pas aider au dialogue, mais il faut qu'elle fasse comprendre à sa fille qu'elle a été trop loin. Cette dernière reprend sa mine boudeuse et elle se bute à contempler la route par sa fenêtre, en évitant de regarder du côté de sa mère.

Élise augmente le volume de la radio pour remplir le silence qui se fait pendant les quinze minutes qui les séparent du domicile d'Élisabeth.

Mamie Zabeth les attend avec impatience et de bonnes odeurs de cuisine flottent dans l'air. Émilie, chargée de son sac de vêtements, embrasse rapidement sa mère du bout de lèvres et s'éclipse dans la chambre qu'elle occupe chez sa grand-mère. Élise tente de la prendre dans ses bras, mais sa fille se précipite pour rendre cet acte d'amour impossible. Elle a juste le temps de lui dire que la discussion n'est pas terminée et qu'il faudra qu'elles s'expliquent avant que la porte ne lui soit claquée au nez.

– Émilie, soit sûre que l'on continuera cette discussion lorsque je viendrai te chercher, lui crie-t-elle face à la porte sur le ton de la colère.

Elle ne peut apporter de réponses aux questions de sa mère qui l'interroge sur la raison de leurs embrouilles et se contente de lever les épaules en lançant :

– C'est une ado, que veux-tu que je te dise… c'est pas simple, c'est tout.

Élisabeth, qui n'a pas failli à son habitude, a préparé plusieurs tupperwares, qu'elle distribue à Élise en lui énumérant chaque contenu puis la pousse gentiment vers la sortie en l'assurant qu'elle tentera de parler à sa petite fille pour savoir ce qui ne va pas. Elle semble impatiente d'être seule avec elle.

– On t'appellera demain soir pour te donner des nouvelles. Ne te fatigue pas trop au travail. Bisous et à demain.

Sa mère referme derrière elle. Élise est triste de la façon dont elles se sont séparées, mais essaye de se persuader que leurs retrouvailles seront bien plus joyeuses. Elle sent de nouveau le chagrin venir se coller à elle et les larmes lui monter aux yeux. Elle se hâte de regagner sa petite voiture pour rentrer avant que quelqu'un ne la voie en train de pleurer sur le trottoir.

Sa mère arrive de la DDASS comme elle le raconte facilement aux personnes qui l'interrogent sur ses racines. Elle a été de foyers en familles d'accueil. Élise ne sait quasiment rien de cette période, Élisabeth refuse de lui donner davantage de détails. Elle répond aux questions qu'on lui pose par un « non, je vous assure, il n'y a rien d'intéressant à en dire. » Élise est persuadée que si elle ne veut pas aborder le sujet, c'est bien parce qu'il doit y avoir un nombre important de chagrins et de traumatismes. Mais rien n'y fait, pas même ses supplications lorsqu'elle était plus jeune pour savoir si elle avait une famille, des oncles ou tantes, des cousins, des grands-parents. Elle n'a donc jamais connu le genre de relation que sa fille et sa mère entretiennent ensemble et elle se rend compte que cela lui manque. Elle est presque jalouse de ces moments de complicité qu'elles partagent.

Pendant le trajet, elle se met à réfléchir au sujet de Rhoet et de la deuxième terre, et cela la réconforte. Elle se sent rapidement mieux. Elle s'aperçoit qu'elle a hâte d'y retourner, que ça soit dans sa tête ou pas. Elle commence à avoir envie d'explorer ce

Nouveau Monde et de découvrir ce qui s'y cache. C'est un peu comme lorsqu'elle est dans un bouquin et qu'il lui arrive d'y repenser dans la journée et d'être impatiente de rentrer, pour pouvoir s'y replonger et connaitre la suite. Revenue à son appartement, elle s'installe confortablement, prend son téléphone et appelle Bertrand. Elle se sent nerveuse en composant le numéro. Elle a essayé de préparer ce qu'elle voulait lui dire.

« Si j'ai l'impression de le déranger, je pourrais toujours dire : ah mince Bertrand, je me suis trompée de destinataire dans mes contacts, bon, puisque je t'ai, ça va depuis l'autre fois ? Pff, complémentent nulle cette tirade ! »

Elle cherche les mots justes, pendant que s'égrainent les sonneries. Finalement, elle est presque soulagée de tomber sur sa messagerie.

– Salut Bertrand, c'est Élise, heu, pour rappel, on est sorti ensemble le week-end dernier, enfin oui je pense que tu t'en souviens – petit rire nerveux – enfin voilà, bon je ne sais pas pour toi, mais moi j'ai trouvé ça sympa, alors du coup, si des fois tu as envie que l'on se revoie, enfin c'est comme tu veux, bon ben, bonne journée et peut-être à une prochaine, salut !

Mon Dieu ! Elle doit être écarlate, quel message « tarte », elle va avoir l'air d'une andouille, ou bien la fille super seule qui n'a personne dans sa vie et qui harcèle un mec rencontré dans un bar. S'il désire la contacter, et bien ce message risque de lui en faire passer l'idée. Le reste de la soirée, elle n'arrête pas de jeter des coups d'œil sur son téléphone portable pour vérifier ses appels. Finalement, à 11 h, elle comprend qu'il ne va probablement plus sonner et elle va se coucher. Elle souhaite aller dans l'autre terre, mais elle se sent trop fatiguée et déprimée. Il faut qu'elle dorme. Elle se dit que demain serait une nouvelle journée, avec un peu de chance, plus sympa.

7

Le lundi matin à 8 h, elle démarre sa nouvelle carrière de poissonnière. Allez haut-le-cœur !

Comme elle s'y attendait, ses « chères » collègues ont rapidement été horribles avec elle. Oh, devant leur responsable, elles se sont présentées sympathiques et chaleureuses. Elles ont même affirmé qu'elles allaient accueillir la « nouvelle » du mieux possible. Mais quand ce dernier est parti, Élise a été quelque peu malmenée. Elles ne comprennent pas que le travail lui soit proposé à elle, alors qu'une de leur amie a fait des remplacements depuis plusieurs semaines et que cela s'était bien passé.

L'une d'entre elles termine sa tirade en balançant :

– Je me demande bien ce que tu as pu faire pour obtenir le poste. Y en a qui t-on vu sortir du bureau de Chambion, j'aurais voulu être une petite souris pour savoir ce qui se tramait, dit-elle en gloussant avec sa congénère.

Élise, pour qui être là est une punition, préfère faire comme si elle n'a pas compris l'allusion. Si elle commence à distribuer des gifles le premier jour, ça risque de faire tache. Après avoir exposé leurs points de vue sur cette situation, elles s'employèrent à afficher leur animosité dès qu'Élise s'adressait à elles. Du coup, elle n'a quasiment pas parlé de la matinée. C'est extrêmement pesant, mais aussitôt qu'elle ouvre la bouche pour poser une question, c'est pire.

– Comment ça ? Tu ne fais pas la différence entre le cabillaud et le lieu ? T'es nulle, tu vois, tu n'as rien à faire ici.

– Évidemment qu'il faut que tu apprennes à vider les poissons, tu ne crois quand même pas que c'est nous qui allons tout nous coller, on ne va pas être tes boniches ? Nan, mais, pour qui elle nous prend l'autre.

Pendant sa coupure pour déjeuner, elle va se cacher dans un coin de la réserve qu'elle sait très peu fréquentée. Elle n'a pas le droit d'y manger, mais le magasinier en chef fait en général comme s'il ne la voyait pas. Elle avale rapidement son sandwich maison. C'est moins cher et meilleur que ceux vendus sous cellophane. Elle aurait bien voulu essayer de « s'absenter » dans son autre monde, mais comme elle n'a pas la notion du temps, elle craint de ne pas revenir à temps et ses collègues seraient capables de la dénoncer si elle est en retard ne serait-ce que de trois minutes. Elle désire échapper à cette matinée, à cet environnement, à cette vie de solitude. Elle n'a toujours pas de nouvelles de Bertrand. Ce deuxième univers est un moyen de fuir toutes ces raisons de déprimer.

Elle n'a jamais voyagé, même dans son propre pays. Une excursion scolaire de 3 jours en Camargue avec sa classe de CM2 et le mariage à Toulon de la fille de leur voisine, et amie de sa mère, lorsqu'elle avait douze ans, ont été ses seules sorties en dehors de son département.

Alors, quand elle va sur la deuxième terre, elle a l'impression d'être une aventurière, même si c'est dans son cerveau. Elle a envie de découvrir ce nouvel environnement qui s'offre à elle.

Sa journée lui parait interminable. Ses collègues ont la

réputation d'être de vraies peaux de vaches, c'est le terme qui revient le plus souvent quand elle entend parler d'elles. Et aujourd'hui, elle a la confirmation qu'elles sont à la hauteur de ces médisances.

Élise est triste et se sent déprimée. Il va falloir qu'elle tienne peut-être plusieurs mois sur ce poste. Elle a les larmes aux yeux, mais elle ne veut surtout pas que cela se voie, elle a sa fierté.

De retour chez elle, elle file sous la douche pour tenter de se débarrasser de l'odeur de poisson qui semble rester collée à sa peau. Elle fait couler l'eau bien chaude pendant un long moment, en pleurant sur son sort. Ce soir, elle trouve sa vie encore plus merdique que d'habitude.

Une fois la crise de larmes terminée, elle réchauffe l'un des plats que sa mère lui a remis la veille et l'avale rapidement sur la table basse, devant la télévision. Elle est dans ses mornes pensées et n'apprécie ni ce qu'elle a dans son assiette ni ce qui passe sur l'écran face à elle. Elle veut repartir dans son autre monde, là où elle n'est pas une poissonnière harcelée et fauchée. Elle y a réfléchi et elle ne songe plus qu'à ça depuis midi. Elle en a vraiment envie. Elle est seule chez elle, c'est le moment idéal. Et puis si ça ne lui plait pas, elle arrête tout, même si ça contrarie le vieux bonhomme.

Elle se remémore les conseils du sorcier qui lui a expliqué qu'elle peut mettre l'enveloppe qu'elle quitte au repos pour son retour. Elle effectue le tour de l'appartement et éteint toutes les lumières. Elle laisse juste sa lampe de chevet. Elle affectionne son verre rouge qui produit un éclairage cosy dans la chambre. Elle ne sait pas pourquoi, mais ça la rassure. Elle s'installe confortablement. Couchée sur le dos dans son lit, elle croise les mains sur le ventre et ferme les yeux. Elle écoute sa respiration lente et régulière.

Le vent souffle encore, mais il ne cesse donc jamais ici ? Elle ouvre les paupières. Il n'y a plus les torches placées en cercle, seul un grand feu brûle à quelques pas d'elle. Elle se redresse sur un coude. Le vieil homme tient une branche avec laquelle il remue les braises et fait voler des étincelles dans le ciel sombre. Élise, enfin Mala puisque c'était ainsi qu'on la nomme ici, lève les yeux. Elle ne voit aucune étoile, elle ne sait pas si c'est parce qu'il y a des nuages ou si elles n'existent pas dans ce monde. D'ailleurs, qu'y a-t-il dans cet endroit, qu'on ne trouve pas là-bas et inversement ?

– Tous les humains vous ressemblent ?

– Comment ?

L'homme a sursauté. Il ne s'est pas aperçu qu'elle a éveillé ce corps inanimé un instant plus tôt.

– Les hommes et les femmes sur cette terre, ils sont comme vous ? Deux bras, deux jambes ?

– Oui, évidemment. Enfin, chaque personne est unique et à ses propres caractéristiques.

– Avez-vous des villes ?

– Bien sûr

– Comment sont-elles ? Décrivez-les-moi s'il vous plaît ?

– Eh bien, c'est un grand rassemblement de maisons serrées les unes contre les autres. La plupart du temps, les demeures sont étroites, mais possèdent souvent 3 étages. Il y en a en général une famille par bâtisse. Les grands-parents y logent, avec les enfants et petits-enfants, même parfois leurs frères ou sœurs. Lorsque les membres sont très nombreux, ils occupent plusieurs habitations proches et le quartier prend le nom de la tribu qui y a prospéré. Mais l'architecture diffère d'une cité à une autre.

– Et elles sont grandes comment vos villes ?

– Je ne comprends pas ce que tu demandes, s'étonne le vieillard.

– Eh bien, combien y a-t-il de personnes dans chaque ville ?

– Quelle drôle de question, personne ne s'est jamais dit qu'il fallait compter les gens qui y vivaient.

– Et qui les dirige ? Un maire ? Le chef de la commune, comment le nommez-vous ?

Elle est obligée de reformuler sa phrase devant l'air perplexe de l'homme. Il lui a déclaré que leurs langues étaient identiques, mais pour autant il ne semble pas saisir tout à fait ses interrogations.

– Non, meyre, je ne connais pas ce nom. Mais nous avons beaucoup de personnalités importantes dans les cités. Chacun a en charge des domaines variés. Un pour le commerce, un autre pour la défense, même un pour l'éducation des plus jeunes dans les localités les plus modernes, mais les décideurs ultimes sont les seigneurs, si c'est cela la question que tu te poses.

– Des seigneurs ! Quelle horreur !

Mala grimace.

– J'ai étudié le sujet alors que je n'étais qu'une enfant et cela représente pour moi une époque épouvantable. Des hommes très riches et puissants qui exploitent les gens les plus pauvres. Mon univers est si éloigné de ce mode de vie. J'imagine que si je vous parle de parité hommes-femmes, ce doit être un concept qui ne vous est pas familier ? ajoute-t-elle.

L'air extrêmement étonné de Rhoet suffit à répondre à sa dernière question.

Il poursuit.

– Tu sembles très négative vis-à-vis des seigneurs. Et pourtant, ils veillent à la sécurité et aux partages des ressources pour les populations. Bien sûr, ils sont riches et leurs jugements sont quelquefois lapidaires, mais sans eux, ça serait l'anarchie et la guerre continuellement. Tu sais, la plupart sont aimés du peuple. Même si deux ou peut-être trois d'entre eux ont la réputation de profiter de leurs statuts et d'appauvrir leurs habitants, en faisant régner un climat de peur et de violence. Mais les occupants mécontents ont tendance à quitter leurs foyers pour aller s'installer dans les cités plus loin. Les migrations rendent ces villes plus fragiles et je crois que cela va permettre aux dirigeants abusifs de changer.

Face à cette vision utopique, la jeune femme hausse les sourcils.

– Vous en avez beaucoup des cités ?

– Nous en avons neuf. Plus tard je te donnerais leurs noms et je te montrerais les régions où elles se situent sur une carte que j'ai trouvée et complétée moi-même, affirme fièrement Rhoet.

Elle ne sait pas si l'homme est satisfait du nombre de villes ou de posséder un plan, sûrement d'ailleurs très approximatif.

– Hou-là, neuf, ça commence à faire, répliqua Mala narquoise. Je peux vous poser d'autres questions ?

– Oui, vas-y, je suis là pour y répondre.

– Les gens dans les villes, comment ils s'occupent ? Ils ont des loisirs ?

Rhoet fronce les sourcils en secouant la tête.

– Des passe-temps, si vous voulez, que font-ils de leurs journées ?

– La majeure partie, les habitants, qu'ils vivent dans les cités ou à la campagne, travaillent. Ils le font le plus souvent en famille. Ainsi les pères apprennent leurs métiers aux fils et pareil pour les femmes et les tâches qui leur incombent. Chacun trouve sa vocation et se sert de ses compétences pour rendre l'existence plus simple au membre du groupe. Il y a beaucoup d'entraide et chacun a sa place et sa fonction au sein du foyer. Mais oui, pour revenir à ta question, les gens ont parfois quelques passe-temps. Ils jouent aux cartes entre amis, participent aux banquets qui sont donnés assez souvent dans leurs communautés, ou bien ils fabriquent des bijoux, ce genre de chose. Mais je dois dès maintenant te prévenir, il y a aussi ceux qui demeurent dans l'ombre, les parias, mendiants ou voleurs ou ceux qui ont pris des chemins de traverse et exercent des métiers peu honorables. Tu verras par toi-même, nous allons traverser certaines villes, et je pense que c'est en te montrant que tu pourras apprendre à connaitre notre mode de vie.

Mala se retient d'apporter à nouveau un commentaire qu'elle sait désobligeant.

– Quel autre sujet veux-tu aborder ?

– Les femmes, tout à l'heure, vous avez parlé des tâches qu'elles ont à accomplir ? Quelles sont-elles, des tâches ménagères ? Elles n'ont pas de métier ?

– Si parfois, mais cela est rare. Elles sont au centre du foyer, elles entretiennent la maison, élèvent les enfants et soignent des parents âgés ou malades. Elles préparent les repas pour toute la famille qui peut être très grande. De temps en temps, entre les grands-parents, les parents, les oncles, cousins, enfants et petits-enfants, il peut y avoir facilement trente personnes dans une même maisonnée, ça fait de nombreuses bouches à nourrir. Elles sont les piliers et occupent un rôle important. Les matriarches ont aussi la lourde responsabilité de gérer l'argent, c'est essentiel.

– Oh génial, je suis donc tombée sur un peuple qui vit comme au moyen âge où la femme, dès qu'elle vient au monde, a un chemin tout tracé de cuisinière-comptable. J'adore, je sens que je n'ai pas fini de me prendre la tête, d'être très contrariée, précisa-t-elle, en regardant le vieillard. Je n'ose même pas demander comment est le quotidien à la campagne : aller aux champs et chercher de l'eau dans le puits ?

Le sorcier ne commente pas sa tirade, mais le petit sourire contrit qu'il lui offre lorsqu'elle prononce la fin de la phrase, laisse penser à Mala qu'elle ne doit pas être très éloignée de la réalité.

– Et moi, alors, comment je suis perçue ? Une femme pour sauver le monde, ça doit être un comble pour beaucoup. En revanche, je vous préviens, je ne viens pas sur la deuxième terre pour faire la cuisine et le ménage pour les bonhommes !

– Non bien sûr, répondit Rhoet en secouant vivement la tête sans doute de peur qu'elle ne reparte sur le champ. Tu n'es pas destinée à ces fonctions. Il est vrai que beaucoup de gens risquent de te regarder bizarrement d'ailleurs. Certains pensent que tu n'es pas réelle, et que la prédiction de Mala n'est en fait qu'une légende pour amuser les enfants. Ils ajoutent souvent que je suis un vieux fou, lorsqu'il m'arrive d'aborder le sujet, ce que j'évite pour cette raison. C'est pour ça que la congrégation existe. Tu te rappelles ? C'est le groupe dont je fais partie. Non seulement nous croyons en la prophétie, et donc en toi, mais en plus, les partisans que nous rencontrerons, vont nous aider dans notre quête. Je ne vais pas te cacher la vérité, il est possible que, régulièrement, les gens que nous allons croiser veuillent te faire du mal, soit parce que tu représentes un mode de vie qu'ils ne peuvent comprendre, soit parce qu'ils te verront comme une menace pour eux, peut-être même une entité venue des enfers.

– Ah tiens, nous aussi on a le concept d'enfer, affirme-t-elle toute contente l'index levé.

Rhoet hausse un sourcil et poursuit.

– D'après les récits que j'ai étudiés, tu es une guerrière redoutable.

– De mieux en mieux, moi, me battre.

Elle prend quelques secondes pour réfléchir à la situation

– Juste pour être sûre, si je vous dis informatique, ordinateurs, métros, avions, ou voitures, est-ce que vous savez de quoi je parle ?

Rhoet fronce très fort le front et plein de petites rides se creusent.

– Dés…, non, désolé, je ne comprends pas ces mots-là. Je ne connais pas leurs significations. Ils veulent dire quoi ?

– D'accord, comment expliquer ?

Mala réfléchit. C'est un peu comme devoir décrire un océan bleu à un aveugle de naissance.

– Il s'agit de technologies très avancées. Des machines nous permettent de communiquer, de nous transporter. Certaines rendent possible une discussion avec quelqu'un à l'autre bout de la planète. Avec d'autres, nous pouvons voyager sous terre et dans le ciel, à grande vitesse.

Elle ne voit pas comment elle peut expliquer ça différemment.

– Quelle horreur ! Non, pourquoi avoir des outils pareils ? Moi je n'en voudrais pas. Pourquoi aller sous le sol, alors que nous avons des routes ? Et si nous devions nous déplacer dans les airs, nous aurions des ailes. J'étudie beaucoup les textes et les livres que je peux trouver et je pense qu'il existe de nombreuses peuplades inconnues et des territoires inexplorés. Je dessine des cartes et consigne les éléments quand je rencontre un étranger et que j'obtiens de nouvelles informations. Donc avant d'envisager d'arpenter les souterrains et les nuages, il faudrait déjà être sûr que l'on connaisse tous ce qui se situe à notre portée. Ton monde a vraiment l'air très différent du mien. Bien sûr, je m'en doutais, mais je ne pensais pas que c'était à ce point.

Mala se frotte le visage avec ses deux mains, cette conversation la laisse perplexe. Si tout ça est dans sa tête, comment a-t-elle pu se créer un univers si opposé à celui dans lequel elle vit ? Et comment doit-elle interpréter cette information d'un point de vue psychologique ? C'est non seulement un monde qui lui est étranger par l'aspect, mais aussi une époque dont elle ne connait rien. Sans le confort moderne, elle ne voit pas comment elle peut s'en sortir. Elle ne sait pas se nourrir autrement qu'en ouvrant la porte du réfrigérateur et trouver ses clés de voiture pour se déplacer. La vie ne parait pas simple ici, c'est peut-être un défi donné par son cerveau.

– Vous avez des dinosaures ?

– Qu'est donc encore ceci ?

– Des bêtes grosses comme des immeubles, répond-elle, amusée de sa propre réplique.

L'homme la regarde et comprend qu'elle se moque sans doute de lui et lui adresse un sourire franc. Il semble au moins avoir la notion de plaisanterie.

– Je blague, mais pour tout vous dire je suis dans une situation très déstabilisante. Pour faire simple, cette planète ressemble beaucoup à chez moi, même si la lumière est étrange et que les plantes ont l'air légèrement différentes. Mais par contre, c'est comme si j'étais remontée dans le temps. Vous paraissez posséder les principes que nous avions il y a des centaines d'années.

– Mala, je n'ai pas toutes les explications, loin de là. Mais j'ai saisi que tu es inquiète. Je suis ici pour t'apporter mon aide afin d'accomplir ton destin. Ensuite, lorsque cela sera fait, tu pourras regagner ton monde et ton mode de vie.

– Alors du coup justement, au sujet de ce que je dois « accomplir », petite précision très importante je ne vois pas ce que vous attendez de moi, mais vous devez comprendre que sur ma planète je ne suis pas une guerrière. Je ne sais pas lancer des couteaux ni chasser, pêcher, allumer un feu ou ce genre de chose. Ma vie est vraiment très banale et je n'ai pas d'aptitude particulière qui pourrait à priori vous être utile. Je me demande même si le « Karma » ne s'est pas trompé de personne. Alors certes je semble plus musclée ici, mais je ne pense pas que cela va suffire. En fait, je ne vois pas trop ce que je vais pouvoir faire pour vous.

Elle veut faire comprendre au vieil homme qu'elle n'est sans doute pas à la hauteur de ce qu'il attend d'elle.

– Ne t'inquiète pas, nous allons trouver des gens qui vont nous aider et t'apprendre ce que tu dois savoir.

Sans donner plus de détail, il reprend sa branche et remue de nouveau les morceaux de bois qui se consument.

8

Le jour commence à se lever. C'est ébahie que Mala découvre un soleil rouge flamboyant monter de l'horizon. Elle comprend maintenant pourquoi tout a une teinte ocre. Elle reste sans voix. Rhoet la regarde en souriant, heureux de voir qu'elle semble prendre du plaisir à être avec lui. Alors qu'elle n'est pas remise de ce spectacle, peut-être dix minutes après le premier, elle aperçoit un deuxième astre s'élever à la suite du précédent. Il ressemble davantage à ce que Mala connait, mais il est plus petit et la clarté qu'il émet est presque dorée.

– Mince, c'est incroyablement beau. Vous avez deux soleils !

La lumière jaune du deuxième vient atténuer un peu les teintes rouges du premier. Cela donne une couleur particulière et changeante. Même les ombres sont différentes. Au bout d'un moment, le second disque masque une portion du plus gros et ils semblent ensuite s'élever dans le ciel, comme accrochés l'un à l'autre. Mala trouve le spectacle fabuleux.

Ils discutèrent une grande partie de la journée. Rhoet lui expliqua que sa présence sur la deuxième terre ne serait pas forcément en plein jour. Les informations qu'il a pu collecter disent que le décalage du temps entre les deux mondes est très complexe. Les Mala précédentes ne paraissaient pas avoir découvert de solution pour choisir le moment précis de leurs venues. Il devra donc s'adapter.

Ensuite, il lui posa des questions au sujet de sa terre, mais trop de mots lui étaient inconnus. Des éléments essentiels manquaient au sorcier pour qu'il puisse comprendre les explications que la jeune femme tentait de lui donner. Comment savoir ce qu'était une ampoule alors qu'il n'avait pas le concept de l'électricité ? Sur cette terre, il n'y a pas encore eu la découverte des moteurs ou de la médecine moderne.

Le vieil homme lui a décrit des scènes du quotidien, les habitudes et les modes de vie. Le fossé qui existe entre leurs deux technologies est trop important pour qu'elle puisse faire la même chose. Elle réalise qu'ici les gens doivent travailler très dur pour survivre. Et dire qu'elle se plaint de son manque de moyens ! Comment pourrait-elle expliquer qu'elle a « trop kiffé » poser des stickers sur le papier peint des murs de son appartement. Elle n'arrive pas à trouver les mots pour lui apprendre des notions trop éloignées de ce monde.

Par contre, elle lui parle de sa mère et de sa fille qui partagent son quotidien. Il s'étonne que sa famille soit si réduite, pas de demi-douzaine de frères et sœurs ? L'information qui le laisse le plus perplexe est que l'autre terre est peuplée d'environ 7 milliards d'humains. Mala a entendu le chiffre à la télévision deux jours avant. Elle sait qu'elle ne retiendra pas bien longtemps cette actualité et elle se trouve satisfaite d'avoir pu la transmettre à quelqu'un qui l'ignorait, même si cela n'est pas d'une grande utilité à son nouveau détenteur.

L'homme reste un bon moment silencieux à réfléchir avant de décider qu'il vaut mieux consacrer le temps dont ils disposent lorsqu'elle est présente sur la deuxième terre, pour compléter ses connaissances à elle. C'est ça la priorité.

Il s'absente ensuite quelques minutes, la laissant à la contemplation du magnifique tableau qu'offre le paysage.

Il revient avec des fruits qu'il est allé cueillir dans un groupe de buissons un peu plus loin. Qu'elle ne fût pas sa surprise de voir qu'ils ressemblent à des cornichons, mais rouges. Ils sont très juteux, le goût n'est pas déplaisant, mais elle n'arrive pas à trouver de comparaison avec ce qu'elle connaît.

Ils reprennent leur conversation. Le sorcier lui apprend par exemple que les lumaxs sont des animaux assez répandus. Il lui décrit le plus précisément possible de telle sorte qu'elle imagine de gros chiens, mais avec une trompe d'éléphant, broutant de l'herbe, puisque végétariens. Cela la fait sourire. Il ajoute que bien dressé, on peut parfois en rencontrer chez les habitants. Ils sont de bons gardiens pour les petits enfants et les troupeaux. Elle se dit que c'est comme si certaines espèces s'étaient développées de façon différente d'un univers à l'autre.

Les histoires qu'il lui raconte confirment l'idée qu'elle a commencé à se faire. Ce monde est rudimentaire et les conditions de vie sommaires.

Comme il lui a déjà expliqué, neuf villes sont réparties dans les contrées qu'il connaît. Il se déplace très souvent et il est sûr qu'il reste des territoires non explorés. Pas que sa curiosité ne l'est jamais conduit là-bas, mais plutôt parce que de nombreuses difficultés ne peuvent être surmontées. Les longs voyages sur les océans sont compliqués et très onéreux. Beaucoup de personnes ont laissé leurs vies dans les flots déchaînés. La hauteur de certaines montagnes dont la cime semble toucher le ciel ne permet pas le franchissement.

La plupart des habitants sont persuadés que les limites se stoppent nettes aux frontières qu'ils connaissent. Quelques aventuriers sont partis en quête de ces « Nouveaux Mondes », mais très peu en sont revenus. Et ceux qui se vantent de tels exploits n'en ont pas toujours une narration crédible. Du point de vue de Rhoet, il s'agit souvent de simples arnaqueurs, à la recherche d'un éventuel noble mécène rêveur qu'ils pourraient dépouiller contre des histoires improbables.

Pour sa part, dès qu'il parvient à obtenir des informations qui lui paraissent plausibles, il complète les cartes qu'il conserve religieusement. Il ne désespère pas d'arriver un jour à découvrir des lieux inconnus, mais pour le moment il a d'autres priorités.

Mala comprend que sans technologie les déplacements doivent être bien plus compliqués et lents. D'autant plus que le sorcier lui a appris que sur la deuxième terre la météo est extrême dans certaines régions et que l'on peut y trouver un grand nombre d'animaux dangereux. Il n'est pas rare sur son chemin de tomber sur des corps humains à moitié dépecés. Il lui explique que dans les jours à venir, ils vont traverser une zone montagneuse qui cumule une absence de végétation, un froid capable de vous geler les doigts et un vent très violent qui accentue encore l'inconfort.

Il termine sa description peu engageante en lui disant qu'entre les bêtes sauvages, les peuples parfois primitifs et barbares, la faim et le manque de ressource à certains endroits, qui poussent les gens à se battre, il ne fait pas bon voyager seul. C'est pourquoi il va leur falloir des alliés.

Mala, peu réjouie par la narration de l'homme, continue de se demander ce qu'elle peut bien faire ici, si vraiment elle y est. En tout cas, si cela est dans sa tête, quelle peut bien être l'explication d'un tel imaginaire ?

– Et du coup, que fait-on ensuite ? Nous nous retrouvons entre amis congrégationnistes, on fait un feu de camp en mangeant des guimauves, on discute, je claque les doigts et l'histoire est finie ?

Rhoet qui commence à comprendre le second degré utilisé par Mala répond à la partie de la phrase qu'il a saisi.

– Nous allons bientôt nous mettre en route. Nous devons juste attendre un ami qui doit nous rejoindre ici. Ensuite, nous entamerons notre ascension. Notre périple va être long.

– Combien de temps ?

– Je pense plusieurs soleils

– Ah, génial, vous comptez en soleil, ça va beaucoup me servir pour me repérer ça.

– Il y a beaucoup de choses à t'apprendre et nous allons profiter de notre voyage pour t'enseigner ce que tu dois savoir. Ta propre expérience sera plus efficace que toutes mes narrations.

– Je n'ai toujours pas compris en quoi, précisément, je dois vous aider ? demanda-t-elle.

– Je t'expliquerai plus tard, je ne veux pas t'embrouiller avec trop d'informations. Le compagnon qui va nous rejoindre va t'apporter sa protection et débuter ta formation. Il est important que tu suives ses conseils.

– J'ai l'impression que vous ne me dites pas tout.

– Écoute Mala, les soleils commencent à redescendre sur l'horizon, la nuit approche. Je vais devoir préparer le campement avant que l'obscurité ne vienne, tu es là depuis un moment, je pense qu'il est grand temps de retourner chez toi.

– Déjà !

Rhoet sourit et Mala comprend pourquoi : la journée s'est écoulée et elle ne l'a pas vu défiler.

– Mais je rêve ou vous changez de sujet pour ne pas répondre à mes questions ?

– J'ai encore tant de choses à t'expliquer, tout ne peut pas être dit le même jour, nous aborderons le reste quand tu reviendras.

– Vous ressemblez à ma fille lorsqu'elle refuse de dire ce qui la tracasse. Mais je vais vous dire comme à elle, la prochaine fois, je ne céderai pas, il me faudra des éclaircissements.

Rhoet acquiesce légèrement. Il n'a pas l'air convaincu. Elle doit être plus autoritaire. Après tout, c'est lui qui a besoin d'elle, et pas l'inverse, quoique…

Mala sait maintenant ce qu'elle doit faire pour voyager entre les deux terres. Elle ferme donc les yeux et il lui suffit d'une ou deux inspirations, expirations pour se retrouver dans son lit.

9

Elle est exactement dans la même position que lorsqu'elle est partie, sur le dos, les mains croisées sur le ventre. C'est assez incroyable, mais elle se sent reposée comme si elle avait fait une bonne nuit réparatrice. Le sorcier le lui a précisé, mais elle s'étonne quand même du phénomène. Elle regarde sur la table à côté de son lit, il est 1 h 30. Comme il le lui a plus ou moins expliqué, le temps semble s'être écoulé moins rapidement ici. Elle ne veut pas trop y réfléchir, cela lui file mal à la tête. Elle aurait dû essayer de se rendormir, mais elle n'a plus sommeil. Elle passe une partie de la nuit à lire, se lève pour boire, puis pour aller aux toilettes parce qu'elle a trop bu. Finalement, au petit matin, elle s'assoupit.

Sa sonnerie retentit à 6 h 30. Après quelques secondes de flottement, elle se rappelle que la routine l'attend. Elle saute du lit et part sous la douche. Pendant que l'eau chaude coule, elle repense à cette situation. Elle se rend compte d'une chose : elle envisage maintenant assez facilement que son délire n'en est pas un, mais une réalité, en tout cas pour elle. Et surtout, elle commence à éprouver un grand plaisir à ses voyages. Elle a hâte d'y retourner, fiction ou pas.

Elle se dit que ce qui lui arrive est impossible et qu'il est sans doute plus logique d'y voir la manifestation d'une maladie mentale, pourtant ça lui plait de plus en plus d'y croire.

Une fois sortie de sa douche, elle décide d'approfondir les investigations qu'elle a déjà entreprises précédemment. Elle prend son téléphone et tape « schizophrénie » dans le moteur de recherche. « Hallucinations, perception erronée du réel », sur une autre page « viennent ensuite les dysfonctionnements sociaux et comportementaux avec des phases aigües ». Elle soupire, cela peut correspondre à sa situation. Si c'est cela, combien de temps va-t-elle tenir avant que les symptômes ne soient plus graves et qu'elle ne soit obligée de se faire traiter et peut-être interner ? Elle est de nouveau en plein doute, alors que l'heure précédente, elle était absolument convaincue que le monde aux deux soleils était tout sauf imaginaire. Ces certitudes opposées se succèdent sans cesse dans son esprit, son moral ne cesse de faire des montagnes russes, peut-être un autre signe ? Pour l'instant, son entourage n'a pas l'air de soupçonner quoi que ce soit. Son inquiétude a repris le dessus. Comment peut-elle envisager que ce qu'elle traverse est la réalité ? C'est tellement délirant en y repensant.

Elle regarde à nouveau l'heure, il est 7 h 30. Elle doit se concentrer sur la journée qui s'annonce et partir au boulot. Elle était si bien en se levant et si déprimée une heure plus tard. Sa vie ne la rend pas heureuse, c'est peut-être ça le problème. Elle veut que son cerveau arrête de tourner toutes ses idées en boucle, mais elle ne sait pas comment faire.

La journée lui a semblé interminable. Les clients qui se sont succédé ont été particulièrement difficiles. L'un d'eux lui a fait peser trois fois sa commande de poisson car il y avait 20 grammes de plus et il exigeait que le poids soit absolument exact à sa demande. Elle est malgré tout restée très souriante, elle se rappelle ce que lui a dit Mr Chambion. Elle est mise à l'épreuve et à la clé, une embauche l'attend.

Ses collègues, fidèles au jour précédent, ont été flemmardes et hargneuses, mais quand un responsable passait dans le secteur, elles s'agitaient en tous sens comme des abeilles dans une ruche. Elles se sont pour le moment lassées de critiquer Élise. Sans doute grâce à son manque de réaction.

Elles n'ont cessé de juger l'apparence des clientes qui empruntaient l'allée devant leur rayon. Elles se faisaient des œillades complices et tournaient le dos pour ricaner. Élise déteste ça. Mais d'un autre côté, elle est soulagée. Pendant ce temps, elle a la paix et vu qu'elle n'est pas d'humeur, c'est vraiment préférable pour éviter qu'elle ne finisse par sortir de ses gonds.

Elle veut profiter d'être seule cette semaine à l'appartement pour faire d'autres recherches. Elle va retourner voir sur internet et regarder si elle trouve des livres sur le sujet à la bibliothèque. Elle a une carte, ça ne lui coûte pas trop cher et elle peut avoir toutes sortes de bouquins. Elle lit pas mal, même si ce ne sont que des romans à l'eau de rose.

En arrivant chez elle, elle décide d'effectuer les choses avec méthode. D'abord une bonne douche, avec le volume de la musique le plus haut possible sans avoir de coups frappés sur le mur de la part de son voisin pour lui signaler un niveau sonore trop élevé.

Ensuite, elle se prépare une copieuse salade, garnie avec des restes qu'elle a dans le frigo et exceptionnellement un verre de soda pour faire descendre le tout. Elle avale son repas disposé sur un plateau, en face de la télé qui diffuse une émission de cuisine.

Ça lui donne l'illusion que ce qu'elle ingurgite est meilleur qu'en réalité. C'est triste de manger sans personne. Elle repense à Bertrand, pas de nouvelles, encore une histoire à mettre aux oubliettes, dommage.

Après, elle enfile un pyjama bien douillet, cadeau de Noël de sa mère, idéal pour une célibataire et elle s'installe confortablement sous sa couette avec un bloc-notes et un crayon.

Il faut qu'elle fasse le point. Elle prend une feuille et trace deux colonnes. Dans la première, elle écrit pourquoi elle croit que son autre monde existe et dans la deuxième pourquoi le dysfonctionnement neurologique semble plus probable.

Au bout d'un moment, sa copie griffonnée, elle relit ses arguments. Elle n'arrive pas à se décider. Elle a tenté de rechercher des cas similaires au sien et a tapé « vivre dans un autre monde » sur son ordinateur. Toutes ses investigations la conduisent aux mêmes résultats : des troubles mentaux. Mais elle ne parvient pas à se résigner.

Tout d'un coup, elle a une idée. La première fois, elle a ramené du sable sur ses pieds. C'est une preuve indéniable ! Il faut qu'elle rapporte à nouveau quelque chose, un caillou bizarre ou le corps d'un animal étrange. Elle grimace. Non, elle sait : un cornichon rouge. Rhoet lui a donné le nom du fruit inconnu, mais elle ne s'en souvient plus. Il n'y a rien qui ressemble à ça. Elle trouve que c'est une bonne idée. Avec la certitude que ramener une preuve lui fera disparaitre tout questionnement, elle décide d'y retourner.

Elle ferme les yeux.

Elle entend son cœur résonner dans sa poitrine. Elle sent l'air vibrer. La perception qu'elle a de son environnement change, les bruits, les odeurs, la température.

Elle ouvre les paupières et pousse un cri.

Un homme, qui n'est pas Rhoet, est penché au-dessus d'elle et l'observe, tout proche de son visage. Légèrement surpris qu'elle s'éveille, il sursaute et recule, visiblement contrarié d'avoir été pris en flagrant délit. Comme le sorcier, il semble être très grand, surtout vu depuis le sol où est encore couchée Mala. Ses cheveux noirs aux reflets dorés sont savamment nattés, quelques mèches s'échappent et viennent voler au vent. Il a des yeux verts irisés d'or. Sa mâchoire carrée lui donne un air féroce, atténuée par une fossette qui lui creuse le menton. Il porte une fourrure qui s'arrête au-dessus de ses genoux, mais qui n'occulte pas tout à fait une musculature puissante. Ses jambes nues se terminent par de grosses chaussures, elles aussi en poil d'animal et maintenues sur ses pieds par des lanières entrelacées. Elle se demande fugacement s'il a des sous-vêtements sous son manteau et se sent rougir jusqu'à la racine des cheveux.

Son regard se pose sur sa taille. Il arbore deux grandes haches de chaque côté et elle aperçoit également deux manches qui lui sortent au-dessus des épaules. Elle fait la déduction qu'il doit porter d'autres armes fixées dans le dos. Elle n'en revient pas. Elle est dans un monde où l'on peut visiblement se déplacer en exhibant de tels équipements. Mais elle se demande aussi pourquoi l'homme est armé ainsi. Est-il là pour la tuer ? Rhoet l'a prévenu que les gens de ce monde lui sont pour la plupart hostiles. Elle ne bouge pas et attend.

L'individu ne l'attaque pas, au contraire il se redresse, se campe solidement sur ses jambes et croise les bras, apparemment satisfait de l'inspection que Mala lui fait passer. Elle croit apercevoir un sourire fugace, mais ses yeux restent glacials. Elle se relève aussitôt en enlevant la neige qu'elle a sur elle. Même debout, elle doit lever la tête pour compenser leur différence de taille. Elle a peur et elle se demande s'il est là pour l'aider ou pour lui sectionner la carotide avec l'une de ses lames.

– Qui êtes-vous et où est mon ami le vieil homme ? lui dit-elle avec de l'inquiétude dans la voix.

– Il est parti chercher des fruits et des plantes pour le repas. Il en profite sûrement pour satisfaire ses besoins naturels.

Mala rougit de nouveau à cette allusion et l'individu, apparemment content du résultat, émet un demi-sourire.

Son timbre est caverneux. On dirait des rochers qui s'entrechoquent en tombant d'une falaise.

– Il revient bientôt ?

– Je ne sais pas, je ne suis pas son kioski.

Mala relève un sourcil, la bouche ouverte pour lui demander ce que c'est, mais il ne s'intéresse déjà plus à elle. En trois grandes enjambées, il lui a tourné le dos et il se rapproche d'un tronc couché sur le sol où il se met à aiguiser des couteaux en les frottant contre un morceau de pierre.

Mala soupire. Si elle avait pu prévoir, enfant elle se serait inscrite chez les scouts, ça aurait été plus utile que les cours de catéchisme que sa mère lui a imposé. Elle ne sait pas qui est cet homme, mais il a vraiment l'air mal embouché et elle qui d'ordinaire est toujours très à l'aise avec les gens, se sent intimidée.

Elle s'assoit devant le feu en resserrant sa peau de bête qui ne quitte apparemment pas son corps. Elle a les mains et le nez glacé. Il lui semble qu'il fait de plus en plus froid à chaque nouvelle visite.

L'individu continue de s'occuper de ses armes sans lui adresser la parole. Elle se rassure, vu sa carrure s'il avait dû la tuer, elle serait déjà morte. C'est sans doute le compagnon qui devait les rejoindre pour garantir leur protection. Son physique se prête à la fonction. Par contre, elle ne comprend pas dans quel domaine il va pouvoir la former, elle n'a vraiment rien en commun avec lui.

Rhoet revient, les bras chargés de toutes sortes de fruits et de plantes alors qu'elle est absorbée par la contemplation de son environnement. Il ne doit pas être aisé de se mouvoir avec une longue bure et pourtant sa démarche est souple et rapide, et ce malgré le grand âge qu'il semble avoir et le manteau neigeux dans lequel ses pieds s'enfoncent à chaque pas.

– Ah te revoilà Mala, comment vas-tu ? Ton voyage a-t-il été facile ?

– Oui, j'ai écouté vos conseils, je suis passée d'un monde à l'autre en quelques secondes. Enfin si vous existez ailleurs que dans mon cerveau, marmonne-t-elle en se rappelant ses doutes précédents.

Elle se lève et avance vers lui pour l'aider alors qu'une partie de sa récolte se fait la malle dans les plis de sa robe. Le second individu leur jette un coup d'œil rapide par-dessus son épaule et reprend son activité sans un mot. Rhoet ne commente pas les propos de la jeune femme. Elle ne sait pas si c'est volontaire ou s'il n'a pas entendu.

– Vous êtes toujours habillé ainsi ? Vous ne portez pas de peau comme lui et moi, dit-elle en montrant leur nouveau compagnon d'un mouvement du menton. Vous ne devez pas avoir chaud avec le froid qu'il fait ? questionne Mala.

– Je ne ressens pas la température de la même façon que vous, mon sang a subi des transformations. Pendant des années, j'ai été formé à la pratique de la magie et à cause de cela et des potions que l'on m'a administrés, mon corps a changé. Je t'expliquerai plus en détail une autre fois, mais pour faire simple, je suis moins affecté par les climats extrêmes. As-tu fait connaissance avec notre nouvel ami ?

– Je lui ai demandé son nom, mais j'attends toujours qu'il me réponde. Qui est-ce ?

– Nous nous sommes rencontrés il y a très longtemps et il a accepté de m'aider. Il va assurer notre protection et devenir ton mentor pour tout ce qui relève du combat, en attendant que tu puisses te défendre seule. S'il ne t'a pas répondu, ce n'est pas à moi de te dire comment il s'appelle.

Mala le regarde avec un haussement de sourcil.

– Je fais comment, je le siffle ?

– Si j'étais toi, je ne m'y risquerais pas, les Montaïes, c'est son peuple, sont très susceptibles. Il te donnera son nom quand il jugera que tu as mérité de l'avoir. Il demeure méfiant au sujet de ton histoire et ne croit pas qu'une femme, qui plus est, issue d'un monde qui n'est pas le nôtre, peut nous sauver tous. Il a accepté de te former à l'art de la guerre, mais reste persuadé que ça irait beaucoup plus vite s'il allait combattre notre ennemi lui-même plutôt que toi qui a l'air si fragile.

– Eh bien, je suis bien d'accord avec lui, surtout quand j'entends les termes combat, guerre ou ennemi. La chose la plus grosse que j'ai déjà dû affronter, c'est un frelon, même pas Asiatique et à moitié mort, qui s'était coincé dans un rideau.

– La prophétie est formelle, ça doit être toi et pas quelqu'un d'autre, même si je ne sais pas encore pourquoi.

Mala a de nouveau l'impression que le magicien ne lui dit pas toute la vérité. Elle sent une présence et se retourne. L'homme est juste derrière elle, les bras croisés et un petit sourire aux lèvres.

– Moi, je serais d'avis de vous laisser là, d'aller combattre tous ceux qui s'opposeront à moi et de revenir pour récupérer la récompense promise par le sorcier.

– La récompense ? Vous avez prévu de le payer, c'est une super motivation ça ! J'espère que ma vie vaut un peu plus qu'un sac de patates.

Personne ne lui répond et l'homme s'adresse à Rhoet comme si elle n'était pas présente.

– Elle ne connait rien de notre monde et de ce qui l'attend. Sorcier, je ne suis pas sûr d'être la personne qu'il vous faut pour s'occuper d'elle. Elle parait plus apte à être l'une des femmes d'un rigtar plutôt qu'une combattante et plus faite pour les prouesses de la couche que pour se battre pour une prophétie, ajoute-t-il en promenant un regard appuyé sur le corps de Mala.

Rhoet hausse les épaules comme pour montrer qu'il n'a pas d'arguments à apporter et le guerrier retourne à son activité précédente en maugréant. Il a le visage encore plus fermé qu'auparavant. Mala, elle-même septique, n'a pas l'énergie pour débattre et convaincre cette armoire à glace.

De nouveau seule avec le sorcier, elle le questionne.

– Rhoet, qu'est-ce qu'un kioski ?

– C'est un oiseau de combat. Tu n'en as pas chez toi ?

– Non, je ne crois pas que nous ayons des piafs qui portent ce nom, ça ressemble à quoi ?

– Il est de grande envergure et possède des serres longues et acérées et des piques sur le dos et les flans. Ces atouts lui permettent de déchirer la peau et d'infliger des blessures à ces ennemis qui mettent beaucoup de temps à cicatriser. Il vit exclusivement en couple et on le trouve dans des régions montagneuses. Certaines tribus guerrières obligent les jeunes à en dresser un lors d'un rite initiatique, afin d'être considéré digne d'accéder à l'âge adulte et gagner le respect de ses aînés. Mais il n'est pas rare que le combattant inexpérimenté périsse dans sa bataille. Toutefois, s'il arrive à le maîtriser et le dompter, comme il ne peut survivre seul, l'animal se lie à l'adversaire qui a su l'amadouer et ils deviennent inséparables. Il n'y a que la mort de l'un des deux qui peut rompre cette union particulière. C'est notre ami qui t'a parlé des kioskis ?

Mala acquiesce.

– Très bien, j'en suis heureux. J'espère réellement qu'il va rester avec nous pour nous aider. Sans lui le voyage risque d'être vraiment compliqué. Nous allons bientôt être prêts à lever le camp, j'ai hâte de te faire découvrir notre monde.

Rhoet se rapproche du feu en secouant la tête d'un air satisfait. Mais Mala ne pense pas que le guerrier se soit adressé à elle pour être poli et aimable. Afin de ne pas avoir l'impression d'être un poids pour ses compagnons, elle propose son aide au sorcier qui commence de préparer leur repas. Ils mangèrent les fruits et les baies que le vieil homme avait rapportés mais pas de cornichons rouges cette fois. Elle a brièvement l'idée de conserver l'un des fruits dans une main pour le ramener dans son univers. Mais les aliments n'ont rien de particulier et elle ne pourra pas avoir la certitude qu'ils ne proviennent pas du jardin voisin. Il lui faut une preuve irréfutable.

Le guerrier s'est joint à eux et avale son repas en silence. Elle trouve l'ambiance pesante et essaye de faire la conversation, mais seul Rhoet répond à ces questions. Les mets issus de la cueillette du vieil homme ont un goût amer mais elle a faim et se force à les ingurgiter.

– Vous ne mangez que des fruits dans votre monde, pas de viande ?

Son interrogation donne une nouvelle raison au guerrier de se fiche d'elle et il réplique :

– Bien sûr que nous en mangeons, qu'elle idée stupide ! Mais la région dans laquelle nous nous trouvons est plutôt désertique. Peu de choses poussent et les animaux se font rares sur ces terres arides et froides. D'autant plus que ceux qui y parviennent sont très dangereux. On ne va pas risquer nos vies pour toi, donc pas de viande pour la « princesse Mala. »

Il commence vraiment à l'énerver celui-là avec ses réflexions.

– Je demande juste ça comme ça, pour info. Le repas me convient tout à fait. Mais, du coup si c'est si périlleux, qu'est-ce qu'on attend pour bouger, Monsieur le guerrier ?

C'est Rhoet qui lui répond cette fois, mais les yeux rageurs du Montaïe donnent une idée à Mala sur ce qu'il pense d'elle.

– Nous allons bientôt nous mettre en route. J'ai choisi cet endroit isolé et hostile pour nous retrouver et préparer la suite de notre voyage. Je nous espère à l'abri des aventuriers ou des curieux qui pourraient avoir entendu parler de notre plan dans cette contrée sauvage. Lorsque nous nous rapprocherons de la civilisation, notre expédition risque de devenir plus périlleuse. L'autre jour, tu m'as demandé ce que je te cachais. Et bien à vrai dire, en dehors de ceux qui me prennent pour un fou, nombreux sont ceux qui pensent que l'aboutissement de notre projet ne va pas nous sauver, mais à l'inverse que cela va pousser notre monde à sa perte et que tu représentes une menace. Il faut donc que notre dessein ainsi que nos identités, restent secrets afin d'éviter que trop de personnes n'en viennent à tenter de te tuer.

– Ah oui, quand même ! s'exclame-t-elle. Il y a d'autres détails de ce genre que vous me cachez ? demande Mala en colère.

Rhoet ne lui répond pas et s'adresse au guerrier :

– Mon ami, tu connais l'importance que tu occupes dans cette aventure. Je vois que tu es contrarié et que notre camarade ne correspond pas à ce que tu attendais. Mais j'ai besoin de toi, ta participation est cruciale et sans toi pour nous protéger, je ne pourrais pas éviter le pire.

– Maître Rhoet, vous savez ce que j'en pense

– Je t'ai déjà expliqué, je ne suis plus maître à présent, seulement un voyageur ordinaire. Mon ami, tu m'as promis d'au moins essayer de lui prodiguer l'apprentissage des armes et de la guerre.

– Hmmm, pour l'instant je suis ici. On verra si je reste.

– Et oh, je suis là ! Vous êtes obligés de parler comme si j'étais sur l'autre terre ? J'ai mon mot à dire peut-être ? Vu que cet individu n'a pas l'air d'avoir envie de me supporter alors peut-être que ça serait mieux de trouver quelqu'un plus à son goût ! Et je ne suis pas sûre de vouloir apprendre à me battre ou de risquer ma vie pour être tout à fait claire ! Vous n'aviez pas parlé de ce point, du coup je ne suis pas certaine de souhaiter continuer.

Le guerrier se lève sans prendre la peine de s'adresser à elle et saisit une partie des armes qui sont posées sur le sol pour les accrocher avec des liens sur sa tenue.

– Je vais observer les environs pour voir si cet endroit est aussi peu hostile que vous semblez le croire Rhoet.

– Vous n'emmenez pas votre Kioski avec vous ?

Mala, vexée par son attitude, veut lui montrer qu'elle n'est pas la petite idiote qu'il imagine et qu'elle s'est renseignée pour comprendre les mots qu'il utilise.

Il se retourne brutalement vers elle en grognant des phrases qu'elle ne déchiffre pas, mais les étincelles de rage dans ses yeux ne laissent aucun doute sur ce qu'il éprouve. Il continue en se servant de leur langue commune.

– Ne me parle pas de ce que tu ne sais pas Taïr. Reste à côté du feu et ne bouge pas, ajoute-t-il avant de partir visiblement furieux.

L'individu l'intimide et elle a l'impression que dès qu'elle s'adresse à lui, elle perd ses moyens et dit les choses de travers. En tout cas, apparemment, sans s'en rendre compte, c'est ce qu'elle vient de faire. Bien joué ! Elle ne va pas en rajouter en demandant ce que ce mot veut dire. Si elle souhaite créer des liens sympas avec les autochtones, c'est vraiment comme ça qu'elle doit s'y prendre ! Elle est déjà en conflit avec ses collègues de l'autre côté, elle ne souhaite pas que ça soit la même chose ici, ça lui gâcherait le plaisir procuré par le voyage. Et puis elle ne sait pas de quoi est capable l'homme armé lorsqu'il est en colère. Du reste, elle ne doit pas oublier la sienne, le sorcier va devoir s'expliquer sur les aspects qu'il semble lui avoir camouflés.

– Bon, vous parlez d'arme, de se battre. Je veux des précisions. Par exemple, si je meurs, qu'est-ce qu'il se passe ? Vous refaites un autre corps en glaise et on recommence l'histoire au début ?

– Non, l'enveloppe ne peut être créée qu'une fois pour chaque Mala.

– Et bien, vous savez quoi : je vais retourner chez moi. Vous continuerez de vous occuper de la dépouille que je vais vous laisser ici et vous allez m'oublier et ça sera bien comme ça. Il n'est pas question que je prenne le risque de mourir.

– Attends non, tu ne peux pas faire ça !

L'homme crie au moment où elle s'apprête à fermer les yeux.

– Maintenant que ton corps a été invoqué, si tu repars et que tu ne reviens plus, alors il disparaitra. Et à présent que tu y es liée, il adviendra la même chose à ton autre enveloppe. C'est pour cette raison qu'il faut à tout prix que tu sois à l'abri dans chacun des mondes. Je suis désolé, mais la seule façon de te libérer est d'accomplir ta destinée.

Mala se met à hurler après le sorcier qui regarde ses pieds.

– Vous vous êtes bien gardé de m'apporter ces précisions jusqu'à maintenant. En fait, vous m'avez prise en otage et je n'ai plus le pouvoir de décider. Je n'apprécie absolument pas vos méthodes. Et si je tente quand même ?

– Ça sera une mort certaine. Tu m'as parlé de ta famille là-bas. Non seulement elle te pleurera, mais en plus leurs propres vies ne seront plus garanties.

– C'est vraiment mesquin de vous servir des informations que je vous ai données.

– Mala, je n'ai pas d'autre option. Mais je t'assure que la meilleure solution pour retourner à ton existence, c'est de me faire confiance.

– Ouais, ben ça, c'est mal parti. Je ne sais pas encore si je vais prendre l'habitude de revenir ou pas. Pour l'instant, je suis juste furax : furieuse. Au cas où vous n'auriez pas compris.

Le silence s'installe et Mala ne quitte pas sa mine boudeuse. Elle n'aime pas avoir l'impression de se faire avoir !

Après quelques minutes, Rhoet tente de relancer la conversation. Il lui explique que c'était une idée peu judicieuse de vouloir chercher des poux au guerrier et qu'elle doit mesurer ses propos. Il est gonflé le vieux après le coup qu'il lui a fait ! Il ne se démonte pas et continue en précisant que ce dernier est susceptible et pour un mauvais jeu de mots il peut écraser le crâne de son interlocuteur entre ses mains. Et ils ont grand besoin de leur ami.

Mala, qui n'est pas d'un naturel boudeur, finit par répondre au sorcier qui veut savoir si elle est prête à fournir des efforts pour améliorer sa relation avec leur compagnon.

– Oui enfin vous admettrez que quand même, il n'est pas facile votre gars. Je ne comprends pas pourquoi il a réagi si violemment lorsque j'ai plaisanté au sujet de son Kioski.

Rhoet lui explique qu'elle va devoir attendre qu'ils s'entendent mieux et qu'il s'ouvre à elle pour obtenir des éclaircissements aux questions qu'elle se pose. C'est comme pour son nom, l'histoire d'un guerrier ne peut être dite que par lui-même. C'est un principe très ancré dans la tradition de son peuple. Toute personne qui se risque à parler de l'un d'eux sans avoir eu la permission dudit concerné peut se retrouver avec sa propre langue dans la soupe du soir. Ils ne sont pas réputés pour avoir de l'humour. Il ajoute qu'il a bien compris qu'elle utilise facilement l'ironie pour s'exprimer, mais il va falloir qu'elle apprenne à doser avec lui.

Par contre, ce qu'il peut lui révéler sur lui, c'est qu'il possède une grande renommée. Son nom est souvent murmuré dans les tavernes et on lui attribue un nombre important d'ennemis abattus depuis qu'il a eu l'âge de se battre. Mala a un frisson. Elle n'est pas rassurée. Elle se sent vulnérable face à cette montagne de muscles.

Elle est dans un monde qu'elle ne comprend vraiment pas et elle est mal à l'aise devant leurs attitudes désinvoltes vis-à-vis de la violence. Elle n'exprime pas ses doutes à voix haute. Le sorcier ne saisirait certainement pas la complexité de sa position.

– Je vais aller chercher d'autres fruits pour préparer notre voyage. Je ne serais pas très loin, mais en attendant que notre protecteur revienne, reste ici. Vous pourrez toujours essayer de discuter avant mon retour, ajoute-t-il en souriant.

Mala ne lui rend pas. Il doit comprendre qu'elle est contrariée.

Rhoet est parti depuis seulement cinq minutes et elle s'ennuie déjà. Sa vie sur l'autre terre est si compliquée et chargée qu'elle n'a pas beaucoup de temps pour flâner. Et lorsqu'elle en trouve, elle l'occupe à lire ou regarder la télévision. Le monde moderne qu'elle connait lui laisse peu de place pour la rêverie ou peut-être ne sait-elle pas se l'accorder ?

Puisqu'elle n'a pas d'écran pour se distraire, elle s'intéresse davantage au paysage. On est en pleine journée, mais elle ne peut voir les soleils. La brume est encore très épaisse cette fois et l'empêche de distinguer quelque chose au-delà de l'endroit où elle se tient. Il y a une couche de neige dense sur le sol, mais la surface semble recouverte par une pellicule fraîchement tombée. Hormis sur un cercle autour du feu où sont disposées plusieurs peaux de bêtes. Du coup, sur ce disque, le manteau neigeux a été tassé jusqu'à l'âtre qui a été délimité par de grosses pierres. Plus loin dans la poudreuse, elle constate que les déplacements de ses hôtes ont laissé de profondes empreintes. Encore heureux qu'ils soient dans un endroit isolé, sinon ils auraient été sûrement faciles à suivre. La température est basse et elle s'est un peu habituée à sa peau de bête malgré l'odeur désagréable qui persiste. Dès qu'elle sort ses mains par les trous prévus à cet effet, elles rougissent au contact de l'air. Le champ visuel restreint à cause du brouillard lui donne l'impression d'être enfermée dans un espace clos, ce qu'elle déteste. Elle n'est pas très sûre d'aimer la montagne. Elle aurait voulu découvrir de grandes plaines où l'on peut observer l'horizon à des kilomètres. Elle remarque aussi qu'ici les sons semblent différents. Il y a comme un léger sentiment d'écho, ce qui est bizarre car la neige devrait plutôt étouffer les bruits. Malgré le manque de visibilité, elle entrevoit quelques plantes chétives.

Elle commence à avoir mal aux jambes à force d'être assise sur le sol dur. Elle se lève pour se dégourdir. Elle aurait pu repartir dans son monde, mais elle a très envie de découvrir ce qui l'entoure. Rhoet lui a demandé d'attendre le guerrier sur place, mais elle doit pouvoir en apercevoir plus sans forcément s'éloigner beaucoup. Elle n'a qu'à rester proche des empreintes de pas que l'homme a laissé en quittant le campement. Elle qui n'a jamais voyagé, elle est très curieuse de visiter cet endroit inconnu peut-être tout droit sorti de son imagination.

Elle décide de faire les choses avec méthode, elle ne veut pas se perdre. Elle va donc faire des cercles de plus en plus grands autour du bivouac. Elle n'a qu'à garder le feu dans son champ de vision et si elle s'aperçoit qu'elle en est trop loin, elle revient plus près.

10

Elle commence son exploration. Elle trouve sur un côté un ensemble de rochers qu'elle ne pouvait voir depuis sa première position. Elle comprend mieux le choix pour le bivouac car au-delà du monticule de pierres, le vent se fait plus violent et le froid plus mordant. Il n'y a pas grand-chose d'intéressant. Elle va peut-être tomber sur la plantation qui donne le cornichon rouge, ainsi elle pourra le glisser dans sa tenue. Avec un peu de chance, elle l'aura toujours sur elle lorsqu'elle retournera dans son monde. Mais elle ne trouve rien. Les plantes naines sont quelconques et guère singulières de ce qu'elle connait. En tout cas, ses notions très limitées en botanique ne lui permettent pas de voir la différence. Elle décide d'agrandir son cercle de recherche au maximum. Elle aperçoit encore assez distinctement le feu qui brûle. Il faut qu'elle monte les genoux très haut pour réussir à se déplacer dans la neige épaisse. Ses chaussures rudimentaires, qui ne sont en fait que des morceaux de tissus qui entourent ses pieds, ne lui facilitent pas la tâche. Elle sent cependant qu'elle a plus de force que dans son monde. Ses cuisses semblent plus musclées et ses épaules plus développées. Au regard de l'effort qu'elle déploie, elle n'est que très légèrement essoufflée. Alors que d'habitude, trois étages sans ascenseur, c'était comme si elle avait grimpé l'Himalaya. Mala est frustrée. Elle ne voit quasiment plus le brasier, mais n'arrive pas à trouver quoi que ce soit d'intéressant dans ce foutu brouillard.

Les flammes qui montent ne sont maintenant plus que des taches jaunâtres qu'elle devine en plissant les yeux. En plus, il se met à neiger. Elle doit retourner auprès du feu avant que les autres s'aperçoivent de son absence et qu'elle ne reçoive un sermon. Elle ne veut pas encore contrarier le guerrier. Elle ne sait pas pourquoi, mais elle a envie de se faire davantage apprécier.

Elle commence à se rapprocher lorsqu'elle entend un grognement à ses côtés.

Elle se tourne sur sa gauche et découvre un énorme animal, de la taille d'un cheval nain, mais moins long, à la musculature très développée. Son pelage est d'un noir profond et ses yeux jaunes ronds et globuleux luisent dans la brume. Il a de toutes petites oreilles qu'il agite dans tous les sens. Et soudain, Mala ne voit plus qu'une chose, ses dents, qu'il lui présente en relevant les babines. La bestiole se rapproche lentement d'elle, d'un pas félin. Elle contourne la jeune femme de telle façon qu'en voulant s'éloigner d'elle, Mala met davantage de distance entre elle et le camp. Les crocs de l'animal sont longs et effilés. Elle ne sait pas combien il peut y en avoir dans cette énorme bouche, mais elle est certaine de comprendre à quoi ils doivent servir. Il émet un son grave et continu qui lui glace le sang. Elle sent qu'elle doit trouver rapidement une solution, sinon elle va se faire déchiqueter. Elle s'enfuit dos au feu, puisque la bête ne lui laisse pas d'autre chemin possible.

Il n'est pas aisé de courir dans la neige, sans savoir où aller, mais elle a l'impression que l'animal n'avance pas très vite non plus. Elle doit découvrir un endroit où se réfugier. L'air froid inspiré lui brûle la gorge. Soudain, elle aperçoit une tache plus sombre dans le brouillard, peut-être une habitation. Rhoet lui a dit que c'était peu fréquenté, mais avec un peu de chance ça ne veut pas dire qu'il n'y a pas de maison du tout.

Malgré sa musculature plus développée, elle commence à souffrir de l'effort fourni. Elle n'aurait jamais dû s'éloigner, mais il est trop tard pour s'en mordre les doigts.

Encore quelques mètres et elle distingue ce qu'elle prenait pour une habitation. C'est un nouveau monticule de rochers empilés. Il n'est guère plus haut que le précédent. Même si elle monte dessus, ça ne va pas être suffisant pour qu'elle soit à l'abri. Le monstre aux centaines de dents choisit ce moment d'hésitation pour porter son attaque. Il allonge sa foulée et vient lui mettre un grand coup de patte dans le dos. Mala n'a pas vu ses griffes car elles étaient camouflées par la neige, mais elle sent qu'elles déchirent son manteau en peau de bête comme s'il s'agissait d'une vulgaire feuille de papier. La douleur qu'elle ressent aussitôt lui arrache un cri qu'elle ne se croyait pas capable d'émettre. Du liquide lui coule dans le dos, sûrement son sang. Elle est fichue. Elle est blessée, sans doute grièvement, sans arme et aucun endroit pour se réfugier. Ses derniers échanges avec Émilie lui reviennent en mémoire. Elle a l'impression que la mort vient de lui mettre une main sur l'épaule. Une immense peur lui serre le cœur. Elle va périr ici et maintenant. Elle trébuche et tombe le nez dans la neige. Elle se retourne aussitôt pour voir si aucune solution ne s'offre à elle, l'instinct de survie la pousse à réagir. Peut-être aura-t-elle la force de retenir la mâchoire de la bestiole avant qu'il ne lui arrache le visage ? L'animal a arrêté de courir et s'avance d'un pas lent vers elle. Il semble vouloir prendre son temps pour la dévorer.

Du sang, sans doute le sien, luit sur ses pattes avant. C'en est fini pour elle. Elle cherche à tâtons dans la neige pour essayer de trouver une pierre ou n'importe quoi d'utile pour se défendre. Si tout cela est dans son imagination, que se passera-t-il si elle sert de repas à l'énorme bête ? Peut-être qu'alors ses hallucinations s'arrêteront tout simplement, fin du film, retour à ton étal de poisson ma vieille ! Ou au contraire, elle se retrouvera bloquée dans son délire à tout jamais. Son esprit emprisonné dans ce corps, les yeux hagards et la bave aux lèvres, dans un fauteuil roulant, sans pouvoir appeler au secours, voyant jour après jour sa mère et sa fille prendre de l'âge. Elle aurait dû écouter Rhoet, elle n'aurait pas dû bouger. Il n'y a pas moyen, elle ne peut s'empêcher de chercher les ennuis. L'animal s'avance doucement, de l'écume lui coule aux coins de la bouche. Elle ferme les paupières. Elle est terrorisée et ne trouve pas de solution.

Elle l'entendit plus qu'elle ne le vit : des sons sourds et rapides qui marquent chaque pas et font crisser la neige. C'est alors que le guerrier arrive en courant sur le flanc de la bête et l'attrape à bras le corps en se jetant sur lui. Ils roulent l'un sur l'autre. Mala qui a rouvert les yeux se traîne sur les coudes pour s'éloigner d'eux. Parvenue dos à l'amas de rochers, elle y appuie son corps blessé. Elle a des points lumineux dans les pupilles. Elle peut suivre la trace rouge qu'elle a laissée depuis l'endroit de son attaque. Elle doit beaucoup saigner, mais le froid et l'adrénaline l'anesthésient. Le guerrier est aux prises avec la bête. Ils roulent l'un sur l'autre, elle ne sait pas lequel a l'avantage. Soudain, l'homme, d'un coup de reins, se perche sur l'animal, empoigne un long poignard qui est sanglé contres son mollet et lui enfonce jusqu'à la garde, entre les yeux. Une giclée de sang très foncé lui asperge la figure. Son adversaire s'agite convulsivement pendant qu'il se relève puis s'immobilise. C'est fini ! Le guerrier pousse un grand cri de victoire, les poings serrés et le visage tendu vers le ciel. De la vapeur monte du corps sans vie de la bête. Mala se sent de plus en plus faible, la tête lui tourne et elle a la nausée.

Elle aperçoit du coin de l'œil Rhoet arriver en courant et il se laisse tomber à genou devant elle. Il hèle le combattant.

– Elle va mal, elle a été griffée, il faut faire vite.

Elle voit le guerrier essuyer le sang qu'il a sur le visage avec le dos de sa main et s'approcher d'elle. Il est légèrement essoufflé et sa respiration est rapide.

– Pourquoi t'es-tu éloignée ? Tu es inconsciente !

Il a parlé d'une voix douce qu'elle ne lui soupçonnait pas. La dernière chose dont elle a envie pour le moment, c'est de se faire sermonner. Elle aurait bien voulu répondre quelque chose de drôle, pour dédramatiser la situation, mais aucun son ne sort de sa bouche. Elle se sent comme dans du coton. En fournissant un très grand effort, elle réussit à articuler de façon presque inaudible :

– Vous aviez dit que l'endroit était désert et sûr.

Elle a envie de lui expliquer qu'elle désirait découvrir ce monde, goûter d'autres fruits et voir davantage de paysage. Mais elle n'a plus la force, il lui est maintenant difficile de garder les yeux ouverts. Elle est peut-être en train de mourir en fin de compte.

Le guerrier regarde Rhoet d'un air de reproche.

– Tu dois apprendre qu'aucun lieu sur cette terre n'est sans danger surtout pour toi qui ne connais rien et qui ressembles à un petit oiseau fragile tombé du nid.

Il a conservé la même voix posée. Il semble plus inquiet qu'en colère.

– Oui, oui tu lui expliqueras tout ça, mais plus tard. Il faut que tu la ramènes vers le feu. Moi je vais aller chercher des racines pour lui préparer un remède, le poison doit déjà être dans ses veines, ajoute le sorcier.

Comment ça, le poison ! En plus d'être en train de se vider de son sang, du venin se répand en elle ? Elle ne sent plus ses jambes et même parler lui devient difficile. Elle a très envie de vomir. Ce qu'elle fait d'ailleurs sans élégance juste entre ses deux compagnons. Des haut-le-cœur lui tordent le ventre et la douleur commence à se propager dans son corps. Elle ne peut empêcher des gémissements de sortir du fond de sa gorge.

– Sorcier, allez chercher ce qu'il faut, je m'occupe de la ramener au camp.

Le guerrier place l'un de ses bras musclés sous son dos délicatement, mais fermement et l'autre lui attrape les jambes. Il la soulève comme si elle ne pesait rien.

Mala s'essuie maladroitement la bouche souillée de ses régurgitations. Malgré son état qui continue d'empirer, elle apprécie d'être collée contre lui. Il a chaud et ça lui fait du bien. Elle est transie de froid et ne peut empêcher ses dents de claquer.

Quelques mètres plus loin, ils passent à côté de la peau de bête qu'elle a dû perdre lorsqu'elle s'est traînée au sol. Le guerrier se baisse et l'attrape sans même ralentir le pas. Elle commence à sombrer dans le sommeil, bercée au creux de ses bras.

– Ne t'endors pas Taïr, tiens-toi éveillée si tu ne veux pas mourir. Tu dois te battre contre le venin.

– C'est difficile, réussit-elle à articuler dans un souffle.

– Tu as beaucoup de chance, j'étais sur la piste du Moloc et lorsque je l'ai entendu grogner au loin, j'ai su qu'il avait déniché une proie. Il aime jouer avant de se nourrir. Si je ne vous avais pas trouvés, il t'aurait fait souffrir et ensuite il t'aurait ouvert la gorge avec ses crocs.

Mala a du mal à se concentrer sur le discours du guerrier. Elle le soupçonne de lui faire la conversation pour la garder consciente.

– Je vais mourir ? réussit-elle à articuler dans un murmure

– Je ne sais pas, mais le maître-mage est vraiment très doué. Si quelqu'un peut te sauver, c'est bien lui.

En arrivant au campement, l'homme la dépose tout à côté du feu et la recouvre avec la peau de bête qui est maintenant fendue en deux et poisseuse de sang par endroit. Elle a de plus en plus froid et garder les yeux ouverts lui demande un gros effort. Rhoet approche, presque en courant, des plantes et des racines dans la main.

– Donne-moi le récipient qui est là-bas et va me chercher ma besace et ma canne qui sont restées sur ma couche.

Mala qui commence à somnoler perçoit leurs tensions et comprend qu'ils sont inquiets au sujet de son état.

– Taïr, tu dois te battre ! Il ne faut pas que tu t'endormes. Allez, encore un petit effort. Lui dit le guerrier qui est venu se mettre derrière elle pour la maintenir en position semi-assise.

Au travers des paupières entrouvertes, elle voit Rhoet en train de broyer des plantes avec un pilon et y ajouter de l'eau. Ses gestes sont vifs et précis.

– Aide-moi, relève-la davantage, elle doit boire la préparation.

Mala prend quelques gorgées. Le liquide glacé lui pique l'œsophage et la fait tousser, mais elle réussit à en avaler un peu.

– C'est très bien. Écoute Mala, je vais commencer des incantations, mais je te préviens, la magie a très souvent un coût. Je pense pouvoir te sauver, mais cela va être terriblement douloureux et tu voudras que ça s'arrête, mais je ne pourrai pas, tu comprends ?

Mala secoue doucement la tête. Pour l'accouchement d'Élise, elle est restée treize heures à souffrir et le médecin n'est pas arrivé à temps pour lui faire la péridurale. Ça ne devait pas être tellement pire. Elle ne va pas tarder à s'apercevoir qu'elle se trompe.

Le sorcier donne quelques instructions à leur compagnon.

– Tiens-la solidement pendant que je récite la formule. Attention, sa force va être augmentée et elle va sans doute vouloir se blesser pour stopper le mal. Tu ne dois pas la laisser faire.

– On y va, je suis prêt.

Le guerrier se cale derrière Mala, les jambes repliées de chaque côté d'elle. Puis il l'enserre fermement dans ces bras qui ressemblent à des troncs d'arbres. Rhoet saisit alors sa canne puis il se lève. Il rabat sa capuche, mais Mala aperçoit encore ses yeux. Il commence à psalmodier des phrases dans une langue qui lui est étrangère et fait des mouvements lents avec son bâton. Les gravures se mettent à briller et à onduler, comme si un film miniature était projeté sur l'objet. Ses pupilles ont l'air de s'allumer de l'intérieur d'un feu rouge vif. Soudain, la tête de Mala lui donne le sentiment d'exploser. Elle a l'impression que mille morceaux de verre se sont brisés et s'enfoncent dans son crâne. Ses globes oculaires lui semblent gonflés, prêts à éclater comme les œufs au micro-ondes. Elle veut les retirer. La douleur est insupportable et elle se secoue de droite à gauche, mais le guerrier ne desserre pas son étreinte.

Rhoet parle de plus en plus vite et la souffrance qu'elle a crue à son maximum augmente encore. Elle se met à crier. Le mal se propage dans tout son corps, ses poumons se remplissent d'acide et chaque articulation est sur le point d'exploser. À cet instant, elle aurait préféré mourir plutôt que d'en endurer davantage. Le sorcier agite son bâton rapidement devant elle. Elle hurle aussi fort qu'elle peut dans les bras du guerrier qui ne la relâche pas. Puis d'un coup, Rhoet brandit sa canne vers le ciel et l'abat vers le sol en joignant ses deux mains. La souffrance diminue soudainement d'intensité et elle se laisse retomber contre l'homme qui est derrière elle. Il desserre son étreinte, sans pour autant la lâcher.

Elle a le souffle court et mal à la gorge d'avoir crié si fort. Elle ressent également une grande fatigue, mais la douleur continue de s'estomper.

Rhoet s'accroupit devant elle et l'observe de très près.

– Mala, ça va aller. Tu vas dormir maintenant pour récupérer. On va veiller sur toi. Retourne dans l'autre monde et lorsque tu reviendras on fera un point sur ton état.

La jeune femme aurait voulu les remercier, tous les deux, mais parler lui demande de l'énergie qu'elle n'a plus. Elle cligne des yeux en signe de reconnaissance et bascule le visage pour apercevoir le guerrier. Leurs regards se croisent et elle essaye d'y transmettre toute la gratitude dont elle est capable. Il semble comprendre et hoche la tête. Elle ferme les paupières, elle est si lasse. Le sorcier continue de lui tenir des propos apaisants et de lui dire qu'il ne faut pas qu'elle s'inquiète. Sa voix est douce comme pour bercer un enfant. Elle se relâche petit à petit et la douleur va en diminuant, tel un mauvais rêve qui s'évapore au petit matin.

11

Elle est presque surprise de se retrouver dans son lit. Elle se redresse aussitôt et ne peut s'empêcher de tâter son dos pour rechercher des blessures sous ses doigts. Elle a un peu mal, mais elle suppose que c'est dans sa tête. Elle regarde ensuite ses mains, pas de sang. Elle est déboussolée, mais globalement elle se sent plutôt fraîche et dispo, ce qui est paradoxal vu ce qu'elle vient de vivre.

Elle est soulagée de rejoindre son cocon, alors qu'elle a cru périr le nez dans la neige. Rêve ou réalité, elle n'arrive toujours pas à se décider.

C'est bizarre, lorsqu'elle est là-bas, elle est persuadée que tout est réel et dès qu'elle revient, de nouveau les doutes l'assaillent. Si elle consulte un psychologue, il lui expliquera sans doute que cela est lié à son enfance et à l'absence de son père. Elle a déjà lu ça dans les magazines féminins dans les salles d'attente.

Mais une chose est sûre, ce qu'elle a vécu ou crut vivre, a été d'une grande intensité. Son aventure est tellement éloignée de son quotidien. Alors qu'elle a failli mourir, elle ressent encore l'effet de l'adrénaline qui a parcouru son corps. Le souvenir de la peur et la douleur s'estompant, elle a l'impression d'être dans la peau d'une héroïne d'un film d'action, à des années-lumière de la monotonie de son existence actuelle. Elle regarde l'heure et est étonnée de constater qu'il n'est que quatre heures du matin. Elle aurait pu essayer de se rendormir, mais elle se sent reposée et son cerveau en ébullition n'arrête pas de ressasser toutes sortes d'idées. Elle décide alors de se lever. Elle a très faim malgré l'heure et elle veut avaler quelque chose.

Mais avant, elle passe sous la douche pour évacuer l'angoisse qui lui colle encore à la peau. Elle se faufile en silence dans la cabine et lorsque l'eau du robinet lui parait à la bonne température, elle clipse le pommeau sur son crochet, au-dessus de sa tête. Un cri lui échappe quand le liquide lui coule dans son dos. Elle ressent une douleur aigüe et la flotte pourtant à peine tiède la brûle. Elle se savonne rapidement, en évitant les zones sensibles. Puis elle saisit la serviette qui est à ses pieds pour s'enrouler dedans et se dirige, dégoulinante sur le sol, vers le miroir à l'autre bout de sa petite salle de bain. Elle la laisse tomber et tourne le dos à la glace pour regarder ce qui peut lui faire si mal. Elle n'en croit pas ses yeux : de grandes griffures la lézardent du dessus des omoplates aux reins. Elle est sûre qu'elle ne s'est pas égratignée par accident, vu les traces, elle l'aurait senti. Bizarrement, elles ne paraissent pas dater de cette nuit, mais plus anciennes, comme si elles étaient déjà partiellement cicatrisées. Elles correspondent exactement à l'endroit où la bête l'a écorchée. Quand elle repense à la quantité de sang qu'elle a laissé dans la neige, les entailles n'ont pas l'air pas si profondes que ça.

Si c'était vraiment un rêve aurait-elle pu se faire ça toute seule ? De l'automutilation ? Elle essaye de voir si elle peut s'infliger une telle blessure. Elle a beau se contorsionner, c'est impossible, elle n'y arrive pas. Elle aurait pu se faire des petites égratignures en haut du dos en passant par-dessus les épaules ou en bas, en remontant vers les reins, mais pas des lignes parallèles et linéaires qui sont tracées dans ses chairs. Et si quelqu'un s'était introduit chez elle ? On aurait pu la droguer, empoisonner son eau avec des produits hallucinogènes ? Peut-être est-elle victime d'une expérience que l'on mène à son insu ? Frénétiquement, elle cherche des caméras cachées dans son appartement. Elle ne sait plus où elle en est. Elle finit par s'asseoir sur le bord de son lit, le visage dans les mains.

Il n'y a plus de doute à avoir, les marques sont la preuve qu'elle attendait. Plus besoin de se casser la tête pour rapporter des cornichons rouges.

Elle lève les yeux et son regard se porte sur l'heure affichée par le radio-réveil. Bon sang, avec ses âneries, elle est en retard pour le boulot. Elle saute dans les vêtements qu'elle tire au hasard d'un tiroir de sa commode. Plus le temps de se préparer quelque chose à manger alors que la faim la tenaille toujours. Elle saisit au vol un pain à hot dog qui reste sur la table. Elle appuie légèrement dessus, il n'est pas tout frais, mais semble encore un peu mou. Ça fera l'affaire, elle l'avalera dans la voiture. Elle prend ses clés qui comme d'habitude traînent sur le guéridon qu'elle a chiné dans une brocante et placé dans sa minuscule entrée. Elle part en courant en claquant la porte, pour tenter de rattraper le temps perdu.

Pendant le trajet, elle s'oblige à enfouir ses interrogations dans un coin de sa tête. Elle essayera de trouver des réponses plus tard. Elle a toujours eu cette faculté d'occulter provisoirement les soucis et ça ne lui a jamais semblé aussi essentiel qu'en ce moment. Ne pas se mettre la rate au court-bouillon, comme disait sa mère.

Elle fait un passage éclair au vestiaire, mais lorsqu'elle arrive sur son poste sans être parvenue à compenser ce retard, ses collègues bienveillantes ont déjà « involontairement » glissé un petit mot au responsable. Apparemment, il l'attend. Il lui fait signe de le rejoindre entre deux rayons déserts et sermonne Élise sur l'importance de la ponctualité sur son lieu de travail, pendant plusieurs minutes qui lui paraissent interminables.

– Vous devrez rattraper vos heures, bien entendu. Allez reprendre votre place, il commence à y avoir des clients, vos collaboratrices ont certainement besoin de vous.

Elle aurait voulu lui dire que « collabo » aurait sans doute été plus juste, mais elle est assez intelligente pour savoir que son humour douteux n'aurait pas été judicieux à ce moment précis. Elle se contente donc de lui présenter ses plus plates excuses et d'assurer que cela ne se reproduira plus, avant d'aller rejoindre son poste. Comme elle s'y attendait, ses collègues jubilent.

Elles passent les premières heures de la matinée à ricaner dès qu'elles le peuvent en la regardant, sans oublier, bien sûr, d'être cassantes et désagréables avec elle, aussitôt qu'elles en ont l'occasion.

Au bout d'un moment, voyant que leur proie ne se défend pas, elles ne trouvent plus ça drôle et se lassent. Elles jettent alors leurs dévolus sur une des dames qui s'occupe de l'entretien. Elles ne cessent de l'appeler sur le réseau de téléphonie interne, pour des broutilles. Chaque fois que l'employé revient pour nettoyer une invisible tache au sol, elles rient sans même se cacher, à propos de sa tenue colorée d'un autre temps ou de sa dentition disparate qui la fait parler de façon étrange, avec un léger zézaiement.

Il y a beaucoup de clients et les commères sont occupées par leurs manigances, Élise ne voit pas passer la matinée. Elle a mal au dos et ses mains, malgré les gants, sentent la marée.

Au moment de sa pause déjeuner, comme à son habitude, elle déniche un petit coin dans la réserve pour manger. Certains employés avalent leurs sandwiches en faisant du lèche-vitrine dans la galerie marchande qui se situe à côté. D'autres se retrouvent dans la minuscule salle de convivialité qui empeste la friture, parce qu'elle était accolée au fast-food et un mélange d'odeur de nourriture, généré par les plats qui sont chauffés dans le micro-ondes. Élise n'aime pas faire les magasins. Elle trouve frustrant de regarder ce qu'elle n'a pas les moyens de s'offrir. Elle n'apprécie pas non plus aller dans la pièce commune fréquentée, elle ne sait pourquoi, par des employés essentiellement masculins. Elle se sent obligée de faire la conversation à des gens qui, au mieux, la méprisent pour son manque de connaissance dans le monde footballistique ou automobile, au pire qui ne se gênent pas pour la mater comme si elle était la dinde de Noël au repas de fin d'année, en faisant des blagues salaces et misogynes dont ils s'amusent en faisant des clins d'œil appuyés. C'est bien joli tous ces reportages qu'elle regarde à la télé sur la parité, mais certaines mentalités patriarcales semblent encore avoir de beaux jours devant eux.

Les employés sont peu nombreux à se réfugier dans le « hangar » comme ils l'appellent entre eux, poussiéreux et éclairé par la lumière blafarde des néons, pour ingurgiter leur déjeuner express.

Absorbée par l'étiquette du sandwich qu'elle vient d'acheter, en se demandant quel conservateur potentiellement mauvais à son organisme elle est en train d'avaler, elle ne voit pas que quelqu'un l'observe. Jusqu'au moment où, elle entend quelqu'un se racler la gorge avec insistance pour attirer son attention. Elle se retourne, un peu agacée de ne pas être seule dans sa cachette. Un homme, qu'elle n'a jamais rencontré, se tient debout derrière elle. Elle connait les responsables et les manutentionnaires de la réserve, c'est la même équipe depuis plus d'un an, et l'individu n'est pas l'un d'eux.

– Oui, vous voulez quelque chose ?

Pas très diplomate, mais au moins, elle fait comprendre clairement qu'elle n'a pas envie d'être dérangée pendant sa pause. Après la matinée qu'elle a passée, elle a bien mérité son moment de détente.

– Bonjour. Vous êtes Élise n'est-ce pas ? Je vous cherchais.

La jeune femme le regarde plus attentivement.

– On se connait ?

Elle oublie rarement les visages, mais elle est tellement distraite en ce moment, que cela n'est pas impossible. Pourvu qu'elle n'ait pas couché avec lui un de ces soirs et qu'elle ne s'en souvienne plus, ça serait gênant.

– En fait non, mais j'ai entendu parler de vous.

Il s'avance et lui tend la main. Élise se lève et la lui serre mollement, après s'être essuyé rapidement les doigts dans la serviette en papier fournie avec son repas.

– Je m'appelle Olivier. Je suis, d'après ce que j'ai compris dans les couloirs, celui qui vous a piqué votre boulot.

Il semble vouloir ajouter quelque chose, mais s'arrête là. Il attend visiblement une réaction face à sa révélation. Élise était tellement absorbée par ses rêveries quand l'inconnu est arrivé qu'elle ne saisit pas de quoi il désire parler et soudain tout s'éclaircit.

– Ah, vous êtes le nouveau sur le poste en papèterie. C'est vous qui êtes de la famille du grand patron ! Son neveu, c'est ça ?

Quelle idiote ! Elle vient vraiment de dire ça ? Elle a l'impression d'être un personnage dans l'un de ses livres romanesques. Lui, fils du châtelain et elle la soubrette qui salue son maître de maison. Il ne lui manque que le petit tablier blanc.

Elle se rassoit. Elle n'a pas du tout envie de discuter avec lui. Cela ne fait que lui rappeler encore à quel point elle déteste sa situation actuelle. Et maintenant, elle s'aperçoit que les gens parlent d'elle. Elle est étonnée car elle n'a pas d'ami au travail et pourtant son sort parait mériter une conversation devant la machine à café. Elle est presque contente qu'il ait essuyé des remarques.

– Ouais, j'ai pas eu un super accueil, tout le monde semble savoir d'où je sors. J'comprends pas, ça ne devait pas filtrer.

Eh oui, mais c'était sans compter sur Mr Chambion ça ! se dit-elle en son for intérieur.

– Et après, y a des gens qui m'ont raconté qu'il y a une fille qui, à cause de moi, s'est retrouvée entourée de maquereaux.

Il se met à ricaner bêtement, plutôt content de la blague qui n'amuse que lui. Elle aurait voulu le corriger et lui dire que cela faisait bien longtemps qu'elle ne se considérait plus comme une « fille ». Fugacement, elle se revoit dans les bras du guerrier alors qu'il l'appelle « Taïr ». Il faudrait vraiment qu'elle lui demande la signification. Bon, la dernière fois, il était en train de la sauver, mauvais timing pour lui faire passer une interro.

– On peut se tutoyer ? ajoute-t-il

Il n'attend pas la réponse.

– Mais t'inquiètes, j'avais juste envie de te rencontrer pour te dire que c'est vraiment temporaire. Je sais ce que mon vieux espère me faire comprendre. J'suis un glandeur et j'assume. Moi, bosser ça m'emmerde.

« Ah, ben tiens ! Sûr que nous autres pauvres gens, on est ici pour le plaisir », se dit-elle, sans l'exprimer à voix haute.

– Du coup de temps en temps, il culpabilise et se reproche, ce sont ses mots « d'avoir fait de moi un feignant ». En plus, là je sais qu'il a ma belle-mère sur le dos. Il a sa propre boîte, dans la finance. Il a pas voulu me laisser bosser vers lui, il a pensé à un truc plus percutant. Mais, je ne vais pas rester ici longtemps, en général, je finis toujours par avoir ce que je souhaite assez rapidement. Je fais une tête de petit chaton tout triste. Je lui dis que je suis comme ça parce que ma mère est morte et que je vais faire des efforts et puis ça repart, ma vie pépère.

Élise est systématiquement épatée par les individus qu'on ne connait pas et qui au bout de trois minutes de conversation, vous annoncent pour qui ils ont voté aux élections et comment se portait leur prostate à leur dernier bilan de santé. Elle a choisi l'endroit quasi désert pour sa tranquillité et évité d'entendre les ragots qui vont plus vite que les tapis de caisses. Et lui, il est tombé sur une des seules personnes que sa vie privée n'intéresse absolument pas. C'est Monsieur Chambion qui serait ravi d'apprendre toutes ses nouvelles fraîches. Il faut qu'elle les mémorise, elle pourra peut-être s'en servir à un moment ou à un autre.

– Bref, tout ça pour te dire que si tu traînes un peu avec moi, ça calmera la populace et moi je pourrais me planquer plus facilement pendant les quelques semaines que j'ai à faire ici.

Alors là c'est le comble. Elle a la vie dure à la poissonnerie, mais en plus de ne pas lui en vouloir pour ça, il lui demande carrément de l'aider et de faire ami-ami pour s'attirer les faveurs des autres employés. Il ne manque pas d'air celui-là.

– Désolée, ça ne va pas être possible.

– Pourquoi ?

Il parait n'avoir que quelques années de moins qu'Élise et pourtant, il garde une attitude de gamin. Elle n'a vraiment pas envie de se lier d'amitié avec ce type.

– Alors je ne vais pas trop m'étendre et te raconter mon histoire, parce qu'on ne se connait pas, mais pour faire simple elle est déjà bien assez compliquée comme ça et ça ne m'apporterait aucun avantage que l'on me voie traîner avec le protégé de la boîte.

Elle pense notamment à ces deux tyrans. Si elles soupçonnent une telle alliance, elles lui feront très certainement payer. Elle ajoute :

– Je ne veux pas développer, mais il est vrai que le fait de ne pas avoir le poste à la papèterie et le salaire que tu considères sûrement comme merdique, ça ne m'arrange pas du tout. Alors, fournir des efforts, juste pour simplifier ta vie de fils à papa, j'ai pas envie. Voilà, excuses-moi, c'est la fin de ma pause déjeuner, je dois retourner travailler parce que moi, c'est évident, on ne me loupera pas si je suis en retard, et bonne chance pour la suite.

Elle rassemble ses emballages et les emboîte les uns dans les autres pour les jeter. Elle a certainement tort de lui parler comme ça, si ça revient aux oreilles du père Chambion, sûr qu'il risque de trouver un moyen de la mettre à la porte, mais tant pis. Elle en a marre de subir les événements. – « Ou alors, ma fille, tu perds de plus en plus les pédales, à toi de voir », lui souffle une petite voix dans sa tête.

– Et ben, toi tu ne mâches pas tes mots. Tous les autres ont l'air d'avoir la trouille de moi et préparent leurs coups en douce, mais toi t'es la franchise même. OK, je comprends, c'est donnant donnant, donc si je fais quelque chose pour toi, tu pourrais faire un minuscule effort ?

– Je t'ai dit : laisse tomber !

Élise s'éloigne. Elle ne veut pas arriver en retard deux fois de suite dans la journée.

– Bon, on en reparle, crie-t-il dans le bâtiment désert.

Eh bien, entêté le garçon, mais elle ne désire qu'une chose : qu'on lui fiche la paix. La mauvaise idée serait d'attirer l'attention sur elle et que quelqu'un s'aperçoive qu'elle n'a pas l'air de tourner bien rond.

12

Aujourd'hui, sa journée se termine de bonne heure et elle s'est promise de passer voir Émilie ensuite. Mais l'histoire des griffures dans le dos la perturbe. Elle doit réfléchir et en plus elle craint que pendant sa visite, sa famille ne s'aperçoive de quelque chose. Elle décide donc de regagner son appartement directement. Elle va prétexter avoir un début d'angine. Dès qu'elle rentre, elle les appelle au téléphone. Sa mère, qui décroche la première, ne manque pas de s'inquiéter pour elle et de lui faire promettre d'aller voir le médecin si son état ne s'améliore pas.

– Tu sais, je te trouve vraiment une mine fatiguée ! finit-elle par lui dire avant de lui passer Émilie. Elles restèrent en ligne pendant au moins trente minutes. Sa fille n'avait plus l'air de bouder, cela lui fit du bien. Elle se sent toujours très seule lorsqu'elle n'est pas là. Elle grandit si vite et elle redoute le moment où elle partira voler de ses propres ailes.

Une fois qu'elle a raccroché, elle allume la télévision pour avoir un bruit de fond, elle n'aime pas le silence qui règne dans le logement.

Les doutes continuent de la tirailler. Lorsqu'elle laisse la raison parler, il lui semble vraiment impossible qu'un deuxième monde puisse exister. Et pourtant, quand elle est là-bas, les choses paraissent si réelles. Les griffures qu'elle a dans le dos ne peuvent pas avoir été faites par quoi que soit ici. Elle a été vérifier s'il n'y avait pas des ressorts abîmés dans son lit qui auraient pu lui faire ces marques. C'est la preuve qu'elle attendait.

– Donc cette deuxième terre existe vraiment.

Parler à voix haute l'aide à réfléchir.

Du coup, elle peut supposer que diverses croyances sont en fait des vérités : Dieu, les légendes celtiques et leurs farfadets, peut-être même le père Noël ?

– Houlà ! Tu pars trop loin ma fille !

Elle ne sait plus à quelle certitude s'accrocher. Le champ des possibles est maintenant infini.

– Commençons par la religion, mais laquelle : le catholicisme, le bouddhisme ?

Il en existe tellement qu'elle ne connait pas. Pourquoi ça serait une plus que l'autre, toutes ? Et les légendes, les contes, les animaux imaginaires ? Est-ce que certaines fables sont envisageables ? Elle ne peut pas savoir, finalement elle n'est pas plus avancée.

Elle passe plusieurs heures à réfléchir et à tout écrire sur un bloc-notes. Tout compte fait, qu'est-ce que ça peut bien changer ? À part se créer de l'angoisse, ça ne la mène à rien. Pleine de doutes, elle décide qu'il est temps d'arrêter là ses élucubrations. Elle a envie de retourner voir le sorcier. Elle file rapidement sous la douche puis s'installe confortablement sur le canapé et ferme les paupières.

La première chose qu'elle ressent, c'est une terrible douleur dans le dos. En ouvrant les yeux, elle ne peut s'empêcher de gémir. Rhoet et le guerrier sont juste à côté d'elle et la regardent inquiets.

– Comment vas-tu Mala ? s'empresse de demander le sorcier.

– J'ai des courbatures partout et j'ai très mal là où la bestiole m'a griffé.

Elle a la langue pâteuse et les lèvres desséchées. Elle n'avait pas imaginé qu'à son retour ce corps la ferait autant souffrir.

– Je suis endormie depuis longtemps ?

– Il s'est passé trois soleils depuis ton départ. Nous avons cru que tu n'allais jamais revenir, lui répond le vieil homme.

Il ajoute :

– Les douleurs sont causées par le poison que le Moloc t'a injecté.

– Moloc, c'est ainsi que vous appelez la grosse bête poilue pleine de dents qui s'en est prise à moi ?

– Oui, les plaies vont avoir du mal à guérir, je vais te préparer une pommade qu'il faudra appliquer quotidiennement. Les griffes de l'animal, en plus de sécréter du venin sur leurs extrémités, sont enduites de bactéries qui ralentissent la cicatrisation. Tu dois être très spéciale car avec de telles plaies, tu devrais être entre la vie et la mort. Peu de personnes peuvent se vanter d'avoir échappé à l'attaque de cet animal. Mais heureusement que notre ami était là, il t'a sauvé, précise Rhoet en montrant le guerrier.

– Lorsque j'ai compris que je ne pouvais plus fuir le monstre, j'ai eu vraiment très peur. Je suis désolée, je n'aurais pas dû m'éloigner, mais ma curiosité a été la plus forte. J'aurais dû vous écouter tous les deux, ajoute la jeune femme, en les regardant, pleine de repentis.

Elle est consciente que leur compagnon a risqué sa peau pour elle et maintenant elle se sent gênée d'être un fardeau pour eux. Elle aurait voulu les impressionner et réaliser ce pour quoi elle existe dans ce monde. Mais il fallait qu'elle reste lucide et qu'elle définisse ses limites sur cette terre hostile.

– C'est sûr, c'était une mauvaise idée, mais ça n'aurait rien changé, lui répond le guerrier qui n'avait encore pas ouvert la bouche depuis son arrivée.

– Comment ça ? interroge Mala.

– J'y ai réfléchi, le Moloc était loin de son habitat naturel. De plus, lorsqu'il repère une proie, il ne la lâche plus. Et pour finir, je ne comprends pas pourquoi il t'a choisi. Il est en général plus enclin à combattre les mâles, même quand il chasse les humains. C'est un animal fier qui aime les défis, il n'a pas pour habitude de s'attaquer à un adversaire trop faible.

La jeune femme ne saisit pas où il veut en venir.

– Vous pensez à quoi ? lui demande-t-elle.

– Je crois qu'il a été mis sur ta piste par quelqu'un qui souhaite te voir disparaitre, ça n'est pas un hasard, on a été repéré. Tout à l'heure, pendant que j'inspectais les environs, j'ai trouvé des traces de pas humains un peu plus loin sur le versant de la montagne. Je pense que nous sommes traqués.

– Que fait-on alors ? demande Mala qui n'a pas la force de revivre d'autres émotions, en tout cas dans l'immédiat.

– Il faut que l'on prenne la route, le plus vite possible. Cette région était déjà hostile avant, mais ça risque encore de se compliquer. Rhoet, les gens que vous attendiez sont censés arriver dans combien de temps ?

– Dans une semaine ou deux, répond Rhoet.

– C'est trop long, vous avez un moyen de leur faire passer un message, pour qu'ils nous retrouvent plus loin ?

– Oui

– Mala, peux-tu marcher ou doit-on utiliser le traîneau ?

– Non, ça va, je vais marcher, réplique-t-elle sans réfléchir.

Pour joindre le geste à la parole, elle se met debout. Mais au final, son essai la précipite dans les bras du guerrier. Ses jambes tremblotantes ne sont pas assez stables pour la soutenir.

– D'accord, sorcier, vous restez vers elle. Je vais aller chercher des branches pour consolider un peu l'embarcation. Je la tirerais jusqu'à ce qu'elle aille mieux et qu'elle puisse se déplacer seule.

– Non, je n'en ai pas besoin, répond Mala qui se sent de nouveau comme le maillon faible de l'expédition.

– Désolé, mais nous n'avons pas le temps d'attendre, met ta fierté de côté et laisse-nous prendre les choses en main.

La voix rocailleuse et les yeux flamboyants du guerrier empêchent la jeune femme d'apporter tout argument contraire.

Elle aurait souhaité que les rapports humains ici soient plus simples que dans son monde, mais elle a sans cesse l'impression d'irriter cet homme. Elle en a assez d'essuyer des paroles condescendantes. Elle ne veut pas venir dans cet univers et éprouver les mêmes sentiments négatifs que sur sa terre. Rhoet lui a dit qu'ils avaient besoin d'elle, mais s'ils n'en sont pas persuadés tous les deux et bien elle n'a rien à faire dans ce monde !

– Écoutez, je crois que je vais arrêter là. C'est compliqué pour moi d'être ici. Si en plus les gens qui m'entourent n'en ont pas non plus envie que ça, ce qui est apparemment le cas pour certain, alors je ne vois pas pourquoi nous forcerions les choses. Je ne suis visiblement pas la personne qu'il vous faut, donc laissez-moi tranquille et trouvez quelqu'un d'autre de plus fort, de plus courageux, de plus masculin, de plus ce que vous voulez ! Je n'ai rien à faire là si même vous, vous ne croyez pas en moi.

Les deux hommes paraissent surpris de sa réaction un peu vive, mais alors qu'elle s'apprête à fermer les yeux pour repartir, le guerrier effectue un miracle. Un grand sourire franc, presque un début de rire apparait sur son visage, puis il prend la parole.

– Très bien, je pense que le moment est venu de se faire davantage confiance. Pendant ton sommeil j'ai beaucoup parlé avec le sorcier, de la prophétie, de toi et j'envisage que tu sois la clé, même si je n'en suis pas ravi. Nous devons apprendre à nous connaitre et nous supporter. Notre voyage va être long et périlleux. Il est temps que je te livre celui que je suis, le nom que m'a offert ma tribu. Notre croyance veut que, lorsque l'on communique cette information à quelqu'un, c'est comme si l'on faisait don d'un peu de soi. C'est donc d'une grande importance pour nous. Ainsi donc, je m'appelle Ictaen Leorgen Jurgal.

En voyant la drôle de tête prodiguée par l'annonce de son patronyme, il ajoute :

– Mais Ictaen suffit. Je suis né dans un peuple où les conditions de vie sont difficiles. Beaucoup de mes frères meurent avant d'avoir atteint l'âge adulte. Nous avons l'habitude d'aller droit au but. Nous n'avons pas de temps à perdre en faisant des sous-entendus et en espérant que les gens comprennent. Je suis donc direct et il va falloir t'y faire. J'attends de toi que tu fasses de même. D'où je viens, le manque de franchise est une marque d'offense. Maintenant, pour la suite du voyage je ne te sous-estime pas, j'analyse juste la situation. Et là, je constate que tu n'es pas capable de marcher alors que nous devons partir rapidement. Si nous avons des ennemis sur nos traces, ils vont bientôt se rendre compte que le Moloc ne t'a pas tué. Ils sont sans doute en train de préparer autre chose. Un traîneau est le meilleur moyen pour te sortir des montagnes au plus vite, vu que tu ne tiens pas sur tes jambes. C'est donc comme ça que nous allons faire parce que je l'ai décidé et que c'est moi qui possède le plus de connaissances sur ce sujet. Maintenant, je vais aller chercher de quoi consolider ton embarcation et un peu de nourriture pour le voyage. Tu vas pouvoir goûter la chair de Moloc, c'est délicieux. Pendant ce temps, le sorcier va t'appliquer la pommade sur tes plaies et ensuite vous regrouperez toutes nos affaires. On se mettra en route dès que je serais revenu. Est-ce que ça te va Taïr ?

Mala qui est abasourdie par la longue tirade du guerrier hoche la tête en signe d'assentiment. Elle songe que le moment de lui demander pourquoi il utilise ce surnom n'est pas encore propice.

Ictaen s'adresse ensuite au sorcier.

– Rhoet, vous êtes satisfait, je me suis exprimé et j'ai expliqué notre situation à la voyageuse. Est-ce qu'à présent, on va pouvoir faire ce que je dis et se mettre en route avant de se faire tuer au milieu de cette montagne ?

– Oui, merci, Ictaen. Nous allons préparer nos affaires.

La voix grave du guerrier est captivante. Dans l'autre monde, il aurait pu travailler à la radio, mais Mala garde cette réflexion anachronique pour elle. Elle n'a pas envie de s'installer sur le traîneau, mais maintenant, après tout ce qu'il a déclaré, elle ne peut pas refuser sans avoir l'air d'être une gamine capricieuse. Elle est reconnaissante de ce qu'il fait et l'exprime dans un murmure.

– Merci.

Le guerrier qui commence à s'éloigner, s'arrête et se tourne vers elle.

– Pourquoi ?

– Pour m'avoir sauvé la vie et pour continuer de le faire. Et aussi pour m'avoir donné ton nom, ajoute-t-elle.

Il opine de la tête et semble satisfait.

– Je vais essayer de ne pas trop m'écarter. Si vous avez des problèmes, criez. Rhoet, j'ai laissé des couteaux à côté de ma couche, gardez-les à portée de main, on ne sait jamais. Et soyez attentifs, tous les deux ! Et surtout, vous ne vous éloignez pas de là ! précise-t-il en appuyant sur les mots, le regard fixé sur Mala.

– D'accord, sois vigilant toi aussi, Ictaen ! ajoute le sorcier comme si le guerrier n'était pas capable de s'en sortir seul.

Ce dernier lève le bras en leur tournant le dos, puis il disparait dans le brouillard qui est toujours présent.

– Mala, tu dois soulever ta chemise, je vais t'appliquer le baume, je te préviens, cela va être douloureux, mais pas autant que lors du rituel, s'empresse-t-il de spécifier.

Il lui est facile de s'exécuter, le vêtement qu'elle porte est très large.

– Je n'étais pas habillée ainsi sous ma peau de bête lors de l'attaque.

– Non en effet, Ictaen a donné une tunique qu'il avait dans son sac et nous t'avons changé après avoir fait les bandages sur les plaies.

Mala rougit

– J'aimerais autant que vous évitiez de montrer mon corps nu à tout le monde Rhoet. Déjà, savoir que vous, vous me voyiez à poil, ça me gêne alors si on pouvait restreindre les spectateurs.

– Je ne l'ai pas montré à tout le monde, il n'y avait qu'Ictaen. Et quel est le problème, je ne comprends pas ? Et tu n'as pas de poil, enfin pas plus que la normale. Ce que tu me dis n'est pas toujours très clair pour moi Mala.

– « À poil », c'est une expression qui veut dire « sans vêtements » et vous saisissez, c'est mon intimité, quoi.

– « Intimité », pour moi cela s'applique lorsque nous faisons nos besoins. Ça, c'est intime. Il y a un problème avec ta nudité ? Comment faites-vous dans ton monde aux bains publics ? Vous vous lavez tout habillé ?

Mala le regarde, il est sérieux, les bains publics !

– Non, laissez tomber, merci de vous être occupé de moi.

– Je laisse tomber quoi ?

– Je veux dire « rien ».

Elle soupire. Il faut qu'elle choisisse mieux ses expressions.

Le sorcier hausse les épaules en faisant la moue puis commence à appliquer sa lotion. En tout cas, il a raison, cela est douloureux. Bien plus que les légères blessures qu'elle a sur la première terre, mais elle serre les dents.

Elle lui parlera des conséquences sur son autre corps plus tard, elle a une question à poser avant.

– Vous avez fait des incantations lorsque le Moloc m'a empoisonné. C'est de la sorcellerie, c'est ça ?

– Oui, en effet.

– Dans mon monde il n'y en a pas, enfin je ne suis plus sûre de rien. Il y en a peut-être eu, mais aujourd'hui, soit elle a disparu, soit elle est gardée secrète, d'après les informations que j'ai.

– J'ai appris la magie étant enfant, mais maintenant il est interdit de la pratiquer. D'ailleurs, je vais changer de tenue avant de partir pour mettre des habits plus ordinaires. Je vais me faire passer pour un vieillard errant que le guerrier et toi avez rencontré sur votre chemin et nous nous déplaçons au gré des marchés et des saisons. Tu vas aussi devoir prendre l'habitude de m'appeler par mon prénom et surtout pas « sorcier ». Je vais te raconter un peu notre histoire en attendant que notre ami revienne. Aujourd'hui les enchanteurs sont peu nombreux, nous avons presque tous été exterminés. Maintenant notre art fait peur au peuple. Si quelqu'un m'avait vu faire lorsque je t'ai guérie, j'aurais pu être capturé, pour être pendu ou battu à mort.

– Pourquoi vouloir vous tuer si vous êtes capable de soigner ? Les gens devraient être heureux que vous ayez un tel don et vous pourriez les aider ?

– Pendant que je t'explique, nous allons en profiter pour rassembler les affaires pour notre voyage. Si Ictaen revient et que nous ne sommes pas prêts, je doute que cela lui plaise. Reste assise et je te ramène les couvertures à plier.

Tout en s'activant, Rhoet commence à raconter son histoire.

– Depuis des temps immémoriaux existait la caste des sorciers. Elle faisait partie de la société et rendait de grands services à la population. Tu m'as parlé de machines pour te déplacer ou pour aider à la vie courante. Et bien nous, sur notre monde, nous n'en avions pas besoin. Les pouvoirs des mages permettaient d'accomplir de nombreuses tâches. Puis, sans que l'on puisse l'expliquer, ils ont commencé à devenir plus puissants et par conséquent leurs détracteurs plus virulents. Face à la difficile cohabitation qui générait de la jalousie entre eux et les gens ordinaires, leurs pairs ont décidé de quitter cet environnement. Ils ont alors été dispersés dans de vastes bâtisses construites dans des zones inhabitées. Leur savoir était si grand qu'ils ont préféré mener leurs existences à l'écart de la population, bien plus faible qu'eux.

Mala lève un sourcil, elle trouve le sorcier arrogant. Rhoet, qui semble comprendre l'expression de son visage, continue.

– Ce n'est pas de la vanité de ma part, ils avaient des connaissances et des facultés qui faisaient réellement d'eux des êtres supérieurs. Ils étaient capables de choses inouïes à l'âge adulte. Les gens privés de ces dons étaient devenus envieux. Les mages ont commencé à retrouver leurs frères égorgés, les boyaux à l'air. En effet, il se disait parmi les non-initiés que c'était là que se trouvait le cœur de leur pouvoir et la population le croyait. Il parait que certains sont même allés jusqu'à manger une partie des organes des dépouilles.

– Comment avez-vous su que vous étiez vous-même un sorcier ?

– Les élus étaient repérés dès leur plus jeune âge par des recruteurs jusque dans les villages les plus reculés du monde. Nous étions achetés à nos familles pour la plupart miséreuses, contre de l'argent ou des pierres précieuses ou parfois juste une chèvre. L'éducation au sein de la caste pouvait alors commencer.

Les premières années de séparation étaient difficiles, mais avec le temps nous parvenions à oublier nos proches et les souvenirs de notre vie d'avant. Le quotidien dans les monastères était agréable. Nous ne manquions ni de nourriture ni de vêtements et notre communauté soudée nous permettait de nous épanouir en développant nos dons. Nous avions des cours de musique, de peinture et bien d'autres pratiques artistiques. Et bien sûr, nous apprenions les préceptes de la magie. Il en existe plusieurs sortes. Celle qui s'applique aux humains ou pour les plantes et les animaux, pour soigner ou pour tuer. Notre vie était agréable et nous étions heureux. En tout cas, cela a fonctionné pendant des centaines d'années pour plusieurs générations de sorciers. Mais un jour, un petit groupe de dissidents s'est formé dans l'un des monastères. Ils en avaient assez de cette vie. Leurs voix discordantes commencèrent à se faire entendre. Ils ne comprenaient pas l'intérêt de posséder de tels dons et de ne pas pouvoir en profiter en dehors des salles de classe. Ils décidèrent donc de désobéir à nos lois. Ils pensaient qu'il était temps de se servir de leurs savoirs auprès des autres habitants. Ils se sont mis à voyager jusqu'aux confins de notre monde, en opérant de nombreux ravages sur leur passage. En effet, ils se rendirent rapidement compte qu'ils pouvaient prendre ce qu'ils voulaient dans les villages qu'ils traversaient. De la nourriture, de l'or lorsqu'ils en trouvaient, des femmes quand elles étaient à leur goût et faire ce qu'ils désiraient. Ils ne rencontrèrent pas beaucoup de résistance. Puis ils s'attaquèrent aux villes et aux richesses des seigneurs. Ils laissaient derrière eux les gens sous l'emprise des sorts qu'ils avaient lancés parfois juste pour s'amuser. Les hommes se jetaient des falaises ou buvaient des poisons qui les rendaient fous. Les plantes poussaient de travers et des mutations ignobles se produisaient sur les animaux infectés. Les sorciers renégats pensaient que notre ordre existait pour régner sur le monde et que le reste de l'humanité ne vivait que pour nous servir. N'arrivant pas à les raisonner, les hauts dignitaires nommés « maîtres mages » décidèrent de les traquer en constituant des armées de guerriers. Les dissidents utilisèrent alors des sortilèges qui étaient interdits. Ils gagnèrent encore en force et en pouvoir. Mais leurs âmes devenaient de plus en plus noires chaque fois qu'ils y recouraient. Comme je te l'ai dit, pour chaque acte de sorcellerie il y a un prix à payer. Les troupes qui avaient été envoyées pour les combattre furent décimées. La rumeur qui se répandit lentement fut que notre monde allait à sa perte et que notre terre allait prochainement être détruite par ces fanatiques. Mais d'après nos anciennes écritures, il restait un espoir, une arme ultime capable de stopper notre fin : toi Mala.

Surprise, elle relève la tête des piles de couvertures qu'elle s'applique à plier et commence à ouvrir la bouche. Mais le vieil homme ne lui laisse pas le temps de poser sa question et continue son histoire.

– Les magiciens sombres comme on les nomme, avaient connaissance de cette légende. Ils décidèrent d'exterminer tous les sorciers afin qu'il ne reste plus personne pour se dresser contre eux et t'invoquer. Alors, des scènes identiques se répétèrent dans tous les monastères. Ils tuaient tous ceux qui croisaient leurs chemins, même les enfants, c'était terrible. À ce moment-là, je faisais partie d'un groupe de maîtres dans l'un des sanctuaires. À l'aide de sorts puissants, ils ont rompu nos communications. Nous avons eu connaissance de leur progression trop tard pour secourir nos amis les plus éloignés. Nous nous sommes retrouvés seulement une poignée encore en vie. Nous avons décidé de fuir chacun de notre côté et de mener notre existence dans l'ombre afin de sauver notre savoir. Nous avons pris soin de dissimuler les plus jeunes dans des familles, non sans leur lancer un sortilège pour bloquer leur magie, dans leur intérêt. Les nouveaux parents, souvent dans l'incapacité d'avoir des enfants, furent ravis et ne posèrent pas de questions. Puis, il y a quelques dizaines d'années, certains renégats ont commencé à périr de maladie bizarre. Ils étaient emportés par des fièvres qui les faisaient se consumer et d'autres raisons plus étranges les unes que les autres, probablement à cause de leurs utilisations excessives de la sorcellerie. Ceux encore en vie ne s'entendaient plus et ils se sont affrontés dans des combats insensés qui menaient les participants à la mort. Ils ne furent bientôt plus que quelques-uns à se disputer pour savoir qui allait diriger le plus grand comté, ou le plus riche, qui allait avoir la plus belle femme. À coup de sort de plus en plus puissant, ils ont fini par s'exterminer. Tous, sauf un. Sans doute plus dangereux et plus rusé que les autres : le sorcier sombre nommé Relgot Triffar. Tu n'entendras que rarement son nom, car les gens sont superstitieux et pensent que cela amène le mauvais œil de le prononcer. Il a formé une immense armée de monstres. Des animaux et des hommes transformés par la magie noire, qui ont rasé un nombre important de villages dans le Nord. Il s'est ainsi créé un fief, une terre empoisonnée qu'il occupe depuis 5 ans. Personne ne s'en approche et nous ignorons ce qui s'y passe. Mais du coup, il y a eu tellement de perte pendant cette guerre qu'aujourd'hui, la population s'en prend à quiconque soupçonné de connaitre ou d'utiliser la sorcellerie. Mais ce n'est pas ça qui explique son silence, ça ne l'effraie sans doute pas beaucoup. Avec les amis de la congrégation qui me restent, nous avons une théorie. Nous pensons que la manipulation des sciences occultes l'a énormément affaibli et qu'il attend ou cherche une nouvelle source d'énergie. Au cours de mes études, j'ai entendu parler d'un livre ancien, caché dans une bibliothèque dans l'un des monastères, qui indiquerait comment nous pourrions accéder à cette puissance. Nous allons donc commencer notre exploration par là.

– Je croyais que vos habitations de l'époque avaient été détruites ?

– En effet, mais le manuscrit aurait été dissimulé dans une pièce secrète. Il a peut-être résisté aux dégâts, nous verrons. Mais quoi qu'il en soit, nous revenons toujours à toi, tu es la clé. D'où mon intérêt et celui des amis qui partage ma vision. Nous devons te protéger en attendant de découvrir plus d'éléments.

– Vous êtes encore en contact avec les autres « maîtres sorciers » ?

– Des contacts fugaces, des messages éclairs via la magie, des courriers cryptés laissés dans les auberges. Nous trouvons des moyens, mais nous devons rester extrêmement prudent.

13

L'histoire de Rhoet laisse Mala sans voix. Elle ne comprend toujours pas en quoi elle, une femme plutôt quelconque avec une vie barbante et aucune compétence particulière, peut apporter son aide concernant la disparition de mondes. Pourvu qu'il n'y ait pas d'erreur sinon ils sont tous mal barrés. Elle est plongée dans ses réflexions en finissant de ranger le matériel dans des sacs de toile.

– Bon très bien, je crois que nous avons terminé. Je vais devoir faire une incantation pour tenter de contacter les amis qui doivent nous retrouver, mais je vais attendre que Ictaen soit de retour pour assurer ta protection. Et avant que tu ajoutes quoique ce soit et sans être offensant, il me semble évident que tu n'es pas capable de te défendre seule, en tout cas pour l'instant.

Elle ne conteste pas car elle est cette fois bien d'accord avec lui.

– C'est compliqué de joindre quelqu'un par le biais de la magie ?

Elle garde pour elle le fait que dans son monde, il suffit de sortir de sa poche un boîtier pas plus grand que la paume d'une main pour discuter avec un interlocuteur situé à l'autre bout de la terre en quelques secondes, si il y a assez de réseau bien entendu.

– Non, c'est un rituel très simple, mais je dois être très bref, lorsque je fais cela. Je ne veux pas prendre le risque de me faire repérer par le sorcier sombre. J'espère qu'il nous croit tous morts et je ne désire pas lui donner des raisons de penser qu'il a tort. Rhoet s'assoit à côté d'elle en attendant le retour du guerrier. Il regarde la jeune femme du coin de l'œil, peu habitué à ce qu'elle garde le silence.

– Je comprends que mes révélations soient perturbantes pour toi. D'autant plus que nos mondes pourtant liés, semblent très opposés. Nous venons interférer dans le déroulement de ta vie et t'avons forcé à nous rejoindre. Mais je t'assure que si je pensais que nous avions des choix différents j'aurais fait autrement.

Mala n'a pas besoin de lui répondre, Ictaen sort du brouillard à quelques mètres d'eux.

– Très bien, te voilà. Je vais te laisser aider Mala à s'installer sur le traîneau, je dois changer de vêtement et lancer mon appel. Si tu as raison, je ne veux pas que d'autres mettent leurs vies en danger. Bien que je ne sache pas si nous serons tellement plus en sécurité ailleurs.

Puis il disparait à son tour en faisant crisser la neige sous ses pas.

Ictaen s'affaire un moment au-dessus de l'embarcation de fortune prévue pour la jeune femme. Elle ne voit pas précisément ce qu'il fabrique et n'ose pas l'interrompre. Mais quand il se déplace, elle constate qu'il semble entrelacer des branches entre les montants destinés à l'accueillir. Il termine en fixant une peau de bête. Puis, sans un mot, il s'approche de Mala et la soulève de terre pour la déposer dessus.

– Je vais installer d'autres fourrures avec des sangles de cuir afin de te retenir sur la paillasse puis j'attellerais les traverses à mes hanches avec les liens restants. Alors, le couchage est confortable ?

Sans lui laisser l'occasion de répondre, le guerrier ajoute :

– Dommage que tu sois en mauvais état et que les conditions ne s'y prêtent guère, on aurait pu s'en servir pour des choses plus amusantes.

Mala qui ne s'attendait vraiment pas à de tels propos se met à rougir jusqu'aux oreilles. Dans son monde, elle n'est pas une jouvencelle effarouchée, mais face à Ictaen, elle se sent intimidée. Soudain, elle n'a plus si froid et même certaines zones de son corps sont carrément en ébullition. L'endroit et le moment sont mal choisis, mais il est certain que cet homme lui fait de l'effet. Et il a l'air de savoir ce que cela déclenche chez sur elle car un sourire ne quitte pas ses lèvres. Ses yeux verts, fixés dans les siens, semblent plus brillants. L'arrivée de Rhoet met fin à leur échange non verbal.

– Allons-y maintenant nous devons faire le plus de route possible avant la tombée de la nuit.

Il pose sur Mala la peau de bête qu'elle portait sur elle pendant l'attaque du Moloc. Elle a été recousue et chaque déchirure lui rappelle à quel point elle a été proche de l'éventration. Elle est contente de la retrouver, malgré l'odeur. Finalement elle commence à s'habituer.

Ils marchèrent pendant des heures dans la brume et la neige. Enfin, les hommes marchaient pendant qu'elle était chahutée sur son transport de fortune. Des sacs de toile avaient été ajoutés à côté d'elle et de temps en temps des objets durs venaient lui percuter les côtes.

Mala a mal aux yeux à force de les plisser pour tenter

d'apercevoir le paysage malgré le manque de visibilité. Ictaen la traîne dans la neige avec une grande facilité. Une ou deux fois, elle essaya de se tordre le cou pour voir ses muscles bouger au rythme de ses mouvements. Le guerrier semblait avoir un sixième sens, car alors il lui lançait un regard satisfait par-dessus son épaule. Elle pensait que si Rhoet n'avait pas été avec eux, il se serait jeté sur elle. Cette idée d'ailleurs lui est plutôt agréable, Ictaen est vraiment bel homme et elle l'imagine bon amant. Elle lui lâche encore une œillade et trouve de nouveau ses yeux pétillants. Elle doit arrêter, l'état dans lequel ce petit jeu la met est frustrant et elle est sûre qu'il se moque d'elle. Il a été si souvent narquois, elle ne l'intéresse sans doute pas et c'est probablement une nouvelle façon de la ridiculiser.

Ils marchent depuis plusieurs heures. Elle aurait pu repartir dans son monde pendant ce temps, mais elle n'en a pas envie. Ça va même plus loin, elle l'oublie presque, savourant le plaisir du voyage. Elle observe le sorcier. Parfois, il parait si vieux et fragile. Elle ne sait pas quel âge il a, mais là, alors que les déplacements semblent si ardus dans la neige épaisse, il ne se plaint pas et a calqué son rythme sur celui, soutenu, du guerrier.

La brume commence à être moins opaque. Mala aperçoit de temps en temps, les soleils, puis alors qu'ils descendent sur l'horizon et que leurs brillances s'atténuent, elle peut enfin distinguer les disques nettement. Le spectacle est magnifique et la couleur émise par les deux astres donne un reflet étrange à toute chose. Le sorcier, légèrement essoufflé, rompt le silence.

– Ictaen, penses-tu que nous sommes suivis ?

– Non, je n'ai pas l'impression. Ou alors nos poursuivants sont très habiles car je ne les ai pas détectés.

– Tu as déjà réfléchi à un endroit pour installer le campement j'imagine ?

– Oui, je reconnais les lieux. D'après moi, nous devrions arriver sur un ancien village avant la tombée de la nuit. La dernière fois que j'y suis passé, il y restait quelques vieilles maisons en pierres encore partiellement debout. Nous pourrons nous établir à l'abri du vent et il sera plus facile pour moi de faire le guet et d'observer si quelqu'un approche. Lorsque nous serons descendus des hauts plateaux, dans quelle direction voulez-vous aller ?

– Je souhaite que nous nous rendions à Chardam dans un premier temps. J'ai de quoi acheter une monture et des vivres pour la suite de notre expédition. Il nous faudra aussi peut-être des vêtements et nous verrons si nous pouvons effectuer un peu de troc. Tu as dépecé le Moloc, je présume.

– Bien sûr, maîtr…, heu Rhoet

– Nous y resterons le temps de régler nos petites affaires et repartirons le plus vite possible sans nous faire remarquer, n'est-ce pas Ictaen ?

– Je ne vois pas du tout de quoi vous parlez sorcier…

Il y avait là un message pour le guerrier que Mala ne comprenait pas, mais elle n'osa pas demander. Ictaen sourit en regardant Rhoet, mais le magicien n'avait pas l'air de vouloir plaisanter, cela ressemblait davantage à une mise en garde.

– Ictaen, tu dois vraiment arriver à ne plus m'appeler sorcier ou maître, sinon ce sera les derniers mots que tu prononceras et moi les derniers que j'entendrai.

Le premier des deux soleils disparut à l'arrière des montagnes, que Mala apercevait enfin, plus loin, derrière l'endroit d'où ils venaient. En sens inverse de leur chemin, elle ne découvrait le paysage, qu'en se tordant le cou. Mais, depuis quelques minutes, elle avait un sentiment étrange.

– Rhoet, je ne sais pas très bien quel moment précis de la journée nous sommes, mais j'ai la sensation qu'il est temps pour moi de vous laisser, c'est comme une certitude.

Le vieil homme s'arrêta à côté du traîneau improvisé.

– C'est très bien, tu dois te fier à cette impression.

– D'accord, je reviens dès que je peux.

– À bientôt Mala.

Le guerrier ne dit rien, mais lui envoie son nouveau sourire ravageur et ce regard si pétillant. Elle espère qu'il ne va pas profiter de son absence pour se servir de son corps inanimé. De toute façon, Rhoet lui a certifié qu'il restait près de son enveloppe lorsqu'elle n'est pas là et il ne laisserait pas faire ça.

– Vous allez me surveiller cette nuit, n'est-ce pas ? ne peut-elle s'empêcher de demander au vieil homme.

Ictaen qui l'a entendu et semble comprendre son allusion éclate de rire.

Rhoet hausse les sourcils en les observant tour à tour, il ne saisit visiblement pas les sous-entendus partagés par les jeunes gens. Mala soupire. Elle n'a pas le choix, le deuxième soleil approche de l'horizon et l'impression d'urgence devient de plus en plus présente. Elle jette un dernier regard à Ictaen, qui lui fait un clin d'œil complice et elle ferme les paupières.

Élise s'étire. Comme les fois précédentes, elle plutôt en forme et elle ressent une faim de loup. Il est cinq heures sur son réveil, son horloge interne n'est visiblement pas encore tout à fait au point. Elle n'a pas l'habitude d'être éveillée si tôt, mais elle ne se sent plus du tout fatiguée et décide que les gargouillis de son estomac vont obtenir la primeur sur tout le reste. Elle se lève et prépare son petit déjeuner classique : bol de lait chaud avec du miel, accompagné d'une tranche de pain grillé. Sa mère lui confectionnait ce breuvage depuis qu'elle était toute petite, elle avait lu que le miel était un très bon antiseptique. Une fois le liquide brûlant avalé et toutes les miettes ramassées avec ses doigts passés au préalable dans sa bouche humide, elle se rend compte qu'elle n'est pas rassasiée. La faim ne veut pas disparaitre. Elle ouvre le frigo et trouve des œufs et du fromage. Une omelette devrait remédier à son état. Elle prend même une orange pour terminer. Elle aurait dû être repue, mais ça n'est pas le cas. Si elle s'écoutait, elle continuerait de vider les placards. Bizarre, ça ne lui ressemble pas une telle fringale. Il faudrait peut-être qu'elle en parle avec le sorcier, elle verrait. Comme elle a du temps, elle allume la télé sur la chaîne info. Elle n'a rien loupé d'extraordinaire, toujours autant de guerres. La crise et les catastrophes naturelles ne cessent de sévir partout sur la terre. Déprimant ! Elle profite d'avoir un moment pour étendre une lessive et faire un peu de ménage avant de commencer à se préparer. Aujourd'hui, elle a prévu d'arriver en avance. Elle ne doit pas être en retard deux fois de suite dans la semaine si elle veut conserver son boulot. Elle file sous la douche. Elle a dû regarder le calendrier accroché sur son frigo pour se rappeler de la date et de son agenda pour la journée. Elle est déboussolée, le fait de passer d'un monde à l'autre lui fait perdre la notion de temps. Elle se rend donc compte qu'elle est de caisse et elle en est contente. Bien sûr, c'est moins intéressant que lorsqu'elle va à la papèterie, mais c'est préférable à la poissonnerie. Sans évoquer ses odieuses collègues, le travail est pénible. Elle reste la journée entière debout à piétiner, si bien que malgré sa jeunesse, elle attrape mal au dos. En plus, le rayon est réfrigéré, elle a constamment froid en dépit de la superposition de vêtements qu'elle porte sous sa tenue blanche.

À son arrivée, elle va récupérer son fond de caisse au bureau central. En arpentant les grandes allées, elle repense à Olivier. Elle se dit qu'après tout, s'il ne se plait pas du tout dans l'entreprise, il ne va peut-être pas avoir la persévérance pour exécuter sa punition. Elle aura peut-être le poste plus vite.

Aujourd'hui, elle ne travaille que jusqu'à 13 h. La matinée est assez calme, c'est le milieu d'une semaine de vacances scolaires et l'on approche de la fin du mois. C'est une période difficile pour certains ménages, l'argent se fait plus rare. Elle le constate d'ailleurs à la composition des caddies qui défilent sur son tapis. Elle est bien placée pour juger, elle connait ça. Lorsqu'elle effectue ces achats, elle choisit avec raison. La plupart du temps, elle se rationne, d'autant plus la dernière quinzaine. En général, elle évite le poisson frais et la viande. Et quand elle le peut, elle laisse le morceau le plus gros à Émilie, en lui disant qu'elle en a plus besoin qu'elle si elle proteste. Il lui plait de s'inventer une hygiène de vie drastique, beaucoup de sport et des repas très équilibrés lorsqu'elle est de sortie le soir et que ses amants occasionnels lui demandent comment elle fait pour garder la ligne. C'est toujours mieux que la vérité : « je mange des légumes parce que je suis en période de dèche et il m'arrive d'avoir faim après le déjeuner », pas très sexy comme technique de drague. Il n'y a vraiment que quand sa mère lui concocte ses petits plats qu'elle peut se rattraper. Heureusement qu'elle est là. Elle se met à penser à Émilie en présentant les articles devant la zone d'enregistrement des prix. Elle lui manque. Elle doit la récupérer demain soir et elle a hâte. Elle est en repos quatre jours la semaine prochaine. Elles vont pouvoir passer un peu de temps ensemble, ça va leur faire du bien. Elle programme à l'avance leurs après-midis. Élise sait trouver des occupations peu onéreuses. Déjà, elles vont très souvent se promener dans les parcs de la ville. Elles alternent entre les parcours sportifs et ceux plus éducatifs avec leurs plantes de toutes sortes. À force, elles connaissent chaque touffe d'herbe par cœur. Mais, parfois, il y a des événements qui modifient leurs aspects : décors de Noël ou œuvres d'art temporaires pendant les grandes vacances. Elle consulte également régulièrement les programmes distribués dans les mairies pour y dénicher les expositions ou les spectacles pour les enfants, gratuits. Émilie lui dit souvent qu'elle est trop âgée pour y aller, mais elle ne se fait jamais prier et en sort la plupart du temps ravie.

Elle organise aussi de temps en temps une journée de lèche-vitrine. Sans l'exprimer à voix haute, chacune d'elles regarde les articles chers et inutiles et finit par revenir avec un produit dont elles ont finalement vraiment besoin, acheté dans le magasin le moins coûteux qu'elles ont visité. Élise n'a jamais été contrainte d'expliquer à sa fille que la vie est dure et qu'elles doivent faire attention, elle l'a compris seule en grandissant. Bien sûr, maintenant, il arrive qu'elle souhaite aller plus souvent au cinéma alors que ses copines lui parlent du dernier film sorti ou faire un bowling entre amies parce que « c'est trop cool ». Pour l'achat de ses vêtements aussi, ça devient plus compliqué. Elle commence à être plus exigeante en réclamant des marques plutôt que les habits de supermarché trouvés pendant les soldes. Parfois, par honte, ou en espérant que sa fille ne s'en rende pas compte, Élise découd proprement l'étiquette. Les enfants ne se font pas de cadeau et avec l'âge les sujets de moqueries augmentent encore. L'adolescence s'annonce difficile, mais elle souhaite qu'Émilie comprenne et qu'elle puisse affronter les sarcasmes que suscitera certainement sa situation.

14

Alors qu'elle est dans ses pensées, elle ne l'a pas vu arriver. Olivier se tient au bout du rayon et lui fait de grands signes avec les bras levés, se fichant que les clients se retournent sur lui, l'air surpris par son attitude.

– Ohé, du bateau !

La discrétion n'est vraiment pas son fort. Il contourne la file d'attente et passe entre le siège d'Élise et la caisse derrière elle, qui est pour l'instant fermée.

– Je ne sais pas si tu es au courant, mais les gens te regardent là, qu'est-ce que tu me veux ?

Elle a chuchoté pour n'être entendue que de lui.

– Et bien, en fait, je réalise une expérience. Je suis venu te parler pour découvrir quelle réaction je vais déclencher chez les collègues qui vont nous voir. J'aimerais qu'ils constatent que nous sommes maintenant amis.

Il lui a répondu assez fort pour susciter la curiosité de la cliente devant eux, qui les observent avec une mine interrogative.

Élise ne relève pas l'affirmation de leur nouvelle « amitié » avec laquelle elle n'est absolument pas d'accord.

– Tu sais, si toi tu as déjà terminé ta journée, ce n'est pas mon cas, je n'ai pas vraiment le temps de discuter là et baisse d'un ton s'il te plaît, chuchote-t-elle à nouveau.

– Ah, non, j'ai pas fini, mais je fais une pause. Il n'y a personne dans mon rayon et je m'emmerde.

Élise manque de s'étouffer en déglutissant.

– Mais ça va pas, tu dois rester à ton poste même s'il n'y a pas de client. Tu as sûrement les étagères à remplir ou à ranger. Et sinon il faut voir ton responsable qui te dira quoi faire. Fais semblant de bosser au moins !

Élise est persuadée que sa désertion ne va pas lui coûter sa place, au regard de son lien de parenté. Mais si quelqu'un l'aperçoit vers elle, c'est elle qui court le risque d'en pâtir. Une vraie plaie, ce mec !

– Écoute, là, tu me déranges et je ne souhaite pas avoir de problème à cause de toi. Tu dois retourner au boulot.

– Ouais, t'inquiètes, de toute façon, c'est déjà clair, les chefs n'osent rien me dire, ils ont les « fouettes ».

– Oui, mais avec moi, ils ne vont pas se gêner, alors t'es gentil et tu te casses. Non seulement je ne t'ai pas dit que nous allions être amis, mais en plus en voulant arranger ta réputation, tu vas dégrader la mienne. Laisse-moi bosser maintenant !

– Détends-toi, on fait rien de mal, on discute, c'est pas un drame.

Voyant que la jeune femme continue de passer mécaniquement ses articles sans s'intéresser à lui, il finit par ajouter :

– Bon, je me barre, mais je reviendrai, dit-il en ralentissant sur le dernier mot et en agitant son doigt devant le visage d'Élise.

Quel gamin, pourvu que personne n'ait remarqué la scène, sinon ça va encore chauffer pour elle !

Elle a survécu à une attaque de Moloc sur la deuxième terre et ici elle se retrouve à devoir éviter des regards mécontents de clients qui pensent sans doute qu'elle ne fait pas son travail assez vite. Elle commence vraiment à trouver sa vie d'une banalité affligeante. Elle avait de nouveau très envie de retourner dans son autre monde, là maintenant ! Mais elle doit se raisonner, ce n'est pas possible.

Elle quitte le boulot à treize heures et elle est heureuse de partir sans être convoquée par un responsable. Elle a prévu de faire rapidement quelques courses et de passer ensuite chez sa mère. Elle se sent déprimée et cette dernière est experte pour remonter le moral. Après le décès du père d'Élise, elle a profité des mois qui ont suivi, à prouver à son entourage restreint combien elle était forte et comment elle arrivait à s'en sortir sans l'aide de personne. C'est une personne solitaire et sa fille le regrette souvent. Elle aurait aimé appartenir à une grande famille. Elle s'imagine parfois avoir un nombre important de cousins et cousines et qu'un jour ils se retrouvent. Elle pourrait être invitée tous les dimanches chez les oncles et tantes qui voudront apprendre à la connaitre. Elle parlerait de sa vie, de ses envies avec des jeunes femmes de son âge. Puisque ce serait sa famille, elle pourrait même leur confier ses secrets. Mais Élisabeth continue de refuser de lui donner la plus petite information sur ses origines.

Une fois, lorsqu'Élise était adolescente, elle a fouillé dans ses affaires. Elle a trouvé des papiers du tribunal et a commencé sa lecture. À ce moment, elle a entendu la porte d'entrée s'ouvrir et sa mère l'appeler pour l'aider à vider les courses de la voiture.

Elle a remis précipitamment les documents à leur place en se disant qu'elle reviendrait plus tard pour les feuilleter. Peut-être les a-t-elle mal rangés et sa mère s'en est aperçue ? Quoi qu'il en soit, quand elle est retournée le lendemain fouiller dans le secrétaire, ils n'y étaient plus. Elle a cherché ailleurs, mais n'a plus rien trouvé. Elle n'a jamais osé poser de question, vu la manière malhonnête employée pour les découvrir. Elle n'aurait pas eu de réponse, mais une grosse punition. Élisabeth est intransigeante sur le respect de certaines règles. Sa progéniture fouineuse savait qu'elle avait franchi une ligne blanche.

Lorsqu'elle arrive à la maison, Émilie et sa grand-mère lui font la fête. Sa fille n'a plus du tout la mine boudeuse et elle la serre tendrement dans ses bras en lui disant qu'elle lui manque et qu'elle a hâte qu'elles se retrouvent toutes les deux. Pile ce qu'il lui faut pour balayer son coup de pompe.

Le temps plutôt doux pour la saison, leur permet de s'installer toutes les trois dans le jardin pour prendre le café. Élise parle un peu de son travail et d'Olivier, le neveu de patron. Elle fait même rire Émilie quand elle lui mime la scène où il se dresse sur la pointe des pieds devant les clients pour lui faire signe. Elle garde néanmoins sous silence son angoisse face à ses perspectives professionnelles avortées. Elle ne veut pas que sa famille s'inquiète plus que nécessaire. Elle explique juste qu'une fatigue passagère la rend morose mais que ça va s'arranger.

Elles parlent de tout et de rien encore une heure. La petite fille et sa grand-mère lui racontent comment elles se sont occupées, les nouvelles recettes qu'elles ont testées et les derniers potins qu'elles ont lus dans les journaux people auxquels est abonnée Élisabeth. Vers seize heures, elle leur dit qu'il est l'heure qu'elle s'en aille, prétextant du ménage à faire.

En fait, depuis un moment, le besoin de retourner sur la deuxième terre la distrait de la conversation. Elle s'est pourtant promis, quelques heures auparavant, que sa réalité d'ici devait passer avant ses visites là-bas. Mais c'est un peu comme une grosse envie de chocolat, une légère addiction. Élise les a donc abandonnés en fin d'après-midi, avec quelques plats préparés dans les bras. Au moins, elle aura de quoi manger dans le frigo quand elle reviendra de son « voyage ».

Lorsqu'elle débarque dans l'autre monde, il n'y a plus du tout de brouillard et la lumière des soleils réchauffe agréablement la peau de son visage. Mala voit maintenant parfaitement le paysage. Face à elle, les montagnes qu'elle et ses compagnons ont quittées semblent flotter au-dessus des nuages épais. Cela donne l'impression que les sommets sont coupés en deux. Elle est toujours sur le brancard, balancée au rythme des pas d'Ictaen.

– Salut messieurs ! Me revoilà !

Le guerrier lui jette un regard par-dessus son épaule et grogne en signe de réponse. Rhoet, qui marche à côté d'elle, lui sourit.

– On ne s'est pas arrêté pour la nuit, je croyais que vous aviez trouvé un endroit ?

– Si si. Nous avons dormi à tour de rôle puis nous sommes repartis dès que la luminosité nous a paru suffisante. Le voyage va être de plusieurs jours. Tu sais, pendant cette étape, tu n'es pas obligée de venir si tu as des choses à faire dans ton monde.

– Non, je n'ai rien de particulier et puis j'aime bien être là maintenant.

Mala ne veut pas leur avouer que sa vie est sans intérêt et déprimante. Elle ne connait pas ses compagnons depuis très longtemps et ils ne sont pas assez proches pour qu'elle partage ce genre d'informations. Elle fait semblant d'admirer le paysage pour observer plus attentivement Rhoet. Elle examine ses yeux et se fait la réflexion qu'ils sont spéciaux. On dirait que des tourbillons argentés dansent dans le noir de ses iris. Ses grands cheveux blancs dépassent de sa capuche rabaissée. Ils ne sont pas attachés et volent au vent. Elle se rappelle la première fois qu'elle l'a vu. C'est un homme charismatique et étrange qui dégage un sentiment de mystère. Elle ne veut pas être impolie en le dévisageant et reporte son attention sur son environnement avant qu'il ne se rende compte de son passage en revue.

La zone qu'ils traversent lui parait familière. Elle lui fait penser à celle qu'elle se remémorait un instant avant, lors d'une de ses premières visites. Ils longèrent une rivière ocre. Elle est si peu profonde que la jeune femme aperçoit le fond et la faune qui y vit. Le sol aux tons rouges sur lequel ils se déplacent est poussiéreux.

– L'endroit ressemble beaucoup à l'un des premiers souvenirs que j'ai d'ici.

C'est Rhoet qui prend la parole pour lui répondre.

– En effet, j'ai lancé l'une de mes premières incantations non loin de là dans une petite clairière. Tu refusais de venir et cela rendait tes apparitions disons imprécises. Je me rappelle très bien qu'à l'issue d'une de mes invocations, tu as atterri les deux pieds dans la boue du ruisseau. Tu n'avais pas du tout apprécié ta visite. Je suis bien heureux que les choses se passent plus facilement aujourd'hui.

Mala ne répond rien. C'est arrivé il y a plusieurs semaines, mais elle a l'impression que cela fait des mois. C'est vrai qu'elle était farouchement opposée à cette idée au départ et pourtant maintenant elle aime réellement venir ici et ne se pose plus la question de la légitimité d'une telle croyance.

Pendant les jours qui suivirent, avec Émilie, elles alternèrent, entre atelier de pâte à sel au Musée d'art primaire et visites guidées, genre « cabinet des curiosités ».

Et toutes les nuits, elle repart dans ce monde si contradictoire au sien. Tout ce qu'elle observe sur cette nouvelle terre ressemble à ce qu'elle connait dans son univers. Et malgré tout, de nombreuses divergences lui rappellent qu'elle n'est pas chez elle. Les animaux qu'elle rencontre sont comme mal assemblé : quatre pattes et pourtant avec des plumes, des cornes avec deux trompes. Elle a même vu une espèce qui semblait être un mélange de lapin et de chat. En fait, un ensemble d'anachronismes fait différer ce monde du sien.

15

Après chaque visite, elle se réveille en général très tôt et toujours avec cette faim incroyable. Sa fille s'en est d'ailleurs étonnée au vu des petits déjeuners gargantuesques préparés par sa mère. Élise ne s'accorde aucun moment d'inaction. Ainsi elle empêche de laisser libre cours à son esprit et à la mélancolie de la rattraper. Elle passe d'un monde à l'autre, sans vraiment se reposer entre les deux, mais elle a pris le rythme et ne ressent pas de fatigue.

Au cours d'une de ses venues, alors que les trois compagnons sont sur les chemins depuis une semaine, Ictaen ralentit la cadence.

– Nous allons atteindre le bord de la rivière Eclor, dans la matinée. Nous en profiterons pour refaire nos réserves d'eau, car ensuite nous allons devoir parcourir une partie du désert d'Alaumne. Il vaut mieux être prévoyant, si des événements devaient nous retarder avant la prochaine source.

Mala comprend qu'il suggère d'éventuelles nouvelles attaques. Leurs rapports se sont grandement améliorés. Le guerrier n'hésite pas à donner à la jeune femme les noms des choses qu'elle ne connait pas ou à lui parler des régions qu'ils traversent. Et chaque fois qu'ils aperçoivent un animal, il lui indique s'il est dangereux ou non, avec de temps à autre un ton un peu moqueur pour lui rappeler sa première rencontre avec le Moloc. Comme

164

prévu, ils arrivèrent au bord d'un cours d'eau avant la « pause dej' ».

– Je suis dans cette embarcation depuis sept jours, je me sens vraiment mieux, j'aimerais tenter de me mettre debout, vous croyez que c'est possible ?

Les deux hommes se regardent, mais c'est Rhoet qui prend la parole.

– Je pense que l'on peut faire un essai, je vais t'aider.

Tandis que le sorcier s'approche d'elle, le guerrier ramasse tous les contenants dont ils disposent et se dirige vers le ruisseau. Rhoet lui tend son bras pour qu'elle prenne appui dessus. Ses jambes tremblent un peu et la tête lui tourne légèrement lorsqu'elle se met debout. Elle sent aussi ses blessures dans le dos qui tirent sur sa peau meurtrie. Mais la douleur reste très supportable.

– Vous ne m'aviez pas dit qu'il fallait appliquer de la pommade régulièrement sur mes plaies ?

– Oui, ne t'inquiète pas, nous nous en sommes occupés. Ictaen m'a aidé hier soir.

Mala regarde le vieil homme de travers.

– J'aimerais autant être consciente quand je me fais tripoter.

Elle ne doute pas de l'intégrité de son interlocuteur, mais imagine le guerrier moins scrupuleux.

Ce dernier revient déjà avec l'eau. Lorsqu'il passe à côté d'elle, elle voit s'afficher un grand sourire sur son visage en entendant sa remarque. Il a apparemment compris son malaise et en profite encore pour se moquer d'elle.

– Rhoet, vous ne devriez pas exposer ainsi le corps de la

demoiselle. Heureusement qu'elle ne sait pas que j'ai contemplé sa poitrine pendant que vous lui appliquiez la lotion, sinon elle serait réellement furieuse.

C'est vrai que maintenant elle l'est.

– Mala, n'écoutes pas ce que dit ce malotru, je crois qu'il commence à te ressembler. Il plaisante bien évidemment.

Même Rhoet sourit à la blague d'Ictaen.

Constatant qu'elle se tient enfin plus solidement sur ses jambes, il la lâche.

– Je vais me passer un peu d'eau sur le visage, reste tranquille, tes pas sont encore hésitants.

Le guerrier en profite qu'ils sont tous les deux pour en rajouter une couche.

– Très jolis, d'ailleurs ses seins, chuchote-t-il en la frôlant.

Mala se met de nouveau à rougir.

Elle est déstabilisée, avec Ictaen, elle oscille sans cesse entre l'exaspération et le désir de se rapprocher de lui. Elle s'interroge en se demandant quels rapports pourraient se développer sans le chaperonnage de Rhoet.

À pas mal assurés, elle se rend à son tour près de l'eau. Elle veut se rafraîchir et calmer ses ardeurs. Elle s'asperge le visage et les bras puis elle rejoint le sorcier assis à quelques mètres d'elle pour lui parler doucement à l'oreille.

– Rhoet, j'ai une envie un peu pressante, comment je fais ?

– Ictaen, j'ai besoin de toi s'il te plaît !

Elle se met à paniquer.

– Non, pourquoi vous l'appelez, je vais y arriver toute seule.

– Nous allons monter un monticule avec ses rochers afin que tu puisses avoir un petit coin tranquille au bord de la rivière et il va m'aider.

– Ictaen, je voudrais transporter ces pierres. Il faut faire un coin dissimulé des regards pour Mala.

Le guerrier passe devant elle, un sourire moqueur rivé sur le visage. Finalement, la jeune femme préférait quand il faisait la tête, elle se sentait moins honteuse.

Les deux hommes travaillent en silence. Ils empilent les rocs pour former un petit mur d'environ un mètre de haut en arc de cercle assez serré sur la berge. Puis Ictaen creuse un trou avec un outil sorti de son paquetage.

– Voilà, ça devrait faire l'affaire. Nous allons nous éloigner un peu. Tu appelles lorsque tu as fini. Et surtout, recouvre bien le tout avec le tas de terre prévu à côté.

Mala est très mal à l'aise. Il lui arrive parfois de rêver qu'elle doit faire pipi dans des endroits où tout le monde la voit et c'est exactement l'impression du moment.

Elle doit se concentrer pour faire abstraction de l'environnement et parvenir à faire ce qu'elle doit malgré le manque d'intimité. Tout en restant accroupie, elle en profite pour effectuer une toilette rapide dans l'eau froide de la rivière. Ça lui fait du bien, elle commence vraiment à dégager une odeur nauséabonde. Elle rejoint ensuite les hommes qui se tiennent à une dizaine de mètres d'elle. Avant de partir, le sorcier décide d'utiliser à son tour leur lieu d'aisance de fortune.

Ictaen la frôle pour aller vérifier les sangles qui maintiennent le brancard. Est-ce voulu ? Soudain, un cri au loin déchire le silence. La légèreté du moment se disperse.

– Rhoet, venez, on doit y aller. Maintenant ! Taïr, remonte là-dessus.

– Je peux marcher à présent.

– Pas à la vitesse où l'on va se déplacer.

– Le bruit semblait être loin, non ?

– Écoute ce que je te dis ou bien il va encore t'arriver des ennuis, à toi de voir !

Elle croise les yeux verts du guerrier et ce qu'elle y voit la fit frémir, il ne blague plus du tout. Elle n'aime pas qu'on s'adresse à elle sur ce ton, mais visiblement le moment n'est pas propice à la diplomatie ou à la discussion. Elle remonte donc sur son embarcation de fortune en se demandant à quoi peut ressembler l'animal capable d'un tel hurlement.

Ils reprennent la route, mais elle ne parle plus, elle est inquiète. Et de toute façon, ses compagnons ne pourraient sans doute pas répondre à ses questions. Ils ont adopté une petite foulée plutôt rapide. Elle les entend, ils ont le souffle court. Le sol est recouvert de pierres anguleuses, ça ne doit pas être facile de tenir ce rythme sans se tordre la cheville. Heureusement qu'elle est finalement remontée sur le traîneau, elle se serait encore rendue ridicule.

Ils ont quitté le bord de la rivière depuis sans doute plusieurs heures, Mala n'arrive toujours pas à se situer avec précision dans le temps. Le sorcier lui a expliqué qu'ils utilisent tout un tas de moyens pour faire des estimations : la position du soleil, des sabliers. Et il a été particulièrement enjoué en lui parlant d'une invention sur laquelle un ami à lui travaille. Il avait d'ailleurs hâte de le retrouver pour savoir où en étaient ses recherches. Il s'agit d'un mécanisme métallique qui permettrait un décompte perpétuel. Mala en a déduit qu'il doit évoquer un appareil proche des premières horloges.

La journée a avancé et la température grimpe rapidement. Ictaen a retiré ses vêtements les uns après les autres et Mala observe sa musculature qui ondule au gré de ses efforts. Elle oublie la situation périlleuse dans laquelle ils se trouvent et apprécie le spectacle qui se joue devant elle. Rhoet a pourtant déconseillé au guerrier de s'exposer aux dangereux rayons de Belgomme, c'est ainsi que se prénomme le soleil rouge, mais ce dernier a chassé la suggestion d'un revers de la main en précisant qu'il n'avait pas peur d'un ennemi invisible. À l'inverse, le sorcier a rabattu davantage sa capuche sur son visage pour se protéger les yeux et, sans lui demander son avis, a abrité Mala sous des couvertures, l'empêchant par la même occasion de pouvoir mater le bel Apollon.

La journée fut très longue. Ils ne s'arrêtèrent qu'une fois pour boire et manger un morceau de viande séchée, puis ils repartirent à une cadence toujours soutenue. Mala, transpirant abondamment sous les peaux de bête, culpabilise de n'être qu'un fardeau. Mais d'un autre côté, même en possession de toutes ses capacités physiques, il est sûr qu'elle les aurait retardés. Il lui arrive d'aller courir le dimanche matin dans le parc près de chez elle, mais garder cette foulée, avec un paquetage sur le dos sous cette chaleur moite, elle aurait de nouveau prouvé qu'elle n'était qu'un boulet pour eux. Elle ne comprend toujours pas pourquoi c'est elle qui se retrouve là, avec un profil tellement éloigné du « poste ».

La nuit tombe et les hommes ont ralenti et repris la marche.

Puis, au bout d'un moment, ils s'autorisent enfin une pause. Le guerrier en profite pour aller observer les alentours. À son retour, il les rassure en affirmant qu'ils paraissent pour l'instant à l'abri, sans s'étendre sur l'origine de la menace précédente.

– Bon, je crois que je vais vous laisser, de toute façon pour ce que je suis utile, que je sois ici ou là-bas ça ne change pas grand-chose.

– Ouais, c'est sûr !

Elle a de nouveau tendu une perche à Ictaen, qui s'est empressé de la saisir.

– Avant que je m'en aille, Rhoet, j'aimerais reparler de la raison de ma présence. Parce que, pour l'instant, à part me faire traîner au ras du sol en apprenant le nom des animaux ou des fleurs, je ne sers pas vraiment à quelque chose.

– Je te l'ai dit Mala, tu es l'élue, ça devrait te suffire.

– Arrêtez de répondre ça, ça n'explique rien ! D'autant plus que je ne semble pas avoir les compétences nécessaires pour survivre seule dans votre monde. Avez-vous déjà songé à créer une armée de combattants et à foncer démolir votre sorcier sombre ? C'est peut-être ça la solution ?

– Nous en reparlerons, je pense que tu dois y aller, ton autre vie t'attend.

– Vous faites exprès de ne pas me répondre, pourquoi ?

Rhoet lui tourne le dos et ne veut apparemment pas satisfaire sa curiosité légitime.

Alors qu'elle regarde vers le guerrier pour chercher un appui, elle entend le vieil homme psalmodier à voix basse et les runes sur son bâton s'illuminent. Avant qu'elle puisse ajouter quoi que ce soit, elle se retrouve à nouveau dans son lit.

– Ça alors, il m'a viré, le salopard !

Elle ne dit pas souvent de gros mots, mais là elle est furieuse du tour que lui a joué Rhoet. Il ne perd rien pour attendre. Lorsqu'elle y retournera, elle l'obligera à lui répondre.

Pour l'instant, comme après chacun de ses voyages, elle a une faim terrible. Tout ce qu'elle possède dans le frigo y passe sans qu'elle soit rassasiée. Elle mange avec frénésie. Elle a tellement la dalle, qu'elle ouvre une boîte de ravioli qu'elle avale sans même prendre la peine de la chauffer.

Lorsqu'elle s'arrête enfin, sa cuisine est dévastée. Pour ce comportement irrationnel aussi, il va falloir qu'elle demande une explication. Malgré tout ce qu'elle a ingurgité, elle a encore faim. Mais il est l'heure de se préparer pour le boulot.

Elle rumine sous la douche, elle a hâte d'être ce soir et de revoir Rhoet pour lui lâcher ce qu'elle pense de lui et de ses manières.

16

La journée s'écoule sans que Élise s'en aperçoive. Elle fait les choses par habitude, tel un robot. Elle est sans cesse dans ses pensées. Elle rentre rapidement chez elle, il est convenu que la maman de Noéline passe chercher Émilie et ne la ramène que vendredi soir. La fin des vacances se profile, elle lui a donc donné la permission avant la reprise de l'école et un peu aussi par égoïsme, pour avoir du temps pour elle.

Après avoir avalé les aliments qu'elle vient à peine d'acheter et qui auraient dû lui suffire pour trois jours, elle se connecte à internet. De nouveau, le doute l'assaille et ses questionnements reviennent à la charge. Comment ce qui lui arrive peut être réel ? En traînant sur des sites traitant des maladies mentales, elle apprend que si elle était atteinte de schizophrénie, elle aurait des crises pendant la journée, des incursions inopinées de sa folie, sans qu'elle puisse les empêcher. Or, personne n'est encore venu la voir pour lui dire que son comportement était bizarre. Ses collègues « poissonnières » sont sans cesse en train de guetter les insignifiantes erreurs qu'elle peut commettre. Elles ne se seraient pas privées du plaisir de l'envoyer dans le bureau de Mr Chambion, si elles avaient le moindre doute sur sa santé psychique. De plus, elle a lu que les délires des gens atteints de cette maladie n'ont pas de réelle cohérence ou de chronologie logique. Et ils s'accompagnent souvent d'épisodes de violence. Ce qui n'est pas son cas, même pas envers ses collègues détestables. Elle vient de terminer un article qui l'explique. Ce qu'elle apprend ne correspond pas à ce schéma. Et puis, si elle avait des crises toutes les nuits, elle serait dans un tel état le matin, qu'aller travailler lui serait sans doute impossible.

Et quand même, la scène chez sa mère lui revient sans cesse en tête. C'est Émilie qui a constaté qu'elle avait de la poussière rouge sur les pieds, pas elle.

Elle éteint son ordinateur, sans avoir plus de réponses à ses interrogations. Finalement, le sentiment qui prend le dessus est qu'elle n'a pas envie que cela ne soit pas réel. Elle déteste de plus en plus son quotidien. Si elle retire le plaisir que lui procurent ses visites sur la deuxième terre, alors elle ne sait pas à quoi elle peut se raccrocher, à part sa mère et sa fille. Mais pour combien de temps cela sera-t-il suffisant avant que sa déprime ne l'engloutisse et qu'elle ne commette l'irréparable ?

Mais qu'est-ce qui lui arrive ? Elle ne doit pas se laisser submerger par de telles idées noires, il faut qu'elle se secoue.

Elle a eu des moments dans le passé où, moralement, elle avait touché le fond. Elle a dû avoir recours à des médicaments pour remonter la pente. Et de nouveau, elle ressent qu'un mal-être l'envahit.

Elle n'a plus de loisirs et elle sort peu. Elle qui ne rencontrait déjà pas grand monde avant, elle s'isole davantage.

La semaine est presque finie et elle a l'impression que sa vie lui échappe. Son regard se porte alors sur le petit meuble de son entrée. Elle ne s'en était pas aperçue, mais le témoin lumineux de son répondeur clignote, lui indiquant qu'elle a un message. Elle se lève et appuie sur le bouton pour écouter. C'est Bertrand, le gentil garçon qu'elle a rencontré la dernière fois qu'elle est sortie, soit une éternité !

– Salut, c'est Bertrand. Bon, je ne sais pas si tu te souviens de moi. On s'est vu il y a un mois. Enfin plus que vu, enfin, on s'est bien entendu, enfin, je crois. Bon sang, qu'est-ce que j'ai avec le mot enfin ? Écoute, si tu veux me rappeler, je serais super content. Je ne t'ai pas téléphoné avant, mais j'ai une excuse parfaite : j'ai eu un accident. Rien de grave, je t'expliquerais. Je te souhaite une excellente journée. J'espère à bientôt, salut.

Élise se sourit à elle-même, le manque d'aisance de Bertrand sur sa boîte vocale est attendrissant.

Elle rappelle aussitôt, ne pas laisser passer l'occasion !

Il répond au bout de la deuxième sonnerie. Malgré le fait qu'ils aient couché ensemble, une certaine retenue s'installe entre eux. Leur conversation est assez courte et ressemble davantage à celle de deux bons amis. Ils tombent d'accord pour se revoir le week-end suivant.

Lorsqu'elle raccroche, elle va mieux, elle a le cœur plus léger. Il est tôt, elle peut peut-être se rendre sur la deuxième terre et revenir dans la soirée, comme ça elle pourra faire une vraie nuit et se sentir moralement plus en forme demain. De toute façon, elle n'a rien à faire dans l'immédiat.

Il fait encore sombre et Rhoet ronfle bruyamment, couché à côté d'elle, tenant une sorte d'épée à la main.

– Sacré garde du corps ! dit-elle pour elle-même.

– Ça n'est pas son tour, mais le mien, déjà de retour, je te manquais Taïr ?

Elle n'a pas vu le guerrier assis sur sa gauche, dans un coin peu éclairé malgré le feu qui crépite devant elle.

– Ah, t'es là toi ! Non pas du tout ! Mais c'est sûrement parce que j'avais hâte que tu me traînes derrière toi comme une vulgaire bûche.

Il ne répond rien.

Mala décide de faire fonctionner un peu ses jambes. Si elle ne veut pas être encore une charge pour ses compagnons, il faut qu'elle arrive à se déplacer seule.

– Est-ce que j'ai la permission de me lever et d'effectuer quelques pas, chef ?

– Je t'en prie, mais tu marches dans la lumière du feu, là où je peux te regarder.

Elle ne sait pas s'il y avait des sous-entendus, elle ne le voit pas et sa voix caverneuse ne laisse rien filtrer.

Elle se redresse lentement, elle ne veut pas tomber devant lui.

– Tu m'appelles souvent Taïr, qu'est ce que ça signifie ?

– C'est un surnom que mon peuple donne aux jeunes femmes qui manquent d'expérience. Il n'est guère apprécié et généralement les motive à se former en toute chose, si tu vois ce que je veux dire.

Cette fois, elle est certaine qu'il désire la mettre mal à l'aise. Elle préfère alors changer de sujet.

– On repart dans combien de temps ?

– Bientôt.

Ses guibolles tremblent, mais paraissent néanmoins plus stables. Elle commence à marcher en rond autour du brasier. Même si le guerrier ne lui avait pas précisé, il n'est pas question pour elle de s'éloigner et de s'exposer de nouveau à des bêtes hostiles, elle a compris la leçon.

Rhoet ouvre les yeux et semble surpris de la voir ici.

– J'espère que vous êtes gracieux au réveil parce que je ne vais pas attendre que votre humeur soit au beau fixe pour vous dire ce que je pense de vous et de toute cette histoire. Et de la façon malpolie que vous avez utilisée pour couper court à mes interrogations.

Elle se campe sur ses jambes face au vieil homme. Ictaen se lève et commence à passer devant eux, croyant sûrement qu'il n'est pas concerné et qu'il va pouvoir s'éclipser.

– Stop, reste là, je veux que tu entendes aussi !

Il la regarde de travers, mais s'arrête néanmoins, les bras croisés.

– D'accord, Taïr, mais je n'apprécie pas trop le ton, n'abuse pas de mon amabilité.

Quelle blague ! Rien que le fait qu'il connaisse le mot semble une erreur !

– J'en ai assez que vous me traitiez comme si j'étais une gamine. Peut-être que dans votre monde je ne suis qu'une brindille, mais dans le mien, je ne suis pas une petite chose fragile ! La vie n'est pas simple là-bas pour moi, mais je me bats. Enfin pas avec des armes, mais, je m'en sors, la plupart du temps.

La tirade est particulièrement destinée au guerrier.

– Je vous explique, je l'ai déjà dit à Rhoet, sur l'autre terre, je suis maman. J'habite seule avec une jeune fille de 12 ans qui compte sur moi. On peut considérer que je fais partie des gens plutôt pauvres et pourtant nous avons un toit au-dessus de la tête et a mangé à notre faim tous les jours. L'existence que je mène est extrêmement différente de la vôtre. Là-bas, nous sommes des milliards d'individus et la terre est très étendue. Nous avons beaucoup de machines pour faire plein de choses, pour se déplacer, pour se soigner ou pour communiquer par exemple. Et chez nous, les animaux sauvages sont dans des cages où l'on peut aller les admirer en toute sécurité sans risquer qu'ils nous dévorent. Nous ne nous promenons pas avec des armes, enfin pas dans mon pays en tout cas. Je ne connais rien à votre quotidien et en venant j'accepte de le découvrir. Je vais devoir apprendre à faire les choses, sans les inventions que mon monde met à ma disposition et je ne vous cache pas que ça va être compliqué. Ça va Ictaen, ne t'agites pas, j'ai bientôt fini !

Elle tend la main en direction du guerrier qu'elle voit s'impatienter.

– Si vous ne voulez pas m'enseigner ce que je dois savoir ou si vous décidez de ne me dire qu'une partie de la vérité, alors je n'ai plus rien à faire ici et se produira ce qu'il devra. Autre chose, chez moi, j'ai aussi une vie, quelquefois la nuit, je sors, je rencontre des gens.

Elle aperçoit Ictaen esquisser un sourire.

– Oui, Ictaen, pour alimenter ton rictus moqueur, je vois des hommes et il m'arrive même de coucher avec pour être tout à fait franche avec toi.

Elle ne sait pas pourquoi elle a dit ça, c'est vraiment puéril et ça la fait passer pour une fille facile. Mais après tout, elle s'en fiche, les codes ici sont tellement différents, elle peut bien être qui elle veut.

— Quoi qu'il en soit, je dois trouver des solutions pour que ma vie de l'autre côté soit la plus normale possible.

Elle n'a pas spécialement préparé son petit discours mais elle est satisfaite d'avoir dit ce qu'elle a sur le cœur.

Le sorcier prend à son tour la parole :

— Très bien, je crois qu'en effet tu as raison, nous ne t'avons pas beaucoup questionnée sur ton quotidien et sur l'impact de tes visites. Alors, que peut-on faire pour que cela soit plus simple pour toi ?

Rhoet semble comprendre sa situation, en tout cas, il a l'air disposé à fournir des efforts.

— Eh bien, peut-être que certains jours je ne viendrai pas si j'ai d'autres choses de prévues. Je n'arrive pas à programmer le moment de la journée ici auquel j'apparais. Dans mon monde, nous avons des outils qui permettent de donner l'heure avec une grande précision. J'ai essayé de partir exactement au même moment là-bas et pourtant je peux très bien débarquer au milieu de la nuit ou en plein après-midi.

Ictaen fronce les sourcils et elle le comprend. C'est déjà tellement complexe pour elle qui le vit, alors l'expliquer de façon claire à une autre personne n'est pas une tâche facile.

— Par contre, si je viens, il faut que ça soit utile. J'en ai marre de passer mon temps couchée sur votre traîneau. Maintenant, je vais marcher, au rythme que je pourrai et vous devrez vous y faire. Et même si on est suivi par je ne sais quoi ou qui ! J'aimerais aussi profiter de ces moments pour que vous m'expliquiez ce que j'ai à redouter ici, les animaux, les plantes, les hommes…

Elle annonce cela en regardant Ictaen droit dans les yeux. Il fait de même, sans sourire cette fois. Prend-il la remarque pour lui ?

– Maintenant Rhoet, répondez à la question que je vous ai posée avant que vous me renvoyiez comme une malpropre dans mon monde. Pourquoi suis-je celle qui va combattre votre sorcier sombre ? Comment suis-je censée y arriver, et surtout qu'est-ce que vous me cachez ?

Rhoet soupire.

– Eh bien, le problème, comme je te l'ai dit, c'est que mes indications sont imprécises. Les livres ont partiellement été détruits avant notre extermination. Je pense d'ailleurs que Relgot en est responsable. J'ai essayé de collecter le plus d'informations possible. C'est pour cela que je ne t'ai pas fait venir plus tôt. Toutefois, j'ai réussi à déchiffrer certains manuscrits, en partie.

– Je vous écoute.

– Il faut savoir que les écrits ont été rédigés dans une langue antique, que seuls les plus anciens d'entre nous utilisaient, mais ils sont tous morts pendant les attaques.

Vu l'âge avancé de Rhoet, Mala a du mal à imaginer la tête des « anciens ».

– Et donc, la suite…

– Très bien, si tu y tiens. Déjà, cela parle d'enfant. Peut-être vas-tu avoir un enfant, peut-être que Relgot et sa magie en seront la cause, ou un enfant va nous aider ? Je ne sais pas, je n'arrive pas à comprendre le sens exact des phrases. La partie plus lisible est celle qui explique que sans ton intervention notre monde sera anéanti. Tu pourrais te dire que tu n'en as rien à faire, après tout tu ne nous connais pas et tu ne nous dois rien, mais je t'arrête tout de suite. L'un des livres que j'ai pu traduire est formel, nos terres ont été créées en même temps, même si la plupart des gens ignorent que les deux existent. Une certitude ressort, si l'un des mondes disparait, le sort de l'autre sera identique, avec tous les habitants, donc ta fille et ta mère aussi.

Il n'y a pas photo, il sait trouver les arguments le vieux chameau !

Ictaen semble éviter de croiser le regard de Mala, elle est sûre qu'il manque un chapitre à l'histoire.

– Sorcier, j'ai dit que je voulais tout entendre et vu la tête de notre ami, j'ai l'impression qu'il reste encore des sujets à aborder. Si vous ne me lâchez de quoi il s'agit, je prends le risque de vous laisser tomber, je retourne chez moi et je ne reviens plus jamais !

Elle balance des affirmations qu'elle ne pense pas être en mesure de tenir, mais il faut qu'elle y aille au bluff, pour l'obliger à tout raconter.

– À priori, les textes parlent d'un genre de mort.

– La mort de qui ?

– La tienne.

– Et je meurs de quoi ?

– Je ne sais pas.

– Vous ne savez pas grand-chose quand même.

– Mais nous devrions pouvoir éviter cette fin, j'ai décrypté des mots qui évoquent une solution. Je vais tout faire pour découvrir une autre issue pour toi, je te l'assure.

– Sur le fait que les mondes sont liés, je pense que vous avez raison. La première fois que je suis venue, vous vous souvenez, j'ai atterri dans les marais ? Et quand je suis retournée chez moi, mes pieds étaient recouverts de poussière ocre, comme celle que l'on y trouve. C'est ma fille qui me la fait remarquer. Et après l'attaque du Moloc, lorsque je me suis réveillée dans mon lit, j'avais la trace de ses griffures dans le dos, mais moins graves que celle que j'avais ici. Je me pose donc cette question : est-ce que ce que je vis ici a des répercussions sur mon autre existence ? Par exemple, si mon enveloppe d'ici disparait, qu'advient-il de l'autre ?

– Tu m'as déjà demandé et la réponse reste la même. Je crois que si tu décèdes, cela s'appliquera aux deux « toi ». Mais je suis persuadé qu'en réalisant ta destinée, cela provoquera un phénomène qui permettra de libérer ton Mauaris, ton âme en quelque sorte et ainsi délier tes deux corps. Mais il me faut plus d'éléments pour t'apporter des précisions. Tu dis que tu as des griffures dans ton univers ? Je n'imaginais pas que cela soit possible, c'est incroyable. Tu as constaté d'autres manifestations inhabituelles ?

– Je suis toujours en forme, physiquement en tout cas, jamais fatiguée, ah oui et aussi j'ai tout le temps très faim. Je ne cesse de manger, de plus en plus et malgré cela, je maigris.

Rhoet et Ictaen échangèrent un regard.

– Vous pensez à quoi ? J'ai dit plus de cachotterie !

– Est-ce que ça pourrait être un signe ? Tu pourrais attendre un enfant ? Ça arrive à certaines femmes lorsqu'elles sont enceintes, demande le vieil homme.

– Ah oui, d'ailleurs revenons sur cet aspect. Je n'ai absolument pas l'intention d'avoir un autre gamin, ni ici ni là-bas. Et je n'ai pas eu de rapports sexuels chez moi qui pourraient justifier un tel état.

Leur expliquer ce qu'est un préservatif serait vraiment trop long.

– Et sur cette terre, si cela s'était produit, ça ne serait clairement pas dû à un échange dont je me rappelle, donc consenti.

Elle fixe Ictaen avec intensité.

– Tu insinues quelque chose Taïr ? Ça ne va pas ou quoi ? Je n'ai jamais fait cela sans avoir l'accord de mon amante et je n'ai jamais eu besoin de forcer personne !

Le guerrier semble furieux face aux allégations de Mala.

– Oh, une envie pressante, ça peut peut-être t'arriver ?

– Écoute bien, au sein mon peuple, obliger une partenaire lors d'un acte sexuel est passible de mort. L'homme qui s'y risquerait serait battu par les femmes du clan, armées de bâtons, jusqu'à ce qu'il décède et de préférence en souffrant. De plus, quand je vais quelque part, j'ai toutes les compagnes que je veux, ne te donne pas plus d'importance que tu en as. Je ne sais pas comment vous faites ça dans ton monde, mais contrairement à ce que tu crois, nous ne sommes pas des bêtes ici. D'ailleurs, même nos animaux ne font pas ça.

Ictaen a été direct et Mala regrette maintenant de l'avoir accusé. Elle espérait que leurs rapports s'améliorent, elle vient clairement d'amenuiser ses chances. Comme d'habitude, elle parle souvent sans réfléchir.

Rhoet soupire.

– Mala, tu as tort de porter un tel jugement envers notre camarade. Il est de notre côté et je crois qu'il l'a démontré lorsqu'il a mis sa vie en péril pour te sauver. Et toi, Ictaen, tu peux comprendre que notre compagne ne connaisse rien de notre monde et de ses coutumes et qu'elle puisse être effrayée et manquer de confiance à notre égard. Vous devez faire des efforts tous les deux. Que j'aurais aimé que nos écoles ne soient pas brûlées et mes amis avec ! Tout ce savoir disparu, quelle catastrophe. Et aujourd'hui, je suis seul avec mes doutes et vos questions auxquelles je ne peux apporter de solutions.

Mala et Ictaen arrêtèrent de se regarder en chiens de faïence et se tournèrent vers le magicien. Il voûtait légèrement les épaules en se frottant le front, il semblait soudain âgé et démuni. C'est la première fois qu'il paraissait si fragile.

– Et si je fais un test de grossesse dans l'autre monde, il pourrait fonctionner ?

– Un quoi ?

– À oui, pardon, c'est une bandelette sur laquelle la femme fait pipi. Ensuite grâce à un procédé chimique, une couleur apparait qui indique si elle attend un bébé ou non.

Rhoet semblait très étonné.

– Je croyais que tu m'avais dit que vous n'aviez pas de magie dans ton univers ?

Élise leur explique qu'il s'agit plutôt de science que d'enchantement. Eux, qui se soignent principalement avec des décoctions de plantes, ont du mal à imaginer que cela soit possible. Ils sont de nouveau assis pour discuter. Elle leur précise que dans son monde, le domaine médical est très avancé, on arrive à guérir des maladies graves et à faire des opérations compliquées. Ils sont sceptiques, mais cela a au moins l'avantage de désamorcer le conflit naissant, l'atmosphère se détend un peu. Même si Ictaen continue de lui faire la tête et à juste titre vu ce qu'elle lui a balancé à la figure.

Après un bon moment de discussion, ils tombèrent d'accord que les hommes devaient s'adapter au rythme des visites de Mala.

– Donc, quand je rentrerai, je ferai le test, ça ne m'engage à rien.

– Et nous avancerons à ton rythme et te formerons lorsque tu seras là. Quand tu seras absente, nous nous occuperons des choses qui ne nécessitent pas ta présence et nous nous reposerons. Mais si tu ne reviens pas pendant plusieurs jours, nous serons obligés de te remettre sur le traîneau. Nous ne pouvons pas rester immobiles trop longtemps.

Après avoir parlé plus d'une heure, enfin surtout le sorcier et Mala, alors que l'un des soleils commence à se lever à l'horizon, ils rassemblent leurs affaires pour reprendre leur marche. Ils ont maintenant chargé leurs paquetages sur l'embarcation qu'Ictaen continuera de tracter.

Mala a conscience qu'elle doit effectuer le premier pas pour se faire pardonner. Le guerrier reste silencieux. Elle ne sait pas si c'est voulu, mais Rhoet avance légèrement en arrière du groupe. Elle profite donc de cette situation pour tenter de renouer le dialogue.

– L'autre fois, vous avez parlé d'une ville avec Rhoet, nous y serons dans combien de temps ?

– Dans deux jours ou trois.

– Nous risquons de rencontrer du danger ?

– Peut-être encore des Molocs.

– Le Moloc c'est la grosse bête qui m'a attaquée ?

– Oui

– Il y en a dans le coin ?

– J'en ai entendu, au loin, mais je pense qu'ils ont perdu notre trace.

– Ah d'accord.

Ictaen, toujours contrarié, ne lui répond que du bout des lèvres. C'est certain, il lui en veut et maintenant elle se mord les doigts d'avoir mis son intégrité en doute. Lorsque le premier soleil se dresse au-dessus de l'horizon et qu'elle aperçoit clairement le paysage, elle est subjuguée. Elle n'a jamais vu de désert et se déplacer, à présent sur ses jambes, dans cette immensité, lui donne le vertige. Malgré les recommandations du vieil homme, elle retire plusieurs couches de vêtements et ne garde que le minimum pour la protéger. À priori ici elle a beaucoup plus de risque de mourir dévorée par une bête sauvage que de développer un mélanome. Elle se sert d'un morceau de tissu qu'elle humidifie pour le nouer autour de sa tête. Son corps est vraiment plus musclé que dans son autre vie. Sa peau est aussi plus bronzée, mais beaucoup moins que celle du guerrier qui luit sous les rayons des soleils. Malgré la température ambiante, de la végétation arrive à pousser. Elle marche, le visage baissé pour braver le vent qui s'est levé. Elle voit alors très bien les petits animaux qui s'échappent au dernier moment devant eux et disparaissent dans des trous au sol. Elle a l'impression qu'ils sont tous sortis d'un film de science-fiction. Ils ont des formes et des couleurs improbables. Elle aurait voulu prendre le temps de les observer plus méticuleusement et de demander le nom de chacun, mais elle sait qu'ils sont pressés. Elle se concentre donc sur sa marche pour essayer de ne pas trop ralentir ses partenaires. Derrière eux s'éloignent les montagnes qu'ils ont quittées. C'est surprenant de passer si vite des sommets enneigés à une terre aride. Ils traversèrent une oasis où ils purent refaire leur réserve d'eau. Les conditions climatiques sont difficiles, mais Mala ne se plaint pas, au contraire, parcourir ce paysage hostile lui plaît, c'est tellement différent de chez elle. Ils reprennent leur chemin en silence. Elle doit dire quelque chose pour calmer la colère d'Ictaen et enterrer la hache de guerre, elle n'aime pas rester fâchée avec les gens. Si l'ambiance ne s'améliore pas, le voyage risque de lui sembler long. Elle étendit sa foulée pour se retrouver à côté d'Ictaen qui ouvre la marche.

– Je voulais te dire, je suis désolée de t'avoir accusé comme ça.

– Hmmm.

– Alors que tu m'as sauvée, je n'aurais pas dû dire ces choses-là, j'ai été injuste. Mais Rhoet à raison, je ne vous connais pas, je ne sais rien de votre mode de vie. Tout cela est tellement étrange pour moi. Et je crois que je suis très effrayée par tout ce qui m'arrive. J'aimerais que tu me pardonnes et que tu me laisses une autre chance et peut-être même pourquoi pas que nous devenions des amis ?

Le guerrier marche, sans rien répondre. Mala tient le rythme pour se maintenir à ses côtés.

Alors qu'elle allait renoncer, il prend la parole.

– Alors comme ça tu as une fille ?

– Oui

– 12 ans, c'est ça ?

– C'est ça.

– Dans ma tribu, c'est presque l'âge pour avoir le statut de femme.

186

– C'est très jeune ! Chez moi, c'est encore une enfant, enfin moi j'aimerais, mais elle, elle voudrait plus de liberté.

– Je n'ai pas la longévité de notre ami sorcier. La survie de mon peuple dépend de notre fécondité. Surtout que sans que l'on sache pourquoi, il naît beaucoup plus de garçons que de filles, à chaque génération elles sont de moins en moins nombreuses.

– Vous ne pouvez pas en trouver dans d'autres tribus ou ailleurs, dans les villes par exemple ?

– Non, notre Isquen, la coutume, veut que nous nous reproduisions entre nous.

– Alors que fais-tu ici avec nous à perdre ton temps ? Tu devrais faire plein de petits bébés dans ton clan, ajoute-t-elle, en plaisantant pour alléger l'atmosphère.

Le guerrier ne répond rien, mais devant la mine insistante de Mala il finit par poursuivre.

– J'ai été banni, je ne vis plus avec les miens.

– Ah mince.

Mala laisse passer un instant. Elle est heureuse qu'il ait brisé le silence et qu'il se soit confié. Elle est curieuse d'en savoir plus, mais ne veut pas le brusquer.

– Est-ce que j'ai le droit de te demander pourquoi ?

Elle marche sur des œufs, elle ne souhaite plus faire d'impair.

– Mon kioski est mort

– Heu, je suis désolée, j'ai oublié, c'est quoi un kioski déjà ?

– Mon kioski, mon oiseau de combat, mon homologue, ma moitié.

– Ah, et il a disparu comment ?

– Pendant une bataille. Nous défendions notre contrée contre un peuple ennemi qui tentait de prendre possession d'une partie de nos terres fertiles.

– Mais je ne vois pas le rapport avec ton bannissement.

– Nous sommes liés, l'un ne peut survivre à l'autre. Et moi je suis toujours en vie et je n'ai pas réussi à le protéger.

– Mais si c'était au combat, ce n'est pas ta faute ?

– Oui, mais ça ne change rien. Je l'ai trouvé à l'âge de huit ans. Nous avons été réunis au cours d'une cérémonie rituelle. Ce sont des animaux très intelligents. Parfois, à la fin de leurs existences, l'homme et l'oiseau sont si fusionnels qu'ils partagent des pensées, des sensations. Et lorsque nous mourrons, il se laisse dépérir sur notre tombe, c'est ainsi. Et moi, mon kioski a succombé et je lui ai survécu. Non seulement j'ai le sentiment d'avoir perdu un morceau de moi-même, mais en plus je ne suis plus digne de rester parmi les miens.

– Et tu ne peux pas en avoir un autre ?

– Non, c'est ton âme sœur, quand elle n'est plus là, tu te retrouves seul, condamné à errer à jamais.

Chaque fois que ses compagnons lui racontent une partie de leurs vies, des centaines de questions affluent dans le cerveau de la jeune femme.

– Toi et Rhoet vous utilisez la même langue, mais j'ai toujours l'impression que les intonations du sorcier sont un peu différentes, tu pourrais m'expliquer pourquoi ?

– Oui, le dialecte maternel de Rhoet n'est pas celui que nous employons. Avec toi, on s'exprime en Talquy, c'est le langage la plus pratiquée dans notre monde. Mais chaque région, ou clan a le sien.

– La première fois que l'on s'est vu, quand tu étais en colère après moi, déjà, tu as dit des mots que je n'ai pas compris, c'était dans ta langue ?

– Oui, je suis né parmi les Montaies et nous parlons le Guerdich.

– Pff, c'est vraiment compliqué. Je n'ai jamais eu une très bonne mémoire. Ça fait beaucoup d'indications à retenir.

Le vieil homme, qui les observe sans doute depuis un moment, a légèrement allongé ses foulées et est revenu à leur hauteur.

– Mala, tu n'es pas obligée de te souvenir de toutes les informations que nous te donnons. Il n'y a guère que les érudits comme moi pour vouloir conserver une telle quantité de savoirs. Si l'on nous pose des questions pendant notre voyage, nous avons convenu avec Ictaen que nous expliquerons que tu es une jeune fille de la région de Thora promise à un dignitaire en Georgie, que nous escortons. Thora est une province volcanique avec un paysage plutôt morne, donc pas grand-chose à en dire. Et ta méconnaissance pourra très aisément passer pour de la naïveté. Les femmes de là-bas ne se déplacent que très rarement en dehors de leurs villages.

– Et comment justifierez-vous mon exil ?

– Tu es très belle, tu pourras dire que ton futur mari t'a remarqué alors qu'il accompagnait une caravane de vivres entre Dolcher, une ville côtière et la Georgie, son pays. Ne t'inquiète pas, je vais t'apprendre toutes ses informations pour qu'on ne nous démasque pas trop vite.

Mala a encore beaucoup de questions, mais le vent s'est intensifié, marcher et parler en même temps est devenu plus difficile. Les deux hommes ont un rythme assez soutenu et maintenant qu'elle a insisté pour se déplacer seule, elle ne veut pas leur demander de ralentir.

Ils firent une courte halte au milieu de la journée. Elle n'arrive pas à déterminer l'heure qu'il peut être, mais les gargouillis de son ventre la laissent penser que l'heure du déjeuner est passée depuis un moment. Ils mangent rapidement des baies et de la viande de Moloc. Elle commence à légèrement faisander et Mala a du mal à l'avaler, alors que ses compagnons ont l'air de se régaler. Tandis que les conditions continuent de se dégrader, ils reprennent la route. Malgré son état physique, bien meilleur que sur la première terre, tous ses muscles la font souffrir et elle a le souffle court. Ils marchèrent ainsi, sans doute pendant plusieurs heures. Le paysage reste le même, mais l'allégresse du début laisse maintenant place à la fatigue. Alors qu'elle croyait arriver à la limite de ses forces, Rhoet annonce qu'il aperçoit leur destination. Un village calé au pied d'un petit sommet rocailleux. Comble du bonheur, le guerrier ajoute qu'ils vont y trouver de l'eau, non seulement pour se désaltérer, mais aussi pour se laver.

17

Des enfants se précipitent à leur rencontre, à l'inverse, les adultes, occupés à leurs tâches, ne font guère attention à eux. Rhoet lui explique qu'elle doit attendre à l'entrée du village avec Ictaen, le temps qu'il aille se présenter au groupe d'anciens qui le dirige. Les gamins leur tournent autour en criant. C'est vraiment bizarre, la plupart des habitants sont albinos. Elle essaye de ne pas les regarder avec trop d'insistance. Elle posera des questions à ses compagnons plus tard. Malgré le fait qu'ils se trouvent dans le désert, le bourg reste très verdoyant et elle aperçoit plus loin des troupeaux d'animaux. Des genres de chèvres, avec de très longs poils et une corne unique au milieu de la tête. En patientant, elle se demande comment peuvent s'appeler de telles créatures, des lichèvres ? Mi-licorne, mi-chèvre. Elle sourit toute seule quand elle croise le regard sévère du guerrier. Du coup, elle s'arrête net.

Le sorcier revient au bout d'un moment, escorté par un homme, encore plus blanc que les autres, ses yeux sont presque transparents. Mala ne veut pas le dévisager et se met à fixer ses pieds. Rhoet parle une langue qu'elle ne comprend pas. Puis, se tournant vers elle, il ajoute :

– Notre hôte va nous accompagner à la tente réservée aux voyageurs de passage. Ils procéderont ensuite à l'une de leurs cérémonies pour célébrer la fin du jour. Il nous demande de ne pas sortir de notre hutte pendant ce temps. Après, nous pourrons utiliser l'endroit destiné à la toilette, c'est un trou d'eau un peu plus loin, il m'a montré le chemin.

Ictaen s'incline devant l'habitant en posant la main droite sur l'avant de son épaule gauche. Mala ne sait pas quoi faire, doit-elle l'imiter ? Rhoet la regarde en lui faisant un signe de tête, elle comprend et exécute la même salutation.

La tente dans laquelle ils sont installés est plutôt agréable. Il y a un âtre au milieu et des genres de petites alcôves séparées les unes des autres par de grands morceaux de tissus. Dans chacune d'elles se trouve une couchette. Les lits sont sommaires, mais c'est la première fois depuis qu'elle vient sur la deuxième terre qu'ils ne dorment pas à même le sol. Les couleurs sont chatoyantes, elle se croirait dans un conte des mille et une nuits. Lorsque leur accompagnateur fut sorti, Mala pousse un soupir de soulagement.

– Rhoet, ça va, je n'ai pas fait d'impair ?

– Non, non, ne t'inquiète pas.

Le guerrier prend la parole.

– Par contre, évite de sourire toute seule, s'ils t'avaient vu, ils auraient pu en être très offensés.

– Oui, j'ai remarqué que tu me fixais, j'ai arrêté tout de suite. Je ne savais pas que ça n'était pas permis.

– Il ne faut pas faire ça, tu aurais pu nous faire tuer.

– Ah oui, carrément !

Les deux hommes se regardent et ne disent rien pendant quelques secondes puis le guerrier se met à rire à gorge déployée. Mala ne comprend pas, elle les observe tour à tour. Rhoet finit par lui expliquer.

– Mala, il se moque de toi. Certes, c'est un peuple plutôt austère, mais seulement parce qu'ils n'ont pas la vie facile et qu'ils passent beaucoup de temps à la besogne. Mais ils sont connus pour être pacifistes.

Mala aurait pu en vouloir à ses compagnons pour leur blague, mais elle est heureuse de les voir rire, elle se met donc à sourire en secouant la tête.

– Pff, c'est malin.

Après la journée de marche qu'ils viennent de faire, elle est contente de pouvoir se reposer sur une couche confortable. Ils n'ont rien à faire à part attendre. Le guerrier a déjà commencé d'enlever ses vêtements en prévision de la toilette qu'ils vont pouvoir faire. Il n'a pas un gramme de graisse disgracieuse et tous ses muscles sont saillants. Il est de dos, et Mala l'observe pendant qu'il bouge. Il a dû sentir qu'elle l'espionnait, il tourne légèrement la tête sur sa droite et la regarde intensément.

Ah mince, elle vient d'être prise en flagrant délit. Et après c'est elle qui l'accuse d'avoir des idées lubriques à son égard, elle a bel-air! Elle pique un fard et se retourne face à la paroi de la tente pour que ses yeux ne trahissent pas ses pensées. Elle commence vraiment à être attirée par lui. Elle doit se raisonner!

Un moment plus tard, ils entendirent des chants et des instruments de musique. Elle avait très envie d'espionner leurs hôtes en tirant l'un des pans du chapiteau, mais le sorcier l'arrête net en lui interdisant de poursuivre.

– Nous devons respecter les règles qui nous ont été données. Tu ne dois pas faire ça.

Le guerrier ajoute en souriant :

– Je crois que la demoiselle aime bien regarder quand elle pense qu'on ne la voit pas.

Rhoet, qui n'a pas compris l'allusion, continue :

– Cette cérémonie quotidienne est très importante pour eux. Elle clôt une journée et appelle les grâces des divinités pour la suivante.

Mala fronce les yeux. Chaque fois que ses compagnons lui apportent une explication, d'autres questions lui viennent en tête.

– Je ne vous ai pas demandé, vous avez le concept de religions ?

– Heu, c'est à dire ?

– Et bien, la vénération d'un Dieu unique, qui serait partagée par un très grand nombre d'habitants. Des gens, de pays différents, qui prieraient de la même façon, un hypothétique être supérieur, créateur de l'humanité ?

– À ma connaissance, il n'y a pas de tradition qui ressemble à ce que tu me décris. Partout où je suis allé, chaque clan, chaque village, possède ces propres coutumes, croyances, modes de vie et caractéristiques particulières. Et toutes celles que j'ai pu voir pratiquées ne sont pas destinées à un dieu unique, mais à plusieurs : celui de la terre, du ciel, des éléments.

– Les caractéristiques particulières, c'est-à-dire comme les gens d'ici qui ont la peau et les cheveux blancs et leurs yeux clairs, c'est ça ?

Les deux hommes la regardent, un peu étonnés.

– Oui, si l'on veut, mais pas seulement.

– Désolée, mais je ne comprends pas ce que vous essayez de me dire.

Rhoet arrête de sourire voyant l'ignorance de la jeune femme.

– Pour que je sois sûr, dans ton monde, vous n'avez pas d'aptitude particulière ?

– Non, enfin je me répète, mais je ne saisis pas ce que vous entendez par là.

– Mala, l'autre jour, je t'ai expliqué, j'ai développé, grâce à l'enseignement que j'ai suivi auprès des mages, des compétences spéciales. Mais avant ça, par ma naissance et mon ascendance, j'en avais déjà une. J'ai donc acquis de nouveaux savoirs, mais j'ai également amélioré celui que je possédais.

– Et c'est quoi ?

– Ma capacité à communiquer. Dans mon village, les habitants n'avaient pas besoin d'être proches pour se parler, nous le faisions à distance.

– Oui, enfin pas de quoi pavanez, chez moi on a le portable pour ça. Non, oubliez, c'était une remarque sarcastique que vous ne pouvez pas comprendre. D'accord, je n'avais pas saisi en effet. Et toi, Ictaen, tu en as une aussi ?

– Les Montaies, mon peuple, sont réputés pour leur force physique, que ça soit les enfants, les femmes et les hommes. Lorsque je vivais encore parmi eux, chaque année au printemps, nous avions des jeux pour nous mesurer. Par exemple, il y en avait un dont le but était de lancer le plus loin possible des troncs d'arbres, j'ai gagné la compétition trois fois de suite avant que la compagne du chef de clan me détrône.

Mala hausse les sourcils, elle comprend la comparaison et pourquoi il l'appelle sans arrêt « Taïr ». Elle se sent encore plus inutile que d'habitude.

– Et donc le peuple qui nous héberge a lui aussi une « caractéristique » ?

– Oui, ils peuvent trouver de l'eau, même très profondément enfouie sous terre et lui permettre d'émerger, pour en faire des étendues plus ou moins grandes. Une légende raconte qu'ils sont à l'origine des océans que l'on possède. Tu nous fais parfois remarquer que nous sommes bizarres, mais ton monde est également un mystère pour nous.

Leur conversation est interrompue par la voix de l'homme qui les a accompagnés. Il dit quelques mots au travers de la tente. Mala ne comprend pas ces paroles, mais ses compagnons se relèvent et prennent les affaires qu'ils ont préparées pour se changer. L'heure du bain est visiblement arrivée.

Lorsqu'ils sortent du tipi, les soleils sont proches de l'horizon et la lumière est magique. Les habitants ont déjà tous rejoint leurs huttes, les rues, si l'on peut appeler ça comme ça, sont presque désertes. Des hommes accompagnent les « lichèvres » dans un enclos en les poussant avec des bâtons et deux femmes alimentent un feu au milieu du campement avec de gros rondins de bois. Rhoet fait le guide et les conduit jusqu'à une série de petits étangs calés entre les tentes et le mont rocailleux. Mala n'en revient pas. Il y a là une végétation luxuriante et quantité d'insectes virevoltent au-dessus. L'une des mares est visiblement destinée aux animaux. Quelques-uns, ressemblant vaguement à des chiens, se prélassent autour. Rhoet lui apprend que la suivante contient l'eau pour se désaltérer et cuisiner. La dernière n'a pas une forme ronde et possède des petites plages délimitées par des avancées de terre sur lesquelles poussent quantité d'arbustes. De ce fait, chaque zone se trouve un peu cachée de celle d'à côté.

Alors que le vieil homme est en train de lui indiquer la crique d'après, Ictaen, sans pudeur, retire vite fait sa tenue. Il s'arrête quelques secondes, apparemment très satisfait, en jetant un regard à Mala et plonge dans le bassin couleur turquoise. La jeune femme, les joues rouges, s'éclipse rapidement derrière les arbres.

Elle se déshabille en restant à moitié voûtée, pour être sûre de ne pas être vue. Ses frusques sentent mauvais et elle aussi. Elle rentre lentement dans l'eau tiède. Elle commence par frotter ses vêtements et les laisse flotter à la surface pour qu'ils trempent. Ce bain est un vrai bonheur. Elle s'écarte du bord pour avoir plus de profondeur et immerger son corps entier. En se rapprochant du milieu, elle aperçoit Rhoet un peu plus loin et surtout Ictaen, qui se retrouve à quelques mètres d'elle. Il ne semble pas lui apporter une grande attention, occupé à se frictionner vigoureusement la peau. Il a défait sa natte et ses cheveux s'étalent à la surface. Mala finit par se détendre légèrement et commence, elle aussi, à se nettoyer. Elle entend des chants d'oiseaux et se sent extrêmement bien, l'endroit est magnifique. Elle bascule la tête en arrière en fermant les yeux et en se bouchant le nez. Elle a toujours détesté avoir de l'eau qui lui rentre dans les narines. Lorsqu'elle se redresse en ouvrant les paupières, le guerrier est là, juste devant elle. Son regard vert est perçant et son léger sourire accentue la fossette qu'il a sur le menton. Il est assez près pour qu'elle aperçoive plusieurs petites cicatrices sur son visage, notamment une qui lui barre le sourcil droit. Ils se scrutent sans prononcer un mot, mais Mala en est maintenant bien certaine, l'attirance sexuelle qu'elle éprouve semble réciproque. Elle se maintient à la surface en faisant des mouvements avec les bras et les jambes, elle n'a plus pied. Le guerrier s'est suffisamment rapproché et elle peut l'effleurer en bougeant. Il tend la main vers son visage et c'est cet instant que le sorcier choisit pour les appeler.

– Ictaen, Mala, vous devez sortir ! La nuit va vite tomber et nos hôtes m'ont prévenu qu'il y avait eu des attaques d'animaux sauvages la semaine dernière. Pensez à remplir vos outres d'eau en passant devant la mare d'à côté. Et puis Mala je ne veux pas te chasser, mais tu es avec nous depuis un moment, il faut peut-être que tu retournes chez toi voir si tout va bien.

Mince, elle a perdu la notion du temps, mais qu'est-ce qui lui arrive ? Elle réfléchit rapidement, il était environ dix-huit heures lorsqu'elle est partie, normalement, la nuit là-bas ne doit pas être terminée. Ictaen s'est rapproché du sorcier et c'est à contrecœur qu'elle rejoint ses affaires. Elle les tord pour enlever l'excédent de flotte et s'habille. Vu la température qu'il fait encore, ils vont vite sécher. Puis elle s'arrête pour remplir ses réserves d'eau, les hommes l'ont devancé et l'attendent à l'entrée de leur hutte.

Elle suit le conseil de Rhoet et décide de manger un peu avant de retourner dans son monde. Il faut qu'elle nourrisse aussi le corps qui est sur la deuxième terre et cela lui permet de repousser son départ. Leurs hôtes ont déposé une corbeille avec des légumes croquants et des fruits juteux à souhait, elle se régale. Elle laisse aux hommes sa part de Moloc, rien que l'odeur lui donne la nausée.

Elle s'installe ensuite sur sa couche, Ictaen la regarde du coin de l'œil, il a l'air déçu qu'elle s'en aille déjà. À moins qu'elle ne se fasse des idées. Elle ferme les yeux et écoute sa respiration.

18

Dès qu'elle arrive, elle se redresse pour jeter un œil à son radio-réveil : 21 h 37 !

Comment cela est-il possible ? Elle est pourtant certaine d'être partie vers 18 h. Elle a passé presque douze heures là-bas, mais le temps ici s'est écoulé beaucoup plus lentement. De toute façon, ça ne sert à rien de chercher des explications, rien de ce qu'elle vit n'a de cohérence, alors un peu plus ou un peu moins de bizarrerie, elle n'est plus à ça près.

Du coup, comme il n'est pas si tard, elle décide de trouver une pharmacie de garde pour acheter un test de grossesse. C'est sans doute abuser, mais il faut qu'elle sache.

L'homme qui s'occupe d'elle la regarde vraiment de travers. Il doit imaginer qu'elle est le genre de nana à utiliser trop souvent la pilule du lendemain, plutôt que de prendre ses précautions. Elle lui sourit timidement et se dépêche de rentrer pour se servir du kit et mettre fin au suspense.

En attendant que le résultat s'affiche, bien qu'elle ait l'impression d'à peine sortir de la baignade, elle passe sous la douche. Avoir deux corps à entretenir, ce n'est pas une mince affaire. Pendant qu'elle se savonne, elle repense à Ictaen et aux regards qu'ils ont échangés. Elle se demande ce qui aurait pu arriver si Rhoet n'avait pas été là.

Dès qu'elle est prête et malgré l'appréhension, elle décide de jeter un œil : ouf, test négatif !

Elle n'a pas prévu ça, mais elle se retrouve seule avec une grande soirée et elle ne sait pas quoi faire. Elle aurait bien voulu repartir, mais elle a affirmé à ses compagnons avoir une vie sociale bien remplie, alors pas question de leur laisser croire l'inverse. Elle va regarder un film, ça fait longtemps. Elle regrette un peu qu'Émilie ne soit pas là, ça aurait été encore plus sympa.

Elle a peu et mal dormi. Elle a beaucoup rêvé et se souvient notamment d'un songe limite érotique qui tourne autour du guerrier ; totalement nu. La journée va être interminable, elle est de poissonnerie de 9 h à 19 h !

C'est le dernier vendredi avant la reprise des écoliers et les mères au foyer ont défilé dans le magasin. Maman ultra pressée, coincée avec trois enfants qui courent dans tous les rayons et son opposé, organisée, qui barre les achats de sa liste au fur et à mesure qu'elle empile les articles dans le caddie. Élise se demande comment réagiraient ses deux amis de l'autre monde face à la cohue du supermarché. Elle survole la matinée. Elle commence à être plus à l'aise avec ses nouvelles tâches et elle peut se perdre dans ses pensées tout en levant les filets d'une dorade. Elle n'attend qu'une chose, pouvoir retourner dans cet univers qui lui plait autant. Elle culpabilise un peu. Elle va retrouver sa fille ce soir et elle devrait être heureuse de lui consacrer du temps.

Pour la pause déjeuner, son sandwich dans la main, elle cherche un endroit où elle ne tombera pas sur Olivier. Elle l'aperçoit qui traîne dans la réserve et l'esquive. Finalement, elle n'a pas d'autres choix et termine dans la salle de convivialité. Deux bouchers se chamaillent avec un assistant-responsable de rayon et un gars qu'elle ne connait pas. À priori, le sujet de discorde a un lien avec la course automobile. Elle mange rapidement, le nez plongé sur son téléphone, en survolant les infos. La fréquentation l'après-midi ne faiblit pas, elle préfère, ça passe plus vite. Vers 18 h 30, elle et ses collègues, qui aujourd'hui semblent lui faire la tête, commencent à nettoyer leur étal. Pas question de partir en retard, les heures sup ne sont pas payées de toute façon.

Lorsqu'elle arrive chez elle, sa fille l'attendait. À peine le pas de la porte franchi, elle se jette à son cou, ce qui n'est pas son habitude, surtout en ce moment, puis elle fronce les narines.

– Ah maman, désolée de te dire ça, mais tu sens très mauvais.

– Ben, je ne trouve pas, tu n'apprécies pas mon nouveau parfum : fleur de cabillaud ?

– Non, c'est horrible, je voudrais te parler, mais je préfèrerais vraiment que ça soit après ta douche.

Hou là, sa perle qui souhaite lui causer. Elle ne sait pas si elle doit se réjouir ou avoir peur. Elle se dépêche d'aller à la salle de bains, elle est très curieuse.

Avant de se poser, elle prépare deux plateaux-repas : charcuteries et petites tranches de pain grillées, deux bols de salade composée et quelques morceaux de fromage coupés en cubes.

Émilie est joviale et virevolte dans l'appartement. Elles s'installèrent dans le canapé, la télévision en bruit de fond.

– Alors, je t'écoute.

– Bon, avec Noeline, on a un projet.

– Ah oui, au fait, comment va-t-elle ? Et tu as passé mon

bonjour à sa maman ? Vous vous êtes bien amusées ? Qu'est-ce que vous avez fait ?

– Oui, c'était bien, sa mère te redonne le bonjour et heu, on a fait des trucs, quoi. Mais maman, j'avais commencé une phrase.

– Oui, pardon, je me tais, je suis tout ouïe.

– Donc, Noeline, pour son anniversaire qui est bientôt, elle va demander de l'argent. Et du coup, on s'est dit que moi aussi je pourrais faire ça. Et en fait dans 3 mois, il y a le groupe dont je t'ai déjà parlé, tu sais, les « cunilingus dreamers », ils passent à Paris.

Elle n'eut pas le temps de finir sa phrase avant que sa mère s'étouffe avec son verre de coca.

– Les quoi ? Non, c'est pas vrai, j'hallucine, des musiciens ont vraiment choisi ce nom-là ? Tu comprends la traduction et ce que ces mots signifient ?

– Mamannnn, je ne suis plus un bébé, je te rappelle que je suis au collège, tu me prends pour une quiche. Donc je t'expliquais qu'en fait, je voudrais aller les voir en concert à Paris. Le grand frère de Noeline nous accompagnerait. On partirait la veille et on dormirait chez son cousin, tu te souviens, on l'a rencontré une fois, il est super sympa.

– Stop ! Je t'arrête tout de suite. Je peux d'hors et déjà te répondre. Alors, non pour le concert, tu es trop jeune, non pour Paris, pour la même raison et encore non pour t'en aller avec le grand frère que je ne connais pas et surtout re non pour loger chez le cousin que j'ai entraperçu et dont je ne me rappelle pas.

– Mais maman…

– Pas de, mais, si la mère de Noeline l'élève comme ça, c'est son problème, pour moi tu n'as l'âge requis.

– J'en ai vraiment trop marre. Déjà que je suis fringuée comme une clodo, en plus, toute ma classe se fout de moi parce que je n'ai pas de téléphone portable et là tu refuses avant d'y avoir réfléchi. Alors que toi tu as le droit de t'amuser, tu m'envoies chez mamie Zabeth pour te taper des mecs qu'on ne voit jamais. J'en ai ras le bol de cette baraque, j'aurais préféré que tu avortes plutôt que de m'avoir.

Élise, complètement bouleversée par les propos qu'elle vient d'entendre, fait la seule chose à ne pas faire : elle se lève et gifle violemment Émilie. Cette dernière se redresse, les yeux larmoyants, en portant sa main sur sa joue meurtrie.

– Je suis désolée ma perle, je n'aurais pas dû faire ça, on va discuter, je suis vraiment navrée.

Elle tente de prendre sa fille dans ses bras, mais elle la repousse.

– Ne me touche pas. Je vais dans ma chambre.

– Non, attends ma puce, il faut qu'on en parle, je ne veux pas que tu ailles te coucher sans qu'on en ait causé.

– Tu aurais dû y penser avant de me frapper, laisse-moi, sinon je crie pour appeler les voisins.

Elle n'en revient pas, comment peuvent-elles en être arrivées là ? Qu'est-ce qu'elle a fait ? Elle se résigne à regarder sa fille partir. Elle n'a plus faim. Elle range les aliments dans du papier alu au réfrigérateur, puis elle s'installe devant la télé. Elle a monté le son pour couvrir ses sanglots. Comment a-t-elle pu faire ça ? Elle voudrait appeler sa mère, mais ses remarques ne feraient qu'accentuer son malaise. Elle ressasse ce que lui a dit sa fille. En fait, elle était persuadée qu'elle ne comprenait rien lorsqu'elle allait en soirée. Elle la prend encore pour une gamine, mais visiblement elle s'est bien plantée. Et ses reproches sur ses vêtements ou le téléphone, elle n'a jamais abordé le sujet auparavant. Élise croyait que ça n'était pas un problème. Si ça se trouve, c'est Noeline qui lui monte la tête. De toute façon, peu importe, tout ça est de sa faute à elle, pas besoin de chercher des responsables ailleurs. Finalement, elle coupe la télé, elle est trop malheureuse pour s'y intéresser. Elle tente de nouveau une réconciliation, mais Émilie a l'air de dormir, ou elle fait semblant pour ne pas lui répondre. Elle resta cinq minutes sur le bord du lit en lui caressant les cheveux. Elle chuchota combien elle était désolée et qu'elle l'aimait plus que tout, mais aucune de ses paroles ne firent réagir sa fille. Elle finit par quitter la chambre en entraînant son blues avec elle.

Elle hésite entre se rouler en boule et pleurer toute la nuit, ou aller dans l'autre monde, loin des tracas de cette vie. Finalement, au bout d'un moment, ayant l'impression d'avoir versé toutes les larmes que son corps contient, elle décide qu'il vaut mieux qu'elle se change les idées. Elle se concentre sur les bruits de l'immeuble et fait le vide dans sa tête.

Le soleil est très haut dans le ciel. Elle se retrouve de nouveau sur le traîneau. Ils ont apparemment quitté le village et la chaleur est étouffante. Sans demander la permission, elle se jette en bas de l'embarcation, se relève et attaque la marche. Le guerrier surpris par le changement de poids se retourne. Il allait ouvrir la bouche pour commenter l'arrivée de la jeune femme, mais cette dernière le stoppe en levant la main.

– J'ai passé une très mauvaise soirée, je suis très contrariée et je n'ai pas envie de parler. Alors je marche et c'est tout.

Ictaen hausse les épaules en regardant le vieil homme et tous les trois reprennent leur avancée en silence. Ils se déplacèrent pendant un long moment. Les conditions étaient difficiles. En plus de faire très chaud, l'air est comme humide. Mala a beaucoup de mal à respirer, mais elle ne dit rien, c'est un peu sa punition en somme. Elle devance même ses deux compagnons qui sont pourtant plus endurcis. Au bout d'un moment, le guerrier se rapproche d'elle et sans un mot lui tend une outre d'eau. Le liquide est frais, cela lui fait du bien, elle le remercie d'un signe de tête. Puis, le paysage commence à changer. Il y a de plus en plus de montagnes arides autour d'eux, la roche est presque noire. La piste qu'ils empruntent devient plus difficile et ils sont obligés de ralentir le rythme. Des pointes rocailleuses se dressent de plus en plus nombreuses sur le sol. Mala garde la tête baissée, le sorcier l'a prévenu : elle doit éviter de se faire blesser par les piques de pierres, au risque de se retrouver avec une entaille qui mettrait plusieurs jours à cicatriser. Lorsqu'elle relève les yeux, ils se trouvent à l'entrée d'un canyon. Le chemin s'enfonce au milieu de très hautes parois qui semblent toucher le ciel. La température descend brusquement et devient presque agréable. La montagne projette son ombre sur des kilomètres.

– Nous allons traverser le col d'Aboudia. C'est une région potentiellement dangereuse, mais nous n'avons pas d'autres choix si nous ne voulons pas que s'écoulent des mois pour atteindre notre destination, nous devons passer par là. Mala, tu dois rester près de moi, sorcier, j'inspecte le flanc droit, vous vous occupez du gauche ?

– D'accord.

– Il ne faut pas ralentir pendant que nous traversons. Ensuite, nous arriverons à un village avant la tombée de la nuit, enfin, j'espère, tu es prête ?

– Oui, pas de soucis.

– Alors allons-y !

Les deux hommes entourèrent la jeune femme en gardant les yeux rivés sur les hauteurs. Le sol plus régulier leur permet d'avancer plus vite. Le guerrier rompt le silence et l'écho de sa voix semble venir s'écraser sur les parois.

– L'endroit où nous nous rendons ne ressemble en rien au précédent. Son peuple est beaucoup plus méfiant. Les habitants profitent de leur situation géographique privilégiée pour demander un tribut aux voyageurs qui traversent leur domaine. Nous allons leur remettre le reste de viande de Moloc et les couvertures en peau de bêtes.

Oh, quel dommage ! Elle qui aimait tant la chair si délicate de cette bestiole !

– Les fourrures, ils en font quoi, vu la température ?

– Nous sommes en saison chaude, pendant les autres périodes, le froid est si intense qu'il fait trembler les pierres.

Le sorcier à son tour prend la parole.

– Ils vont sans doute t'observer de façon étrange. C'est un peuple qui n'octroie que peu de liberté aux femmes. Ne sois pas surprise. La plupart sont retenues par une chaîne à leur compagnon masculin. Ne regarde pas les hommes dans les yeux et ne prononce pas un mot. Ils auront certainement de l'eau à nous donner. Nous installerons notre camp à l'écart du village et nous monterons la garde chacun à notre tour avec Ictaen pendant la nuit.

La jeune femme réfléchit et répond à voix basse.

– Je pense que je peux demeurer ici un moment et vous aider pour surveiller.

Le guerrier commence à sourire.

– Ictaen, pas pour me battre, mais pour vous alerter sur un éventuel danger. Il vaut mieux deux paires d'yeux qu'une, non ?

– Oui, excuse-moi, tu as raison, si c'est possible alors reste ! Par contre, je sais que tu n'aimes pas le traîneau, mais au lever du jour, nous nous mettrons en route sans attendre. Si tu dois repartir dans ton monde, nous serons obligés de t'installer dessus.

– Je comprends, dans ces conditions, j'accepte bien sûr. Si c'est à ce point dangereux, on ne peut pas éviter le coin ?

– Tu as observé les pics de roches présents sur la piste ? Si nous avions dû prendre un autre chemin, la traversée aurait été pire, certains endroits sont infestés de serpents.

– Ah ça, je connais, enfin, moi je n'en ai vu que dans des… non laissez tomber.

Elle n'a pas le temps et l'envie d'expliquer ce qu'est un zoo.

– Je ne sais pas chez toi, mais ici ils sont extrêmement dangereux. Une morsure tue en quelques minutes et même la magie de Rhoet ne serait pas utile.

Alors qu'ils progressent d'un bon pas, le sorcier sort de son sac des fruits séchés, des baies et quelques tranches de Moloc qu'ils ont mis de côté pour eux. Elle décline l'offre pour la viande et se contente des fruits.

– Une petite question, j'ai l'impression que notre réserve de nourriture s'amenuise, non ?

– Oui, c'est vrai, la fin du voyage va être difficile, il faut qu'on arrive rapidement à la ville. Notre ami et moi avons l'habitude de la privation, mais pour ton corps, je ne sais pas ce qu'il en est ?

– Pour l'instant, ça va.

Le sorcier opine du chef, l'air soucieux malgré tout et elle le comprend. Elle se sent en forme, mais elle se rend compte que les efforts physiques fournis commencent de l'éprouver plus durement.

Au bout de quelques heures, grâce à la cadence soutenue qu'ils ont pu maintenir, ils sortent enfin du goulet. Devant eux sont érigés, non pas des tentes cette fois, mais des maisons en pierres. Évidemment, la matière première ne manque pas. Elle aperçoit au loin l'un des habitants et malgré les mises en garde de Rhoet, elle ne peut s'empêcher d'avoir un soubresaut. Un homme se tient là, une lance à la main. Une femme est assise à ses pieds et une chaîne est tendue entre sa taille et celle de son compagnon, plutôt son maître, aurait dit Mala si elle osait s'exprimer à voix haute. Elle croise le regard du guerrier, sans même qu'il ne prononce un mot, elle sait qu'elle peut compter sur lui, il va la protéger.

Rhoet avance en premier et discute quelques instants avec l'individu qui vraisemblablement fait le guet. Mala ne comprend pas les termes exacts, mais l'intonation laisse supposer une certaine nervosité. Pendant qu'ils bavardent, elle observe discrètement la femme. Comme son compagnon, elle a de nombreux tatouages et piercing. Leurs peaux sont noires, telle de l'ébène, ce qui contraste avec le peuple précédent. Décidément ce monde est composé de contradictions. La captive semble très jeune. Elle tresse ce qui commence à ressembler à un panier, sans porter d'attention à la conversation tenue au-dessus d'elle. Le garde remue la chaîne d'un coup sec et elle se redresse immédiatement, en ramassant ses outils. Mala en a la nausée.

Rhoet se tourne vers eux en faisant signe de le suivre et en profite pour lui monter discrètement le sol afin de lui rappeler la consigne. Comprenant l'importance du message, elle baisse le regard vers ses pieds en se promettant de ne surtout pas lever les yeux.

Elle se concentre pour affiner les images qu'elle aperçoit en périphérie de son champ visuel. Les hommes semblent armés. Il lui est plus facile de voir les femmes puisque la plupart sont installées à même le sol. Elles paraissent si jeunes !

Ictaen lui a pris le bras et la guide, un peu brusquement, mais elle se doute qu'il le fait pour donner le change. Ils distribuent la viande et les peaux à des jeunes filles maigrelettes qui se déplacent plus librement. Les hommes parlent fort. À un moment, la main du guerrier enserre davantage son biceps, ils ont l'air de parler d'elle. Les autochtones se mettent à rire. Elle a peur. Alors qu'Ictaen la lâche pour remplir son outre d'eau dans une auge, elle sent un type se frotter à elle, elle bout à l'intérieur. Le Montaies revient précipitamment vers elle, en hélant l'homme : ce dernier recule lentement en gloussant. À son grand soulagement, ils reprennent la route. Les rues du village de pierre sont suffocantes, la poussière vient se coller à sa peau moite, elle a hâte de quitter cet endroit.

Ils dépassent un autre garde à la sortie. Encore quelques dizaines de mètres et ils trouvèrent un coin abrité, à l'ombre des montagnes qui forment le canyon, idéal pour installer le campement.

Elle regarde Rhoet, elle voudrait savoir si elle peut de nouveau s'exprimer.

– Mala, c'est bon, tu peux parler, mais fais-le à voix basse pour ne pas être entendue. Tu t'en es très bien sortie, bravo.

– On ne peut pas aller bivouaquer plus loin ?

– Non, les soleils commencent à descendre, nous n'avons plus le temps de rejoindre la prochaine étape, on risquerait de se faire piéger dans le désert.

Ictaen n'est pas resté inactif, il revient déjà avec des morceaux de bois pour préparer le feu.

– Surtout, Mala ne t'éloigne pas, l'un des guerriers t'a repéré et voulait t'échanger contre des armes et des vivres. Je ne serais pas surpris de le voir nous tourner autour.

– Que lui as-tu dit pour qu'il me laisse tranquille ?

– Je lui ai raconté que tu étais à moi. Il va falloir que tu te couches à mes côtés cette nuit, s'il passe, il ne doit pas avoir de doute. Et avant que tu ajoutes quelque chose, n'aie crainte, je ne te toucherai pas.

– Ictaen, je me suis excusée, je n'aurais pas dû t'accuser, c'est bon, j'ai confiance.

Ils installèrent rapidement leur campement. Ictaen leur a demandé de ne sortir que le strict minimum, au cas où ils doivent partir en urgence. Le repas est frugal, ils arrivent au bout de leur réserve. Les inquiétudes du guerrier semblaient fondées, alors que la nuit est tombée, ils aperçoivent l'homme qui a repéré Mala, avancer dans la pénombre. Ictaen fait comme s'il ne l'avait pas vu et entoure les épaules de la jeune fille de son bras musclé et l'embrasse sur le front.

Elle n'a pas remarqué l'intrus et a un mouvement de recul, surprise, avant qu'il ne lui murmure à l'oreille.

– On nous observe, montre-toi docile, pour une fois.

Il sourit, comme si l'on peut rigoler à un moment pareil.

Malgré ses craintes, elle veut elle aussi profiter de la situation. Elle pousse le jeu un peu plus loin et relève le visage vers lui en se mordillant la lèvre.

– Ça t'amuse, Taïr ? Tu m'as reproché des actions que je n'avais pas commises, mais tu n'imagines pas ce qu'ils font à leurs femelles. Je devrais peut-être te laisser dans ses pattes cette nuit, pour que tu te rendes compte quel sale type il est ?

Elle se stoppe en se demandant s'il est sérieux.

– Mais non ne t'inquiètes pas, je plaisante. Je commence seulement à t'apprécier, je ne vais pas te donner à ces sauvages. Je crois qu'il est parti, reste ici, je fais le tour du campement pour vérifier, si tu as un souci, crie et je serais là.

Avant qu'elle ne puisse ajouter quoi que ce soit, il est déjà debout et disparait dans la pénombre.

Le sorcier semble absorbé par un de ses carnets qu'il a sortis de sa poche. Elle ne sait pas s'il est indifférent à la situation, ou s'il se donne l'air occupé face à leur jeu de séduction. Elle ramasse une branche et s'approche du feu, cela pourra expliquer ses joues rosies.

Au retour d'Ictaen, il fut décidé que Rhoet et Mala surveilleraient le bivouac la première partie de la nuit et ensuite la jeune femme repartirait. Ictaen prendrait le relais jusqu'au moment où ils se mettraient en route.

Ils se resserrèrent, Mala entre les deux hommes.

Le guerrier s'endormit rapidement. Elle ne voulait pas que le sommeil la gagne. Elle profita du moment pour questionner le sorcier, il lui manquait encore de nombreuses informations.

– L'autre jour, j'ai cru comprendre que mon monde et le vôtre avaient été créés ensemble, c'est ce que vous avez dit ?

– Oui, en effet.

– Mais comment est-ce possible, la technologie sur ma terre est tellement plus avancée, je ne saisis pas pourquoi c'est si différent.

– Je ne sais pas non plus, mais c'est ce qui est écrit dans l'un des textes que j'ai pu déchiffrer. Notre planète existerait depuis plus de deux mille ans.

– Chez moi, c'est l'année deux mille vingt-deux.

– Donc ça correspondrait.

– J'aimerais essayer d'emporter un objet d'ici dans mon univers, vous pensez que c'est faisable ?

– Je ne saisis pas. Pourquoi souhaites-tu faire ça ?

– Et bien lorsque je suis là-bas, c'est tellement différent que, parfois, j'en viens à croire que toute cette histoire se déroule uniquement dans ma tête. Si j'avais quelque chose de réel en ma possession, je ne pourrais plus douter. Je voulais emporter le légume allongé rouge que vous m'avez fait manger une fois, ou autre chose que je ne peux pas trouver chez moi, pour être sûre que tout ça est vrai.

– Tu peux toujours essayer, mais je ne pense pas que cela puisse marcher.

– Mais j'ai bien eu la poussière ocre sur mes pieds, ou les griffures du Moloc dans mon dos.

– Toi-même, tu disais que tes entailles étaient bien plus légères que celles de ton corps ici. Et sur tes pieds, ce n'était que de la saleté. J'imagine que si tu emportais quelque chose, il serait partiellement détruit. Il me semble plus vraisemblable même que l'objet ne quitterait pas cette terre. Quoi qu'il en soit, cela ne te suffirait pas pour prouver quoi que ce soit. Tu dois juste te laisser guider par ton instinct. As-tu le sentiment que cela est réel ?

– Oui, davantage à chaque visite.

– Alors, laisse-toi porter Mala et fais-nous confiance.

Elle sent le corps qu'Ictaen contre sa cuisse. Elle a envie de lui accorder du crédit, même bien plus.

Alors qu'elle est dans ses pensées, elle se repasse la scène avec sa fille et redoute la situation qui l'attend à son retour. Elle ne sait pas comment, mais elle doit trouver une solution pour qu'elle lui pardonne. Si elle ne peut pas obtenir davantage d'heures de travail là où elle est aujourd'hui, il va falloir qu'elle cherche ailleurs. Elle doit offrir plus à Élise, sinon le fossé entre elles va encore s'agrandir.

Elle resta une partie de la nuit au côté du sorcier, à scruter l'obscurité à s'en faire mal aux yeux. Lorsque le guerrier s'éveilla, elle les informa qu'elle repartait, mais avant elle s'adressa à Ictaen.

– Je te fais confiance, protège-moi des brutes s'il te plaît.

– Évidemment, Taïr, au péril de ma vie s'il le faut.

L'électricité qui passa entre eux lui donna de nouveau des frissons. Elle s'allongea et se blottit contre lui. Elle savait qu'il tiendrait parole.

19

La première chose qu'elle entendit fut la voix de sa fille. Elle parlait à quelqu'un et elle percevait de l'angoisse. La porte de sa chambre est ouverte et la lumière du plafonnier allumée.

– Émilie qu'est ce qu'il y a ?

– Attends mamie, elle est réveillée.

L'adolescente se précipite en courant à son chevet.

– Oui, je te la passe.

– Maman ? Qu'est-ce qu'il y a, pourquoi tu téléphones à cette heure ? Il est arrivé quelque chose de grave ? Comment ça, ce n'est pas toi qui appelles ? Va moins vite, je ne comprends rien. Oui, je me sens bien, pourquoi ça n'irait pas ? Je dormais, c'est tout. Elle n'a pas pu me réveiller ? Eh bien, j'étais fatiguée et j'étais dans un sommeil profond. J'ai peut-être pris un cachet, c'est sûrement ça, mais je t'assure, je suis en pleine forme. Retourne te coucher, je t'appellerais demain.

Émilie, assise au bord du lit, se ronge les ongles.

Sa mère raccroche avant de se tourner vers elle.

– Ma perle, qu'est ce qui se passe, c'est toi qui as téléphoné à mamie ?

– Oui, tu parlais dans ton sommeil et je n'arrivais pas à te réveiller. C'était flippant, comme si tu t'adressais à quelqu'un, mais je ne comprenais pas. Tu faisais des phrases entières et je te secouais, mais tu continuais. J'étais paniqué, alors je l'ai appelé, elle voulait que je prévienne les pompiers. Tu as pris quelque chose ?

Il valait mieux mentir, que dire qu'elle discutait avec un vieux sorcier autour d'un feu, dans le désert d'un autre monde.

– Oui, j'étais très contrariée à cause de ce que j'ai fait et comme je n'arrivais pas à dormir, j'ai avalé un cachet qui me restait dans la boîte à médicament. Je suis désolée, je n'aurais pas dû, décidément je fais tout de travers en ce moment.

C'est tellement mesquin, mais elle sent que la situation devient propice à un pardon.

– Ma puce, je suis vraiment navrée de ce que j'ai fait. Et puis tu sais, j'ai réfléchi à tout ce que tu m'as dit, je comprends. Je vais essayer de trouver des solutions, peut-être chercher un autre boulot, pour que ça soit plus facile pour nous. Je souhaite que tu sois heureuse, c'est ça le plus important.

– Alors, pour le concert, c'est oui ?

Il n'y a pas qu'elle qui ne perd pas le nord.

– Élise, si tu es d'accord, on en reparle demain. Là, il est deux heures du mat et je voudrais bien dormir un peu et toi aussi tu dois aller te coucher. Est-ce que tu crois que je pourrais avoir un câlin avant ? Je suis sûre qu'avec ça je ferais de bien plus jolis rêves.

Mère et fille s'enlacèrent dans les bras avant de se souhaiter bonne nuit.

Élise se laisse tomber sur l'oreiller, en se frottant le visage avec les mains. Elle a eu chaud. Comment cela est possible ? Elle ne s'est pas rendu compte qu'Émilie tentait de la réveiller. Il faut vraiment qu'elle fasse plus attention. Elle doit parler de ça avec

Rhoet. Elle avait beaucoup de mal à trouver le repos. Les angoisses de toutes sortes l'assaillaient.

Finalement au petit matin, elle s'assoupit, d'un sommeil sans rêves, jusqu'à dix heures, ce qui n'est pas du tout son habitude.

Émilie lui a préparé un petit déjeuner et ronchonne parce que le café est tiède et le pain grillé ramollit. Sa mère avale le tout en exagérant très peu son plaisir, elle a une faim de loup.

– Mmm, délicieux, non, je te dis, impec, il est encore assez chaud, de toute façon, je n'aime pas le café bouillant.

Elles discutèrent une bonne partie de la matinée restante. Élise, qui a compris qu'elle doit aborder certains sujets avec sa fille, l'informe qu'elle a peut-être rencontré quelqu'un. Elle doit le revoir le week-end prochain et non, elle ne veut pas lui présenter pour l'instant, c'est trop tôt. Après le déjeuner, elles sortent se promener et Élise en profite pour ramasser les journaux qui se trouvent sur les portants devant les commerces. Elle a promis de se mettre à la recherche d'un autre emploi, avec plus d'heures, peut-être mieux payé et pourquoi pas, également plus intéressant. Mais elle surjoue son optimiste, en fait elle ne se fait guère d'illusion. Son manque de diplôme risque d'être un obstacle à ses ambitions.

La journée fut agréable. En soirée, elle rappela la grand-mère de la fillette afin de la rassurer.

– Non, maman, je ne prends plus de cochonneries pour dormir, c'était exceptionnel. Nous nous sommes disputées avec Émilie, mais c'est fini. Ne t'inquiète pas, tout va bien.

Elle met au moins un quart d'heure à convaincre sa mère.

Cette nuit-là, elle ne peut se décider à retourner dans l'autre monde. Elle sent sa fille préoccupée et si de nouveau elle la trouve dans cet état, elle risque bel et bien de se retrouver cette fois à l'hôpital.

De toute façon, ils ont abordé le sujet avec ses compagnons de route, ils la chargeront sur le traîneau et continueront d'avancer sans sa présence.

Alors qu'elle a prévu d'y retourner le dimanche dans la nuit, Émilie toque à sa porte à vingt-trois heures, elle a le blues de la rentrée. Elle se blottit dans les bras de sa mère pour pleurer. Élise n'a pas le cœur à la chasser dans son lit, elle y resta donc jusqu'au petit matin.

Le lundi, elle bosse de soir, elle profite de la journée pour préparer des lettres de motivation et des CV. Après tout, elle doit essayer de trouver quelque chose, « sauveuse de monde » là-bas, elle va peut-être réussir à dénicher du boulot au fast-food au coin de la rue ici.

Elle porte elle-même ses enveloppes avant de se rendre au travail. Ainsi elle économise les timbres et espère que sa plastique avantageuse jouera en sa faveur. Elle a hâte d'être à la fin de journée et souhaite pouvoir enfin retourner sur la deuxième terre, ses compagnons risquent de s'inquiéter.

Lorsqu'elle arrive dans le vestiaire pour prendre son poste, elle a le sentiment que les conversations s'arrêtent. Bon, elle ne va pas se mettre à faire une paranoïa. Ses collègues ont le droit d'échanger des propos qui ne la regardent pas. Elle s'installe rapidement à sa caisse, mais elle a l'impression que certaines filles l'observent. Elle range sa boîte avec l'argent liquide dans le tiroir, actionne le luminaire pour signaler qu'elle est ouverte et commence à faire passer ses premières clientes. Elle est là depuis à peine trente minutes, lorsqu'elle distingue Mr Chambion qui s'avance vers elle. Il vient rarement jusqu'aux guichets, elle se sent un peu stressée.

– Bonjour ma petite Élise, alors la journée est bonne ?

– Heu, oui, merci Mr Chambion. Je peux vous être utile à quelque chose ?

– Non, non, je fais mon tour, juste pour voir si tout le monde va bien.

Mais bien sûr, comme si c'était son habitude de prendre des nouvelles des gens. Alors qu'elle passe mécaniquement les codes-barres des articles, elle le sent derrière elle. Mais qu'est-ce qu'il lui veut à la fin ? La cliente vient de payer et la suivante commence d'installer ses produits sur le tapis roulant. Elle en profite pour se retourner. Elle le regarde droit dans les yeux en haussant les sourcils, à la recherche d'une réponse.

– Sinon, Élise, rien de nouveau dans votre vie ?

– Heu, non.

– D'accord, parce que vous savez que si vous avez besoin de parler, je suis là.

Elle préférait encore aller bavarder avec le babouin du zoo plutôt qu'avec lui.

– Merci, c'est gentil, mais je n'ai rien de spécial à raconter.

– Bon, je vous laisse continuer alors.

Au moment de partir, il fait volte-face en murmurant :

– Et passez le bonjour à Olivier de ma part.

Mais qu'est-ce qu'il veut dire ? Pourquoi lui avoir lancé ça ?

Elle a chaud et elle en est maintenant certaine, plusieurs des filles, qu'elles soient à leur caisse, ou en train de ranger mollement des articles dans les rayons, l'observent. Si c'est Olivier qui a bavé sur elle, il va l'entendre. À la fin de sa journée, elle le cherche, mais il est déjà dix-neuf heures trente et elle a hâte de rentrer.

La soirée s'écoule rapidement, Émilie est fatiguée et sa mère veut en profiter pour retourner sur la deuxième terre. Elle n'ose pas fermer sa porte de chambre à clé, ça serait trop suspect. Elle espère juste que sa fille ne viendra pas toutes les nuits la voir. De toute façon, l'envie est irrépressible, elle prend le risque.

Lorsqu'elle arrive, sans surprise, elle est installée sur l'embarcation de fortune. Le paysage a complètement changé, la verdure est revenue et la température est plus clémente. Elle appelle le guerrier pour le faire ralentir.

Alors qu'elle se relève, elle s'excuse auprès du sorcier de ne pas leur avoir rendu visite depuis deux jours.

– Non, tu te trompes Mala, nous avons quitté le campement ce matin de bonne heure, tu n'as été absente que quelques heures.

– Mais ça n'est pas possible, je suis sûre, j'ai eu des problèmes et il s'est passé deux nuits avant que je puisse me libérer.

– Eh bien, le temps pour nous ne s'est pas écoulé si vite.

– Il n'y a aucune cohérence, je n'y comprends vraiment rien.

– Je suis désolé, je ne sais pas quoi te dire à part que c'est ainsi et que tu dois t'y faire.

– Rhoet, j'ai eu un souci chez moi. Apparemment, ma fille a essayé de me réveiller pendant plusieurs minutes pendant que j'étais avec vous, sans y parvenir. Lorsque je suis revenue dans mon corps, elle allait appeler des gens pour me secourir. Vous pensez que c'est déjà arrivé aux autres Mala ?

– Non, je suis très surpris, je n'ai rien lu qui parle de ce phénomène. Nous allons approcher de la ville dans la matinée, j'ai un ami qui conserve pour moi des livres, j'irai les consulter, pour voir si je découvre quelque chose.

– D'accord.

Il est beaucoup plus facile d'avancer sur ce terrain. Ils trouvent sous leurs pieds de la terre meuble, garnie de mousse vert fluo. Elle se serait crue dans un jeu vidéo. Le chemin serpente au milieu des champs. De nombreux individus sont occupés à bêcher et à ramasser les mauvaises herbes.

– Vous pouvez me parler de l'endroit où nous arrivons ?

Le sorcier prend la parole.

– Oui, il s'agit d'une des grandes villes de notre monde, elle s'appelle Chardam. La langue commune y est utilisée, mais tu entendras beaucoup d'autres dialectes. Elle est très visitée par les marchands et la population qui y réside est plutôt aisée. Les champs autour sont prospères. Nous allons y trouver des vivres et des armes pas trop chères. Il nous reste trois fourrures à vendre et j'ai quelques économies acquises avant notre expédition qui m'attendent chez mon ami. Je vais te laisser quelques jours aux soins d'Ictaen.

Elle n'ose pas regarder le guerrier, de peur qu'il y décèle le plaisir d'une telle annonce.

– Vous allez loger dans l'une des auberges. Elle a l'avantage de posséder une salle d'entraînement. Ictaen va ainsi pouvoir commencer ta formation sur le maniement des armes. Plus tard, deux nouveaux compagnons vont nous rejoindre et nous reprendrons la route.

220

– D'autres personnes vont venir avec nous, vous m'aviez dit qu'il y en avait qu'une seule ?

– Oui, mais je crois que j'avais sous-estimé la dangerosité de notre voyage.

– Et après Chardam, on va où ?

– La prochaine destination sera les ruines de Menuires. J'espère y trouver le manuscrit perdu. En attendant, nous allons profiter d'être en ville pour nous reposer, manger à notre faim, il faut que nous soyons en forme pour continuer.

L'entrée de la cité est marquée par une grande arche en pierre. Des étoffes colorées y sont accrochées.

– C'est joli, c'est tout le temps comme ça ?

– Non, nous arrivons pendant la fête des moissons, le vin va couler à flots.

Il jette un regard du coin de l'œil, en direction d'Ictaen. Ce dernier sourit dans le vide, à priori, cette perspective a l'air de le réjouir.

– Mala, si on te pose des questions, tu es une orpheline sous la protection d'Ictaen et je suis un vieil homme fragile rencontré sur le bord de la route.

– Je croyais que j'étais une fille innocente que l'on conduisait à son mari, ça change tout le temps, je vais m'y perdre.

– Nous devons trouver une excuse pour que tu puisses fréquenter la salle d'armes sans éveiller les soupçons, cette version est plus plausible.

Pendant qu'ils marchent, Rhoet a modifié sa posture, il se tient plus voûté et a ralenti le pas. Mala n'en revient pas, il parait plus âgé et son visage lui est presque étranger, comme si c'était quelqu'un d'autre.

– Mala, surtout pas d'impair ! Ne m'appelle que par mon nom, et ne mentionne surtout pas la magie, sinon notre séjour festif se finira avec nos têtes au bout d'une pique. Tu as bien compris ?

– Oui, mais votre apparence…

Elle n'ose répéter les propos qu'elle vient de murmurer.

La ville est grouillante et joyeuse et les rues sont étroites. Puis ils bifurquent et se retrouvent à présent sur une avenue plus large. Certaines façades sont occupées par des magasins et des échoppes ambulantes sont installées sur une partie de la voie. Il y a toutes sortes de commerce. Ils passent devant plusieurs étals de plats cuisinés, servis dans des verres métalliques. Son ventre s'exprime bruyamment lorsque les odeurs d'épices arrivent jusqu'à elle. Il y a les vendeurs d'animaux morts, certains effectuent carrément le sacrifice au moment de l'achat, elle détourne les yeux. Viennent ensuite les stands d'étoffes et de cuirs de toutes sortes. Elle repère des tenues complètes, un peu comme celle qu'elle porte parfois. À son retour, elle a constaté qu'elle a été changée et est habillée avec un genre de pantalon et une chemise, l'ensemble dans des tons marron. Elle préfère éviter d'y penser et ne pas savoir qui l'a encore vue toute nue. Puis ils passèrent dans le secteur où étaient regroupés les marchands d'armes. Les forges de chaque côté créent un vacarme qui couvre les conversations et la chaleur dégagée fait transpirer les badauds qui s'y attardent. Ils prennent ensuite une succession de ruelles qui les amène sur une petite place. Pour finir, les hommes la guident dans une impasse qui sent l'huile de friture et une autre odeur qu'elle ne préfère pas déterminer. Leur auberge se trouve au bout, un peu à l'écart. Elle s'attend à ce qu'elle s'appelle « le goujon frétillant » ou bien « la taverne du voyageur ». Elle ne fut que légèrement surprise d'y lire « Au chevreuil cramoisi ». Cramoisie, n'étant pas du tout la couleur qu'elle aurait donnée pour le chevreuil dans son monde.

– Mes amis, je vous quitte ici. Ictaen, je te confie Mala, ne laisse pas les effluves du vin te distraire de ta mission. Et toi jeune fille, n'asticote pas trop le guerrier si tu ne veux pas qu'il t'attache au pied du lit pour le reste de ton séjour. Je compte sur vous pour vous supporter !

Sur ses belles paroles, il repart dans le sens inverse en s'appuyant lourdement sur sa canne. Il a échangé sa grande bure contre des guenilles, il passe inaperçu au milieu de la foule. Il finit par disparaitre au coin de la ruelle.

Le Montaïe rentre dans l'établissement, suivi de Mala. Le chahut à l'intérieur dénote avec le calme de l'impasse. Ictaen frappe violemment sur le bar en bois au point de le faire grincer. Une petite femme à la peau marron arrive sur le champ. Ils restèrent un moment à s'observer puis sans préambule se jetèrent dans les bras l'un l'autre. Ils commencèrent à bavarder dans une langue que Mala ne comprend pas. Mais il lui semble, aux intonations, qu'il s'agit du dialecte maternel d'Ictaen. Ils doivent maintenant parler d'elle, car son interlocutrice se décale et se met à la détailler des pieds à la tête. Elle grimace en reprenant la conversation. Elle vient de dire quelque chose qui fait rire son compagnon puis elle crie un nom et une jeune fille naine se précipite à leur côté.

– Bonjour, Messieurs Dames ! Je vais vous conduire à votre

chambre.

Le guerrier commence à la suivre, lorsque Mala attrape son bras.

– Comment ça, votre chambre ?

L'homme ne répond rien, se dégage et continue son chemin en se faufilant entre deux gars passablement imbibés qui se bousculent. Mala se dépêche de le rejoindre, elle ne veut pas rester seule au milieu de la salle. Ils montèrent un vieil escalier qui craquait à chaque marche. Arrivée devant une porte, la jeune fille disparait rapidement, son nom vient encore d'être hurlé au rez-de-chaussée.

La pièce sent la sciure de bois et la lavande, c'est très agréable. Mala commence à protester qu'elle ne désire pas dormir avec le Ictaen quand elle s'aperçoit qu'en fait, en plus d'un grand lit, il y en a un plus petit sous la soupente.

Le guerrier referme derrière lui et enfin daigne s'adresser à elle.

– Nous sommes dans la même chambre, car je ne peux pas te protéger si nous sommes séparés. Et puis ça éveillerait les soupçons. Les familles qui voyagent, ou pour notre cas, un tuteur et sa pupille, partagent les chambres, c'est plus économique. Je te rappelle qu'on doit se faire discret et se fondre dans la population. Et, crois-moi, au regard des projets que j'ai espéré pour les nuits à venir, ça ne m'arrange pas de devoir te surveiller en permanence.

La jeune fille n'ajoute aucun commentaire face à la remarque provocatrice de son compagnon.

– Attends-moi ici, je vais voir s'il y a moyen de manger quelque chose.

Lorsque le guerrier fut sorti, elle s'avança vers la minuscule fenêtre de la pièce. Elle ne savait pas en quoi était fait le vitrage, mais il est trouble et ne permet pas d'apercevoir l'extérieur distinctement. Les murs fins vibrent au rythme des braillements des clients en bas. Elle ne comprend pas comment font les gens pour réussir à dormir dans de tels endroits. Ah, le confort moderne, ça a du bon quand même ! Elle commence à tourner en rond quand Ictaen refait enfin surface.

– Prends des affaires de rechange, Taïr, avant d'aller se restaurer, j'ai commandé deux bains, il faut y aller maintenant si on veut profiter de l'eau chaude.

– Ah, cool ça, je n'osais en rêver.

– Et surtout, évite de prononcer des mots de ton monde comme « coule », pour ne pas se faire remarquer.

– Ah oui, pardon, fichtre, c'est mieux ?

Elle rit à sa propre blague, mais soit le guerrier ne l'a pas comprise, soit il n'est pas d'humeur. C'est toujours difficile pour Mala de le cerner. Ils descendent dans la salle bruyante, puis une autre jeune fille, avec la même tenue que la première : petit tablier brodé et genre de charlotte lie de vin sur la tête, les conduit à un niveau en dessous. Elle les fait entrer dans une pièce ou plusieurs baignoires en bois sont alignées. Deux d'entre elles fument et une odeur de jasmin s'en dégage. La servante allait partir quand Ictaen la saisit par le bras pour lui murmurer quelque chose à l'oreille. Mala ne réussit pas à comprendre ce qu'il vient de lui dire.

Une fois la porte refermée, le guerrier se tourne vers elle et lentement, sans gêne, ôte la totalité de ses vêtements. La jeune femme ne peut s'empêcher de le regarder de bas en haut avant de se retourner rapidement. Elle l'entend rire et s'immerger dans l'eau en poussant un soupir de soulagement.

Elle commence à dénouer les attaches de sa chemise. Lorsqu'elle l'aperçoit par-dessus son épaule, en train de la fixer en plissant les paupières.

– Tu peux fermer les yeux s'il te plaît.

– Fermer les yeux ? Pourquoi ? C'est idiot, je ne te verrai plus.

– Oui et bien c'est l'idée, je suis pudique.

– Ah…

– Eh bien, fais-le !

– J'en ai pas envie, je veux te regarder.

Sa franchise déstabilise Mala, elle ne sait plus quoi faire. Bon de toute façon, entre les soins sur ses blessures et les changements de tenue, il l'a sûrement déjà aperçue nue plus d'une fois. En plus, elle souhaite ardemment prendre un bain et elle doit se l'avouer, elle ne déteste pas tout à fait ce petit jeu. Elle se redresse et finit de détacher toutes les lanières de tissu. Elle fait ensuite glisser les vêtements rugueux sur sa peau et se tourne pour faire face au guerrier qui laisse traîner son regard sur son corps. Elle frémit et entre doucement dans le bac, sans lâcher les yeux de son compagnon. L'eau est très chaude et c'est agréable. Elle bascule son bassin en avant et renverse la tête en arrière pour immerger aussi ses cheveux et son visage. Puis en se servant du savon posé sur un support accroché sur l'un des bords, qu'elle fait mousser entre ses mains, elle commence à se frictionner. Le guerrier continue de l'observer en silence, quand la porte s'ouvre et que trois jeunes femmes entrent en gloussant. Qu'est-ce qu'elles viennent faire là celles-là, les autres baignoires sont vides.

Elles s'approchent en se bousculant gentiment près du bac dans lequel se trouve Ictaen. Elles parlent doucement et Ictaen répond sur le même ton, Mala n'entend pas leur échange. Puis l'une des demoiselles s'installe à genoux à côté d'Ictaen et plonge sa main dans l'eau, à hauteur de ses parties intimes. Il fixe de nouveau Mala dans les yeux alors que la visiteuse semble le caresser.

Non ! Mais il se fiche d'elle ou quoi ! Une des deux autres femmes se penche sur Ictaen et l'embrasse à pleine bouche. Il n'y a plus de doute, il a fait venir des filles de joie pendant qu'il prend son bain et malgré la présence de Mala. Elle est furieuse contre lui, mais surtout contre elle. Qu'est-ce qu'elle s'est imaginée ! Elle a le sentiment que son cœur explose dans sa poitrine. Elle ne ressent pas ça d'habitude. Elle ne va pas quand même pas tomber amoureuse d'un mufle, dans un monde pareil. Elle se lève, en colère, en projetant de l'eau partout, mais elle s'en fiche. Elle passe ses jambes rapidement en dehors du baquet, au risque de glisser sur le sol mouillé et enfile ses vêtements sales. Elle sent les larmes monter, elle ne veut pas se donner en spectacle. Avant de quitter la pièce, elle a l'impression de lire de la surprise dans les yeux verts du guerrier, il ne croyait pas qu'elle allait rester regarder quand même !

Elle prend le premier escalier au pas de course. Mince, elle espère qu'elle va se rappeler où est sa chambre. Elle tombe sur l'employée, les bras chargés de pichets, sûrement remplis de vin.

– S'il te plaît, comment je retrouve ma chambre ?

– Oh, joli p'tit lot, tu viens boire avec nous.

Un groupe d'hommes derrière elle la reluque sans vergogne. Il faut dire que ses habits mouillés lui collent à la peau et dévoilent ses formes avantageuses.

– Suis-moi ! Vous autres, celle-là est sous la protection d'un Montaies, ami de la patronne, alors si vous tenez à la vie, passez votre chemin. Viens, ne reste pas là vêtue comme ça, sinon ils vont te manger toute crue.

Elle la conduit jusqu'à l'entrée de la chambre.

– Je te conseille de coincer une chaise derrière la porte en attendant le guerrier, juste au cas où.

Mala s'exécute et va se recroqueviller sur le petit lit. Elle a oublié ses affaires de rechange au pied de la baignoire et n'en a pas d'autres. Elle se sent si ridicule. Elle ne sait pas pourquoi, mais elle a mal, elle se met à pleurer en silence.

Il ne se passa pas très longtemps avant que le guerrier ne revienne. Il essaya d'entrer quand il comprend que quelque chose bloque.

– Mala, c'est moi.

Elle n'en a pas envie, mais elle ne souhaite pas se comporter comme une gamine. Elle espère qu'il ne verra pas ses yeux rougis, ou peut-être qu'en fait si, elle aurait aimé qu'il s'en veuille.

Lorsqu'elle ouvre la porte, elle le trouve devant, un sourire aux lèvres.

– Tu es partie vite, tu n'as pas pris tes vêtements.

Il lui tend et elle lui arrache littéralement des mains en guise de remerciements.

– Reste là, je me change.

Elle lui claque la porte au nez et repositionne immédiatement la chaise. Elle sait que s'il le souhaite, il lui suffit de mettre un coup d'épaule pour tout défoncer. Mais elle compte sur le fait qu'il désire que leur présence demeure discrète pour ne pas le faire.

Elle se dépêche d'enfiler les habits secs. Elle a froid et grelotte. Quand elle eut fini, elle retira la chaise et retourna se pelotonner sur lit.

Le guerrier rentre et n'a même pas l'air d'être désarçonné.

– Tu es partie rapidement, tu aurais pu rester.

Elle ne répond rien, elle lui tourne le dos en tenant ses genoux dans les bras, elle se les gèle de plus en plus.

– C'est bon, on peut descendre manger ?

– Je n'ai pas faim, vas-y tout seul. De toute façon, je pense que je vais retourner chez moi maintenant.

– Déjà ? Je crois qu'il faut que tu nourrisses ton corps avant, sinon tu risques de t'épuiser.

Il s'est approché de sa couchette et se penche sur elle.

– Mais tu trembles ? Tu as froid ?

Sans attendre de réponse, il lui met la main sur le front.

– Tu es brûlante, tu es malade.

– Non, ça va, laisse-moi.

– Pas question.

Il ressort de la chambre si violemment qu'il fait voler la porte contre la paroi. Il revient presque aussitôt, suivi de la servante. Cette dernière lui touche à son tour le visage.

– Oui, en effet, elle a de la fièvre. J'apporte de quoi allumer un feu dans l'âtre et j'ai du bouillon à la cuisine, je vais monter un bol. Elle est trempée, tu dois la déshabiller et l'envelopper dans la couverture. Nous avons une herboriste quelques rues plus loin, je vais envoyer l'un des petits mendiants qui errent devant l'auberge chercher ce qu'il faut.

Mala ne saisit pas pourquoi ils paniquent comme ça, elle a peut-être un peu de température, mais ce n'est pas grand-chose. La servante quitta la pièce en courant.

– Je ne vois pas pourquoi vous vous affolez, je vais bien.

– Oui, pour l'instant, mais on doit s'assurer que la fièvre n'augmente pas.

– Mais je ne comprends pas le problème, fiche-moi la paix, fais ta vie, ça va passer.

– Je ne sais pas pourquoi tu réagis comme ça, tu te rends compte que c'est grave ?

– Quoi ? La fièvre ?

– Oui, tu risques de mourir.

– Pour un peu de température ?

– Oui, dans ton monde, on ne meurt pas de la fièvre ?

– Heu, non.

– Mais comment faites-vous ?

– Ben, la magie du paracétamol.

– Je croyais que vous n'aviez pas de magie, les histoires que tu nous racontes ne sont jamais les mêmes.

– Non, c'est une expression, nous avons des médicaments.

– Oui, nous aussi : les décoctions aux plantes.

– Non, bien plus efficaces que ça. On prend un tout petit, quelque chose qui a un peu la taille d'un haricot blanc, vous avez ça, des haricots blancs ?

– Tu m'embrouilles, je pense que tu es en train de délirer, allez, redresse-toi, je vais t'aider à te dévêtir.

– Ah non, ça suffit de me voir à poil, j'en ai marre.

Elle se rappelle que la locution ne lui permet pas de comprendre la phrase, elle reformule.

– Je ne veux plus montrer mon corps nu sans cesse !

– Alors on fait comment Taïr ? On perd du temps.

– Très bien, retourne-toi ! J'ai dit : demi-tour ! Tu regardes la porte.

Elle retire rapidement ses habits et s'enroule dans la couverture. Elle est rêche et guère plus chaude que ses vêtements, elle ne voit pas ce que ça change. Elle a la tête qui tourne légèrement. À bien y réfléchir, elle commence à comprendre : si sa température monte trop et qu'ils n'ont pas la science pour la combattre, effectivement, cela peut être dangereux. Si ça se trouve, elle peut mourir d'une grippe. Elle se radoucit.

– C'est bon, mais j'ai de plus en plus froid.

Quelqu'un frappe à la porte et n'attend pas de réponse pour rentrer. La petite servante tient un plateau rond avec un bol fumant dessus et un garçon dépenaillé la suit avec un panier rempli de bois.

– J'ai broyé les herbes qu'il est allé chercher, il faut le récompenser pour sa besogne.

Ictaen fouilla dans ses affaires et donna une pièce au gamin dont les yeux s'illuminèrent aussitôt.

– Ouah, merci m'sieur, c'est beaucoup. Si vous avez b'soin d'un truc, j'suis en bas.

La jeune fille, avec des gestes sûrs, prépara le feu et l'alluma en quelques minutes, puis elle s'adressa au guerrier.

– Il faut que tu te déshabilles et que tu te colles sur elle, elle a l'air d'aller encore plus mal que tout à l'heure, voit un peu la tête qu'elle a. La patronne n'aime pas bien avoir des cadavres dans les chambres, ça apporte le mauvais œil qu'elle dit.

– Oui, je sais qu'elle ne va pas bien, mais je crois qu'elle ne veut pas de mon aide. Précise-t-il en regardant Mala.

– Ben, c'est elle qui décide, si elle préfère mourir, mais moi, je ne me ferais pas prier pour me serrer contre toi mon grand. Ajoute-t-elle en faisant un clin d'œil à Ictaen.

– Bois au moins la soupe, mademoiselle, j'y ai mélangé le remède.

Elle quitta la chambre en marmonnant.

Le guerrier se met à remuer les bûches sans dire un mot, il semble songeur.

– Taïr, il faut que tu t'approches du foyer pour te réchauffer.

Il prend la couverture de son propre lit et la pose par terre devant l'âtre. Elle commence à avoir des courbatures et mal à la tête. Il a raison, son état empire et vite. Elle s'assoit au sol, en prenant soin de s'emmitoufler. Le guerrier se lève d'un coup et quitte sa tunique.

– D'accord ou pas, je ne vais pas te laisser comme ça, j'ai promis à Rhoet de m'occuper de toi. Un Montaies ne manque jamais à sa parole.

Il arrache d'un geste brusque le plaid de la jeune femme. Puis, il se cale derrière elle, son torse nu contre son dos et les enveloppe tous les deux dans la couverture. Elle n'ose pas protester et de toute façon elle n'est pas certaine d'en avoir encore la force. Elle prend le bol entre ses mains. Le bouillon n'est pas très bon, mais la chaleur du breuvage lui fait du bien. Le silence s'installe entre eux, seuls les craquements du bois qui brûle et le brouhaha du bas, viennent rompre cette quiétude. Elle sent le visage du guerrier juste au-dessus de son épaule et elle aime ça. Elle se laisse aller davantage contre lui et finit par s'endormir.

20

Il se passe alors une chose très bizarre. Elle n'est plus dans le corps de Mala, mais elle ne se trouve pas non plus dans celui d'Élise.

Un brouillard épais l'empêche de distinguer son environnement. Elle commence à marcher puis courir, sans que rien ne change. Si elle devait décrire le néant, il pourrait ressembler à l'endroit où elle se situe maintenant.

Au bout d'un moment qu'elle n'arrive pas à estimer, elle se retrouve de nouveau devant le feu de la petite chambre. Le tas de bûches a diminué. Ictaen a dû en remettre à brûler. Elle est toujours serrée dans ses bras.

Puis, sans qu'elle sache pourquoi, encore une fois, d'un coup, elle erre dans la brume. Elle appelle, mais le son de sa voix est étouffé, elle a peur. Elle fit ainsi plusieurs allers-retours.

Elle se retrouva de nouveau à son point de départ. Il ne reste que des braises dans le foyer en pierre. Elle et le guerrier sont maintenant couchés sur le sol. L'une de ses mains repose sur son ventre, il ne l'a pas lâché. Elle entend sa respiration lente. Elle aurait aimé le caresser, l'embrasser. Mais elle ne le fait pas, il faut qu'elle prenne ses distances.

Elle se sent mieux, sa tête est moins douloureuse et la fièvre semble avoir baissé. Elle ferme les yeux, elle a peur de se retrouver dans le monde vide, mais elle ne parvient pas à résister à la fatigue.

Elle ouvre les paupières et se redresse sur un coude, son matelas est moelleux, elle a bien chaud sous sa couette et son radio-réveil indique six heures. Par contre, elle n'arrive pas à se rappeler de la date, il faut qu'elle prévoie un calendrier sur sa tête de lit. Elle pourrait barrer les jours, comme ça elle s'y retrouverait plus facilement. Elle décide de se lever, ça ne vaut pas le coup de se rendormir. Elle est en retard sur son linge, elle va profiter d'avoir du temps, pour plier les trois dernières lessives qui traînent dans la corbeille. Nous sommes mardi et elle a déjà hâte que la semaine se finisse.

Sa fille la découvre amorphe dans la cuisine, la tête dans le bol de café, à pianoter sur son téléphone. Elle n'arrête pas d'éternuer. Leurs échanges sont rapides, avant que chacune ne parte vaquer à ses occupations. La jeune femme a promis à Émilie de rechercher un nouveau travail. Elle tente d'écrire des courriers, mais elle a la flemme et un rien la distrait. Finalement, quand l'heure d'aller au boulot arrive, elle n'a pas beaucoup avancé. D'un autre côté, elle ne voit pas très bien quoi mettre pour étoffer sa maigre carrière.

« Actuellement sur un emploi de caissière, mais avec l'ambition de sauver le monde, a survécu à une attaque de Moloc et compte bien apprendre à se battre ». Elle sourit à sa propre blague, dit comme ça, c'est ridicule.

En arrivant au vestiaire, elle croise l'une de ses adorables collègues de la poissonnerie qui a fini sa journée. Elle glousse dans un coin avec une autre fille en la regardant de travers. Élise a légèrement mal à au crâne et n'arrête pas de se moucher. Elle ne se sentait pas assez en forme pour s'y intéresser. La mégère s'approche d'elle avant qu'elle ne quitte la pièce.

– Alors petite cachottière ! Enfin on se doutait bien que t'avais pas eu le poste pour tes compétences. T'aurais pu être franche et nous dire comment tu l'avais eu. Par contre, tu dois pas être un super coup pour finalement te retrouver au rayon poiscaille.

Elle se met à rire bêtement avec son acolyte.

– Je ne comprends pas de quoi tu parles et en plus, je vois bien que c'est une fois de plus pour être désagréable. Alors là, si tu veux, c'est pas le moment, gloussez comme des poules entre vous et laissez-moi en dehors de vos histoires.

Mais qu'est ce qui lui arrive, elle n'en revient pas, elle a enfin osé les envoyer balader !

– Ouais, c'est ça, pas la peine de te cacher, tout le monde le sait maintenant. Et sinon, on aurait deviné, vu comme tu te la pètes, c'est évident en fait.

– Et qu'est-ce qui est si évident, mais qui m'échappe complètement parce que je ne comprends rien à ce que tu racontes ?

– C'est ça, continue si tu veux, mais ton « chéri » a parlé de votre relation à tout le magasin, même Isabelle, une copine à moi a entendu le père Chambion en discuter avec un responsable, t'es grillée ma pauvre fille.

Élise a peur de mal interpréter.

– C'est des conneries ?

– Mais bien sûr t'es fumasse que le bel Olivier ai tout balancé. Alors on se dit pas tout sur l'oreiller les amoureux ?

Elle est furieuse. Mais qu'est-ce qui lui a pris d'inventer un mensonge pareil. Pour l'instant, elle doit aller travailler, mais il ne perd rien pour attendre.

Elle traverse le magasin pour rejoindre son poste. Elle sent les regards sur elle et se rend compte que les gens l'observent. Elle déteste être au centre des attentions, il faut qu'elle reste concentrée sur son boulot.

La matinée n'en finit pas. Il y a peu de clients et comme elle est toute seule ce matin au rayon, elle ne peut pas s'éclipser sans que ça se voie. À midi trente, la deuxième harpie arrive pour prendre le relais le temps du déjeuner. Elle lui sourit, ce qui n'est pas son habitude, mais ses yeux expriment de la haine. Elle doit trouver Olivier et régler cette histoire.

Elle explore la réserve, passe au milieu des étagères en faisant semblant de chercher des articles. Elle veut rester discrète, même si elle pense que c'est fichu. Cette fois-ci, elle a une crève carabinée et se sent fébrile, fatiguée de tourner en rond, elle finit par laisser tomber. Il est trop tard pour dénicher un recoin tranquille pour manger, elle se résigne donc à se rendre dans la salle de repos.

Olivier est là, en pleine rigolade avec trois collègues. Ils se taisent lorsqu'elle rentre. Elle va exprès s'installer sur une autre table et entend le commis-boucher commenter.

– Oh, mon gars, tu vas pouvoir te la mettre sur l'oreille ce soir, la p'tiote a pas l'air jouasse !

Elle ne répond rien et se contente de regarder les trois hommes en secouant la tête de gauche à droite. Ils sont pathétiques, de vrais gamins. Olivier se lève et vient s'asseoir en face d'elle.

– Tu me fais la gueule, pourtant, tu devrais pas, j'ai fait quelque chose pour toi.

Il laisse traîner la fin de sa phrase pour ménager le suspense.

– Je sais ce que tu as raconté. D'ailleurs, j'ai l'impression que le magasin entier le sait. Qu'est-ce qui t'a pris ? Est-ce que je t'ai donné le sentiment que je t'autorisais à colporter des ragots sur mon compte ? Réponds-moi !

Elle a haussé le ton. Elle essaye de se maîtriser, mais elle sent la colère gronder en son for intérieur, un petit animal sauvage qui n'a qu'une obsession : sortir et aller étrangler l'imbécile qui se tient devant elle.

Les autres employés présents dans la pièce se hâtent de ramasser les emballages vides et s'éclipsent rapidement. Élise en est heureuse, elle n'a pas envie d'avoir des spectateurs.

– Qu'est-ce qui t'a pris ?

– Je pensais que ça allait t'aider. J'ai entendu que tes collègues se fichaient de toi, même Chambion une fois. Il disait que tu n'avais pas inventé le fil à couper le beurre.

Sympa, il aurait pu conserver ses informations pour lui, elle encaisse la droite sans broncher.

– Et alors, tu crois que ça va m'être utile de laisser imaginer à tout le monde que je ne dois mon travail qu'à mon cul ? Je me bats pour garder la tête hors de l'eau et toi tu passes et tu marches dessus, voilà ce que tu as fait. Tu t'en fiches, tu vas repartir dans quelques semaines, mais moi je serais toujours là avec une réputation de salope. Je ne veux plus que tu m'adresses la parole. Tu as compris, fous-moi la paix !

Elle jette la fin de son sandwich sur la table et de la mayonnaise gicle partout. Olivier lève les mains, mais ne réussit pas à protéger son t-shirt. Elle s'en moque, qu'il nettoie. Elle quitte la pièce en claquant la porte. Elle va peut-être se faire virer, mais tant pis. Elle retourne à sa place avec quinze minutes d'avance. Le magasin est presque désert, alors elle en profite. Elle se dirige tout droit vers sa collègue et colle son visage à moins de dix centimètres du sien.

– Écoute bien, et transmets à ta copine. J'en ai vraiment marre que vous m'emmerdiez. Je me suis mise aux arts martiaux et je suis particulièrement douée, donc si vous insistez, je vous coincerai dans une petite rue, à un moment ou vous ne vous y attendrez pas et je vous casserai la tête, c'est bien compris ? Donc dorénavant, c'est bonjour/au revoir et encore, vous n'êtes pas obligées et basta. Maintenant, dégagez, toi et ta tronche de Bobfish.

La femme devant elle reste sans voix, les yeux arrondis par la surprise. Élise se rend compte qu'elle a oublié son prénom et ce n'est pas le bon jour pour le lui redemander. Le Moment de stupeur passé, elle s'éloigne en marmonnant et stoppe en croisant le regard mauvais d'Élise. Elle n'aurait sans doute pas dû, mais elle est très fière d'elle et se sent bien mieux.

De retour à la maison, elle avale deux comprimés de paracétamol. Elle a pris sa température, elle a 38,5°. Est-ce que cela peut avoir un rapport avec son état sur la deuxième terre ? Pendant le repas, elle raconte l'épisode avec sa collègue à Émilie, en omettant volontairement de mentionner la rumeur lancée par l'autre crétin. Émilie n'en revient pas.

– C'est quoi un Bobfish ?

– Un immonde poisson, tu iras voir sur internet, c'est vraiment moche.

– Mais qu'est-ce qui t'arrive ? ça te ressemble si peu.

– Ouais, et bien, j'en ai marre de me faire marcher sur les pieds.

– Mais quand même, il faut que je te dise, je te trouve un peu bizarre en ce moment. La gifle, et maintenant le clash avec les filles qui bossent avec toi, tu es possédée ou un truc comme ça ?

– Ma perle, tu m'avais promis qu'on ne parlerait plus de cet incident, je te le répète, je suis vraiment désolée.

– Oui, je sais, je ne te faisais pas de reproches, c'est juste, non, laisse tomber.

Le moment de complicité est passé, l'adolescente part de nouveau hiberner dans sa chambre en boudant. Élise se rend bien compte que leurs rapports se tendent. Elles n'arrivent plus à communiquer. Il faut peut-être qu'elles consultent un psy ensemble. Pas possible ! Il pourrait remarquer quelque chose sur son comportement et elle ne veut pas prendre un tel risque. Elle en parlera à sa mère, elle saura sans doute les conseiller toutes les deux. Elle se dépêche de faire la vaisselle, elle a hâte de retourner voir Ictaen. Elle se pose un moment devant la télévision, en attendant qu'Émilie s'endorme, puis après avoir été vérifier discrètement dans sa chambre, elle s'installe et ferme les yeux.

Elle se réveille dans le grand lit. En se redressant, elle aperçoit les affaires du guerrier sur le plus petit couchage. Elle est enroulée dans la couverture miteuse. Elle regrette de ne plus être dans ses bras.

Elle n'a plus de fièvre, mais le nez bouché. Mince, comment va-t-elle faire pour se moucher ? Elle présume qu'ils n'ont pas de mouchoirs en papier. Il va encore se moquer d'elle si elle demande comment ils font.

Elle est toute seule dans la chambre et entend le vacarme de la rue, mais l'auberge a l'air plus tranquille que la veille au soir. Elle s'habille rapidement et descend dans la grande pièce. Elle ne trouve que la servante naine en train de nettoyer une table en bois, enduite de... vomi ? Elle préfère ne pas demander.

– Bonjour.

– B'jour.

– Vous savez où est mon compagnon ?

– Oui, dans la salle derrière, j'crois qu'il vous attend.

– D'accord, au fait, merci pour hier soir, déjà, pour m'avoir défendu devant le groupe d'hommes et puis après, pour le remède, le feu et tout ça.

– Pour les gars, n'ayez plus de soucis, tout le monde a compris maintenant que vous êtes sous la protection du Montaie, ils ne vont plus vous importuner. En tout cas, vous avez l'air en forme ce matin, les herbes ont été efficaces, vous avez une santé solide. J'ai bien cru que vous alliez clamser.

– Oui, sans doute, je peux vous demander votre nom ?

– Bien sûr, je m'appelle Gorgia.

– Alors bonne journée Gorgia.

– Si vous le dites.

Élise est surprise par sa réponse, mais ne cherche d'explication, sûrement une subtilité qu'elle ne comprend pas.

Elle trouve effectivement Ictaen dans ce qu'ils ont baptisé la salle d'entraînement. Le sol est en terre battue et il y a, disposés un peu partout, des mannequins de paille et de torchis qui les attendent. Le guerrier est torse nu et l'effort fait gonfler ses muscles. Elle pense qu'il ne l'a pas vu et se délecte du tableau. Alors qu'il lui tourne le dos, il pivote rapidement sur ses appuis et lance une hache qui lui frôle le visage et vient se planter sur la paroi en bois juste à côté d'elle.

– Nan, mais ça va pas !

Le guerrier serre les dents et elle remarque que sa mâchoire se crispe.

– Ne commence pas à te plaindre Taïr, j'en ai marre. Tu me dis que tu n'es pas une petite chose fragile, alors ne te comporte pas comme tel. Tu devrais être à l'entraînement depuis le lever du soleil, mais je t'ai laissé dormir. Maintenant, il faut y mettre du tien, sinon je contacte Rhoet pour lui demander de venir s'occuper de toi et moi je retourne sur la route.

– OK, enfin oui, j'ai compris, c'est bon. C'est juste que j'ai été surprise. Je suis là à présent, alors on peut démarrer.

– Déjà, comment te sens-tu, tu es toujours fiévreuse ?

– Non, j'ai le nez bouché, mais c'est tout. Je te remercie pour hier, je vais bien mieux.

– Je te préviens, je ne vais pas te ménager.

– D'accord.

Il commence par lui apprendre des mouvements, dans le vide. Puis, plus tard, il lui fait réaliser la même chose avec des bâtons en bois, encore et encore. Vers midi, ils prennent leur repas : une espèce de bouillie dans laquelle se trouvent apparemment de la viande et des légumes mélangés. C'est mauvais, mais elle a faim. Pendant le déjeuner, la salle est plus calme que le soir. Les hommes avinés ne sont pas arrivés.

Mala s'aperçoit que la présence d'Ictaen provoque le respect chez les autres clients, voire même une certaine crainte.

Une semaine se passa ainsi. Elle rasait les murs au supermarché et encaissait des coups de massue sur le corps à l'entraînement. À la fin, elle était couverte de bleus.

L'ambiance à la maison reste tendue. Elle a envie de renouer avec sa fille. Le jeudi soir pendant le dîner, elle lui fait part d'une idée, qu'elle espère, permettra d'enterrer la hache de guerre.

– Ma perle, j'ai réfléchi. Samedi, j'ai prévu de sortir voir un ami. Comme tu m'as reproché de te prendre pour une gamine, je préfère te dire la vérité. Je te propose que tu restes à la maison et que tu invites Noeline. Je ne vais pas rentrer très tard, on pourrait téléphoner à sa mère pour lui demander si elle est d'accord. Vous passeriez la soirée toutes les deux, à regarder des films ou écouter de la musique. Enfin, si ça te dit.

– Trop génial, merci maman. Je peux appeler maintenant ?

– Par contre, vous ne faites pas trop le chantier, je n'ai pas envie d'avoir des problèmes avec les voisins, je te fais confiance ?

– Oui, on téléphone ?

Après qu'Élise eut l'accord de la mère de son amie, Émilie sauta partout dans l'appartement, pour arranger la déco par ici et ranger le désordre par-là. Elles ne reçoivent pas souvent de visite et elle veut que ça soit parfait. Élise la regarde, elle l'aime et elle se demande parfois si elle ne pourrait pas lui parler de ce qui lui arrive. Mais elle sait que ça serait égoïste, car en fait elle ne ferait que partager son fardeau.

Le vendredi soir, comme maintenant presque tous les jours depuis plus d'un mois, elle repart sur la deuxième terre. Elle est très surprise, il fait nuit. Elle est seule dans la chambre et elle entend le brouhaha de la salle à manger. Elle se sent plus en sécurité, elle décide donc d'aller à la recherche de son compagnon.

Elle descend dans la pièce et l'aperçoit, installé sur une table au fond. Il y a beaucoup de monde, mais elle a l'impression que les gens s'écartent pour la laisser passer, en jetant un coup d'œil rapide au guerrier. Lorsqu'elle arrive, une fille très peu vêtue est assise sur l'un de ses genoux. Quand l'homme voit Mala, il demande à la prostituée de s'en aller.

– File, je crois que la demoiselle n'aime guère votre compagnie.

– Tu n'es pas obligé de la chasser, je me fiche de ce que tu fais de tes soirées. Il est tard ?

– Oui, en effet, j'ai essayé de te réveiller, mais sans succès.

– Désolée, mais ça, je ne le contrôle pas. Tu ne vas pas pouvoir me mettre ça sur le dos. Du coup, tu as fait quoi aujourd'hui ?

– Comme la chambre est payée, j'en ai profité. Plusieurs demoiselles sont venues me rendre visite et je leur ai fait l'amour pendant que tu ronflais à côté.

Mala allait s'emporter quand elle se rend compte que le guerrier lui raconte des salades. Il sourit.

– J'ai été traîné au marché des armes pour trouver celle qui serait la plus adaptée pour toi. La semaine prochaine, on laisse tomber les gourdins et on passe au travail sérieux.

– Oui, enfin, vu comme je suis encore maladroite avec les morceaux de bois, j'aimerais bien ne pas finir empalée ou avec un bras en moins.

Ictaen lève la main et Gorgia apparait comme par magie.

– Tiens, la demoiselle est sortie de sa léthargie ? Qu'est-ce que veut mon client préféré ?

– Apporte un pichet d'alcool de roses et deux verres. La Taïr va goûter de la boisson d'homme ce soir.

La serveuse disparait tout aussi rapidement.

– L'alcool de roses, une boisson d'hommes ? Je suis désolée, mais au nom, j'ai l'impression que c'est plutôt très féminin.

Ictaen sourit à nouveau, décidément, il a l'air de bonne humeur.

– On va vider le broc et on verra ensuite ce que tu en penses.

Mala comprend son erreur dès la première gorgée. Elle manque de s'étouffer.

– Ouah, mais c'est terriblement fort !

– Bois, ça va te détendre et puis tu vas voir, c'est plus facile au troisième verre.

Après tout, elle s'en fiche. Une fois de plus, elle se dit qu'ici elle n'a aucune barrière, pas de contrainte sociale. Et étant donné l'état des clients présents dans la salle, personne ne va la juger. Des bagarres éclatent sans cesse et des armoires à glace statiques dans la pénombre mettent dehors, sans ménagement, les individus les plus violents. Mala observe les gens installés dans la pièce. Certains auraient très bien vu venir de son monde à elle, mais le physique d'autres la laissent perplexe. On se croirait à un rassemblement de fans de film de science-fiction. Ceux qui fabriquent leurs propres costumes et se maquillent d'après leurs personnages fétiches.

– Je suis déjà passé aux bains, si tu souhaites y aller, il faut demander à Gorgia qu'elle t'apporte de l'eau chaude et surtout le faire avant d'attaquer ta troisième rasade, sinon, tu ne seras sans doute plus en état.

– Hmmm.

– Je ne savais pas si je devais t'attendre, tu n'as pas eu l'air d'apprécier l'autre jour.

Elle n'a donc pas rêvé, il cherche à reparler de ce moment.

– Tu voulais que j'apprécie quoi ? Te faire tripoter par deux prostituées ?

Elle a l'impression que le verre qu'elle vient d'avaler commence à lui chauffer le corps. Elle ne boit pas souvent, mais elle connait l'effet que cela a sur elle. Au début, elle se sent légèrement plus à l'aise, mais rapidement elle laisse tomber les barrières et sa langue se délie jusqu'à n'avoir plus de filtre. En général suit un état de désir sexuel très apprécié de ses partenaires, il faut qu'elle ralentisse sur la gnôle.

Comme s'il avait lu dans ses pensées, Ictaen la ressert et lève son godet.

– Allez, Taïr, celui-là, il est à boire comme une guerrière.

Il tape son verre sur la table et l'avale d'une traite. Elle sait qu'elle ne devrait pas rentrer dans son jeu, mais elle est piquée au vif. Elle espère lui montrer qu'elle peut tenir la cadence, elle fait donc la même chose que lui et esquisse une grimace lorsque le breuvage lui enflamme la gorge.

– Et pourquoi tu ne m'as pas rejoint alors, si tu ne voulais pas regarder ?

Il revenait là-dessus, elle ne saisit pas.

– Je ne vois pas pourquoi, vous étiez bien assez non ?

Le guerrier l'observe de ses yeux verts pénétrants et sourit.

– Et puis, pour tout te dire, je ne suis pas très partageuse.

– Pourquoi, je ne comprends pas ?

– Comment t'expliquer, par exemple, si je vais à la taverne et qu'on me propose une belle tranche de viande, je sais que la

246

saveur va me plaire et que les chairs vont être délicates et bien j'ai envie de la manger, moi toute seule.

Ça y est, elle sent que l'alcool l'emmène sur un terrain glissant.

– Et pourquoi, si le morceau est tellement gros qu'il y en aura trop pour toi ? C'est idiot du coup, tu gaspilles la nourriture.

Le guerrier garde les yeux plongés au fond des siens et semble s'amuser. Elle sait qu'il est malin et qu'il a compris la métaphore.

– Non, pas si je suis très attachée à ce mets. Je n'ai pas envie que l'on me le prenne.

– Mais tu confonds tout.

– C'est-à-dire ?

– Laisse tomber la barbaque. Tu confonds « apprécier » et « consommer », les sentiments et le sexe.

– Mais ils sont liés !

– Bien sûr que non, ce sont deux choses différentes. Pour le sexe, il n'y a besoin de rien, à part de deux corps. L'affection, c'est une autre histoire.

– Quelle affection, je te parle d'amour. Une émotion qui ravage tout, qui donne mal au ventre, qui fait qu'on n'a pas envie d'être séparé et qu'on pense tout le temps à celui qui nous est cher, donc, qu'on ne veut pas partager !

Elle s'est levée en haussant la voix, le guerrier lui offre un grand sourire, elle a la tête qui tourne. Évidemment, quelle andouille ! Faire des shots avec un alcool que sa mère n'utiliserait même pas pour mettre dans les bocaux de cornichons, elle s'attendait à quoi. Elle se rassoit et plonge les yeux au fond du verre qu'Ictaen vient à nouveau de remplir.

– Je crois que je ne vais pas aller prendre de bain aujourd'hui.

– En effet, ça ne serait pas une bonne idée, tu risquerais de te noyer dans le bac.

– Ici, il arrive qu'un homme et une femme se lient l'un à l'autre, pour le reste de leurs vies ?

– Oui, évidemment, mais la plupart du temps, ils ont une pratique sexuelle qui n'est pas exclusivement avec leur partenaire, chez toi si ?

Elle ne lui répond pas, elle commence à avoir mal à la tête et une légère nausée. Et elle se sent ridicule. Elle ressent des sentiments envers le guerrier qui ne semblent pas réciproques.

– Je ne sais pas si je viendrai la nuit prochaine. De toute façon, je ne suis pas certaine d'être là au moment de l'entraînement. Et j'ai une soirée de prévue, avec un homme.

Ictaen acquiesce, mais ne la quitte pas des yeux.

– Arrête de me regarder comme ça, tu me mets mal à l'aise.

– Pourquoi ?

– Je ne comprends pas ce que tu veux me dire avec ce regard.

– Je pense que si au contraire.

Un groupe de musique commence à jouer, ce qui lui permet de ne pas répondre. Elle vient d'avaler son quatrième verre et se sent vraiment mal. Il fait chaud et toute la pièce résonne des vibrations générées par les clients qui tapent du pied pour battre la mesure.

– Je capitule, je ne suis pas une grande guerrière, je ne peux plus rien boire et je crois même que j'ai abusé, je ne suis pas très bien, je vais aller me coucher.

Elle se met debout, mais tout le décor commence à tourner, elle accroche le bord de la table pour ne pas chuter. Son compagnon se lève.

– Je vais t'aider.

– Non !

Avant qu'elle ait pu contester, il la prend dans ses bras et la soulève de terre. Il traverse la salle sans cesser de la regarder de ses yeux verts translucides. Elle a envie de s'y noyer. Elle se laisse aller et appuie sa tête contre son épaule. En passant près d'une table, il saisit un genre de saladier en bois qu'il monta avec eux, elle ne comprend pas immédiatement pourquoi.

Arrivé dans la chambre, il la dépose délicatement sur le lit.

– Je crois que j'ai abusé de l'alcool.

– Je pense aussi, garde la gamelle à côté de toi.

– Pour quoi faire ?

– Je ne serais pas surpris que tu vomisses.

– Oh non, la honte !

Elle cache son visage dans la vieille couverture, mais le regrette aussitôt, le mouvement rapide et l'odeur accentuent son malaise.

– Ne t'inquiète pas, ça arrive à tout le monde, même aux plus gaillards d'entre nous. Je vais redescendre pour te laisser te reposer, je ne serai pas loin, dors tranquille.

– Tu ne veux pas rester ? lui dit-elle d'une voix suave.

Il sourit, encore.

– Non. Lorsque je fais l'amour à mes partenaires, je préfère qu'elles s'en souviennent au petit matin.

Mala rougit et s'allonge doucement pour ne pas provoquer de nouveaux haut-le-cœur.

21

Elle se réveille dans son lit le samedi matin, avec la gueule de bois. L'idée que ses actes sur l'une des deux terres ont une incidence sur la deuxième se vérifie.

Elle passe une partie de la journée à ranger l'appartement, à la demande de sa fille qui veut faire bonne impression à son invitée et l'autre à se préparer pour sa sortie. Elle avance au ralenti et abuse de la caféine pour essayer d'améliorer son état.

Elle doit retrouver Bertrand en ville, dans un petit bar un peu à la mode. Elle hésite sur la tenue appropriée, elle ne souhaite pas paraitre trop aguicheuse, mais elle aime mettre en valeur ses formes quand elle en a l'occasion. Pour la première fois, elle demande conseil à sa fille afin de lui donner le sentiment d'être plus impliquée dans sa vie. Elles partagent enfin un moment de complicité plutôt agréable.

Elle est heureuse de revoir son amant. En fin de compte, elle ne sait pas si elle doit le nommer comme ça. Lorsqu'il la rejoint, après une seconde d'hésitation, il lui fait la bise.

Elle passe une très bonne soirée et pourtant elle s'ennuie. Elle ne cesse de penser à Ictaen.

Ils restent un moment au bar et Bertrand propose d'aller ailleurs, ou chez lui, si elle veut.

Mince, elle a oublié de lui dire qu'elle doit rentrer de bonne heure. Elle le laissait entretenir la conversation. En fait, elle ne se rappelle plus ce qu'elle lui avait raconté la première fois qu'ils s'étaient vus. C'est le souci lorsqu'on ment, c'est ensuite difficile de ne pas faire d'impairs.

À priori, elle a dû lui dire qu'elle travaillait dans la communication, ce qui est vraiment vague, donc quand il lui demande de lui parler de son boulot, elle est prise au dépourvu. Elle ne sait pas du tout ce que font les employés qui bossent dans ce milieu.

– En fait, je fais un peu tout et rien, mon poste est atypique. Et toi l'informatique, ça te plait ?

Il lui a expliqué qu'il est dans une boîte qui monte des logiciels pour des entreprises. Elle n'y comprend pas grand-chose, mais il faut qu'elle détourne la conversation. Elle se retrouve rapidement dans des impasses, il veut qu'elle lui parle de son enfance, a-t-elle des sœurs ou des frères ? À onze heures, elle se trouve au bord d'un précipice, elle décide donc que le moment de se séparer est venu.

– Je suis désolée, je ne te l'ai pas dit plus tôt, mais j'ai un repas de famille important demain. Tout le monde sera là, même mes cousins. C'est chez ma grand-mère et elle n'habite pas à côté, j'ai un peu de route. En fait, j'aurais dû y aller dès ce soir, mais je n'avais pas envie de rater notre rendez-vous. Mais du coup, je dois rentrer de bonne heure pour dormir quelques heures avant de partir, j'espère que tu ne m'en veux pas ?

– Tu souhaitais vraiment me revoir alors ?

– Oui.

Bertrand s'avance par-dessus la table et l'embrasse. Elle le laisse faire, mais elle sent que son corps est peu réceptif. Ses pensées la ramènent en permanence au ténébreux guerrier.

– Tu sais, j'ai eu l'impression que ça collait bien entre nous. Je n'osais pas te rappeler après mon accident, déjà, j'étais en convalescence chez ma sœur et entre son mari et ses quatre enfants, je manquais un peu d'intimité et ensuite j'avais peur que tu n'aies pas ressenti la même chose.

– Si, moi aussi j'ai bien aimé notre soirée.

Elle n'a pas le courage de lui dire la vérité, elle se méprise.

Bertrand veut la raccompagner, elle doit insister pour qu'il ne le fasse pas, argumentant qu'elle n'a pas envie qu'il traverse toute la ville. En réalité, elle ne souhaite pas qu'il voie le quartier lugubre dans lequel elle habite.

Elle claque sa porte d'appartement, alors qu'il est à peine minuit. Elle entend les adolescentes ricaner dans la chambre. Elle toque doucement pour leur dire qu'elle est rentrée et elle est d'accord avec sa fille qui lui envoie un « déjà ! »

Elle ne peut pas prendre le risque de se rendre sur la deuxième terre avec Noeline à la maison. D'un autre côté, ça lui fera sans doute du bien de faire une vraie nuit de sommeil. Avec les allers-retours, ça ne lui est pas arrivé depuis plusieurs semaines. Elle se demande même comment elle peut tenir sans ressentir de fatigue. Et d'autre part, elle veut laisser croire à Ictaen qu'elle a une vie nocturne active.

Lorsqu'elle se réveille le lendemain matin, elle se sent déprimée, presque en état de manque.

Les filles se levèrent tard. Élise a prévu de ramener Noeline et elles d'aller ensuite déjeuner chez sa mère qui doit les guetter avec son fameux poulet grillé aux herbes. Elle a le ventre qui gargouille, elle continue d'avoir un appétit démesuré.

Élisabeth est ravie de les voir arriver. Elle remarque la perte de poids de la jeune femme et ne se prive pas d'y faire allusion. Elles passèrent un repas très agréable. Élise attendait avec impatience qu'Émilie aille jouer dans une autre pièce pour discuter avec sa mère, mais évidemment, aujourd'hui elle n'a pas l'air décidée.

– Il fait beau, on pourrait sortir se promener au parc ?

Élisabeth lui apporte une solution.

– Ah, très bonne idée ça, Émilie, tu viens avec nous ?

– Non, merci j'aime pas marcher, je peux rester là ?

Alors que sa grand-mère allait lui forcer la main, Élise lui coupe l'herbe sous le pied.

– Oui regarde la télé si tu veux ma chérie, on va juste faire un petit tour. Allez, maman, on y va toutes les deux.

À peine furent-elles sorties de la maison que la grand-mère de la jeune fille l'interroge.

– Tu n'avais pas envie qu'elle vienne avec nous ?

– Pas vraiment, en fait, j'aimerais discuter avec toi, à son sujet. On se dispute beaucoup en ce moment. Elle t'a appelé cette semaine ?

– Non pourquoi ?

– Vendredi dernier, on a eu une violente altercation. Elle veut de l'argent pour son anniversaire et aller à un concert je ne sais où, avec je ne sais qui. Je lui ai dit qu'elle était trop jeune. Elle m'a fait des reproches, sur notre vie, sur ce qui lui manquait, bref, j'ai commis une terrible erreur et depuis je me suis excusée, mais nos rapports demeurent tendus. Je l'ai giflée.

Élise attend une réaction de la part de sa mère, mais elle reste silencieuse. Après qu'elles eurent traversé la chaussée pour rentrer dans la zone de promenade, elle prend la parole.

– Pendant les vacances, elle m'a touché deux mots au sujet de ce projet, je l'avais prévenue que tu ne serais pas d'accord.

– Tu penses que j'ai tort ?

– Je crois surtout que tu élèves ta fille comme tu l'entends et comme tu le peux. C'est à toi de décider des règles. Pour la baffe, oui, ce n'est pas très glorieux, mais je te connais, je sais que ça n'est jamais arrivé auparavant. Si tu t'es excusée, c'est bien, il ne faut pas donner plus d'importance à cet acte qu'il n'en a. Ta fille change, elle grandit et effectivement, elle n'a peut-être pas tous les gadgets que ses copines ont, mais elle t'a, toi et l'amour que tu lui portes. Ne te rends pas malade pour quelque chose que tu ne peux modifier et que, je suis certaine, tu ne recommenceras pas. Je comprends que financièrement tu fais de ton mieux. J'ai bien quelques économies, mais je préfère les garder si nous avions un vrai coup dur.

– Oui, pas question que tu touches à ton épargne. Je ne te dis pas ça pour ça.

– Je sais bien. Ne t'en fais pas, c'est normal que vous vous disputiez. Je profite que nous sommes toutes les deux, pour te parler de Noël, c'est dans deux mois, mais tu me connais, j'aime bien anticiper. Je réfléchissais : on pourrait peut-être lui faire un cadeau commun. Entre ma retraite et ton salaire qui devrait être plus gros vu que tu as travaillé plus d'heures, on pourrait peut-être lui prendre un portable. Je ne suis pas pour ces engins, mais je suis d'une autre génération. Elle n'arrête pas de parler de ceux de ses copines. Qu'en penses-tu ?

– Il faut que je regarde, non seulement il y a le téléphone, mais également l'abonnement. Je pourrais sans doute pouvoir lui trouver quelque chose avec peu de connexion et du coup moins cher.

– Je te laisse te renseigner alors ?

– Oui, mais tu as raison, c'est une très bonne idée.

– Et ne t'inquiète pas, tu sais entre nous deux aussi, ça n'a pas toujours été facile. C'est l'adolescence, que veux-tu.

Elles discutèrent encore un moment. Élise lui expliqua qu'elle était sortie en soirée la veille, mais qu'elle avait autorisé Émilie à rester avec sa copine à l'appartement.

– Fais attention quand tu es dehors le soir, j'ai de nouveau lu dans le journal qu'une jeune femme avait disparu, c'est tout le temps maintenant.

Oui, ne t'inquiète pas maman.

Elle se dit qu'avec l'apprentissage d'Ictaen, elle est un peu moins démunie qu'auparavant.

À leur retour de promenade, elles firent des jeux de société avec Émilie, avant qu'il soit l'heure de rentrer. Élise se sent soulagée d'avoir discuté avec sa mère. Il faut qu'elle reparle du concert avec sa fille. Elle n'a pas changé d'avis, mais elle veut qu'elle comprenne pourquoi.

Elles dînèrent tôt, même si elles n'avaient pas très faim, enfin Émilie, car Élise, elle, se remet de nouveau à table. Dès que l'adolescente disparait dans sa chambre, elle s'empresse de finir de ranger la cuisine et s'installe ensuite sur son lit. Elle est impatiente.

La pièce est dans la pénombre. Mala se lève et va voir à la

fenêtre. Elle est entrouverte et elle peut admirer le lever du premier des deux soleils. Elle se souvient que celui-ci, le rouge, s'appelle Belgomme. Lorsque seule sa lumière irradie, le paysage devient magique. Elle aspire l'air extérieur à pleins poumons : pas de pollution, mais des relents de nourriture et d'autres choses moins ragoutantes.

Elle se retourne vers l'intérieur de la pièce. Le guerrier dort encore. Le petit lit n'est pas à sa taille et ses jambes ressortent. Il n'a pas pris la peine de se déshabiller. D'ailleurs, elle-même a toujours les mêmes vieux habits puants que la veille. Elle l'observe un moment. Il est vraiment très bel homme, mais elle ne doit pas s'attacher. Après tout, ce n'est pas son monde et un jour ou l'autre, elle ne pourra peut-être plus venir. Ils seront donc séparés à jamais. C'est un peu comme avec le tabac, si l'on ne commence jamais à fumer, c'est plus facile que de devenir accro et devoir s'arrêter. Elle se dirige discrètement vers sa couche. Elle cherche dans le sac de toile, mais il n'y a que des vêtements sales. Il faut qu'elle demande comment faire pour les laver. Tant pis, elle remettra les sales, mais elle a besoin de prendre un bain. Elle ouvre doucement la porte et se faufile dehors. Le bâtiment est silencieux. Elle descend dans la salle à manger, rien n'a encore été nettoyé. Il y a des chaises renversées, du liquide se répand sur certaines tables, ça sent la transpiration et la vinasse.

Il faut qu'elle trouve de l'eau, de quoi la transporter et de quoi la chauffer, ce n'est pas gagné.

Elle va déjà voir au sous-sol. Elle prend l'escalier en bois et se rend compte qu'il y a plusieurs portes dans le couloir. Elle n'a pas fait attention la fois précédente. Elle en ouvrit une, elle est dans la bonne pièce. Elle entend derrière elle une autre glisser sur ses gonds, elle sursaute. Elle se retourne et se retrouve nez à nez avec la servante de petite taille.

– Déjà debout ! Tu es matinale, mademoiselle.

– Bonjour Gorgia, je suis désolée, je t'ai réveillée ?

– Ne t'inquiète pas, les rayons de Belgomme t'ont devancé. Tu cherches quelque chose ?

– Oui, je voudrais me laver, mais je pensais me débrouiller toute seule.

– Et ben toi, t'es pas ordinaire. Je vais m'en occuper. Par contre, si tu es pressée, l'eau risque de ne pas être très chaude.

– Ce n'est pas grave. Pendant que tu es là, j'en profite, comment je fais pour nettoyer mon linge ? Je n'ai plus rien de propre à me mettre.

Gorgia sourit, Mala ne pensait pas qu'elle en était capable, elle a tout le temps le visage si triste.

– Tu vas me filer toutes tes guenilles et celle de l'athlète, je vais tout donner aux lessiveuses, il faudra prévoir des sous.

– Heu pour l'argent, je ne m'y connais pas trop, c'est Ictaen qui gère.

– Argg, les filles de la campagne, oui je verrai avec lui, je sais qu'il a les moyens.

– Ah bon, tu sais ça toi ?

L'employée ne répond rien. Elle est rentrée dans la pièce où se trouvent les baignoires. Elle tire de l'eau avec une pompe, située au fond, dans un grand seau en bois. Mala vient de comprendre d'où arrive la flotte et comment la transporter. Elle transvase ensuite le liquide dans une cuve en cuivre fixée devant la cheminée et recommence jusqu'à ce qu'elle soit pleine. Il ne reste que des braises dans l'âtre. Elle ajoute des bûches et remue les cendres pour faire activer le feu.

– Tu dois attendre un peu. Teste l'eau avec ta main et quand elle est tiède, tu la verses dans le baquet avec le seau et tu en remets à bouillir s'il t'en faut plus. Je vais aller te chercher des habits propres. On a beaucoup de clients qui en laissent. On n'a jamais compris : s'ils repartent nus, même s'ils ont beaucoup bu, ils devraient s'en apercevoir.

Mala reste seule. Le système est ingénieux, mais elle saisit mieux pourquoi on doit « programmer » son bain si on le désire chaud, ça prend du temps. Elle ne veut pas qu'Ictaen l'attende. Elle se sert donc du liquide à peine tiède. Elle en utilise une partie pour se savonner et la fin pour se rincer. Elle frissonne, mais cela lui fait un bien fou, il lui reste même de l'eau pour s'occuper de ses cheveux. Ils sont plus longs que sur l'autre terre et les teintes cuivrées plus vives. Elle a plein de nœuds qu'elle essaye de démêler avec ses doigts. Gorgia lui a laissé un drap propre qui sert de serviette, elle s'emmitoufle dedans en attendant le retour de l'employée. Elle revint quelques minutes après qu'elle eut terminé ses ablutions, les bras chargés.

– Bon, finalement je n'ai pas trouvé beaucoup de vêtements de femme et de toute façon, je ne pense pas qu'une robe soit indiquée pour pratiquer les exercices imposés par ton mentor. Mais j'espère que l'on va dénicher ton bonheur.

Elle aide Mala à s'habiller, surtout que cette dernière ne sait pas si les pièces présentées vont sur les bras, les jambes ou la tête. Elle lui fait mettre une sorte de pantalon et un haut légèrement trop petit pour elle, donc moulant. Elle ajoute un plastron en cuir sur le torse.

– Ça te protégera un peu des coups de bâton de ton sauvageon, tu es couverte d'ecchymoses.

Elle complète la tenue avec un genre de short muni d'une ceinture.

– J'imagine qu'il ne va pas te laisser te battre avec des morceaux de bois toute ta vie, là-dessus tu pourras y fixer des armes avec les lanières qui sont sur les côtés.

Pour terminer la panoplie, elle lui tend des grandes bottes, plutôt confortables et comble du bonheur, à sa pointure, qui montent jusqu'au-dessus du genou.

– Je voudrais attacher mes cheveux, mais je n'ai rien pour le faire.

Gorgia prend l'un des vêtements dont elles ne se sont pas servies et y découpe plusieurs bandelettes.

– Je vais t'aider à faire une natte serrée. Mais bon sang, tu ne les as pas brossés depuis dix ans, ma parole !

Elle repart et revient aussitôt avec un genre de petit peigne certainement en os.

– Je vais parler à ton garde du corps, tu dois avoir un sac de voyage convenable. Je n'ai pas le sou, mais j'ai l'air d'une princesse à côté de toi. Tu as des linges pour tes menstruations ?

– Comment ?

– Lorsque tu saignes, tu as ce qu'il faut ?

– Heu, non, je ne sais pas.

– Comment ça, tu sais pas ? Ça t'arrive de perdre du sang quand même, tu comprends, comme une femme ?

Elle n'a encore jamais pensé à ça, comment font-elles ?

– Oui, bien évidemment, mais je n'ai plus rien, nous avons égaré mon sac lors de notre dernier arrêt, un peu comme tes clients ici.

Il faut qu'elle improvise, sinon la servante risque de trouver ça louche, elle a l'air plutôt perspicace.

– Bon, je vais voir avec lui et t'en faire préparer un nouveau.

Elle lui démêle les cheveux avec énergie et réalise rapidement une tresse complexe.

– J'avais huit sœurs lorsque je vivais encore avec ma famille, donc je suis experte.

Mala s'examine dans le miroir trouble que lui tend la jeune femme et elle est très satisfaite du résultat.

– Je dois me dépêcher, si le guerrier m'attend trop longtemps, ses coups de bâton vont être bien plus appuyés. Merci beaucoup, Gorgia, je me sens beaucoup mieux.

Lorsqu'elle remonte dans la pièce principale de la gargote, les « petites mains » ont déjà nettoyé une grande partie des dégâts. Elle passe à côté de pains fraîchement cuits. Sans être vue, elle en attrape deux en passant. Elle arrive au pas de course dans la salle d'entraînement. Ictaen est en train de faire tournoyer une épée plus courte que celles qu'il utilise d'habitude.

– Ictaen, je t'apporte le petit déjeuner.

Elle lui lance une miche qu'il réceptionne sur la pointe de son arme. Elle l'entend prononcer un vague « merci ».

– Tu as changé de tenue, ça te va bien et c'est plus adapté pour le combat, qui t'a trouvé ça ?

– Gorgia. D'ailleurs, je lui ai demandé de laver nos vêtements et je crois qu'elle va te parler, apparemment il me faut un sac de voyage.

– Voyez-vous ça !

– Oui, avec des choses nécessaires pour les femmes, si tu veux des précisions.

– Mmm, je lui causerai. On va pouvoir s'entraîner un jour, où on passe la matinée à discuter de ta toilette ?

Il exagère, il a l'air de mauvaise humeur. Mala, qui ne souhaite pas aggraver la situation, avale d'une bouchée son déjeuner avant de se remettre au travail.

La semaine s'écoula très vite. La jeune femme alternait entre ses exercices, cette fois avec une lame tranchante et potentiellement mortelle et son boulot au supermarché. Son corps entier la faisait souffrir, elle avait des courbatures partout. Mais cela commençait à payer, elle progressait rapidement, Ictaen était un très bon formateur. Ils ne cessaient de se chamailler, mais c'était plutôt amical.

Au magasin, plus personne ne lui parle. Elle ne sait pas si c'est parce que les gens croient qu'elle est avec Olivier ou s'ils ont appris que c'était faux. Ses deux collègues de la poissonnerie se tiennent maintenant éloignées d'elle et ne se risquent plus aux ricanements. Elle a réussi à leur faire peur. Elle n'aurait pas dû en être fière, mais elle n'arrive pas à s'en vouloir.

Le vendredi matin, enfin elle suppose, les dates sur la deuxième terre restent floues, alors qu'elle est au beau milieu d'un entraînement, Rhoet les surprend en entrant dans la pièce. Elle est contente de le revoir, mais elle aurait aimé demeurer encore un peu seule avec le guerrier.

– Mon ami, je suis heureux de te retrouver !

– Moi aussi Rhoet, vous allez bien ?

– Oui et vous, je constate que la formation avance, c'est bien.

– Elle n'est pas prête, il faudrait plus de temps.

– Je sais, mais nous n'en avons pas, je pense que nous allons prendre la route prochainement. J'ai réussi à acquérir un cheval et sa carriole pour pas trop cher. L'attelage nous attend à la sortie de la cité, avec deux nouveaux compagnons qui viennent rejoindre notre expédition. J'ai hâte de vous les présenter. J'ai encore quelques petites choses à faire en ville. Je repasserai dans deux jours, tenez-vous prêt. Mala, tu es bien silencieuse, notre ami ne t'aurait pas coupé la langue quand même ?

– Non, c'est juste que je commençais à me plaire ici, je vais regretter l'endroit.

– Tu sais, pour notre sécurité, il vaut mieux ne pas trop s'attarder. J'ai déjà entendu parler de toi, une femme qui manie les armes dans le sous-sol d'une taverne, ça éveille la curiosité. Bon, je vous laisse, continuez bien, à bientôt.

Ictaen et son élève reprennent la formation après le départ du vieil homme. Le guerrier ne ménage guère Mala. Il s'est fabriqué un plastron en cuir épais pour qu'elle ne retienne pas ses coups, de crainte de le blesser. Elle est en nage, il est rapide et pare presque toutes ses attaques. Pourtant, elle n'abandonne pas. Sur l'un des exercices, elle se fait surprendre et emportée par son élan, bascule en avant, en entraînant Ictaen avec elle. Ils se retrouvent à terre, lui sur elle. Elle plonge son regard dans celui de son camarade. Le temps est comme suspendu, il ne semble pas pressé de la libérer. Puis sans réfléchir, elle tend le coup et l'embrasse. Il a les lèvres charnues, il recule légèrement la tête pour obliger Mala à se redresser davantage. Elle allait s'arrêter, pensant qu'il n'était pas d'accord, mais alors, il se laisse aller sur elle, pour que leurs bouches viennent se coller. Elle sent sa langue l'effleurer et c'est à ce moment que, bien évidemment, la porte s'ouvre à la volée.

La patronne de l'établissement s'avance, en agrippant Gorgia par le col de sa tunique. Dans un premier temps, Ictaen sourit au burlesque de la situation, avant de se renfrogner en voyant le visage de la tenancière. Cette dernière projette violemment l'employée au sol pendant qu'Ictaen se remet debout.

– Eh, pourquoi vous la maltraitez comme ça ? Mala observe tour à tour le guerrier et son ami et ne comprend pas ce qui se passe.

– Gorgia, raconte tout, sinon je t'assure que je te laisse dans les mains du Montaies et que lui il va te délier la langue.

La petite femme tremble et évite le regard de Mala.

– Je suis désolée, mais on m'a proposé des pièces, bien plus que je n'en gagne ici, je ne pouvais pas refuser.

Le guerrier prend sa voix de baryton.

– Parle, qu'as-tu fait ?

– Des hommes sont venus m'interroger, sur elle. Elle indiqua la direction de Mala avec le menton.

– Je me rendais bien compte qu'elle est un peu bizarre. Au début, je me suis dit que c'était parce que c'était une campagnarde, mais elle cause trop bien et de façon étrange. J'ai croisé en ville, des individus qui posaient des questions sur un ensorceleur accompagné d'une jeune femme. Ils racontent qu'ils sont dangereux, qu'ils pratiquent la magie interdite, que par eux vont venir la misère et la famine, que ce sont des destructeurs de monde. Et ils promettaient de l'argent contre des informations. Alors quand vous êtes arrivés, je l'ai observée. Je n'ai pas aperçu de sorcier, mais elle, elle me paraissait vraiment curieuse. Je suis retournée voir les hommes, je leur ai parlé de vous et ils semblaient très contents de mes indications.

– Gorgia, comment tu as pu faire ça ? Je t'aimais bien, je te considérais presque comme une amie.

Mala n'en revient pas. La patronne prend la parole.

– Ictaen, ils sont sûrement en route, passez par la chambre pour récupérer vos affaires, je vais vous faire sortir de là.

– Mais c'est une impasse, comment allons-nous faire ?

Mala perçoit la tension présente dans la pièce. Elle sait qu'elle n'est pas prête pour se battre, elle ne voit pas comment ils vont en réchapper. Ictaen lui tend la main pour l'aider à se redresser et lui fixe son épée à la taille. En général, c'était lui qui la portait, il ne l'avait encore jamais confiée à la jeune femme.

– Rappelle-toi tout ce que je t'ai appris. N'essaye pas de combattre, juste de te protéger et si nous sommes séparés, tu ne m'attends pas, tu rejoins la sortie de la ville et tu cherches Rhoet, tu as compris ?

Mala hoche la tête, elle a peur et n'arrive pas à se raisonner.

– Allez, on y va !

Avant de partir, il attrape la naine, sans ménagement, l'attache à l'un des mannequins d'entraînement et lui fourre un morceau de tissu dans la bouche.

La gérante passe devant eux et grimpe les escaliers deux par deux. La salle à manger est presque vide, les rares clients lèvent des yeux interrogateurs au passage des fuyards.

Arrivés dans la chambre, ils mettent leurs quelques affaires rapidement dans les sacs. Gorgia avait eu la gentillesse d'en faire livrer un supplémentaire pour Mala. Comme promis, il contenait les effets qui pouvaient être utiles à une femme. La patronne les escorte ensuite vers le fond du couloir. Elle tire une poignée camouflée dans le plafond et un tout petit escalier escamotable descend.

– Vous allez déboucher sur les toits, avant qu'ils ne comprennent où vous êtes passé, normalement vous serez loin. Soyez discrets.

– D'accord, mais toi, que va-t-il t'arriver ?

– Ne t'inquiète pas mon ami, ça va aller. Filez ! Et bonne chance ! Avant que tu partes, dis-moi une chose : ça vaut le coup de mettre ta vie en péril pour elle ? demande-t-elle en désignant Mala.

– Tu me connais bien, tu sais que mes actes sont réfléchis, enfin la plupart. Oui, elle est très importante, pour nous tous, fais-moi confiance.

– Oui, mon frère, toujours.

Ictaen fait monter Mala en premier, lui lance les sacs, prend l'aubergiste dans ses bras pour une dernière accolade. Il rejoint ensuite la jeune femme et referme la trappe derrière lui.

Ils se retrouvent sur un morceau de toit qui formait une plate-forme. L'endroit permet d'être caché des gens qui se trouvent dans la rue.

– Taïr, nous devons rester silencieux. Je vais passer devant, tu mettras tes pas là ou j'ai posé les miens, pas ailleurs. Nous allons monter et nous éloigner en allant d'un bâtiment à l'autre, d'accord ?

– Oui, mais je ne sais pas si je vais y arriver.

– Il le faut, sinon, on est mort et je ne pense pas qu'on nous laisse partir rapidement et sans souffrance, garde ça en tête pour te motiver.

Ils commencent leur périple. Ils doivent contourner la place, pour pouvoir ensuite rejoindre le centre de la ville. Ils entendent des voix fortes… Des disputes ? Elle ne sait pas trop, elle est très concentrée. Elle doit faire attention à ce que les deux sacs qu'elle porte ne la déséquilibrent pas trop. Elle regarde avec précision comment Ictaen avance, où il s'agrippe. Ils ont presque fait le tour de l'esplanade quand les conversations en contrebas se font plus nettes. Le guerrier lui fait signe de se baisser. Une cheminée les cache, mais ils peuvent apercevoir la devanture de l'auberge. Six hommes, habillés en cuir noir, viennent d'éjecter la patronne de l'établissement sur les pavés de la rue. Ils lui crient dessus, mais ils la voient secouer la tête. Puis les coups se mettent à tomber. Ils la frappent au visage, des coups de pied dans le ventre. La femme essaye de se protéger, mais elle ne peut pas tous les esquiver. Mala, effarée, aperçoit un individu sortir un couteau accroché à sa taille, et sans sommations, il lui tranche le cou. Le sang gicle abondamment sur la chaussée. Le corps a quelques convulsions avant de s'immobiliser définitivement. Les hommes rient entre eux puis retournent dans l'auberge. Mala a la nausée et tous ses muscles sont pris de tremblements. Elle tourne son regard vers le guerrier. Ce dernier fixe le parvis, les poings serrés, les os de sa mâchoire sont crispés.

Malgré l'état de choc, elle se rend compte qu'ils ne doivent pas s'arrêter. Il suffirait que l'un des gars ressorte et lève légèrement la tête, et il pourrait les voir.

Elle attrape le biceps d'Ictaen, il ne bouge pas. Elle tire plus fort et il se dégage d'un geste brusque.

– Ictaen, il ne faut pas qu'on reste là, Ictaen, s'il te plaît.

Elle ramasse l'un des sacs qu'elle a posés, se campe tant bien que mal sur ses jambes toujours semi-pliées et reprend le bras de son compagnon, mais plus fermement.

– Allez, on y va.

Le guerrier finit par se remettre en route, sans un regard pour elle. Il s'adresse à elle avec une voix qui la fait frissonner.

– Ne traîne pas, je ne vais pas ralentir pour toi.

Il semble en colère contre elle. Après tout, c'est normal, il vient de perdre une amie et c'est sa faute. Elle n'a pas été assez prudente avec Gorgia. Elle jette un dernier coup d'œil au corps allongé, les passants affolés se dispersent en courant, sans doute de peur de subir le même sort.

Le guerrier se déplace maintenant à vive allure, il saute les obstacles, se faufile entre les parois étroites. Mala est en nage, les soleils sont assez haut dans le ciel, on ne doit pas être loin de midi. Elle peine à tenir le rythme, mais ne veut pas se plaindre, elle se sent coupable. Ses muscles se tétanisent et elle a l'impression que les lanières des sacs lui cisaillent la chair. Ils ont mis de la distance entre eux et la placette, mais Ictaen ne ralentit pas. Elle le voit soudain disparaitre, il a sauté sur un pan de toit plus bas. Mala se jette à son tour, mais elle se réceptionne mal et le poids de son paquetage l'emporte. Elle perd l'équilibre et commence de glisser vers le bord. Le Montaïe, très réactif, a le temps de tendre le bras et de la rattraper. Il la hisse sur le promontoire stable sur lequel il se trouve.

La jeune femme se tient à quatre pattes, elle a le souffle coupé. Et soudain, elle vomit. Entre l'effort qu'elle vient de fournir et la scène dont elle a été témoin, son estomac proteste. Ictaen demeure silencieux.

Elle se retourne et s'assoit sur le petit coin encore propre qui reste. Elle se prend la tête dans les mains et se met à verser des larmes.

Le guerrier a l'air surpris.

– Ça va, pourquoi pleures-tu ?

La jeune femme n'arrive même pas à répondre. Il passe son bras sur ses épaules et la serre contre lui. Quand elle commence à se calmer, il repose sa question.

– Pourquoi pleures-tu, Taïr ?

– Elle est morte à cause de moi, ton amie, c'est ma faute.

– Non, c'est la mienne, je n'aurais pas dû te laisser seule. J'aurais dû être plus méfiant et attentif aux personnes qui nous entouraient. C'est à cause de moi.

– Je me sens responsable quand même. Elle désirait nous rendre service et voilà où ça l'a menée.

– Mala, tous les gens qui vont vouloir te venir en aide, Rhoet, moi, nous risquons tous notre existence, mais nous l'acceptons. C'était une femme intelligente, elle a compris qu'en nous accueillant dans son commerce elle mettait sa vie en péril. Lorsque je l'ai connu sur les routes, avec son groupe, ils pillaient

268

les voyageurs les plus fortunés. Elle a rencontré bien des dangers. Tu ne dois pas te croire responsable, elle faisait ses propres choix.

– Et toi, tu m'en veux ?

Elle remonte ses yeux bleu océan sur le guerrier.

– Non et je ne pense pas que je le pourrais, même si je le souhaitais. Arrête de me regarder de cette façon, Taïr.

– Comment je te regarde ?

– Tu sais très bien. C'est bien ça le problème : tu me déconcentres, ça n'est pas possible.

– Qu'est-ce qui n'est pas possible ?

– Suffit ! On parlera de ça plus tard, il faut que l'on continue, on doit encore laisser de la distance entre eux et nous.

Ils traversèrent la moitié de la ville sur les toits et descendirent alors qu'ils étaient proches d'une des portes en pierre qui délimitait l'entrée. Une fois sur le sol, il sortit une robe colorée de l'un des sacs.

– Mets ça, par-dessus tes autres vêtements. Ils cherchent une guerrière. Dénoue aussi tes cheveux.

Il fit de même et enfila une tunique, camouflant ainsi son corps athlétique et les armes qu'il transportait.

– Nous allons nous déplacer lentement, comme si l'on flânait et je vais te prendre la main, pour donner l'impression que nous sommes un couple. J'espère que cela sera suffisant. Je te répète les consignes, si on est attaqué, fuis !

– Ictaen, je vais te dire oui pour te faire plaisir, mais je crois que je n'arriverais pas à te laisser derrière moi. Je ne veux pas qu'il y ait d'autres morts à cause de moi.

L'homme lui attrape le bras sans rien ajouter et l'entraîne dans la foule qui erre devant les étals de marchandise. Elle essaye d'avoir l'air détendue, mais reste aux aguets. Ils avancent doucement, elle aperçoit la porte. Le guerrier maintient fermement sa main dans la sienne, mais pour la rassurer ou par réflexe, il lui caresse le dos du poignet avec son pouce. C'est un geste qu'elle trouve en décalage pour un gars si brut et une situation si dangereuse. Mais dans d'autres circonstances, elle aurait pu apprécier leur balade.

– Ictaen, tu as déjà tué beaucoup de personnes ?

Elle le voit contracter la mâchoire.

– Je ne crois pas que ça soit le moment idéal pour avoir cette conversation. Et je n'aime guère parler de ça. Si cela peut te rassurer, j'essaye toujours de l'éviter.

Elle se presse contre lui, afin de lui faire comprendre que si il veut un jour aborder le sujet, elle sera là.

En arrivant à la hauteur des gardes postés de chaque côté de l'arche, il la prend par les épaules pour la resserrer davantage sur lui. Il garde un grand sourire sur les lèvres pour compléter le personnage qu'il a décidé de jouer. Ils s'éloignent ensuite encore d'une vingtaine de pas, et au détour du chemin, ils débouchent à l'entrée d'un petit bois.

– Nous allons continuer, il faut que je déniche un endroit pour te laisser seule et aller chercher Rhoet.

– Comment ça, me laisser seule ? Je veux venir avec toi.

– Non, je serais plus rapide. Cette cité à cinq portes d'entrée et Rhoet n'a pas eu le temps de nous dire où il avait installé sa carriole. J'espère juste qu'il n'est pas retourné à l'auberge. Je dois vite le trouver, tu comprends ? Je vais donc devoir faire le tour extérieur de la ville en courant. Je vais te mettre à l'abri et tu garderas nos affaires. Fais-moi confiance et arrête de discuter mes décisions.

– D'accord, on va faire comme tu veux, c'est simplement que j'ai peur. Et si tu n'es pas revenu et que je dois repartir sur ma terre, on fait comment ?

– Je vais m'arranger pour être là. Allez, viens, on avance encore.

Il plisse des yeux et change de trajectoire. Ils ressortent de la forêt. Au milieu d'un pré se trouve un cabanon en pierres.

– C'est parfait. C'est un refuge pour berger, à cette saison, personne ne s'en sert. Tu as juste une toute petite fenêtre à l'intérieur. Tu vas te poster devant, si tu vois arriver quelqu'un, dégaines ta lame et rappelles toi mes enseignements.

Il la laisse rentrer et dépose les sacs. Il lui répète rapidement les consignes d'attaques qu'il lui a apprises, au cas où une personne se présenterait à l'entrée.

– Ictaen ?

– Oui ?

– S'il te plaît, fait vite, j'ai vraiment la trouille.

– Trouille ? Tu as mal au ventre ou quelque chose comme ça ?

– Non, trouille, peur, quoi.

Ils se quittent sur ce quiproquo qui leur redonne brièvement le sourire.

Mala resta des heures à attendre. Elle avait la migraine à force de scruter le chemin par le petit interstice. Elle gardait la main agrippée à la poignée de son épée. Elle voyait régulièrement des paysans passer non loin d'elle sur la route, mais ils ne faisaient pas attention au refuge, d'ordinaire vide à cette époque.

Et si le guerrier ne revenait pas avant qu'elle reparte chez elle, ça serait vraiment la merde. Au bout d'un moment, alors que les soleils commencent à descendre sur l'horizon, elle aperçoit une personne seule arriver au loin, pas de doute, c'est Ictaen. Elle attend qu'il soit suffisamment proche et qu'elle soit certaine de son identité pour sortir.

– Tu as trouvé Rhoet ?

– Oui.

Il semble de nouveau de mauvaise humeur.

– Quelque chose ne va pas ?

– Non, rien. Nous avons deux nouveaux compagnons.

– Et c'est ça qui te contrarie ? Il y a un problème ?

– Laisse tomber Taïr, il faut qu'on les rejoigne avant qu'il fasse nuit.

Ils marchèrent d'un bon pas. Mala était épuisée par cette journée.

– Tu ne m'as pas dit, comment s'appelait ton amie, la tenancière de l'auberge ?

– Elle se nommait Arcus.

– Et tu la connaissais depuis longtemps ?

– Oui, après mon exil, j'étais un peu perdu. J'avais toujours vécu avec ma communauté, alors me retrouver seul à arpenter le monde, ce n'était pas simple pour moi. J'étais très en colère et je le montrais facilement aux gens que je rencontrais. Quand j'ai croisé le chemin d'Arcus pour la première fois, je me suis battu contre elle, pour trois faisans et un chevreuil, dont je revendiquais la mort et la possession. La bataille a été rude, l'un de nous aurait dû périr, mais nous étions épuisés et le manque de nourriture m'avait affaibli. Elle prit le dessus et décida que nous devions nous arrêter là et partager le butin. Nous avons finalement festoyé au coin du feu ensemble. Elle dirigeait un petit groupe d'hommes qui arpentait les routes, à la recherche de richesses et de quoi manger. Je suis resté avec eux pendant deux saisons. Elle m'a retapé et je me sentais prêt à continuer mon propre chemin. Plus tard, j'ai appris qu'elle avait été arrêtée. À sa sortie de prison, elle s'était entichée d'un vieux bonhomme. Je pense qu'elle l'a fait pour l'or qu'il possédait. Il est mort quelques années après leur union officielle et avec l'argent, elle a acheté son commerce. Elle voulait y finir ses jours, mais elle ne savait pas que la fin serait si proche.

Mala n'ose pas parler, elle continue de se sentir coupable et elle perçoit la tristesse dans la voix de son compagnon.

Tandis que la luminosité baisse, Ictaen lui fait quitter la route et l'amène dans un bois attenant. Ils débouchent enfin dans une clairière. Rhoet et deux autres personnes préparent le feu et sans doute le repas. Tous s'arrêtent lorsqu'ils les voient arriver. Le sorcier s'avance vers elle.

– Mala, comment vas-tu ? Ictaen m'a raconté brièvement votre aventure avant de repartir.

– Ça va, juste….

Elle laisse sa phrase en suspens, elle n'a pas envie d'en parler.

– Viens, je vais te présenter nos nouveaux amis.

Ictaen a disparu de son côté, il a de nouveau l'air contrarié, mais elle ne comprend pas pourquoi.

– Elyne et Keran, voici Mala Et Tro El Aarie.

La femme s'incline devant elle, ce qui la met mal à l'aise. Et l'homme lui expose un magnifique sourire et baissant légèrement la tête.

– Mala, tu restes encore un moment, ou sens-tu qu'il est temps pour toi de repartir ?

– Je préfère rentrer maintenant, la journée a été longue.

Elle cherche Ictaen des yeux, mais il a disparu dans la forêt. Est-elle responsable de son changement d'humeur ? Elle aurait voulu discuter avec lui avant de s'en aller, mais elle ne le voit plus. Rhoet semble comprendre ce qu'elle souhaite.

– Ne t'inquiète pas, je dirais à notre ami que tu n'as pas pu attendre ton retour. Installe-toi ici, nous allons veiller à tour de rôle, maintenant que nous sommes quatre, cela va être plus facile.

Mala s'étend sur une couverture, devant le feu. Elle sent leurs nouveaux compagnons la surveiller du coin de l'œil. Ils espèrent peut-être la voir disparaitre dans un halo de fumée rouge, ils vont être déçus, c'est beaucoup moins impressionnant que ça.

22

Elle se redresse sur un coude et est surprise de lire six heures trente sur son radio-réveil. Ce samedi, elle travaille. Sa mère vient chez elle pour permettre à Émilie de dormir plus longtemps. Elle a ses propres clés, leur organisation est rodée. Elle file sous la douche.

La scène avec la patronne de l'auberge lui revient en mémoire. Elle a la nausée. Elle se demande aussi ce qui est advenu de Gorgia, a-t-elle subi le même sort ? Et les autres employés ? Ont-ils été des dommages collatéraux ? Elle espère que non, de toute façon, elle ne le saura sans doute pas. Elle n'a jamais été confrontée à la violence. Maintenant, elle songe à Ictaen et Rhoet. Pourvu qu'ils ne rencontrent pas de nouveaux problèmes à cause d'elle.

La journée passa très vite. Alors qu'elle allait partir, Olivier la rattrapa dans le rayon des vins et spiritueux.

– Salut, on peut discuter cinq minutes ?

– J'allais m'en aller, dépêche-toi, on m'attend.

– J'avais pas envie de te créer d'embrouilles, c'était pour t'aider.

– C'est raté.

– Et je voulais aussi te dire, je pense que je vais arrêter, ça me gave de venir ici, je me fais chier. Tant pis si ça déplaît à mon vieux, je m'en fous. Donc j'espère que tu vas pouvoir avoir ton poste et si je ne te revois pas, j'étais content de te connaitre.

Elle s'évertue à ne pas montrer sa satisfaction, enfin une chouette nouvelle !

– OK, bonne continuation.

Elle allait partir quand il la retient par le bras.

– Oui et je voulais aussi te dire. Quand j'ai raconté qu'on était ensemble, c'est un peu parce qu'en fait j'aimerais bien sortir avec toi, tu es canon et sympa. Alors maintenant que je ne vais plus bosser ici, je me dis qu'on pourrait peut-être aller boire un coup, ce soir ?

Non, mais il ne lâchait jamais l'affaire ! Elle lui avait balancé un sandwich à la mayo à la tronche, mais il n'avait apparemment pas compris.

– Olivier, je t'arrête tout de suite, j'ai quelqu'un. Je ne te connais pas suffisamment pour te raconter ma vie, mais en fait je suis avec lui depuis un moment et c'est vraiment sérieux entre nous, je suis folle de lui, nous avons des projets.

Elle n'en est pas à un petit mensonge de plus et puis celui-là lui permet juste d'éconduire en douceur un attachement naissant, rien de bien grave.

– OK, j'insiste pas, mais si tu changes d'avis, je peux te donner mon numéro ?

La lourdeur, celui-là, ça devient un peu gênant.

– Non, je t'assure Olivier, trouve-toi une fille sympa et oublie-moi. Salut !

Elle réussit enfin à s'éloigner. Elle sent qu'il la regarde, espérant peut-être qu'elle revienne se jeter dans ses bras. Il fait partie de ces gens qui n'ont pas l'habitude d'essuyer des « non ».

Elle se change en réfléchissant. Pas la peine d'aller voir le père

Chambion aujourd'hui, le samedi, lorsqu'il est là, il ne reçoit pas le personnel. Elle viendra plus tôt mardi, lundi elle est en repos, pour lui demander un rendez-vous. Elle ne veut pas attendre pour lui reparler du poste à la papèterie. Elle espère qu'il ne l'a pas promis à quelqu'un d'autre.

Sa voiture est dans le parking souterrain, réservé aux employés. C'est une partie plus distante de l'entrée, qui n'a pas subi de réfection lors de la dernière phase de travaux. Le sol est plus abîmé qu'ailleurs, certains néons ne fonctionnent plus et les câbles pour les caméras de surveillance n'ont pas été tirés jusque-là. Ça arrange ceux qui se garent là, ils savent qu'à partir du moment où cette partie sera restaurée, elle sera destinée à la clientèle et ils devront stationner sur les places encore plus loin.

Elle est dans ses pensées, elle a hâte de revoir Ictaen. Ils n'ont pas eu l'occasion de parler de leur baiser. Elle ne veut pas paraitre insensible à la mort de son amie, elle en est d'ailleurs toujours bouleversée, mais elle espère trouver un moment pour discuter quand même de ça avec lui.

Olivier, camouflé dans l'ombre, sort au moment où elle s'approche de sa voiture. Mais qu'est-ce qu'il fabrique ici, celui-là ? Jusqu'à maintenant, elle le considérait juste comme un fils à papa, trop gâté, un peu gamin. Mais ce qu'elle croit apercevoir dans ses yeux l'effraie. Elle s'est trompée.

– Olivier, je ne t'avais pas vu, tu m'as fait peur.

Il ne répond rien, il a le visage fermé et un rictus nerveux lui relève le coin de la bouche. Il parait en colère. Elle commence à flipper. Elle est seule dans un sous-sol mal éclairé, sans personne pour l'entendre.

– Élise, je crois que tu n'as pas compris, je t'ai dans la peau, j'ai envie de toi en permanence.

– Écoute, là je dois rejoindre ma mère qui m'attend, je dois me dépêcher. Si tu veux, donne-moi ton numéro et je t'appelle ce week-end, OK ?

Il faut qu'elle trouve une solution pour retourner à son véhicule et pouvoir s'y enfermer, elle tente de gagner du temps.

Il se rapproche d'elle et lui saisit le bras.

– J'en peux plus, j'ai trop envie que tu sois à moi.

Sans lui laisser l'occasion de répondre, il l'appuie sans ménagement contre une voiture et l'embrasse. Il sent le tabac froid et l'alcool. Elle essaye de le repousser, mais il se colle davantage à elle, en frottant son bas ventre contre le sien. Elle panique et n'arrive plus à réfléchir. Il s'efforce maintenant de glisser sa main dans son jean, mais elle porte une ceinture qui lui serre la taille. Alors qu'il tente de la défaire, elle se concentre et se remémore les entraînements avec Ictaen. Il lui a expliqué que, contre un adversaire plus fort que soi, il ne faut pas être en opposition, mais se servir de sa puissance et la retourner contre lui. Elle arrête de résister. Olivier pense sans doute qu'il a son accord et il relâche la prise qu'il maintenait toujours sur son bras, afin d'utiliser ses deux mains pour essayer de lui retirer son pantalon. Elle profite de ce moment. Elle se revoit à l'auberge, dans la salle d'entraînement, écoutant les consignes du guerrier. Elle ferme les yeux et se concentre, elle n'aura pas de deuxième chance. Elle bascule sur un côté, de telle façon que ça soit Olivier qui se retrouve le dos contre la voiture. Elle l'a saisi par sa taille de jean, ce qui lui a laissé croire qu'elle a également envie qu'ils aillent plus loin. Il remonte ses mains pour lui attraper le visage, elle profite de cet instant et recule assez pour pouvoir lui balancer violemment son genou dans les parties intimes.

Ictaen lui a appris à s'écarter assez pour porter un coup d'épée dans le cœur, ou le foie, ou sur la base du cou, mais en l'absence d'arme tranchante, elle fait avec les moyens du bord.

Olivier git au sol, gémissant, en se tenant replié, les mains sur son sexe. Il doit comprendre la leçon. Sans qu'elle l'eût prémédité, avant de partir, elle lui administre un coup de pied cette fois-ci, dans le ventre. Elle est furieuse, elle lui crie dessus toutes les insultes que son cerveau est capable de lui souffler.

– Écoute-moi bien, non, c'est non ! Tu as vraiment un problème, il faut te faire soigner ! Je te préviens que je ne suis pas le genre de fille à me taire. Je vais aller voir la police, tu n'as plus intérêt à m'approcher, sale con !

En quelques enjambées, elle est devant sa voiture. Elle laisse tomber ses clés par terre. Elle les ramasse très vite, ses mains tremblent en les glissant dans la serrure. Elle réussit enfin à monter et enclenche la fermeture centralisée des portes. Elle sort en trombe du garage. S'il y avait eu un piéton, inévitablement, elle l'aurait chargé sur le capot.

Cinq minutes plus tard, certaine que la distance entre elle et l'autre cinglé est suffisante, elle s'arrête sur le parking d'une station essence, très fréquentée et se met à pleurer à chaudes larmes.

Comment a-t-elle pu se tromper sur ce mec ? Il avait l'air gentil, elle le trouvait même immature, il a bien caché son jeu.

Elle essaye de réfléchir, est-ce qu'elle doit aller porter plainte ?

Il a fait croire à tout le monde qu'ils sortaient ensemble. Des employés pourraient attester de leur dispute dans la salle de repos. Elle ne s'est confiée à personne, donc pas de témoin pour affirmer que ça n'était qu'une invention d'Olivier. Elle se rend compte de l'impasse dans laquelle il l'a placée, ça serait sa parole contre la sienne. Et elle est même sûre que Mr Chambion serait de son côté à lui. Elle est furieuse et terrorisée. Elle frappe violemment son volant, les joues inondées de larmes, en criant sa rage.

Une femme d'un certain âge qui fait son plein, l'observe avec insistance.

Elle remet le moteur en marche, sa décision est prise, elle ne va rien dire, elle ne veut pas attirer l'attention sur elle. Et en plus, elle risque de ne pas obtenir le poste qu'elle convoite et de tout perdre.

Le soir même, elle commande une bombe anti-agression sur internet. Elle se demande pendant quelques minutes, si elle ne va pas essayer de trouver une arme, mais elle sait que dans son monde, si elle tue quelqu'un, c'est elle qui va avoir les plus gros problèmes.

Elle va prendre des précautions : ne plus se garer dans des endroits paumés et surveiller ses arrières, en espérant que cela sera suffisant. Il faut vraiment qu'elle se fasse des amis, qu'elle arrête de s'isoler. Elle se sent si démunie.

Elle ne parle pas de l'agression à sa mère et à sa fille. Elle sait qu'elles auraient été leurs réactions et elle ne veut pas les inquiéter. Et puis, elle trouve ça tellement humiliant de se retrouver dans cette situation. Elle se demande si elle a pu encourager l'attitude d'Olivier. Si elle réfléchit, elle est persuadée que non, que depuis le début elle a été claire, mais c'est plus fort qu'elle, elle se pose mille questions et remet son propre comportement en cause.

Lorsqu'elle rejoint sa famille, elle explique son retard par une erreur de caisse. Mais, fort heureusement, elle a trouvé les deux euros trente qui lui manquaient.

Sa mère resta pour manger et elles firent un jeu de société avant son départ. Élise fournissait un gros effort pour se concentrer et plaçait sur le dos de sa journée fatigante, chaque étourderie qu'elle faisait.

Puis Élisabeth annonce qu'il est l'heure de « se rentrer », c'est son expression. Émilie s'éclipse ensuite rapidement dans sa chambre : la troisième saison de sa série préférée débute et elle ne veut pas la rater et pouvoir en discuter le lendemain avec ses copines.

Élise est épuisée et nerveuse. Il faut qu'elle se repose, elle décide d'avaler un somnifère. Elle a affirmé à sa mère qu'elle avait tout jeté, mais elle garde des comprimés dissimulés dans ses affaires au cas où. Et ce soir, elle sent que c'est le moment de s'en servir. Dix minutes après ingestion, elle a les paupières lourdes. Elle ferme les yeux et s'endort d'un coup.

Elle se lève le dimanche matin, frustrée de ne pas avoir rendu visite à ses amis de l'autre monde. Bizarrement, elle éprouve plus de fatigue que lorsqu'elle entame sa deuxième « vie ».

Elle se sent déprimée, seule. Elle n'a même pas le courage de cuisiner. Elle sort du congélateur l'un des plats que sa mère lui a préparés le mois dernier.

Émilie a passé une partie de la journée cloîtrée dans sa

chambre, pendant qu'Élise fait des recherches sur internet pour trouver son téléphone pour Noël.

Elle a consulté son compte bancaire et a été ravie de voir qu'il se porte mieux ce mois-ci. Encore un effort et elle pourra lui acheter un mobile sympa avec une connexion abordable.

Ensuite, elle allume la télévision et zappe sur toutes les chaînes sans dénicher de programme assez captivant pour qu'elle arrête de ruminer. Elle ne cesse d'avoir des flashs de son agression et sursaute au moindre claquement de porte. Elle a été victime de plusieurs crises de larmes, qu'elle a étouffées dans des coussins pour ne pas que sa fille ne l'entende pas. Elle compte les heures jusqu'au soir, elle a hâte de retrouver ceux qu'elle considère maintenant comme ses amis.

Une fois qu'elle a vérifié qu'Émilie dort, elle s'installe comme à son habitude dans son lit. Elle ferme les yeux et se focalise sur sa respiration. Elle réalise l'exercice plusieurs fois. À chaque fois qu'elle rouvre les paupières, elle est toujours au même endroit, les mains croisées, dans son appartement. Elle s'énerve. Pourquoi ça ne marche pas, qu'est ce qui se passe ? Est-ce à cause de ce qui lui est arrivé, parce qu'elle est contrariée ?

Elle se relève et se prépare une infusion pour tenter de faire redescendre l'exaspération qu'elle ressent à chaque nouvel essai avorté. Pendant une partie de la nuit, elle s'efforça de rejoindre la deuxième terre, sans succès. Elle finit par s'endormir vers quatre heures du matin. Elle eut un sommeil très agité.

Le lundi, après le départ de sa fille pour le collège, comme elle ne travaille pas, elle se dit qu'il faut qu'elle oxygène son corps pour tâcher de diminuer le stress qui ne la quitte pas. Elle va à la boulangerie à pied et fait un grand détour pour prendre l'air. Rapidement, elle se rend compte qu'elle n'est pas sereine. Elle lance des regards dans tous les sens pour voir si Olivier n'est pas caché dans un buisson à l'épier. Elle termine sa balade en courant presque, avec de nouveau l'envie de pleurer.

De retour chez elle, elle se fait un petit déjeuner composé d'œufs brouillés, de jambon et de fromage. Son corps est peut-être affamé et c'est pour cette raison qu'il refuse de laisser partir son « Mauaris » comme dit Rhoet. Dans la matinée, elle refait plusieurs tentatives, sans succès.

Elle s'interroge, son agression a-t-elle détruit quelque chose, un lien invisible ? Ou à l'inverse, son esprit a compris que la deuxième terre n'est qu'un mirage ?

Lorsque Élise rentre de l'école, elle trouve sa mère apathique, les yeux rougis, en boule dans le canapé.

– Maman ? Ça va ? Qu'est-ce que tu as ?

– Rien ma perle, ne te fait pas de soucis, j'ai dû attraper froid et j'ai un petit coup de mou, ça arrive.

– Tu veux que j'appelle mamie Zabeth ?

– Non, on ne va pas l'inquiéter pour si peu, ça va passer, je suis sûre que ça ira mieux demain.

– C'est toi qui vois, mais si je m'aperçois que ça s'aggrave, que tu fais comme l'autre jour et que je ne peux pas à te réveiller, je te préviens, elle m'a conseillé de téléphoner directement aux pompiers et c'est ce que je ferais.

– Ne te stresse pas, je te le répète, je sens bien que ce n'est qu'un rhume.

– Mhm, si tu le dis.

Émilie aide sa mère à préparer le souper qu'elles prennent sur la petite table du salon en regardant la télévision. Elle a réussi à convaincre l'adolescente qu'il s'agit d'un état grippal et qu'elle ne doit pas passer la soirée à la veiller, qu'elle sera retapée après une bonne nuit de sommeil.

Elle attend une heure pour être certaine que sa fille dort et elle s'installe de nouveau dans son lit. Elle a une boule au ventre. Et si elle ne peut plus jamais retourner voir Ictaen et Rhoet? Qu'adviendra-t-il des mondes? Et pourquoi ça ne fonctionne plus? Elle n'a jamais parlé de cette éventualité avec Rhoet. Les questionnements se bousculent dans sa tête quand elle ouvre les yeux.

Elle ne s'est pas aperçue qu'elle a fermé les paupières. Elle est sur des couvertures qui puent le cheval et le sol sous elle cahote doucement. Elle entend des voix qui discutent entre elles. L'endroit où elle se trouve sent le bois et les épices. Elle se rappelle : la roulotte ! Elle se relève rapidement et se dirige à genoux, pour ne pas perdre l'équilibre, vers l'arrière de l'embarcation.

Lorsqu'elle sort la tête au travers des pans de tissus, Rhoet s'adresse à la personne qui mène le convoi.

– Keran, arrête-toi s'il te plaît, notre amie est de retour.

– Rhoet, j'ai eu un souci, je n'arrivais pas à revenir. J'avais beau faire ce que vous m'aviez appris, ça ne marchait pas.

Elle ne prit même pas la peine de saluer ses camarades. Elle souhaitait les alerter sur la gravité de la situation.

Le sorcier, sentant la panique dans sa voix, se fit rassurant.

– Mala ne t'inquiètes pas, si cela avait duré un jour de plus, j'aurais pris contact avec toi, en pratiquant une incantation, comme au début de notre rencontre.

– Dans vos livres, vous avez déjà lu quelque chose sur ce phénomène ? Vous savez si c'est arrivé auparavant et pourquoi ?

– Non, je n'ai aucune information à ce sujet. Mais ne te fais pas de soucis, je ne crois pas que cela soit grave, tu es peut-être juste fatiguée. Nous avions prévu de nous arrêter bientôt, les soleils sont hauts dans le ciel. Il faut que l'on mange et qu'on reprenne de l'eau. Notre attelage nous permet de transporter plus de bagages, j'ai effectué le plein d'herbes en tout genre. Je vais en profiter pour préparer la décoction que tu as déjà bue, celle qui facilite le passage entre nos mondes, au cas où.

Mala est descendue de la remorque et progresse à côté du magicien, la femme qui les a rejoints se tient de l'autre côté. Ictaen ferme la marche, il n'a rien dit et semble dans ses pensées. Au bout d'un moment, ils s'arrêtèrent dans un petit pré, au bord d'un ruisseau qui dévalait d'une montagne proche. Ils percevaient le bruit de la cascade depuis leur campement.

– Nous allons rester ici aujourd'hui. Tu n'es pas venue depuis trois jours entiers, il faut que tu reprennes tes entraînements avec le guerrier et je souhaite que tu fasses plus ample connaissance avec nos nouveaux compagnons.

Mala entend Ictaen grommeler, mais elle ne comprend pas quel sujet mérite son irritation.

23

Elle a envie de raconter son agression à Ictaen, mais il se tient à l'écart et de toute façon, ça n'aurait rien changé. Elle aide à décharger leurs affaires de la roulotte quand il arrive en lui tendant son épée.

– Mala, on va s'y mettre.

Il ne l'a pas appelé « Taïr », elle est déçue. Est-ce qu'il est comme ça à cause de leur baiser ?

Ils ont fait une pause pour déjeuner puis reprennent l'entraînement, son mentor est avare de mot. Quant à elle, elle essaye de mémoriser chaque consigne et d'être la plus appliquée possible, ça pourra peut-être lui servir dans son autre vie. Elle lui a d'ailleurs demandé des conseils pour se battre à mains nues, au cas où elle n'aurait pas son arme disponible, il n'a pas relevé et lui a montré plusieurs enchaînements.

À la fin de l'après-midi, il décide qu'ils ont assez travaillé et sans l'attendre, il part au ruisseau pour se décrasser. Bon, le message est clair : visiblement, il ne veut plus de sa compagnie. Elle est tellement déçue. Mais elle doit se reprendre, elle n'est pas là pour ça. Elle rejoint donc ses nouveaux compagnons qui discutent.

– Mala, je répondais aux questions que nos amis se posent à ton sujet. Viens t'asseoir à côté de nous.

Elyne est une jeune femme très fluette. Elle a les cheveux

coupés très courts et des bijoux dans la peau, un dans la joue, plusieurs dans les lobes de l'oreille et un sur un sourcil. Finalement, le piercing est intemporel. Elle a les yeux noir profond, qui contrastent avec son épiderme si clair qu'il laisse entrevoir son système veineux dessous. Elle porte une grande robe en tissu rayé, sombre et par-dessus, un genre de cape munie d'une capuche. Elle ne semble pas avoir d'arme, juste un couteau à la taille, avec lequel elle l'a vu sculpter des morceaux de bois.

Keran est beau comme un dieu grec. Il a les cheveux longs jusqu'aux épaules, blonds. Il les a coiffés serrés dans un petit chignon. La plupart des hommes, qu'elle a croisés arborent la barbe. C'est compréhensible, il n'est sûrement pas facile de trouver de quoi se raser de près tous les matins. Il semble lui aussi musclé, mais plus fin que le guerrier. Fait très étrange dans ce monde, il affiche en permanence un sourire. Alors que tous, sur cette terre, ont l'air tristes ou apeurés, il dénote avec le reste de la population qu'elle a rencontrée jusqu'à présent. Par contre, il y avait quelque chose qui la dérange avec son visage et notamment ses yeux. C'est comme si, chaque fois qu'elle clignait des paupières, quelque chose changeait. Elle finit par le fixer, c'est sans doute impoli chez elle, mais tout est si différent ici. Et puis il faut qu'elle essaye de savoir ce qui ne va pas. Il ne baisse pas le regard, au contraire. Et alors qu'elle le scrute, ses iris virent au violet, c'est très surprenant.

– Comment fais-tu ça ? Cette teinte est très étrange.

– Je viens de te dévoiler la vraie couleur de mes yeux. Le reste du temps, elle est camouflée, mais je remarque que tu es très douée pour voir ce qui est dissimulé. Rhoet ne t'a sans doute pas encore parlé, je suis un métamorphe.

– Attends, je vais t'expliquer tout de suite : mon monde ne ressemble en rien au vôtre et il y a plein de choses que je ne comprends pas. Donc on récapitule, parce que chez moi, le nom « métamorphe » s'applique aux gens qui pourraient se transformer en animal, par exemple, comme des loups-garous, mais ce ne sont que des légendes, des histoires que l'on se raconte, enfin, je crois.

– Eh bien, pour nous, le mot signifie la même chose, mais « lougarou », ça je ne sais pas ce que ça veut dire. J'ai la capacité de modifier mon corps. Je peux prendre l'aspect d'une bête, d'un gabarit identique au mien. Je ne pourrais pas me changer en souris. Mais je peux aussi copier celle d'autres humains.

Et pendant qu'il lui parle, il se métamorphose en Ictaen.

– Ou celle – là…

Apparait devant elle le sosie du guerrier. Ce dernier revient d'ailleurs, tout ruisselant de sa baignade. Apercevant la scène, il dégaine l'une de ses épées, lâche ses affaires à terre et se jette sur Keran. Il y a une bousculade, Rhoet crie et Elyne… et bien, elle ne voit plus la jeune femme qui se tenait pourtant à côté d'elle l'instant d'avant.

Les deux combattants roulent l'un sur l'autre pendant que le sorcier saisit son bâton à deux mains en psalmodiant. Mala a l'impression que le temps ralentit, les adversaires sont comme en lévitation. Les runes sur la canne du vieillard tournoient et scintillent. Puis le mage se tait et les deux hommes retombent lourdement sur le sol.

– Ictaen, relève-toi et viens avec moi, nous devons parler.

Keran a repris son apparence et les regarde partir sans dire un mot.

– Pourquoi le guerrier a réagi si violemment, c'était une plaisanterie, non ?

Le métamorphe hausse les épaules, mais n'apporte pas de précision à la jeune femme. Quant à Elyne, elle est toujours assise, à l'endroit où Mala l'avait vu avant l'altercation.

– Je ne comprends pas, tu étais passée où ?

La fille ne répond rien.

– Je t'ai cherché, mais tu n'étais pas là, je ne suis pas aveugle tout de même !

Keran prend la parole.

– C'est une ombre.

– Une ombre ? D'accord, un nouveau nom à retenir et donc, ça veut dire quoi ?

– Elle se fond dans son environnement.

– Que je comprenne, elle devient invisible ?

– Pas tout à fait, si tu t'étais concentrée, tu aurais pu apercevoir vaguement ses contours.

– Et pourquoi ce n'est pas elle qui me répond ? ajoute-t-elle en regardant la jeune femme. Elle est muette ?

– Elle n'aime pas beaucoup parler.

Mala ne dit plus rien. Rhoet et Ictaen reviennent, elle veut entendre l'explication du Montaïe, s'il en a une. Sans un mot, il se présente devant le métamorphe en lui tendant la main. Il s'exécute clairement à contrecœur, le sorcier est sans doute à l'origine de ce signe de paix. Keran accepte le salut et plonge ses yeux dans celui du guerrier. L'échange est bref. Ils ont vraiment l'air de ne pas s'apprécier ces deux-là, Mala sent que la suite du voyage va être compliquée. Elle profite que chacun retourne à ses tâches pour aller à son tour faire un brin de toilette. Elle a compris qu'elle doit saisir l'occasion quand elle se présente.

L'eau est fraîche, mais une fois immergée, ça va. Le paysage est encore une fois magnifique. De grosses fougères poussent tout autour de la mare qui s'est formée en bas de la chute de la cascade. Elle peut se mettre debout dessous et ainsi, comme dans une douche, se frotter sous les jets qui lui tombent sur les épaules. Au travers du rideau liquide, elle aperçoit une silhouette. Elle a le temps de voir Ictaen lui tourner le dos et repartir, elle soupire. C'était clair, elle éprouve quelque chose pour lui. Elle ne sait pas si c'était de l'attirance, ou davantage, mais il n'a pas l'air de ressentir la même chose. Ou alors, il est plus raisonnable et concentré sur la mission qui les occupe tous. D'ailleurs, elle veut demander à Rhoet qu'elle est leur prochaine destination, elle à hâte de découvrir de nouveaux lieux. Elle ne se pose plus de questions sur la légitimité de cette vie. Si vraiment c'est elle qui crée ce monde et bien tant mieux, car c'est un réconfort face à tous les ennuis qu'elle rencontre dans son quotidien. Si elle n'avait pas eu sa mère et sa fille, elle aurait aimé rester ici en permanence, réel ou pas. Elle ne s'y sent pas seule et elle a maintenant des amis qui n'hésitent pas à se mettre en danger pour la protéger. Finalement, la vie est plus simple, bien plus primaire certes, mais du coup, elle a l'impression que les gens qu'elle croise sont plus sincères. Même pour Gorgia, elle comprend ses motivations. Elle avait besoin d'argent, de nourriture, sa trahison se justifie. Elle repense ensuite à Olivier et frémit. Pour lui, elle n'explique pas l'attitude. Sa famille est riche, il est populaire, il peut avoir ce qu'il désire, qui il veut. Pourquoi la forcer alors qu'elle lui a clairement dit qu'elle n'en avait pas envie ? À part une pulsion malsaine, elle ne trouve pas.

De retour au campement, elle partage le repas avec le groupe avant de les quitter. Ictaen est là, mais il reste dans son coin. Demain, elle prendra son courage à deux mains et ira lui parler, ça ne peut pas continuer ainsi.

Elle débute sa journée au supermarché, elle en profite pour faire le tour des boutiques. Elle est toujours à la recherche du modèle idéal pour sa fille, au meilleur coût. Lorsqu'elle arrive à la caisse centrale pour récupérer ses affaires et rejoindre son siège, la responsable présente lui indique que Mr Chambion veut la voir, de préférence avant qu'elle ne commence. Elle est excitée, il va probablement lui reparler du poste dans le rayon papèterie. Elle essaye de ne pas trop sourire, ça aurait donné l'impression qu'elle est trop sûre d'elle. Elle frappe à la porte de son bureau.

– Ma petite Élise, je vous attendais, installez-vous ?

Toujours les yeux qui traînent sur sa poitrine, quel vieux cochon ! Il pourrait sans doute fraterniser avec ce connard d'Olivier.

– Bonjour Mr Chambion, merci.

Elle va le laisser entrer en matière, après tout, c'est lui qui a lancé l'invitation.

– Bon, je n'ai pas beaucoup de temps, Noël approche à grands pas et j'ai pas mal de travail. Donc, je voulais vous voir parce que j'ai entendu parler de vous.

Il est pénible de ne pas terminer ses phrases, attendant que son interlocuteur les complète. Élise sourit.

– En bien, j'espère !

– Eh bien, justement, non.

Son sourire disparait, qu'est-ce qu'il raconte.

– Je ne comprends pas, mes caisses sont toujours exactes et je maîtrise maintenant tous les aspects du rayon poissonnerie, qu'est-ce que vous me reprocher ?

– J'ai appris que vous aviez eu une relation avec le neveu du grand patron.

– Non, en fait…

– Ne me coupez pas Élise !

Le père Chambion a le visage écarlate, il a l'attitude d'un professeur d'école qui remonte les bretelles à l'un de ses élèves.

– Donc, je disais que je sais tout. Votre idylle, puis, comment, une fois qu'il y a mis un terme, vous l'avez poursuivi de vos avances. Le jeune homme, très ému, en a même raconté bien plus. Comme par exemple, que vous preniez vos repas dans la réserve et que vous en profitiez pour vous servir dans les stocks. Il a également relaté qu'un jour, alors qu'il était à son poste, vous l'avez appelé pour le draguer. Vous aviez devant vous une cliente et pourtant vous avez fait étalage de votre vie privée. Il était mal à l'aise, mais n'a pas osé vous contrarier parce que vous aviez de l'ancienneté dans la maison. Son oncle, très surpris que de telles pratiques soient possibles sans que je mette en place des mesures pour y remédier, est très mécontent. Nous évoquons là des faits de harcèlement sexuel, Élise, des actes punissables par la loi !

Et voilà, une fois de plus, elle a fait le mauvais choix en n'allant pas porter plainte. Si elle y va maintenant, on dirait sûrement qu'elle le fait pour se protéger et l'on croira à des allégations. Si elle avait parlé immédiatement, sa version aurait paru moins suspecte. Et l'autre fumier, se prendre pour la victime alors qu'il a tenté d'abuser d'elle, c'est le comble. Elle reste sans voix.

– Je ne vous cache pas que Mr le directeur voulait vous voir à la porte. Mais, je sais que vous ne songiez certainement pas à mal. J'ai défendu votre cause en expliquant que vous n'étiez pas bien maligne, mais que c'est sans doute sans aucune arrière-pensée. Vous êtes jolie, et peut-être ne comprenez-vous pas la complexité de la situation, une simple caissière et un jeune homme dont la position sociale est plutôt confortable. Bref, après une longue conversation, nous avons convenu de nous contenter d'un blâme. Il sera notifié dans votre dossier, je vais faire envoyer le document à votre domicile, avec accusé de réception. De plus, comme sanction, vous n'aurez pas le poste en temps plein. Mais, quand même, parce que je suis quelqu'un dont la bonté est indéniable, vous allez pouvoir cumuler un peu d'heures supplémentaires sur la poissonnerie. Peut-être un peu moins qu'aujourd'hui, car nous allons remettre une troisième personne. Mais vous pourrez remplacer les employés en vacances. Vous aurez moins de possibilités pour vos propres congés, mais on ne peut pas tout avoir dans la vie, n'est-ce pas ?

Élise sent qu'elle transpire, sa veste de travail lui colle à la peau. Elle aurait aimé hurler, dire que c'est une terrible injustice. En plus, il lui expliquait nettement qu'il la prenait pour une gourde. C'est elle la victime et elle se retrouve rabaissée et humiliée. Elle retient ses larmes et il doit s'en rendre compte.

– Bon, écoutez, pour l'instant, vous allez vous tenir à carreau.

Quand il y aura besoin de personnel, pour des heures supplémentaires, les dimanches, propose-vous systématiquement. À force d'efforts, vous pourrez sans doute faire oublier cette affaire et vous verrez, peut-être dans six mois, ou un an, vous arriverez à accéder à ce contrat. En attendant, je compte sur vous. Avez-vous quelque chose à ajouter ?

« La messe était dite » c'est une expression que ça mère utilise souvent. Ça signifie qu'il n'y a plus rien à faire. Elle secoue la tête en signe de négation, incapable de parler.

Elle passa sa journée de travail, en pilote automatique. Elle aperçut plusieurs fois le père Chambion, sur la coursive supérieure, qui l'observait. Elle ne devait pas craquer. Elle avait maintenant interdiction d'aller prendre ses repas dans la réserve, c'était soit la salle de convivialité, soit dehors. Il pleuvait, mais elle préféra aller marcher sous l'averse plutôt que de rencontrer les regards accusateurs de ses collègues. Elle sait que son responsable est incapable de garder une histoire pareille pour lui tout seul. Il ne va pas manquer de la raconter, en s'octroyant le rôle du héros au passage.

Lorsqu'elle franchit la porte de son appartement, Émilie est déjà rentrée, en train de faire ses devoirs dans sa chambre. Elle en profite pour s'éclipser dans la salle de bain. Elle a les yeux gonflés d'avoir pleuré pendant tout le trajet.

Au moment de se coucher, elle aurait voulu fermer les paupières et s'endormir, pour une fois. Mais elle a peur que, de nouveau, elle ne puisse plus retourner sur la deuxième terre. Et puis, elle désire plus que tout, fuir ce quotidien qui s'assombrit de jour en jour.

24

Tout le monde se repose autour du feu, sauf Ictaen qui monte la garde. Il fait toujours nuit, mais le ciel commence à s'éclaircir à l'horizon, à l'endroit où les soleils ne tarderont pas à apparaitre. Les autres vont sûrement bientôt s'éveiller. Elle s'assoit à côté du guerrier qui garde ses yeux verts fixés dans l'obscurité. Elle chuchote, elle espère que leurs compagnons dorment encore un peu, afin qu'elle puisse lui parler de ce qu'elle a sur le cœur.

– Tout va bien, tu as l'air inquiet ?

– Non, je suis juste vigilant, nous sommes à découvert.

– Ictaen, tu vas sans doute me trouver puérile, je ne crois pas qu'ici vous accordiez beaucoup d'importance aux rapports entre les gens, mais j'ai besoin de savoir. Tu m'en veux, j'ai fait quelque chose de mal ?

Le guerrier la regarde au fond des yeux, elle en frémit, c'est indéniable, il ne la laisse pas insensible.

– Non, pourquoi demandes-tu ça ?

– Eh bien, depuis quelques jours, tu es différent. Je sens que notre relation s'est tendue. Tu vois, j'ai l'impression que dans votre monde, l'amitié, ou l'empathie ou je ne sais quels sentiments, eh bien, ne sont pas très importants. Vous poursuivez votre route et tant pis pour le reste.

– Non, tu te trompes.

– D'accord, alors pour aller au bout de ce que je veux dire,

295

depuis le décès de l'aubergiste, tu es plus distant. Penses-tu que j'ai ma part de responsabilité ou est-ce à cause de notre dernier entraînement dans la salle de la taverne et de ce qui s'est passé ?

– C'est-à-dire ?

– Je t'ai embrassé.

– Ah bon.

Il sourit, amusé.

– Ictaen, j'ai des problèmes dans mon monde, je ne vais pas te raconter maintenant, c'est compliqué. Mais j'ai besoin de savoir si ici, j'ai des gens qui m'apprécient et pour qui je compte un peu, tu comprends, quelque chose de plus que juste mon utilité à l'exécution d'une prophétie quelconque.

– Oui, je vois, mais que veux-tu que je te dise ?

– Est-ce que tu es en colère parce que je t'ai embrassé ?

– Non, je crois me rappeler que j'ai fait la même chose en retour.

– Et pourquoi ?

– J'en avais très envie.

– Et alors quoi ?

– Je ne saisis pas, qu'attends-tu que je te dise d'autre.

– Nous deux ?

– Il n'y a pas de nous deux, Taïr. Tu es là pour nous sauver tous et moi je dois te garder en vie pour que ça arrive. Après chacun de tes départs, tu peux ne jamais revenir, nous laisser une enveloppe vide qui finira sans doute par retourner à la terre.

– D'accord, ça a le mérite d'être clair, j'ai demandé et bien voilà, j'ai ma réponse.

– J'ai l'impression que tu ne comprends pas ce que je t'explique.

– Oh si, très bien.

Elle a les yeux qui brûlent, elle en a marre d'avoir sans cesse envie de pleurer, la vie est douloureuse, là-bas comme ici. Elle commence de se lever pour s'éloigner quand il pose sa main sur son genou pour la retenir.

– Taïr, je n'ai pas déclaré que tu ne comptais pas pour moi. Je dis juste que je ne sais pas combien de temps nous allons pouvoir profiter des moments que nous partageons. J'aime quand tu es là et ta façon de voir le monde. Parfois, tu es étrange, mais j'essaye de comprendre. Et pour répondre à ta question, je commence à t'apprécier pour ce que tu es.

– Alors pourquoi tu as changé ? C'est le décès de ton amie ?

– Je suis triste qu'elle soit morte, mais nous sommes habitués à perdre les personnes à qui l'on est attaché. La vie que moi et mes proches menons n'est pas idéale pour nous permettre de devenir des vieillards. Il faut continuer d'avancer quand un événement tragique se produit. En fait, je suis contrarié. J'ai un désaccord avec Rhoet.

– À quel sujet ?

– Sur la composition de notre groupe.

– Par rapport à Keran ? Tu n'as pas l'air de l'aimer beaucoup ?

– Tu dois comprendre ce qui nous oppose, ce n'est pas une petite querelle entre nous. Les Montaies et les Métamorphes se détestent depuis des décennies. Pour nous, s'accaparer l'aspect de quelqu'un d'autre est le signe d'un grand manque de respect. Lorsque je l'ai vu prendre mon apparence, je suis devenu fou. Quant au peuple de l'Ombre, elles ont toutes la réputation d'être fourbes. Rhoet a omis volontairement de me donner des détails sur les personnes qui allaient rejoindre notre expédition. J'avais confiance en lui et il m'a déçu. Bien plus encore, maintenant je me méfie de lui et me demande s'il a pu me mentir sur autre chose.

Mala l'écoute avec attention et commence du coup à se poser des questions. Et si Rhoet n'était pas l'homme qu'il prétend être. Elle n'a aucun moyen de le savoir, mais il faut qu'elle soit moins crédule sur cette terre que sur l'autre.

– Ictaen, je te remercie de m'avoir parlé, je me sens mieux. Tu as raison, j'ignore combien de temps je vais passer avec vous, mais j'espère que ça va durer, j'aime être ici. Et je suis heureuse que tu sois à mes côtés, à veiller sur moi. S'il te plaît, ne me laisse pas.

Le guerrier, ses yeux rivés aux siens, commence à rapprocher ses lèvres des siennes quand il recule brusquement.

Elle voit, au coin de son champ de vision, qu'Elyne s'étire. Elle espère qu'elle n'a pas entendu leur conversation, en tout cas, rien ne le permet de le croire. Après avoir passé plusieurs minutes à s'étendre comme un félin, elle fait un signe de tête dans leur direction et se lève. Puis elle ramasse les outres d'eau vides posées au sol et s'éloigne, sans doute pour les remplir dans le ruisseau proche. Mala comprend la méfiance du guerrier et a décidé de la partager, en attendant de faire davantage connaissance avec leurs acolytes.

Le groupe progressa toute la matinée, avant de s'arrêter dans un village. Le Montaïe a prévenu ses compagnons, il s'agit du bourg natal de la servante de l'auberge.

– Taïr, si quelqu'un te pose des questions sur Chardam, la ville dont nous venons, élude-les. La famille de Gorgia va sûrement essayer d'avoir de ses nouvelles.

– Ça n'est pas un peu risqué du coup d'y passer ?

– Non, tu sais, les informations circulent très mal et lentement. S'ils apprennent un jour ce qui est arrivé, nous serons déjà très loin d'ici. Et il n'est pas étrange qu'on ne la connaisse pas, la cité est suffisamment grande.

Les villageois sont tous de petite taille et les habitations adaptées, elle a l'impression d'être une géante. Ils sont très accueillants et affables. Elle repense à la jeune femme naine et malgré sa trahison, elle espère qu'elle va bien et qu'elle n'a pas subi le même sort que sa patronne. Effectivement, les parents de son ancienne amie ont posé une ou deux questions. Mais rapidement convaincus par leurs réponses et persuadés qu'ils ne l'ont jamais rencontré, ils retournent à leurs besognes quotidiennes.

Le guerrier dénicha une carrière de pierre, à la sortie du bourg, idéale pour l'entraînement.

– Je trouve que tu as fait de réels progrès. Tu es concentrée et tu t'appliques pour exécuter les mouvements, c'est très bien.

– Ictaen, maintenant que nous sommes seuls, il faut que je te raconte, j'ai eu un souci sur ma terre. Un homme, avec qui je travaille, a essayé d'abuser de moi. Il a voulu se servir de mon corps sans mon consentement.

– Oui, j'ai compris, pas besoin de m'expliquer comme à un enfant. L'acte dont tu m'as accusé lors de tes premières visites ?

La jeune femme grimace en signe d'excuse et continue son récit.

– Il m'attendait dans le noir. J'ai pu m'en sortir grâce à tes conseils et un bon coup de genou dans les parties.

– Tu aurais dû le tuer.

– Je ne porte pas d'armes dans mon monde, c'est interdit. Et nous n'avons pas le droit de régler nos comptes nous-mêmes.

– Mais si c'est lui qui t'a agressé, tu n'aurais fait que te défendre.

– Oui, mais ce n'est pas possible quand même. Lorsque nous avons des ennuis de ce genre, nous avons des lois et des juges pour les appliquer. Les personnes reconnues coupables vont en prison.

– Et bien, va voir tes notables, pour que la justice soit respectée.

– C'est sa parole contre la mienne. Nous étions seuls, et il a commencé à raconter des mensonges. Il dit que je lui ai fait des avances et qu'il a refusé mais que j'ai insisté et que je ne voulais pas le lâcher. Des gens le croient et je n'ai pas de preuve pour étayer ma version.

– Vous n'avez pas le droit de vous défendre ? Ton monde est vraiment étrange. Je vais réfléchir à ta situation.

– Merci, du coup on peut revoir le corps à corps ?

– Mala, tu es en danger là-bas ?

– Non, pas vraiment, enfin, je ne pense pas qu'il sache où j'habite, mais je préfère rester méfiante, comme toi avec les nouveaux.

Ictaen la regarde en souriant. Elle se sent si bien quand il l'observe de cette façon.

Après avoir passé tout l'après-midi à s'exercer, ils rangèrent leur matériel avant de regagner le camp. Les autres ont allumé un feu et Keran y fait cuire un animal qui s'apparente à un lapin. Mala a faim et elle entend son ventre se manifester. La viande nécessite encore plusieurs minutes de rôtissage. Elle décide donc d'en profiter pour aller voir leur cheval.

Lorsqu'elle était en primaire, sa classe avait séjourné une journée à la ferme. Elle trouvait que les yeux des équidés transmettaient une certaine intelligence. Et puis, enfin, une bête identique à son monde ! Quelle ne fut pas sa surprise ! Certes, les deux terres utilisent le même terme, mais la similitude s'arrête là. Le spécimen qui se tient devant elle a de grandes oreilles tombantes, un museau carré dont deux dents sortent de la mâchoire du bas et de tous petits bois, comme sur un chevreuil, lui encadrent le crâne.

– Mais qu'est-ce que c'est que ça ! Non, mais alors, c'est le pompon ! Quel est votre problème avec les bestioles ? Elles ont toutes des têtes vraiment trop bizarres.

L'ensemble de ses camarades semblent amusés par son étonnement. L'ambiance parait se détendre un peu. Elle a l'intention de tout faire pour que ça s'arrange, tout en restant aux aguets comme elle se l'est promis.

Keran les appelle lorsque le repas est prêt. Ils s'installent tous devant le foyer. Elyne a mélangé des herbes et des légumes pour faire un genre de salade, ça s'accorde très bien avec la viande.

Pour ça, il n'y a pas matière à critiquer, la présence des deux nouveaux compagnons améliore grandement la qualité des menus.

– Elyne, je peux te poser des questions ? Sur toi et ce que tu peux faire ? Ta… comment vous dites, capacité ?

En réponse, elle se contente de la fixer. Ses yeux sont tellement noirs qu'on a l'impression que sa pupille est dilatée au maximum. Elle tourne son regard vers Rhoet et c'est ce dernier qui s'exprime à sa place.

– Mala, Elyne parle très peu, comme tous les membres de son clan, les Asantes. Elles estiment que le langage corporel remplace aisément les mots. C'est une communauté formée uniquement de femmes. Il y a bien quelques hommes, mais ils vivent à l'orée du village et ils ne sont là que pour leur permettre de procréer. Elles ne donnent naissance qu'à des filles.

– Mais alors, d'où viennent-ils ?

– Ils appartiennent à d'autres tribus de la région. Ils sont très nombreux à désirer être choisis. Ils savent que leur existence auprès des Asantes sera paisible et oisive. Elles ont, par ailleurs, la réputation d'être très « aimantes ».

– Le sorcier veut dire qu'elles apprécient le sexe et elles sont renommées pour être des expertes dans ce domaine.

Le guerrier ne peut pas s'empêcher de la faire rougir dès qu'il en a l'occasion. Mais la jeune femme est contente de voir qu'il participe à la conversation cette fois. Le vieil homme, imperturbable, continue son explication.

– Elles ont la capacité de se fondre dans le paysage, à des degrés différents. Alors que certaines ne peuvent que devenir légèrement translucides, d'autres comme Elyne, ont la possibilité de quasiment disparaitre si elles le souhaitent.

– Je ne veux pas être désobligeante avec nos nouveaux camarades, mais Rhoet, vous m'avez dit que notre voyage devait être discret. Augmenter la taille de notre groupe ne risque pas d'attirer davantage l'attention ?

– Non, je ne crois pas. D'autant plus que d'après ce que Ictaen m'a raconté, nous avons plusieurs hommes qui nous recherchent, cela conforte donc mon choix.

– Vous pouvez me dire ce qu'il est prévu pour la suite de notre expédition ?

– Bien sûr, ce n'est pas un secret et nous devons installer un climat de confiance entre nous.

Au moment où il dit cela, personne ne manque de remarquer le coup d'œil qu'il jette à Ictaen.

– Nous allons, d'ici un jour ou deux, atteindre le bourg d'Enderimasse. Nous, nous réapprovisionnerons, mais uniquement en prenant ce qui est indispensable, nous voyons le fond de notre bourse. Puis nous continuerons et nous traverserons les bois d'Auliataure. Il faudra rester sur tes gardes, ils sont occupés par de nombreux animaux sauvages.

– Alors, pourquoi passer par cet endroit ?

– Pour cette raison. La plupart des voyageurs évitent cette forêt. Des bandits se sont donc installés aux alentours. Ils détroussent ceux qui parcourent ce qu'ils considèrent être leur territoire. Nous n'avons pas de temps à gaspiller en bagarres inutiles. Ensuite, nous déboucherons dans la plaine, avant de rejoindre, enfin, les ruines de Menuires. Le lieu où je souhaite découvrir le manuscrit qui nous apportera une partie des réponses que nous attendons et peut-être des précisions sur ce que tu dois accomplir. J'espère que nous n'allons pas être retardés, je crains que la fin de notre monde se rapproche plus rapidement que je le pensais. Lorsque nous étions à Chardam, j'ai discuté avec un homme. Il appartient à un groupe d'individus qui effectue des recherches en lien avec la nature et les solutions que l'on peut y trouver en matière de médecine ou d'architecture par exemple. Il m'a avoué être très inquiet au sujet d'informations qui lui sont parvenues de différentes régions. Dans le Nord, un volcan depuis longtemps éteint se serait remis à cracher des torrents de lave. Les anciens affirment qu'ils n'ont jamais vu ça, plusieurs bourgades ont été rasées. C'est arrivé apparemment si vite, que seuls quelques survivants, travaillant dans les champs les plus éloignés à ce moment, ont pu témoigner. Dans le même temps, des voyageurs, en provenance d'un village côtier de la « Mer de Sérénité », racontent que des tornades puissantes ont emporté des troupeaux entiers dans les airs. Les cadavres des animaux ont été retrouvés à des lieues. Cette contrée est pourtant réputée pour la douceur de son climat. L'érudit affirme que la nature semble bouleversée et que ses manifestations sont plus extrêmes que toutes celles jamais relatées dans les livres en sa possession. Je crois aussi qu'il peut s'agir là d'un signe d'alerte dont on doit tenir compte. Mala, dans ton monde, as-tu connaissance de perturbations de ce genre ?

– Vous plaisantez ? Tout le temps ! Réchauffement climatique, sécheresse, fonte des glaces, déforestation, disparition de la faune et de la flore et j'en oublie !

Keran prend la parole et pour une fois, il n'a pas le sourire. Elle a un don pour mettre de l'ambiance !

– Mais, c'est horrible ! Rhoet, il est peut-être trop tard !

– Non, mais je vous rassure, ou pas d'ailleurs, nous savons d'où cela provient chez nous.

– Ah bon et quelle en est la cause ?

– L'humanité ! Nous sommes très nombreux et nous avons développé une technologie ultra avancée. Du coup, nous consommons beaucoup plus que la terre ne peut fournir de ressources. Et ça s'aggrave d'année en année. Nous avons bien sûr conscience de ce phénomène, mais pour inverser la tendance, il faudrait sans doute que l'on renonce à notre mode de vie et que l'on régule les naissances. Mais aucune population n'est prête à faire de tels sacrifices. On essaye de trouver des solutions, mais il y a encore du boulot.

Elle voit son auditoire perplexe.

– Oui, enfin expliqué comme ça, je comprends vos têtes. C'est une situation si complexe que j'ai du mal à vous la résumer en quelques phrases.

– Et si tu te trompais, si la dégradation de ton monde avait un lien avec le sorcier sombre ?

Rhoet vient de prendre la parole et il semble réfléchir à voix haute.

– Si d'une façon ou d'une autre, il était la cause de ces cataclysmes. Tu m'as affirmé que sur ta terre, vous ne pratiquez pas les sciences occultes, vous pourriez ne pas voir ce qui vous parait improbable ?

– Mm, je ne sais pas, moi je n'ai pas été suffisamment à l'école. Mais nous avons des chercheurs, des individus qui ont fait de longues études et tout un tas de gens très intelligents qui utilisent des machines complexes. Je me dis que, s'il y avait une explication « magique », ils s'en seraient forcément rendu compte.

– J'en doute, tu n'étais même pas au courant de notre existence avant d'arriver ici, votre science ne vous permet donc pas de tout connaitre. Finalement, comme à chaque fois, on se retrouve avec autant de questions et toujours si peu de réponse. J'espère qu'on va trouver le livre, on en a besoin.

Le sorcier parait de nouveau abattu. Le silence se fait, seulement interrompu par le craquement du bois qui brûle, laissant chacun à ses réflexions. La bonne ambiance a laissé place à la morosité.

Elyne se lève et quitte leur cercle sans un mot. Mala lance un regard interrogateur aux hommes et c'est Ictaen qui la renseigne.

– Tous les soirs, elle va faire des offrandes à la nature. Son peuple honore les déesses : Xintra, celle du vent ou encore Pernuis, celle du monde floral.

– Oh, monsieur le guerrier aime les fleurs, que c'est poétique.

– Oui, d'ailleurs, tu te souviens de mon amie Rose, celle qui est venue nous voir quand nous prenions notre premier bain à l'auberge et bien elle t'appréciait, je crois.

La jeune femme ne sait pas si Ictaen tente de la séduire, ou de l'exaspérer. Elle espère que la pénombre environnante cache ses joues qui commencent à rosir.

– Ah, celle dont le métier semblait te passionner ?

Les deux autres hommes se regardent, sans comprendre l'échange dont ils sont témoins.

Puis, Rhoet et Ictaen se lèvent et partent chacun de leurs côtés.

Keran en profite et se rapproche d'elle.

– Et moi, tu ne m'as pas posé de questions, tu ne veux pas savoir d'où je viens et qui je suis ?

– Si, bien sûr, je n'ai juste pas eu l'occasion, vas-y, je t'écoute Keran, parle-moi de toi.

Parfois, elle trouve l'attitude de ce nouveau compagnon très hautaine, il ne se prend apparemment pas pour n'importe qui.

– Mon nom complet est Keran D'Irkevir, je suis né dans un

village situé au pied du mur d'enceinte de Volmar, la plus grande ville de notre contrée, au moins quatre fois plus importante que Chardam. En fait, pour être plus précis, nos habitations sont dans la forêt accolée à la fortification de la cité. Nos constructions sont très différentes de ce que tu as sans doute vu jusqu'à maintenant. Nous vivons essentiellement dans des maisons établies dans les arbres. Nos architectes sont les meilleurs du pays, nos édifices sont des prouesses de technologie.

– Ouais, enfin, je vais m'abstenir de te parler de ce qui se fait chez moi.

Il apparait également très fier de ses origines et ne s'en cache pas.

– Si c'est aussi bien, alors pourquoi ne pas être resté parmi les tiens au lieu de te jeter sur la route et ses dangers avec nous ?

Elle le regarde droit dans les yeux aux pupilles changeantes. C'est vraiment un très bel homme et à la posture qu'il tient, il doit le savoir. Sans se départir de son sourire, il lui apporte la réponse.

– Lorsque nous prenons une forme animale, nous ressentons les choses différemment. Nous sommes totalement connectés avec la nature. Mon peuple, depuis plusieurs saisons, a perçu un déséquilibre. Des volontaires ont été choisis pour arpenter le monde et trouver des informations à ce sujet. Quand je me suis arrêté à Chardam, Rhoet a surpris l'une de mes conversations. Après m'avoir épié plusieurs jours, il a compris que nous recherchions la même chose : guérir notre terre du mal qui la ronge. Il m'a donc demandé mon aide et proposé de me joindre à vous. J'en suis très heureux et pour tout te dire, jusqu'à récemment, je croyais que Mala n'était qu'une légende.

– Et Elyne, c'est pareil, j'imagine, c'est sa relation à la nature qui l'a motivée ?

– Oui, enfin pas uniquement. C'est surtout un immense chagrin qui l'a poussée à quitter les siens.

– Pourquoi ?

– Elyne était amoureuse depuis des années de son amie d'enfance. Les Asantes n'ont pas de préférence sexuelle, elles peuvent chérir aussi bien un homme qu'une femme. Lorsqu'elle a eu l'âge, sa camarade a choisi un mâle pour s'accoupler. Mais il s'est avéré qu'elle était tellement éprise, que suivant un rituel ancestral, elle lui a demandé de s'unir pour la vie, renonçant ainsi à toute autre personne pour le reste de son existence. Elyne en a eu le cœur brisé. Elle ne supportait plus de la voir tous les jours. Lorsque son peuple a lui aussi ressenti le changement, elle s'est portée volontaire afin de s'éloigner de son amour perdu. Et comme avec moi, c'est Rhoet qui a pris contact avec elle.

– Comment peux-tu connaitre tout ça d'elle, puisqu'aucun mot ne sort de sa bouche ?

– En fait, à moi, elle me parle, quand j'ai ma forme animale et qu'elle recherche du réconfort. Elle apprécie particulièrement lorsque je me transforme en catomère.

– Pff, j'ai toujours été nulle à l'école pour apprendre les langues. Vous avez beaucoup de termes qui sont nouveaux pour moi, je ne les retiens pas tous et te demander à quoi ressemble un, je ne-sais pas quoi, ça ne m'aidera pas parce que tu vas sûrement utiliser d'autres noms qui me sont tout autant étrangers.

Sans crier gare, l'homme devant elle change soudain de forme. En quelques secondes, il prend l'apparence d'un genre de gros lynx à la musculature puissante. Elle en tombe de la pierre sur laquelle elle est assise, de surprise. La bestiole semble l'observer, sans bouger, elle voit ses yeux violets la fixer. Elle a l'impression que Keran la regarde au travers de ces pupilles. Elle tend la main et caresse l'animal entre les oreilles : fait étonnant, il se met à ronronner. Elle lui sourit.

– Je comprends pourquoi Elyne se confie à toi.

Sa vue est comme brouillée et la bête fait place à l'humain.

– Tu pourras dire que tu as cajolé un catomère, mais attention, dans la nature, n'essaye pas d'en approcher un, il t'arracherait le bras avec ses dents pointues.

– D'accord.

Le jeune homme continue de la fixer de son regard parme, il est envoûtant. À cet instant, Ictaen regagne le campement.

– Bon, je crois que je vais vous laisser et rentrer chez moi.

– Taïr, nous pouvons discuter avant ton départ, au sujet du conseil que tu m'as demandé ?

– Oui, bien sûr.

Keran, saisissant le message, se lève et s'éloigne.

Et bien, à demain Mala.

Il s'incline devant elle comme si c'était une princesse et avec son formidable sourire, disparait dans la pénombre qui est maintenant là.

– J'ai réfléchi à ton problème, sur ta terre. As-tu relaté cette attaque à quelqu'un ? Tes proches ?

– Non, ils ne comprendraient pas.

– Tu dois te trouver des alliés, c'est important. Ensuite, tu dois t'adresser aux hommes de loi et transmettre ta version des faits.

Tu m'as expliqué que ça serait ta parole contre celle de ton adversaire, mais si tu ne parles pas, alors seuls ses dires seront entendus et c'est pire. Enfin, ce n'est que mon avis, je ne vis pas là-bas.

– Ictaen, je te remercie et je te promets d'y réfléchir.

– Très bien, fait attention à toi Mala. Et pas d'inquiétude pour ici, je vais surveiller tout le monde et veiller à ce qu'il ne t'arrive rien de fâcheux.

– Oui, comme d'habitude, merci Ictaen, à demain alors.

25

Comme toutes les autres fois, son premier geste est de regarder l'heure qu'il est : onze heures. Elle ne cherche plus à comprendre, la relation du temps entre les deux terres est décidément anarchique.

Le mercredi matin, en arrivant au travail, elle se sent mal. Elle a une boule au ventre qui ne veut pas la quitter. Elle ne se sait pas si les faits, pour lesquels elle a été reçue par son supérieur, ont fuité.

Lorsqu'elle prend son poste à la poissonnerie, l'une des harpies l'attend avec une employée qu'elle ne connait pas.

– La responsable de rayon est venue me voir pour me dire que Corinne allait rejoindre notre équipe et que tu allais effectuer les remplacements ?

– Oui, en effet, Chambion m'a convoqué dans son bureau hier pour me parler de la nouvelle organisation.

Elle se rend compte qu'il coûte à la mégère de s'adresser à elle avec politesse. Elle a vraiment dû réussir à lui faire peur quand elle l'a menacée. Elle hoche la tête et entraîne la nouvelle à sa suite. Elle n'ajoute pas d'autres commentaires. Les faits qui sont reprochés à Élise n'ont pas dû être divulgués, c'est déjà ça, sinon elle n'aurait pas pu s'empêcher de lui balancer à la figure.

Sa journée terminée, elle décide d'appliquer l'un des conseils d'Ictaen. Il faut qu'elle trouve quelqu'un qui pourra se rallier à sa cause. Elle appelle Bertrand avant le retour de sa fille. Il paraît surpris qu'elle lui téléphone. Elle lui demande s'il est disponible pour qu'ils se voient le jeudi soir. Sans en dire trop, elle lui laisse entendre qu'elle a un souci et qu'elle veut l'avis d'un ami. Elle sent qu'il est un peu déçu par ce qualificatif et qu'il espérait plus.

Elle doit reprendre sa vie en main et remonter la pente avant de sombrer. Ce soir, elle a prévu une discussion avec Émilie. Il faut qu'elle comprenne pourquoi l'adolescente paraît si morose. Elles doivent retisser le lien si fort qu'elles entretenaient encore il y a peu de temps.

Lorsque la jeune fille rentre du collège, sa mère a fini de préparer le dîner.

– Salut ma perle, tu vas bien ? Et l'école, ça s'est bien passé ?

– Ouais, comme d'hab.

– Tu as des devoirs ?

– Non, pas spécialement, j'ai eu des heures d'études, je me suis avancée.

– OK, très bien, je te laisse poser tes affaires et je veux te voir ensuite. On va s'installer dans le salon.

L'adolescente, très surprise par la proposition, ne rechigne pas et la rejoint rapidement.

– J'ai bien réfléchi à tout ce que tu m'as dit l'autre jour et j'ai compris que tu n'étais plus tout à fait une petite fille. Je suis d'accord pour t'accorder davantage de liberté, mais je désire aussi que tu saisisses qu'il y a des limites, pour l'instant, que tu dois respecter. Tu n'as que onze ans, bientôt douze, mais ça ne te donne pas le droit de faire les mêmes choses que les adultes.

Émilie a commencé d'ouvrir la bouche, mais sa mère l'arrête

d'un geste de la main.

– Laisse-moi finir s'il te plaît, tu m'expliqueras ton point de vue ensuite. Et c'est tant mieux ma puce, profite de ton âge, de ton insouciance. Je te rappelle que j'avais dix-huit ans quand je suis devenue maman. Je ne regrette pas, mais j'aurais voulu que ma vie soit plus facile pour t'accueillir, qu'il y ait un père à la maison pour t'aimer lui aussi. J'aurais peut-être pu attendre un peu, m'amuser davantage, étudier plus longtemps, voyager et t'offrir une existence plus sympa. J'ai fait des erreurs et j'ai envie de te protéger en t'évitant de faire les mêmes. Donc, pour ton anniversaire, qui, je ne l'oublie pas, est dans moins d'un mois, pour ton cadeau, tu n'auras pas d'argent pour aller à ton concert. Je comprends ce que tu souhaites, mais pour l'instant, c'est prématuré. Par contre, j'ai eu une idée. On pourrait trouver une boutique de vêtements sympa et aller ensemble choisir ce qui te plait. Je vois que tu souffres de ne pas avoir autant et aussi bien que tes amis, j'en suis navrée. J'y ai réfléchi, je vais poser une annonce dans l'entrée de l'immeuble. Je sais qu'il y a plusieurs vieilles dames dans le bâtiment, je vais me proposer pour faire des ménages, en espérant que ça intéresse quelqu'un. Ça pourra toujours un peu améliorer notre quotidien. Maintenant, j'aimerais que tu sois franche avec moi et que tu me dises ce qui ne va pas. Tu ne me racontes plus rien, tu passes tout ton temps enfermé dans ta chambre.

La jeune fille, qui a adopté la mine boudeuse au début de la prise de parole de sa mère, parait se détendre, au fur et à mesure.

– Maman, je sais très bien que tu fais de ton mieux. Tu parles de mes amies, mais il y en a qui sont plus malheureuses que moi.

Léa, tu te rappelles, celle qui a tout le temps des nattes et ben, ses parents se séparent et c'est la guerre à la maison. L'autre jour, elle m'a raconté que sa mère avait jeté toutes les assiettes par terre pendant qu'ils étaient à table. Entre chaque cours, elle va pleurer aux toilettes.

– Ah mince, c'est pas cool ça.

– Pour le concert, je comprends un peu. Et puis, en fait, Noeline m'a menti. Ses parents n'étaient pas d'accord. Elle avait prévu d'y aller quand même, en stop. Moi, je lui ai dit que c'était une mauvaise idée, depuis elle me fait la gueule.

– Émilie !

– La tête et en plus, son cousin, il n'avait pas envie qu'elle dorme chez lui parce que c'est qu'une gamine et qu'il ne veut pas de problème s'il nous arrive quelque chose.

– Bon et c'est pour ça que tu boudes si souvent ?

– Non, enfin pas que. À la maison, j'en ai un peu marre, je te parle et c'est comme si tu ne m'écoutais pas. Tu es tout le temps ailleurs.

– Ma puce, il faut que je sois franche avec toi, j'ai quelques soucis au boulot en ce moment. Ça va se résoudre, mais du coup ça me prend la tête. Et je sais que ça n'est pas une excuse.

– Et puis, je ne t'ai pas dit, comme ça n'avait pas l'air de t'intéresser, mais je suis presque sortie avec un garçon.

Ah, nous y voilà, elle était certaine que ça allait arriver un jour, le début des embêtements....

– Ah, comment il s'appelle ?

– Peu importe, en fait, j'ai fait passer un mot par Noeline, avant qu'on se fâche. Mais ensuite, comme elle était en colère, elle a été

314

baver sur moi. Elle a dit des trucs horribles, que j'étais pauvre, et que toi, à ta façon t'habiller, on avait l'impression que t'étais une prostituée.

Formidable ! Elle est prometteuse cette enfant !

– Mais c'était quand, avant qu'elle ne vienne à la maison ?

– Non, juste après, mais ça fait un moment qu'on se disputait pour plein de choses. Je crois que notre amitié est rompue.

Il n'y a pas, chez les adolescents, le moindre petit incident peut rapidement se transformer en mélodrame.

– Et puis les copains du gars, ils se sont fichus de moi.

– Émilie, tu te rappelles, on a déjà discuté du harcèlement à l'école. Si tu as des problèmes, je peux aller voir le directeur, je sais qu'il est très vigilant à ces problèmes.

– Non, pas besoin, c'est fini maintenant, Julie et Lauriane, elles ont pris ma défense dans la cour, devant tout le monde. On s'entend bien et depuis, plein de filles viennent me parler en me disant que j'ai bien fait de ne pas me laisser faire, alors ça va mieux.

Eh bien, finalement, elle avait peut-être des choses à apprendre de la part de l'adolescente.

– Bon, est-ce que tu es d'accord pour qu'on fasse des efforts, toutes les deux, afin que la vie à la maison soit plus sympa et joyeuse, comme avant ?

– J'ai une autre question à te poser, tu vois un homme en ce moment ?

D'entendre son « bébé » lui parler de façon si mature lui tire presque les larmes aux yeux.

– Oui, enfin, je ne sais pas si c'est sérieux. En tout cas, on est bien ensemble, il est drôle et aux petits soins avec moi. On peut dire que c'est un bon ami pour l'instant. D'ailleurs, j'ai prévu de le voir demain soir. J'ai besoin d'un conseil et je pense qu'il peut m'aider. Je vais juste aller boire un verre. Nous allons donc commencer le contrat de confiance établi entre nous. Je te préparerai un plat à faire chauffer au micro-ondes. Tu mangeras seule et iras te coucher à la même heure que d'habitude. Quant à moi, je serais revenue avant minuit, ça te va ?

– Oui. Maman ?

– Oui ?

– Je suis contente d'avoir discuté avec toi, ça me manquait. Et je m'excuse pour l'autre jour, c'était pas sympa de te balancer toutes ces horreurs à la tête. Je t'aime.

– Moi aussi je t'aime ma perle.

Cette conversation fait tellement de bien à Élise qu'elle aurait presque tenté de parler de ses voyages à sa fille. Mais elle sait que ça risquait au contraire de détruire tout ce qu'elle s'apprête à reconstruire. Elle verra, peut-être plus tard, ou pas.

Lorsqu'elle retourne sur la deuxième terre, les soleils chauffent ardemment la toile du chariot dans lequel elle se trouve. Rhoet a eu une bonne idée. Depuis qu'ils l'ont, ils peuvent transporter davantage de choses. Les couchages et les repas sont de bien meilleure qualité. Ce jour-là, elle remercie en pensée les conseils que la servante naine a prodigués au guerrier. Ses règles ont débarqué. Elle a été voir la seule fille de la bande. Elyne, sans un mot, lui a montré comment utiliser les protections en tissu, qu'elle a trouvé dans son « nécessaire de femme ».

Ils sont arrivés en milieu d'après-midi à l'entrée du bourg

d'Enderimasse. Elle est fatiguée et devant l'insistance d'Ictaen pour s'entraîner, elle doit se résoudre à lui dire qu'elle ne peut pas parce qu'elle est indisposée. Il a bougonné dans sa barbe, mais a respecté son envie de repos.

Alors qu'elle rêvasse à l'ombre de leur carriole, Keran la rejoint.

– Mala, le vieil homme (ils font tous très attention de ne pas l'appeler « sorcier »), m'a demandé d'aller en ville vendre les objets que j'ai confectionnés avec Elyne, tu m'accompagnes ?

– Merci, mais je suis un peu fatiguée.

– Allez, ça sera amusant, pour une fois que tu es là et que tu as du temps. On pourra en profiter pour faire plus ample connaissance.

Mala se sent mieux et après tout il a raison. Elle se laisse donc convaincre et le suit.

La foule ici est bien plus bigarrée que celle de Chardam, tant sur l'aspect physique que sur les tenues vestimentaires.

– Cette cité est réputée pour son marché.

– Tu as dit que tu allais vendre des objets, c'est quoi ?

– Tu vas voir, tiens, on va s'installer à cet endroit, il y a beaucoup de passage.

Il pose au sol un joli tissu sur lequel il vide le sac qu'il porte sur l'épaule. Il a les bras nus et un pantalon qui s'arrête sous les genoux. Sa chemise est entrouverte sur un torse lisse et musclé. Mala observe les femmes qui lui lancent des regards en coin pour les plus discrètes ou carrément le reluquent sans vergogne pour les autres. Il est resplendissant et en joue avec aisance. Elle s'approche au-dessus de son épaule, pendant qu'il est en train de disposer de façon harmonieuse leur camelote : des bijoux.

– Mince, c'est magnifique, comment as-tu fait ça ?

– Elyne m'a aidé, j'ai sculpté les animaux en os et incrusté les pierres qu'elle m'a apportées. Il y a aussi des pièces réalisées avec les métaux que j'ai trouvés pendant mon voyage. Il parait que je suis assez doué de mes mains.

Il a ajouté cette dernière phrase en la fixant avec insistance. Il veut lui faire comprendre quelque chose ? Elle ne relève pas la remarque.

À peine leur étal installé, les premiers badauds commencent à se presser devant eux, essentiellement des femmes, seules ou accompagnées par un compagnon qu'elle tire par le bras pour l'obliger à ralentir. Mala se demande si elles stoppent pour regarder les parures ou le vendeur. Il est doué avec ses potentiels clients, charmeur avec les dames et charismatique avec les hommes. Rapidement, leur stock diminue et leurs poches se remplissent. Un couple vient à leur rencontre. Les gens se détournent sur leur passage en les saluant. Lorsqu'ils arrivent devant eux, Keran s'incline lui aussi en lui faisant signe de faire la même chose. En mimant les révérences exécutées autour d'elle, elle plie les genoux et penche légèrement la tête. La femme bave littéralement en admirant le métamorphe tandis que son compagnon ne lâche pas sa mine sinistre. Mala remarque qu'il porte à la ceinture une lame affûtée, une de ses mains posées sur le pommeau en signe de mise en garde. Elle sent que ça ne laisse présager rien de bon.

Pendant que sa dulcinée s'extasie devant les breloques, il regarde fixement Keran dans les yeux.

– D'où viens-tu toi, je ne t'ai encore jamais vu ici ?

– J'arrive de Chardam, monsieur, j'arpente le monde pour proposer mes confections.

Plus sa femme minaude, plus il se tend, affichant un air agressif. Évidemment, elle a quitté le camp sans arme et Keran n'a à la ceinture que le petit couteau avec lequel il pèle les fruits. Elle a peur que la situation ne tourne au vinaigre.

Alors que le notable referme sa main sur la poignée de son sabre, Keran allonge le bras, agrippe Mala par la taille pour la resserrer contre lui et l'embrasse goulûment devant les passants qui ont ralenti le pas, redoutant une escarmouche.

Elle ne s'attendait pas à ça, mais se laisse faire, comprenant que Keran tente une diversion pour apaiser les tensions. Ses lèvres sont très douces et sentent la menthe ainsi que quelque chose de plus musqué, presque bestial.

Le baiser dure plusieurs secondes, pour ne pas permettre à l'homme devant eux d'avoir de doute sur la relation qu'ils entretiennent.

– Je suis sur les routes avec ma belle et nous vivons de la vente de nos produits et de notre amour bien sûr. Je devine, monsieur, que vous-même, gâté par la nature et bien accompagné, le bonheur vous sourit. Souhaitez-vous acquérir l'une de nos fabrications à offrir à votre dame ?

L'homme se détend, tandis que la femme ne parait plus si fascinée que ça par les breloques présentées. Keran tient toujours Mala par la taille, fermement, sans doute pour lui faire comprendre de ne pas bouger. Le couple achète finalement un joli pendentif. Keran leur assure leur faire un prix particulier parce qu'ils semblent connaisseurs. Mala saisit qu'il a vendu ce bijou bien plus cher que les précédents. Les clients ont été victimes d'une arnaque, mais sont persuadés d'avoir réalisé une très bonne affaire. Une fois qu'ils sont assez loin, Keran lâche Mala et commence de ranger ce qu'il reste.

– Je crois qu'on va s'arrêter là pour aujourd'hui, s'ils ont l'idée de revenir avec des gardes, je ne suis pas certain que l'on pourra créer une autre diversion.

– Oui, d'ailleurs en parlant de ça, je te préviens, je préfère avoir donné mon accord avant toute interaction physique. Apparemment, c'est un concept qui vous échappe, mais chez moi c'est primordial.

Il lui adresse son regard enjôleur.

– Ici aussi, c'est important d'avoir le consentement, mais j'étais un peu pris de court et je sentais la situation s'envenimer, je m'excuse de ne pas avoir pu te demander avant.

En disant cela, il incline le buste devant elle, la main sur le ventre.

– C'est bon, n'en fais pas trop quand même.

– Je peux ajouter quelque chose ?

– Oui, bien sûr.

– J'ai adoré ce baiser, mon corps en tremble encore.

Désarçonnée par la réflexion, elle ne sait pas quoi dire. Elle l'aide donc à ranger en silence. Il a raison sur un point, il ne vaut mieux pas qu'ils s'éternisent ici.

En arrivant au campement, elle est en train de rire à une blague qu'il a faite et que pour une fois, elle a comprise, quand ils tombent sur Ictaen qui aiguise l'un de ses couteaux sur une pierre.

– Alors Taïr, trop fatiguée pour t'entraîner, mais pas trop pour aller te promener apparemment.

– Je ne me baladais pas, nous étions en ville pour vendre les bijoux fabriqués par Keran et Elyne.

– Oh, fantastique ça, ça va nous aider.

– Eh bien, oui, en effet, Keran est très bon, il a récolté pas mal d'argent.

Elle sent qu'en insistant, elle contrariera encore davantage le guerrier. Elle ne sait pas si elle se trompe, mais elle perçoit ce qui pourrait être de la jalousie et ça lui plait. Elle ne se risque pas à raconter comment ils se sont sortis d'une situation compliquée. Comme s'il avait pu lire dans son esprit, il ajoute :

– Tu ne dois pas partir sans me dire où tu vas et tu dois garder ton arme avec toi.

Elle voit la colère qu'il contient passer dans ses yeux.

Mais que lui arrive-t-il ? Elle ne doit pas jouer à ce petit jeu : faire du charme aux deux hommes et les laisser s'entre-tuer pour elle, parce qu'ici, ce mot veut vraiment dire perdre la vie. Elle a le don pour rendre les situations encore plus compliquées qu'elles ne le sont déjà.

Vu qu'il est trop tard pour commencer à s'entraîner et qu'elle se sent gênée face aux regards que les deux gars lui adressent, elle décide de rentrer plus tôt chez elle. Comme à son habitude, elle s'installe confortablement et ferme les yeux.

Elle n'est pas dans son appartement, mais de nouveau dans la brume épaisse. Au début, elle se déplace en marchant, dans une direction, puis une autre, puis elle se met à courir, sans aucune visibilité, mais ça ne change rien, elle est toujours dans ce brouillard opaque qui lui colle à la peau. Au bout d'un moment qui lui parait très long, elle commence à apercevoir une lumière. Et là, d'un coup, le coucher des soleils devant elle l'éblouit, elle lève le bras pour se protéger les yeux. Un homme, debout derrière elle, pose sa main sur son épaule. Elle ne le reconnait pas et le paysage, hormis les astres, lui est inconnu. L'individu lui parle, mais elle ne comprend pas ses paroles. Elle baisse le regard, son corps semble plus enveloppé que d'habitude. La natte qu'elle porte lui arrivait à la hanche et elle y découvre des mèches blanches. De nombreux bracelets cuivrés lui enserrent les bras.

Elle ne pige pas, qui est-elle et où se trouve-t-elle ? Elle est perdue, encore une autre réalité ?

Elle ferme les yeux et inspire.

Quand elle les rouvre, elle est installée confortablement, contre la roulotte. Ictaen remue des braises avec un bâton. Keran semble occupé à sculpter un nouvel objet. Elle fait sursauter le guerrier en s'adressant à lui.

– Ictaen, je suis partie depuis longtemps ?

– Non, il y a seulement quelques instants, pourquoi es-tu déjà de retour, un problème ?

– Oui, en effet, je n'arrive pas à retourner chez moi, Rhoet est là ?

– Ne bouge pas, je vais le chercher.

Keran a cessé son occupation et résume la situation à Elyne, qui vient de les rejoindre. Ictaen débarque au pas de course avec le sorcier sur ses talons.

– Que se passe-t-il Mala ? Ictaen me dit que tu ne peux pas rentrer chez toi ?

– Oui, comme l'autre jour, je me suis retrouvée à errer dans un brouillard épais. Puis j'ai atterri à un endroit que je ne connaissais pas. Il y avait un homme qui me parlait, mais je ne comprenais pas ses paroles. Et mon corps était un peu différent, je semblais bien plus vieille, je portais plein de bracelets aux bras. Ils ressemblaient à ceux que j'avais la première fois qu'on s'est vu, dans les marais.

– Il s'agit sûrement d'une réminiscence d'une ancienne Mala Et trop El Aarie. Tu te rappelles, je t'ai expliqué que tu pouvais avoir des souvenirs appartenant à l'une d'elles ? Attends, je vais chercher quelque chose.

Il revient avec un paquet en tissu. Il déballe précautionneusement ce qui se trouve à l'intérieur.

– Je les reconnais, c'est ça, c'est les bijoux que je portais.

– Mala, ce sont des reliques.

– C'est à dire, je ne comprends pas.

– Je les ai montrés à un spécialiste, il pense qu'ils ont été forgés il y a au moins six générations avant nous.

La jeune femme réfléchit. Même si dans ce monde les humains ont une existence plus courte que chez elle, parce que la vie y est plus dure, ça fait quand même un paquet d'années.

– Tiens, prends-les, ils appartenaient à une ancienne Mala, ils sont donc à toi.

– Merci, mais ça n'explique pas pourquoi je n'arrive pas à repartir et quelle solution j'ai.

– Je vais refaire de la potion, attends-moi, je n'en ai pas pour longtemps, j'ai ce qu'il faut dans le chariot, Elyne, viens m'aider s'il te plaît.

Mala, après avoir observé les bracelets, se décide à les enfiler. Ils sont parfaitement à sa taille. Keran rompt le silence.

– Les bijoux te vont bien, tu es encore plus belle.

Elle voit Ictaen, qui est en train de fusiller du regard le métamorphe. L'ambiance est électrique quand le sorcier les rejoint avec Elyne sur ses talons.

– Bois ! Ictaen, Keran, allez inspecter les alentours, je vais devoir faire une incantation magique et je ne voudrais pas que l'on soit découvert bêtement.

Les deux hommes se lèvent et partent chacun d'un côté, non sans avoir échangé une œillade haineuse avant.

– Rhoet et si ça ne marche plus ? Comment va-t-on faire ?

– Je ne sais pas, pour l'instant, on va essayer ça.

– Et si je reste coincée dans le brouillard, ni ici ni là-bas, ça serait le pire de tout.

– Ne pense pas à ça. Si tu ne revenais pas, je n'aurais de cesse de trouver une solution pour reprendre contact, soit sans crainte. Maintenant, détends-toi et respire tranquillement, on y va.

Mala avale la boisson infâme et se concentre sur les mots psalmodiés par le sorcier.

26

Cette fois, son retour se fait sans encombre.

Le jeudi, elle passe sa matinée de travail à raser les murs. Elle a prévu des écouteurs pour pouvoir s'isoler pendant sa pause déjeuner. Elle a l'impression que tout le monde la regarde bizarrement, mais c'est sans doute elle qui se fait des films. Maintenant qu'elle a décidé d'en parler à quelqu'un, elle a hâte de voir Bertrand. Elle a quand même des scrupules par rapport à lui. Elle se rend compte qu'il l'aime bien, alors que pour sa part, elle a plutôt la sensation d'une amitié naissante. Il ne faut pas qu'elle joue avec ses sentiments, elle se fait la promesse de vite lui dire la vérité sur ses propres émotions.

En début d'après-midi, elle a effectué ses quelques courses et elle prépare le repas du soir pour qu'Émilie n'ait plus qu'à le réchauffer. Elle passe ensuite à la salle de bain pour se faire une mise en beauté. C'est rapide, elle n'a pas la tête à flirter. Elle espère qu'elle va trouver une oreille attentive et que Bertrand pourra lui apporter les conseils dont elle a tant besoin.

Elle laisse les consignes à sa fille avant de partir. Celle-ci ne cache pas sa fierté d'être enfin considérée comme une « presque » adulte. Leurs rapports ont l'air d'être plus apaisés, Élise souhaite vraiment que ça dure. Elle a même droit à un gros câlin. Au moment de franchir le pas de la porte, elle ne peut s'empêcher d'ajouter une dernière recommandation.

– Et surtout, tu fermes derrière moi et tu n'ouvres sous aucun prétexte aux inconnus.

– Maman, j'ai plus cinq ans. Et il n'y a jamais personne qui vient sonner.

– Oui et bien justement, des habitants de l'immeuble discutaient dans le hall d'entrée ce matin. Ils racontaient qu'il y a des démarcheurs qui arnaquent les gens en ce moment dans le quartier.

– T'inquiète ! De toute façon, je vais mettre mon casque, je n'entendrais pas. Bisous.

– Bisous, ma perle, à tout à l'heure !

Elle a donné rendez-vous à Bertrand dans un bar sympa, à quelques rues de son appartement. Elle n'est pas sereine et jette des coups d'œil dans tous les coins.

Il est déjà là. Après un léger temps d'hésitation, elle se rend compte qu'il tend les lèvres, elle l'embrasse donc sur la bouche. Fugacement, elle ne peut s'empêcher de repenser à son dernier baiser avec un homme, celui, enflammé de Keran.

– Désolée, je suis un peu en retard.

– Ne t'inquiète pas, je viens d'arriver. J'ai vraiment été très surpris de ton appel. Bon, j'espérais bien qu'on allait se revoir, mais là, j'ai eu l'impression qu'il y avait une certaine urgence.

Élise a déjà préparé dans sa tête ce qu'elle veut lui dire et ce qu'elle désire taire. Elle ne va pas parler de sa fille, mais par contre elle doit dire la vérité sur son travail. Elle ne se rappelle plus très bien quel mensonge elle lui a sorti la première fois qu'ils se sont rencontrés.

Elle ne le laisse pas engager la conversation, elle voit bien qu'il a envie de draguer et elle n'est pas venue pour ça.

– Bertrand, j'ai eu un problème et j'ai besoin d'en discuter avec quelqu'un de confiance et je pense que tu es cette personne.

– Tu es bien sérieuse, je t'écoute.

– Déjà, je dois te dire la vérité, j'ai menti sur ce que je fais dans la vie, j'ai enjolivé la sinistre réalité. Je ne suis pas dans le milieu de la publicité, ça venait de lui revenir, mais je suis caissière dans une grande enseigne.

Bertrand grimace légèrement, il a l'air contrarié.

– OK, il y a d'autres sujets que tu as modifiés, du genre, tu es en fait en couple avec quelqu'un ?

– Ah non, je t'assure, je suis célibataire. C'est juste que je n'ai pas fait beaucoup d'études et ça me complexe.

– Bon et c'est ça que tu voulais me dire de si urgent ?

Il est moins souriant, elle se demande si c'est une bonne idée finalement, mais elle repense aux conseils d'Ictaen : il faut qu'elle trouve des alliés. Elle se lance et lui explique comment un homme au travail s'est entiché d'elle, bien qu'elle soit formelle, elle n'a laissé aucune ambiguïté s'installer. Elle raconte tout, jusqu'au moment de l'agression. Le visage de son interlocuteur s'est adouci, elle y lit maintenant de l'indignation.

– Et tu as été porter plainte ?

– Non, je me suis dit que ça serait ma parole contre la sienne.

– Tu dois le faire, déjà pour te protéger, imagine qu'il se mette à te suivre, qu'il essaye encore, tu dois le signaler.

– Tu es sûr ?

– Oui, certain et garde ton téléphone à portée de main, évite les endroits isolés et si tu as le moindre problème, tu m'appelles. Tu veux que j'aille le voir ?

– Non merci mon noble chevalier, c'est gentil, mais je ne crois pas que ça améliorerait la situation.

Ils discutèrent encore un moment. Élise se rendait compte que Bertrand semblait l'apprécier de plus en plus, alors que pour elle, le sentiment d'avoir trouvé un ami se confirme. Elle n'a pas le courage de lui parler de sa fille ou d'être honnête sur ce qu'elle ressent pour lui. Elle verra ça une prochaine fois.

Au moment de se quitter, sur le trottoir, il la serre très fort dans ses bras et la gratifie d'un très long baiser langoureux.

Lorsqu'elle rentre chez elle, elle va faire un tour dans la chambre d'Émilie, elle semble dormir à poings fermés. Elle a lavé sa vaisselle et rangé le reste de son dîner dans des boîtes en plastique dans le réfrigérateur, elle veut sans doute montrer à sa mère qu'elle a raison de lui faire confiance.

Allez, maintenant, destination l'autre terre ! Elle va continuer de réfléchir à ce qu'elle doit faire au sujet de son agression.

Lorsqu'elle débarque, le premier soleil est en train de se coucher. Elle arrive juste au moment où les voyageurs commencent à préparer le campement. C'est frustrant, elle sait que ses compagnons ne tarderont pas à dormir, fatigués par leur expédition sur des routes parfois difficiles. Chacun vaque à ses occupations. À force, Mala connait les tâches à exécuter avant la tombée de la nuit. Elle est capable de voir si elle doit aider Rhoet à mettre en place les couchages, ou Ictaen à récupérer du bois sec pour le bûcher. À plusieurs reprises, elle surprend Keran en train de l'observer, il semble intrigué par la jeune femme.

Quand ils ont terminé, ils s'installent autour du feu. Le guerrier et le métamorphe se supportent, mais ne s'adressent pas directement la parole, de vrais gamins et Elyne est toujours aussi silencieuse. Mala en profite pour échanger avec le sorcier.

– Rhoet, vous pourrez apporter une précision dans vos écrits destinés aux prochaines Mala, il n'y a pas de cohérence entre les deux terres. Même lorsque je pars à la même heure chez moi, je n'arrive jamais au même moment ici. D'ailleurs, je ne pensais pas débarquer alors que vous vous installiez pour dormir. Je crois qu'il n'est pas utile que je reste.

– Non, en effet, c'est dommage.

– Oui et bien alors je vous laisse, bonne nuit à tous !

Ictaen grommèle quelque chose, il semble déçu que la jeune femme les quitte déjà, à moins qu'elle ne se fasse des idées…

Elle a beaucoup de mal à trouver le sommeil. En fait, son « enveloppe » se repose lorsque son esprit part. Enfin, c'est à peu près l'explication qu'elle a comprise. Malgré le sentiment de vivre deux vies, elle ne ressent pas de fatigue.

Elle se relève plusieurs fois, pour aller voir Émilie dormir, ou pour boire de l'eau, mais surtout, elle rumine. Elle finit par prendre une décision pour le lendemain. Elle va écouter le conseil de Bertrand, elle est maintenant déterminée à ne pas laisser Olivier s'en sortir si facilement.

Aujourd'hui, elle est de repos. Une fois qu'Émilie est partie de l'appartement, elle se rend au poste de police le plus proche. C'est un bâtiment lugubre, dehors, comme dedans. La salle d'attente sent le tabac froid et le désinfectant. La conception du hall d'accueil ne permet aucune confidentialité, pire que ça, le plexiglas entre l'employé et le visiteur oblige à hausser la voix.

– Oui, je vous écoute, c'est pour quoi ?

– Je voudrais signaler une agression sexuelle.

– C'est pour vous ?

– Oui.

Le simple fait d'exprimer ces mots à voix haute lui donne la nausée.

– Vous avez le numéro 32, retournez vous asseoir, quelqu'un va venir vous chercher !

Après vingt minutes d'attente, elle entend un homme appeler son matricule. Elle aurait préféré que ça soit une femme, mais ce détail ne doit pas l'arrêter.

Elle explique la situation en détail à son interlocuteur. Il a dû lui donner son grade au début de leur entretien, mais elle est tellement concentrée sur ce qu'elle désire relater, qu'elle n'a pas retenu l'information. Une fois la déposition tapée sur son ordinateur, il lui fait relire pour qu'elle confirme que la prise de note soit conforme à ces propos. Il semble blasé.

– Monsieur, en fait, ce que je fais aujourd'hui n'aura pas d'incidence pour l'homme qui m'a agressé, n'est-ce pas ? Je me rends compte que c'est ma parole contre la sienne. Mais, si je ne dis rien, c'est encore pire, il pourrait avoir l'impression que j'étais consentante.

L'officier de police acquiesce en levant les yeux au ciel. Il paraît plus intéressé par ses fautes de frappe que par les propos de la plaignante. Il doit souvent entendre les gens se justifier, elle se doute que son histoire doit ressembler à beaucoup d'autres.

– Et s'il vient chez moi, me menacer, je vous appelle ?

– Oui, enfin, vous savez, la plupart du temps, ces gars-là ne prennent pas la peine poursuivre les femmes. Par contre, de votre côté, ne reprenez pas contact.

Élise est perplexe devant l'attitude du policier.

– En fait, vous trouvez que c'est anodin, c'est ça ? Ou alors, vous devez penser que je suis jolie, lui il a du fric, donc CQFD : je l'ai allumé puis rembarré parce qu'il ne voulait pas m'acheter des fringues hors de prix ?

– Hé, calmez-vous, pas la peine de vous énerver, hein, je ne vous ai rien dit. Et puis ce n'est pas à moi de me prononcer, la procédure va suivre son cours, j'ai pas de commentaire à faire.

– Oui, enfin, je ne me fais pas trop d'illusion. J'espère juste qu'il n'a pas prévu de venir me faire plus qu'il n'a déjà fait, parce que j'ai l'impression que je ne vais pas forcément pouvoir compter sur vous ou vos collègues pour vous précipiter à ma porte.

– Bon, signez votre déposition, là. Vous me manquez de respect et je suis à deux doigts de vous coffrer pour outrage à agent.

Elle griffonne le document et le policier la raccompagne à l'accueil en silence. Elle ne peut s'empêcher d'ajouter un dernier commentaire avant qu'ils ne se quittent.

– J'imagine que vous devez en voir des vertes et des pas mûres, mais vous savez, ça m'a beaucoup coûté de faire cette démarche aujourd'hui et j'aurais aimé que votre attitude soit plus dans l'empathie que dans le jugement.

L'homme ne dit rien et se contente de lui montrer la direction de la sortie. Elle quitte le poste de police en se demandant si ce qu'elle vient de faire est vraiment utile. Elle se sent frustrée et en colère. Elle s'assoit dehors sur un banc et repense à tout ce qui lui arrive depuis maintenant plusieurs mois. Au bout d'une minute ou deux, elle se lève si brusquement qu'elle fait fuir les pigeons qui se sont approchés d'elle. Elle a promis à sa fille que tout irait mieux. Elle ne doit pas se laisser abattre, elle est plus forte que ça !

Elle retourne à son véhicule et s'insère dans la circulation, en direction du supermarché. Elle ne bosse pas aujourd'hui, mais elle doit voir le père Chambion avant que son courage ne disparaisse. Elle se rend directement au bureau de son responsable. Il est affalé, en train d'engloutir un pain au chocolat qu'il a sûrement été piquer au rayon boulangerie, elle en a déjà entendu parler. Surpris, il essuie rapidement les miettes qui se sont répandues sur sa chemisette.

– Élise, mais que faites-vous là ? Vous n'êtes pas en tenue ? Vous pourriez frapper, c'est très impoli d'entrer de cette façon.

Elle ne le laisse pas continuer sur sa lancée.

– Non, je ne travaille pas aujourd'hui, mais je voulais vous voir, j'ai quelque chose de très important à vous dire.

– Je suis un peu occupé, comme vous pouvez le constater, je n'ai même pas eu le temps de prendre mon déjeuner.

La jeune femme referme la porte derrière elle.

– Non, ça ne peut pas attendre.

– Bon, je suis très surpris, asseyez-vous. Par contre, si c'est pour revenir sur votre histoire de contrat, je vous arrête, la direction a été formelle, ce n'est pas envisageable.

– Et bien, je conteste cette sanction et pour tout vous dire je suis vraiment très déçue de votre propre comportement. Je travaille ici depuis plusieurs années et j'espérais que vous me connaissiez et que vous étiez satisfait de mon boulot, attendez, je n'ai pas fini.

Le bonhomme reste la bouche ouverte d'étonnement face au

ton abrupt de la jeune femme. Elle profite de son effet de surprise pour continuer. Elle sait que si elle lui laisse prendre la conversation en main, elle n'arrivera plus à s'imposer.

– Je pensais donc qu'en cas de problème, vous seriez de mon côté. Mais ce n'est pas pour ça que je suis là, je veux que vous fassiez passer un message à notre directeur. Expliquez-lui de ma part que je suis allée déposer plainte contre son neveu pour tentative de viol. Et oui monsieur Chambion, non seulement je conteste, mais je contre-attaque. La vérité, c'est que l'enfant prodigue s'est mis dans la tête que nous pourrions être ensemble, malgré le fait qu'à plusieurs reprises, je lui ai dit non. Ensuite, il m'a suivi dans le parking du sous-sol, vous voyez, l'endroit très sombre réservé au petit personnel et il a essayé d'abuser de moi. Je l'ai frappé dans l'entre-jambes pour me libérer. Bien sûr, c'est ma parole contre la sienne, mais vous savez Mr Chambion, je pense que le directeur ne va sûrement pas être surpris parce que je crois que l'Olivier, il n'en est pas à sa première fois. Et vous pourrez ajouter que le policier qui a pris ma déposition m'a écouté avec beaucoup d'attention.

Quelle bonne menteuse elle fait !

– Donc, je veux que vous lui transmettiez mon message. Je ne demande rien, à part un traitement juste. J'y ai réfléchi, je ne peux plus rester dans cet établissement, c'est trop traumatisant, je désire une rupture de contrat. Évidemment, pas question que je démissionne, je perdrais mes droits. En échange, je m'engage à ne pas parler.

– Parler à qui ma petite Élise, je ne suis pas certain que vous ayez beaucoup d'amis ici avec qui discuter.

– Vous ne m'avez pas comprise. Je peux raconter mon histoire à la presse par exemple, pour que les clients qui viennent effectuer leurs courses tous les jours sachent quel genre de prédateur erre dans les rayons.

– Élise, vous n'oseriez pas !

Il s'est levé en tapant sur son bureau, il a le visage tout rouge.

– Transmettez mes propos, c'est tout ce que je vous demande !

Cette conversation a au moins eu le mérite de lui faire décrocher les yeux de ses seins. Il est en colère et regarde de tous les côtés en se grattant le cou, il semble mal et ça fait plaisir à la jeune femme.

Elle quitte le bureau sans rien ajouter et l'entend claquer la porte dans son dos. Elle vient sans doute de faire une énorme connerie, mais elle se sent soulagée. Au moment où elle va sortir du magasin, elle aperçoit Olivier qui est dans la partie haute du bâtiment, dans le couloir de l'administration, aux dessus des caisses. Il l'a remarqué et commence à courir. Elle a peur et se hâte de rejoindre sa voiture. Alors qu'elle quitte le parking, elle le voit qui cavale derrière, en lui faisant signe avec les bras. Elle ne sait pas s'il a eu le temps de discuter avec Mr Chambion ou s'il désire la rencontrer pour autre chose et elle s'en fiche. Elle n'acceptera aucune excuse et ne veut plus se retrouver seule avec lui, il lui donne envie de vomir.

En arrivant à son appartement, elle s'effondre en pleurs dans le canapé. Elle se surprend elle-même d'avoir autant d'audace. Elle travaille lundi et rien qu'à l'idée d'y retourner, elle en a mal au ventre. Au bout d'une heure, un peu calmée, elle se dit que de toute façon, ça ne sert à rien de regretter, la machine est lancée.

Elle a très envie d'aller rejoindre Ictaen pour lui raconter, mais c'est risqué, si elle dort quand sa fille rentre de l'école et qu'elle n'arrive pas à la réveiller, elle va paniquer. Elle a une idée, elle programme une sonnerie sur son portable, volume au maximum, pour qu'il se mette en marche quinze minutes plus tard. Elle va y aller, mais pour un court instant, si elle n'entend rien, elle se donne une heure tout au plus là-bas, en sachant que c'est approximatif puisqu'il n'y a pas de montre, puis elle reviendra.

27

Avant même d'ouvrir les yeux, elle ressent le roulis de la caravane. Il pleut et les gouttes viennent heurter la toile. Elle est seule à l'intérieur, pour l'instant, pas la peine de dire aux autres qu'elle est arrivée. Elle veut attendre juste un peu, pour voir si son système fonctionne. Elle se laisse donc bercer par le tangage. Il est difficile d'estimer le temps, elle commence à compter les secondes pour patienter. Enfin, elle atteint à peu près les quinze minutes, elle n'a jamais été très douée pour cet exercice. Elle se concentre et tend l'oreille. Elle n'entend rien, puis au bout de quelques secondes, elle a l'impression de percevoir un léger bruit, le son est presque inaudible. C'est clairement un échec.

Elle referme les yeux et se retrouve dans l'appartement. Tant pis, elle va devoir attendre ce soir, c'est plus sûr. Du coup, elle a du temps devant elle et il fait beau. Elle décide d'aller courir, en espérant que ça la détende. Sur cette terre, elle n'a pas fait d'activité physique depuis un bon moment. Elle enfile ses baskets et se rend dans le parc à côté de chez elle.

Les promeneurs sont nombreux, on est en novembre, l'air est vif, mais ils sont tous bien couverts et profitent de ce répit avant le froid de l'hiver.

Elle est partie sur un rythme soutenu et prend une pause pour s'étirer et souffler un peu, quand elle croit voir dans son champ de vision une silhouette. Est-ce que ça pourrait être Olivier ? Elle scrute la foule, elle ne le trouve pas. A-t-elle rêvé ou bien s'est-il caché ? Elle se sent vulnérable. Elle redémarre sa course, encore plus rapidement que la première partie, si bien qu'elle arrive à son immeuble au bord de la syncope.

Quand elle regagne son appartement, elle se précipite à la fenêtre et s'y poste pendant au moins trente minutes en essayant de dénicher son harceleur parmi les passants. Elle finit par se décider à aller à la douche, mais elle reste aux aguets à se poser des questions. Est-ce qu'il a un moyen d'obtenir son adresse ?

Bien évidemment, s'il demande au père Chambion celui-ci acceptera sans doute avec plaisir de lui donner, afin de prouver son attachement à la direction. Lorsqu'Émilie rentre de l'école, elle trouve sa mère en train de tourner en rond dans l'appartement.

Ce soir-là, elles mangèrent, presque en silence, des plats surgelés qu'Élise a sortis au dernier moment. Elle s'est pourtant promis de faire des efforts pour que leurs instants ensemble restent conviviaux, mais là, elle est tellement à cran qu'elle n'y arrive pas.

Une fois le dîner terminé, elle embrasse distraitement sa fille qui s'éclipse dans sa chambre. Elle sait qu'elle aurait dû lui demander comment s'est passé sa journée et les cours et si elle a parlé avec Noeline, mais elle ne s'en sent pas la force, ou alors elle est trop égoïste pour y parvenir. Elle se déteste.

Elle se pose sur son lit, prête pour son départ !

Elle a l'impression qu'elle revient au même moment que lorsqu'elle a un essai plus tôt dans l'après-midi. La pluie tombe lourdement sur la toile du chariot et il fait encore jour. Elle s'accroupit et entrouvre la bâche à l'arrière. Ses amis avancent, le visage baissé, ruisselant. Elle ne veut pas se sentir privilégiée, elle saute de l'embarcation pour les rejoindre. Elle a pris sa cape munie d'une capuche, qu'elle rabat sur sa tête pour se protéger. Le vent souffle et les autres voyageurs ont les traits tirés. Elle remarque qu'Ictaen marche, l'épée à la main. Il est le premier à l'apercevoir et siffle, sûrement à destination d'Elyne qui n'est pas vers eux et qui doit donc mener le cheval.

La caravane s'arrête et Rhoet se rapproche de la jeune femme.

– Mala, c'est très bien que tu sois là. Nous avons un problème, le guerrier a trouvé des traces, il pense que nous sommes repérés. Nos ennemis sont soit en embuscade devant, soit sur nos talons. Quoiqu'il en soit, l'affrontement parait inévitable, tu dois te tenir prête.

Le Montaïe ajoute :

– Rappelle-toi l'enseignement que je t'ai prodigué, essentiellement les parades. Ne t'occupe pas de nous et si tu vois que la situation est désespéré prend la fuite. Si l'un de nous survit, nous te retrouverons. Dis-moi que tu as compris et que tu vas faire ce qu'on te demande ?

Mala perçoit la tension présente au sein du groupe, même Keran a perdu son sourire quotidien et regarde de tout côté. La jeune femme opine du chef. Ictaen siffle à nouveau et l'embarcation se remet en mouvement.

Ils marchent en silence, Mala se sent nerveuse.

– Nous sommes loin du but ?

– Il reste quelques heures pour atteindre des bois d'Auliataure. Et deux ou trois journées pour les ruines Menuires. En espérant que nous aurons terminé notre périple en trouvant ce que nous recherchons.

Keran et Ictaen sont sans doute trop concentrés, c'est le sorcier qui lui a répondu. Mala prend soudain conscience d'une chose, s'ils parviennent au terme de leur voyage, alors c'est peut-être aussi la fin de ses visites. Elle n'est pas préparée à cela. Elle regarde du coin de l'œil Ictaen qui marche à ses côtés. Elle ne peut pas envisager de ne plus le voir, elle se rend bien compte qu'elle l'affectionne vraiment et que, s'ils sont séparés, elle en aura le cœur brisé. En plus, qu'a-t-elle à attendre de son autre vie : un boulot qui ne lui plait pas et qu'elle va perdre, un homme qui lui veut du mal et un quotidien à trimer pour obtenir le minimum ? Mais elle est injuste en ayant ses réflexions, elle occulte du tableau une mère et une fille aimantes. Mais elle ne peut se résoudre à abandonner ce qui est devenu une partie de son existence. Même les nouveaux compagnons commencent à prendre une place plus importante. Elle désire en apprendre davantage sur le métaphorphe qui la captive et percer le secret de la mystérieuse Elyne, aider Ictaen à savoir si l'on peut leur faire confiance. Ça ne peut pas se finir déjà.

Alors qu'elle est dans ses pensées, au travers du rideau de pluie, elle aperçoit une forêt devant elle, à peut-être deux ou trois kilomètres. Dans le même temps, ses camarades, quasi à l'unisson, réagissent, chacun à leur manière.

Rhoet saisit son bâton à deux mains, les runes lumineuses brillent instantanément sur la surface. Elyne a sauté du chariot qui s'est immobilisé puis a disparu au travers des gouttes qui tombent. Keran a pris l'apparence d'un animal aux dents acérées et est parti en courant sur leur flanc gauche tandis qu'Ictaen lui a crié une mise en garde :

– Mala, à ton épée, dos à moi !

Ils ont beaucoup répété ensemble, mais se retrouver dans une situation réelle de danger est une tout autre histoire. Elle sait maintenant combien ce monde peut être hostile. Elle sent un afflux d'adrénaline lui monter au cerveau. Il faut qu'elle soit concentrée et qu'elle mette en application la formation donnée par le guerrier. Elle se cale solidement sur ses jambes et regarde de tout côté pour visualiser ses adversaires. Elle n'est pas dans un jeu, elle risque vraiment sa vie, ainsi que ses camarades.

Elle aperçoit trois hommes qui foncent sur elle. Ils portent des habits noirs, comme ceux des assassins de l'aubergiste. Ils ont rabattu leurs capuches en arrière, sans doute pour ne pas être gênés.

Elle est novice en matière de combat et sait qu'elle a peu de chance de les battre, mais elle se promet de ne pas leur simplifier la tâche. Elle ressent dans son dos la présence du guerrier et elle est persuadée qu'il va mettre sa vie en danger pour la sauver, ça lui donne un courage qu'elle ne se soupçonnait pas.

Le premier de ses agresseurs se lance sur elle, confiant. Elle esquive rapidement l'attaque et se jette au sol en faisait une roulade. Elle sait qu'elle est plus vulnérable, car elle s'est éloignée d'Ictaen. Elle se tourne légèrement et plante son épée dans le flan de l'homme, au niveau des côtes.

Elle est surprise, elle pensait trouver plus de résistance, mais sa lame effilée s'enfonce presque jusqu'à la garde. Son adversaire écarquille les yeux, étonné par le geste de la jeune femme. Les cours d'Ictaen lui reviennent en mémoire, il l'a préparée pour ce genre de situation et il lui a dit que l'attaque directe ne marchait que la première fois. Elle se rappelle également qu'elle ne doit avoir aucune hésitation lorsqu'arrivera le moment de récupérer son arme fichée dans le corps de son ennemi. Elle empoigne donc sa poignée à deux mains, fait basculer son poids en arrière et retire l'épée d'un geste rapide. Elle se repositionne ensuite de nouveau de telle façon que le guerrier soit juste derrière elle.

Elle ne sait pas de combien de combattants est composé le groupe qui les attaque, mais Ictaen lui a rabâché de se focaliser en premier lieu sur ses adversaires directs.

Le premier opposant est peut-être au sol, mais les deux brutes devant elle, musclées comme des taureaux et la haine dans le regard, semblent prêtes à la tailler en pièce. Alors même qu'elle se demande comment elle va s'y prendre, Keran, sous sa forme animale, revient vers eux et dans un bond incroyable, saute sur l'un des deux hommes, en plantant ses crocs au niveau de la gorge, du sang gicle à la ronde. Elle pense en avoir reçu sur le visage.

Elle entend les épées d'Ictaen émettre des sons métalliques en se heurtant à d'autres armes. Elle a également aperçu des individus disparaitre dans un tourbillon magique, sans doute créé par le sorcier. Du vacarme et de la fureur, c'est ce qui lui traverse l'esprit à cet instant.

L'adversaire qui est posté devant elle se jette en avant, sa lame tendue dans sa direction. Elle exécute une parade, mais l'attaque est si forte, que le fait de la contrer l'oblige à ployer les jambes et elle se retrouve à genoux. Elle roule de nouveau sur le sol pour s'extraire de la situation. Elle commence à ressentir de la fatigue. Elle voit que le guerrier est lui-même aux prises avec deux individus, elle ne peut pas attendre d'aide de sa part. Keran et Rhoet sont également en posture délicate. L'homme qu'elle a blessé s'est relevé et se tient à côté de son acolyte. Elle a peu de chance de pouvoir s'en sortir. Elle panique.

Alors qu'elle tente de trouver une solution, le combattant déjà éclopé se met à hurler et pose un genou à terre. Des plaies sanguinolentes s'ouvrent un peu partout sur son corps. Mala comprend qu'Elyne est en train de le poignarder. Son camarade s'avance sur elle en lui balançant des coups d'épée. Ses mouvements sont rapides et envoyés avec force. Mala pense qu'elle ne pourra les arrêter bien longtemps, il faut qu'elle neutralise son adversaire. Elle tente bien quelques estocades, mais l'homme est plus puissant qu'elle. Elle finit par tomber en arrière, sur le dos et le choc lui fait lâcher son arme. Son ennemi s'agenouille sur elle, sa lame prête à lui sectionner la carotide. Il sait qu'il peut prendre son temps. Elle essaye de retenir le tranchant avec les mains, son sang lui dégouline sur le visage. L'instinct de survie lui permet d'avoir une idée. Son adversaire est en position instable au-dessus d'elle, elle peut tenter de retourner la situation à son avantage. Elle met un grand coup de reins et avec le poids de son corps, elle bascule pour qu'il se retrouve sous elle. Dans le même temps, elle en profite pour saisir le petit couteau qu'Ictaen lui a fait sangler le long de son mollet et en retombant, avec l'élan qu'elle a vient de produire, elle plante la lame dans le cœur de son opposant. Elle voit presque aussitôt ses yeux devenir vitreux et la vie s'échapper de sa dépouille.

Elle se laisse aller sur le sol. Elle a puisé ses dernières forces pour exécuter cette manœuvre. Puis, d'un coup, le silence se fait.

Elle soulève la tête pour observer son entourage. Elyne soutient Keran qui se tient le front. Rhoet agrippe son bras gauche avec la main droite, du sang passe entre ses doigts. Et Ictaen est allongé par terre, il ne bouge plus. Elle se redresse rapidement pour se rendre à ses côtés. Elle vérifie, il respire, mais il émet un râle inquiétant.

Le sorcier se relève avec difficulté et fait de nouveau appel à la magie. Mala sent comme de l'électricité dans l'air pendant qu'il récite des incantations. Elle a les poils des bras qui se dressent. Pendant plusieurs minutes, il répète encore et encore les mêmes mots. Il finit par s'affaisser sur lui-même. Elyne choisit ce moment pour faire entendre sa voix à Mala. Elle a un timbre cristallin. Elle lui explique comment fabriquer un baume et l'appliquer sur les plaies de ses camarades, avec des herbes trouvées dans le chariot. Ensuite, à elles deux, elles installent le camp pour se reposer. Le groupe n'est plus en mesure de se déplacer. Il faut espérer que personne d'autre ne s'en prenne à eux, sinon ils sont fichus. Les deux femmes passent la nuit à prodiguer des soins aux hommes. Elyne badigeonne également les paumes de Mala, malgré la quantité de sang qu'elle a perdu, les blessures ne semblent pas trop profondes. Parmi leurs compagnons, le moins gravement atteint est le métamorphe. Une fois qu'Elyne a terminé ses bandages, il se joint à elles pour entretenir le feu et surveiller d'éventuels nouveaux prédateurs. Lorsque l'un des deux soleils apparait sur l'horizon, Mala les informe qu'elle doit les laisser. Elle ne peut pas abandonner son autre enveloppe inerte trop longtemps. Elle est épuisée et inquiète pour le guerrier et le sorcier. Mais elle ressent une certaine fierté d'avoir pu les aider. La montée d'adrénaline est telle qu'elle se sent presque euphorique. Pour l'instant, elle a remisé dans un coin de son cerveau le fait qu'elle vient de tuer un être humain.

28

Le samedi fut une journée très compliquée pour Élise. Lorsqu'elle ouvre les yeux, il est déjà dix heures. Elle se lève avec la nausée. Les images de sa bataille lui reviennent sans cesse en tête. Elle n'y croit pas : elle a assassiné un homme !

Est-ce que cela est vraiment possible ? Elle se dit que finalement, l'option que toute cette histoire ne soit qu'une invention de son cerveau, serait moins folle, en tout cas, plus acceptable que le fait qu'elle soit devenue une meurtrière. Certes, elle et ses compagnons ont été attaqués et si elle ne s'était pas défendue, elle serait sans doute morte, là-bas comme ici. Mais elle est de nature pacifiste et ne trouve aucune excuse valable pour justifier un tel acte.

Pour tenter d'honorer les promesses faites à sa fille, elle a prévu de l'accompagner au cinéma pour la séance de quinze heures cet après-midi. Elle a du mal à se focaliser sur le présent et elle doit réaliser de gros efforts pour qu'Élise ne s'en rende pas compte. Elle a quitté l'autre terre alors que Rhoet et Ictaen étaient toujours inconscients. Elle se demande si leur état s'améliore. Si de nouveaux poursuivants s'attaquent à eux, il est certain que le métamorphe et l'ombre ne pourront pas repousser l'affrontement.

Lorsque la fin de journée arrive, elle est épuisée. Donner le change a requis beaucoup de concentration. Émilie est de très bonne humeur et réclame sans cesse l'avis de sa mère.

– Alors, le film, tu en as pensé quoi ? Moi j'ai adoré quand il saute de l'hélico. Les filles de ma classe qui l'ont vu craquent toutes pour le héros. Ton « copain », celui à qui tu donnes rendez-vous, il est canon ? On peut faire une pizza devant la télé ce soir ? Tu as commencé à chercher un autre boulot ? On va manger chez mamie demain ?

Élise essaie de suivre, mais elle n'a qu'une envie, que la soirée se termine pour retourner sur la deuxième terre, histoire de vérifier que tout le monde va bien. Du coup, sa fille obtient tout ce qu'elle veut.

C'est avec un grand soulagement qu'elle l'entend enfin dire :

– Super journée maman ! Je te remercie, bon je vais me coucher, je suis crevée, je t'aime.

– Je t'aime aussi ma perle, n'éteins pas trop tard et demain, grasse mat', mamie Zabeth ne nous attend pas avant midi.

Dès qu'elle ouvre les yeux sur la deuxième terre, elle se rend au chevet du guerrier qui est toujours allongé sur le sol. Keran est en train de lui appliquer du baume.

– Comment va-t-il ?

– Bonjour Mala, ça va, enfin je crois. Il ne s'est pas encore réveillé, mais le sorcier dit que ça ne devrait pas tarder. La plaie qu'il a au thorax est plus préoccupante que les autres, mais les mixtures concoctées par Elyne sont réputées pour faire des merveilles. Et toi, tes blessures ?

– Je te remercie de t'en inquiéter, ma coupure au front est superficielle et ma nature « animale » me permet de bénéficier d'une très bonne cicatrisation.

– Et toi, pas trop secouée ?

– Ça va, merci.

Sans s'étendre davantage sur le sujet, elle va voir le vieil homme. Elle n'a pas envie d'en discuter pour l'instant.

– Rhoet, vous vous sentez bien ?

– Oui, l'utilisation de la magie m'a fatigué, mais je vais bien.

– Je croyais qu'il fallait éviter de s'en servir pour qu'on ne se fasse pas repérer.

En effet, mais je n'ai aucun doute, les individus qui s'en sont pris à nous ont été envoyés par le sorcier sombre. Relgot est certainement derrière tout ça. Je ne sais pas s'il a déjà compris où nous nous rendions, mais ce qui est sûr, c'est que nous devons nous hâter d'arriver. Nous allons installer Ictaen dans la roulotte et je vais monter avec lui pour ne pas ralentir notre progression. Il faut que nous parvenions au plus vite sur les ruines du monastère.

Elle aide ses amis à ramasser leurs affaires, tout le monde est morose, même Keran. Quand ils furent prêts, ils chargèrent le guerrier dans le chariot. Il gémit, mais ne se réveille pas. Mala trouve son état de santé préoccupant. Elle se rappelle qu'elle a failli mourir d'une simple fièvre, alors elle imagine trop bien les ravages que pourrait avoir une infection. Avant de descendre, elle lui prend la main et la serre doucement, elle veut qu'il sache qu'elle est là. Le sorcier grimpe aux côtés d'Ictaen. Il a été décidé qu'Elyne mènerait la monture depuis le sol. Le chariot est lourd, encore plus avec les deux hommes, il faut donc essayer de ménager la pauvre bête qui va devoir avancer à un rythme soutenu.

– Keran, que fait-on pour les bois, vous m'avez dit qu'il y avait des animaux sauvages ? Je ne veux pas te sous-estimer, mais sans le mage et Ictaen à nos côtés, ça risque d'être plus compliqué.

– Je sais, nous en avons discuté avant que tu reviennes. Tu gardes ton épée dans la main. Elyne va « s'estomper » pour ne pas être vu et moi je vais prendre une forme bestiale et essayer de protéger vos flancs. Il ne faut pas qu'on ralentisse et normalement nous serons ressortis avant la tombée de la nuit. Prête ?

– J'espère…

Lorsqu'ils entrent dans la forêt, Elyne met le cheval au trot. Mala est exténuée, elle doit pousser son corps dans ses retranchements pour suivre le rythme. Mais c'est aussi bien ainsi, concentré sur l'effort, elle évite de trop ruminer. Quand elle repense à la journée de la veille, elle ne peut s'empêcher d'avoir un goût de bile dans la bouche et une boule glacée dans le ventre. Elle a tué un homme ! Comment a-t-elle pu faire ça, même ici ? Elle qui est persuadée que la guerre est inutile et générée par des mâles avides de pouvoirs ou de richesses. Si sa famille apprenait une chose pareille, personne ne lui adresserait plus la parole, c'est certain. Les regrets l'assaillent. Elle essuie une goutte, qui glisse sur son nez, avec le revers de sa main. Puis en la laissant retomber vers le sol, elle sent un museau humide. Le métamorphe est à côté d'elle, animal à quatre pattes, et la regarde avec ses grands yeux violets. Il a l'air de comprendre son désarroi et veut lui apporter du réconfort. Elle lui gratte le dessus de la tête en lui souriant. Elle saisit pourquoi Elyne se confie à lui lorsqu'il a cette apparence. Il est plus aisé de parler de ses peurs ou de ses doutes à une bête et ainsi ne pas risquer le jugement qu'un humain ne manquerait pas d'émettre ou d'afficher sur son visage.

Alors même que le premier soleil commence à descendre sur l'horizon, ils atteignent la sortie de la forêt. Ils ont rencontré quelques-uns des occupants de ce bois. Keran, qui a couru de tous les côtés en montrant les dents et en rugissant, a réussi à les maintenir à distance de leur caravane. Mala n'a pas eu besoin de se servir de son arme et elle lui en est reconnaissante.

Ils débouchent dans la plaine. Elyne fait un signe, pour attirer leurs attentions sur une étendue herbeuse un peu plus loin, idéale pour installer le campement. À l'arrêt du convoi, le métamorphose reprend sa forme initiale et tombe lourdement à genoux au sol.

– Keran, ça va ?

– Oui, juste exténué, c'est tout.

– Repose-toi, on va préparer le feu avec Elyne.

– Non, non, je vais vous aider.

Le sorcier sort également de la roulotte pour apporter main-forte aux compagnons affaiblis. Les hommes sont au ralenti et les jeunes femmes se rendent bien compte que les tâches qu'ils réalisent d'habitude avec aisance leur demandent de gros efforts. Mais ils sont sans doute trop fiers pour laisser la gent féminine s'occuper seule de tout le boulot.

Une fois le repas terminé, Mala va voir le guerrier. Elle lui a préparé du bouillon et espère pouvoir lui en donner. Mais c'est peine perdue, il ne se réveille toujours pas.

– Rhoet, c'est normal qu'il dorme encore ?

– Mala, il a été très affaibli, il faut du temps aux onctions d'Elyne pour agir. Ne t'inquiète pas, c'est un battant. Va te reposer et reviens en forme. Si vous arrivez à tenir cette cadence, nous devrions atteindre notre destination d'ici deux jours.

29

Lorsque la jeune femme ouvre les yeux, il est dix heures du soir.

Elle va sur la pointe des pieds s'assurer que sa fille dort. Elle passe quelques minutes à l'observer dans l'obscurité. Elle est contrariée, la scène de la bataille tourne maintenant en boucle dans son esprit. Elle aurait voulu pouvoir remonter le temps et recommencer, faire autrement. Ils auraient peut-être dû essayer de négocier. Ou alors elle aurait pu tenter de se cacher et laisser ses compagnons combattre seuls les assaillants ? Ouais, pas très courageux ça ! Elle a finalement peut-être eu tort de retourner là-bas après sa première visite. Si elle ne s'était pas liée avec eux, les choses auraient été plus faciles, surtout s'ils arrivaient au bout de leur histoire commune.

Elle doit fournir de gros efforts pour que le repas chez sa mère soit convivial. Elle est sans cesse dans ses pensées. Émilie et sa grand-mère n'arrêtent pas de se moquer d'elle pour cette raison. Sa fille a l'air de croire qu'elle songe à un éventuel amoureux et y fait plusieurs fois allusion, alors qu'Élisabeth ne comprend pas, ou ne veut pas comprendre.

Lorsqu'elle retourne cette nuit sur la deuxième terre, l'état du guerrier est inchangé. Rhoet a repris des forces et effectue une partie du trajet en marchant à leurs côtés. Mais au bout d'un moment, ayant sans doute surestimé sa robustesse, il doit rejoindre Ictaen dans le chariot pour éviter de les ralentir. Elle a la rage contre elle-même et ce qu'elle a fait, elle ne ménage pas son corps, afin de faire taire son esprit.

Ils s'arrêtent près d'un coin ombragé, au bord d'une rivière, idéal pour la nuit. Ils montent le camp rapidement, en ne sortant que le minimum, au cas où il aurait fallu se remettre en route précipitamment. Tous les compagnons sont épuisés par le voyage. Avant de repartir dans son monde, elle retourne voir Ictaen. Elle a l'impression qu'il respire mieux et son visage a repris un peu de couleur.

Alors qu'elle va le quitter et retirer sa main qu'elle a glissée dans la sienne, elle sent une légère pression : il ouvre les yeux.

– Dis donc Taïr, j'espère que tu ne profites pas de mon corps pendant que je dors. Pour moi aussi, tu dois attendre ma permission.

– Et je ne l'ai pas ?

– Il faut voir.

Il sourit doucement, Mala est tellement soulagée et sans crier gare, elle se met à pleurer à chaudes larmes.

– Je suis désolée, je ne sais pas ce qui m'arrive, enfin si. J'étais morte d'inquiétude et en plus, avec ce que j'ai fait, j'ai tout le temps envie de vomir, je me dégoûte. Quelle égoïste, je ne pense qu'à moi ! Comment tu vas, tu as mal ?

– Qu'est qui te dégoûte ?

– Rien, tu dois te reposer.

– Réponds-moi.

C'est lui maintenant qui lui serre la main, il lui frotte le poignet avec son pouce et ça lui chavire le cœur.

– Ictaen, j'ai assassiné un homme !

352

– Non, tu as combattu un adversaire qui t'aurait enlevé la vie si tu ne l'avais pas fait. Penses-tu avoir mérité qu'il te tue ?

– Non, mais j'aurais peut-être pu faire différemment, on aurait pu chercher une autre solution, discuter avec eux, leur expliquer.

– Parce que tu crois que le sorcier n'a pas essayé, avec le mage noir ? Et toutes les personnes qui ont été assassinées, les enfants, les femmes, juste parce qu'ils utilisaient des enchantements et qu'ils voulaient le bien des gens présents sur notre terre, tu imagines qu'ils n'ont pas tout tenté ?

– Je comprends ce que tu dis, mais je n'arrête pas de me dire que j'aurais pu faire autrement, même si je ne vois pas comment. Commettre un crime, c'est tellement loin de mes valeurs.

– Tu penses que ce sont les miennes ? Celles de nos compagnons ? Tu crois que ça ne nous fait rien ou que l'on aime ça, que l'on n'y songe plus ensuite ?

La jeune femme n'a pas envisagé les choses sous cet angle. Elle se rend compte que les individus avec qui elle voyage se confient peu et c'est sans doute cette pudeur qui l'a laissée imaginer que les gens de cette planète sont insensibles à cette violence.

– Mala, nous en reparlerons si tu le souhaites, mais désolé, pour l'instant je suis trop faible pour palabrer sur la valeur de la vie.

– Oh, oui, pardon, tu veux manger quelque chose ?

– Non, pas maintenant, j'ai juste besoin de dormir. Fait attention à toi, Taïr, je ne peux pas te surveiller.

Elle lui sourit et quitte la roulotte l'esprit plus léger que lorsqu'elle y est entrée.

Le lundi, elle retourne au travail, la boule au ventre. Elle a peur que ses collègues ne la scrutent, mais sa journée se passe dans l'indifférence totale. Elle apprend, au hasard d'une discussion, que Monsieur Chambion est en arrêt maladie. Cette information fait jaser une grande partie du personnel, ça n'est jamais arrivé depuis qu'il a pris ses fonctions ! Elle se demande si cette absence a quelque chose à voir avec son intervention du vendredi. Elle espère qu'il a eu le temps de transmettre son message. Elle est obligée d'attendre son retour pour le savoir.

Sur la deuxième terre, elle calque son pas sur ses camarades et avale les kilomètres à une vitesse qu'elle ne se serait pas crue capable. Alors que parallèlement, dans sa vie de tous les jours, elle tente d'entretenir une bonne ambiance à la maison en partageant des moments avec sa fille. Elle a invité sa mère pour le week-end qui approche, c'est l'anniversaire d'Émilie et elle veut marquer le coup pour ses douze ans.

Le jeudi, son responsable est de retour et dès qu'elle arrive à son poste, elle est priée de se rendre dans son bureau.

Il a les traits tirés et la mine blafarde ; intérieurement, en sachant que c'est mal de se réjouir du malheur des autres, elle jubile. Il l'informe qu'il a parlé à monsieur le directeur et que celui-ci est très étonné des accusations de l'employée vis-à-vis de son neveu. Il ne souhaite pas que cette situation dégénère, mais il ne veut pas non plus donner l'impression qu'il se sent responsable. Il ne l'attaque donc pas pour diffamation, mais il pense lui aussi qu'il vaut mieux mettre fin au contrat. Cependant, pour montrer sa bonne fois, il ne va pas engager de poursuites pour faute grave à l'encontre de la jeune femme. Il a déjà vu la procédure avec son comptable, ils pourront justifier d'une baisse de production pour expliquer qu'ils n'ont plus besoin d'Élise. Il désire qu'elle ne fasse pas de scandale, les papiers sont prêts, elle peut aller les signer. Elle doit vider son casier avant ce soir, la direction lui fait cadeau des jours de préavis.

Il a débité son texte d'une voix morne, en fixant le dessus de son bureau. Élise n'en revient pas, elle a obtenu ce qu'elle voulait, mais pour autant, le beau discours de son supérieur laisse entendre que tous la considèrent responsable.

– C'est quand même incroyable, vous donnez l'impression que je suis coupable d'une quelconque faute. Mais pour rappel, le fils de son frère a failli me violer et c'est moi qui devrais me sentir merdeuse ?

Le bonhomme lève enfin les yeux vers elle et la regarde presque avec dégoût.

– Vous ne vous rendez même pas compte de ce que vous avez fait : salir le nom de celui qui vous nourrit depuis plusieurs années ! Et puis quand même, laissez-moi vous dire mon avis. Vous êtes là, à vous trémousser dans vos jupes courtes et vos petits hauts moulants, franchement, vous vous attendiez à quoi ? C'est bien ça que vous cherchez, le regard des hommes sur vous, leur attention !

Elle n'en croit pas ses oreilles, il a vraiment prononcé ces horreurs à voix haute ! Il pense donc qu'il est légitime de reluquer une femme pour la simple raison qu'elle s'habille comme elle le souhaite. Elle sait que des heures de discussions ne suffiraient sans doute pas pour qu'il comprenne l'absurdité de ses propos.

Élise se lève rapidement en secouant la tête et elle va quitter le bureau de son responsable, quand elle s'interrompt, la main sur la poignée.

– Il m'a semblé apercevoir ce connard d'Olivier autour de chez moi, faites passer le message : qu'il ne s'attaque pas à ma famille ou il s'en mordra les doigts, je vous le garantis !

– Je pense que vous avez rêvé, le jeune homme, très affecté par cette situation, est parti il y a quelques jours pour un tour du monde afin de s'oxygéner. Il ne faut pas que ça vire à la paranoïa votre histoire, vous n'êtes pas si exceptionnelle que ça !

Elle préfère quitter la pièce, avant que la rage qu'elle sent monter ne l'emporte et qu'elle n'empoigne son interlocuteur par le col.

Dans l'après-midi, elle se rend au service comptabilité pour faire ses papiers. Le chèque qu'elle a reçu va lui permettre de prendre quelques jours pour trouver un autre emploi, mais pas plus. Elle espère qu'elle n'a pas fait une énorme erreur en plaquant tout.

30

Lorsqu'elle arrive sur la deuxième terre le jeudi soir, l'aube commence à poindre. Comme d'habitude, la lumière à ce moment de la journée embellit chaque surface qu'elle vient heurter. Ictaen va beaucoup mieux, il a repris la marche à leurs côtés. Il manque d'aisance, mais sa fierté l'empêche de demander de l'aide. Mala l'observe en souriant. Il tourne la tête et croise son regard. Elle fond littéralement quand il la dévisage avec une telle intensité. S'ils étaient seuls, elle lui sauterait dessus.

Une certaine routine s'est maintenant installée, chacun connait les tâches qu'il a à exécuter. Le campement est rapidement démonté et les affaires rangées. Le groupe reprend son chemin.

Plus ils se rapprochent de leur objectif, plus la jeune femme voudrait ralentir le temps. Elle craint d'arriver au bout de l'aventure et de ne plus revoir ses amis. Elle se rend compte à quel point elle est seule dans son propre monde. Il faudrait qu'elle parvienne à se sociabiliser, mais elle ne sait pas comment s'y prendre. Rien que d'y penser, elle sent la tristesse qui l'envahit.

Rhoet, complètement remis, les a également rejoints sur le chemin.

– Je reconnais les lieux, nous allons arriver d'ici quelques heures aux ruines.

– Je suis un peu nerveuse de ne pas savoir à quoi m'attendre. J'espère être à la hauteur. Je me rappelle que vous avez eu beaucoup de difficultés à me faire venir au début. Mais si l'on devait parvenir à la fin de notre histoire commune, j'en serais attristée. C'est bête n'est-ce pas ?

– Je comprends. J'aimerais être certain que notre univers ne soit plus condamné, mais j'admets que moi aussi je me suis attaché à toi. Je voudrais que tu me parles encore de ton monde et de toutes ces choses si bizarres. En tout cas, quoi qu'il arrive, sache que je suis heureux de t'avoir côtoyé. Je conterai ton histoire partout où je me rendrai.

Après cet échange, l'ambiance se fait plus morose. Keran ne cesse de l'observer du coin de l'œil. Il semble avoir envie de lui dire quelque chose sans y parvenir.

L'estimation du mage est plutôt bonne. Au bout de quelques heures, ils déboulent au sommet d'une colline, de laquelle ils aperçoivent des vestiges. Il ne reste que des amoncellements de pierres et des murs partiellement debout. Mais cela est suffisant pour se rendre compte que la construction devait être à l'origine grandiose, tant en termes d'architecture, que de superficie. Ils descendent le vallon pour s'approcher du site. Le sorcier les guide sans hésitation parmi les ruines de ce qui a été jadis la maison qu'il partageait avec ses frères. Une ou deux fois, il ralentit le pas et semble songeur devant des ossements ou des objets personnels abandonnés au sol. Mala, pendant un instant, croit même l'apercevoir écraser une larme au coin d'un œil.

– Ici se trouvait la salle des repas. C'était mon moment préféré. Mon ami Siméon était le roi pour raconter des blagues pendant le déjeuner. Nous nous faisions souvent réprimander par nos pères. Ah, regardez, il reste la grande cheminée, on pouvait y cuire des endrebares entiers !

La jeune femme ne sait pas ce que c'est, mais en voyant la taille de l'âtre, elle comprend que ça n'était pas une petite bestiole. Le sorcier se sourit à lui-même en se remémorant ces instants de bonheur.

Ils viennent de traverser une immense cour, quand ils arrivent au-dessus d'une volée d'escaliers qui semblent disparaitre dans le sol. Des éboulis obstruent l'entrée.

– C'est ici que se situait la bibliothèque réservée aux anciens, il va falloir retirer les pierres qui ferment le passage. Si le livre était dans le bâtiment, il ne peut se trouver que dans cette pièce, enfin, c'est ce qui me parait le plus probable.

Ictaen est ressorti du chariot pour les aider, il repousse la désapprobation collective d'un revers de la main. Il n'est pas envisageable pour lui de rester inactif en les regardant, même blessé.

Ils passent une partie de la matinée à déblayer les gravats puis ils prennent une pause pour manger le peu de nourriture qu'ils ont encore dans leur réserve. Mala continue d'avoir faim en permanence, ici comme dans son monde, mais elle a appris à faire avec. Elle ne prête plus attention au bruit émis par son estomac insatisfait.

Au début de l'après-midi, le sorcier estime que c'est suffisant pour qu'il puisse s'y glisser.

– Dans cet endroit étaient conservés les livres les plus importants. À l'époque, un sort magique empêchait les personnes non autorisées à s'en approcher, mais aujourd'hui je ne la ressens plus. Cependant, quelque chose me gêne.

– C'est-à-dire ?

– Je ne sais pas, je n'arrive pas à identifier le problème, mais je le perçois, c'est dans l'air. Vous devez rester sur vos gardes. Je vais descendre, je pense avoir trouvé à quoi ressemble le manuscrit, j'y ai beaucoup réfléchi.

Mala ne se sent pas bien d'un seul coup, elle a la tête qui tourne, mais elle n'ajoute rien pour ne pas inquiéter le vieil homme. C'est peut-être dû à l'excitation de découvrir ce qu'ils cherchent depuis plusieurs semaines ou bien à la contrariété de devoir se dire adieu ou alors simplement la faim.

Le sorcier se faufile dans le goulet étroit qu'ils ont créé en déblayant les pierres.

Il n'est pas parti depuis cinq minutes que l'état de Mala empire. Elle se laisse tomber sur le sol. Keran se précipite à genoux à côté d'elle avant d'appeler les autres.

– Mala, qu'est qui se passe ?

– Je ne sais…

Elle ne peut finir sa phrase.

Elle se retrouve dans le monde de la brume. Il fait froid, elle resserre ses bras sur elle. Elle est paniquée, elle n'a pas eu besoin de fermer les yeux pour se changer de lieu, comment est-ce possible ? Elle se tourne dans tous les sens, mais il n'y a rien d'autre que ce brouillard épais qui alourdit les sons.

– Il y a quelqu'un ?

Il lui a semblé entendre un souffle, un murmure ? Non, elle n'est pas folle, elle perçoit un rire.

– Vous êtes où ? Montrez-vous ? Qui est là ?

Elle croit voir une silhouette, mais dès qu'elle essaye de fixer son regard sur l'ombre, elle disparait. Elle tente en vain de l'attraper. Elle s'arrête, ça ne sert à rien de courir dans tous les sens. Elle ferme les yeux et tâche de se concentrer pour retourner sur la deuxième terre. Elle sent quelque chose la frôler, elle ouvre les paupières.

Devant elle se trouve un homme portant le même vêtement que Rhoet les premières fois qu'elle l'a rencontré. Sa capuche est rabattue sur son visage, il lève les mains et la fait basculer en arrière. Il la fixe, son regard est pénétrant et elle n'aurait su dire pourquoi, il lui glace le sang.

– Alors c'est toi, la nouvelle Mala Et Tro El Aarie ?

– Qui êtes-vous ?

L'individu sourit.

– Je suis celui dont on ne prononce pas le nom, le sorcier sombre : Relgot Triffar.

– Je ne comprends pas, où sommes-nous, pourquoi vous êtes là ?

– Je ne vais pas avoir le temps de répondre à toutes tes questions, mais tu pourras remercier mon vieil ami Rhoet. Je ne savais pas où se trouvait le livre ancien que je cherchais, mais grâce à votre petite expédition, j'ai saisi qu'il devait avoir été caché quelque part dans les ruines de menuires.

– Où sommes-nous ?

– Dans l'entre-deux.

– L'entre-deux quoi ?

– L'entre-deux monde ma chère ! Nous sommes ici, et nulle part...

– Entre la deuxième terre et la mienne ?

– Oui, c'est ça, en quelque sorte.

– Mais je suis la seule à pouvoir voyager entre les deux, vous êtes donc coincés dans cet endroit.

– Tu pouvais être la seule, avant que le livre ne m'apporte la solution. Je n'ai pas beaucoup de temps à te consacrer, mais pour le plaisir de faire souffrir l'enchanteur quand il aura compris son incompétence, je vais te donner quelques précisions. Lorsque je me suis détourné de mes pairs pour emprunter mon propre chemin, j'ai décidé d'éliminer tous ceux qui me barraient la route. Pour ce fait, je me suis servi de la magie sombre. Mais il s'est avéré que mon monde n'en recelait pas suffisamment pour m'offrir la possibilité d'atteindre mon but et mettre ce qui restait de l'humanité à genoux. Je me suis rappelé un ouvrage que j'avais consulté quand que je n'étais qu'un novice. Il parlait de Mala Et Tro El Aarie et de sa capacité de voyager de sa terre à la nôtre si un dérèglement majeur se produisait. Nous avions tous connaissance de cette fable, mais ce qui a attiré mon attention, c'est qu'il était inscrit que l'endroit d'où elle venait regorgeait d'essence magique, non exploitée par les habitants. L'auteur affirmait également qu'il existait un rituel interdit pour octroyer le pouvoir à celui qui le pratiquait d'emprunter ce chemin et que le procédé était caché dans un ouvrage, parmi d'autres formules anodines. Cette révélation m'a paru étrange, car aucun de nos enseignants n'avait évoqué cette indication. Cependant, quand j'ai à nouveau recherché ce manuscrit dans la bibliothèque, il avait disparu et personne n'apportait de réponse à mes questions. Au cours des batailles que j'ai menées, j'ai torturé de nombreux magiciens pour apprendre dans quel livre pouvait être dissimulée la cérémonie secrète. Je n'obtenais que des bribes d'information. Ils devenaient un peu plus bavards si je massacrais les enfants devant eux. J'ai ainsi pu découvrir le nom de l'ouvrage, mais pas l'endroit où il se trouvait. Malgré mes recherches, je restais bredouille. J'ai même pensé un temps qu'il avait peut-être été détruit. Puis, alors que je m'étais réfugié dans une région où aucun être humain n'osait s'aventurer, me parvint la rumeur de l'arrivée sur notre terre d'une nouvelle Mala. C'était pour moi une grande nouvelle, j'étais certain que si tu avais été invoquée, ça ne pouvait être que parce que notre univers était en danger. Et je suis la seule personne assez puissante pour mettre en péril l'équilibre des mondes. J'étais donc sans doute proche d'obtenir ce que je désirais.

– Attendez, je ne comprends pas, pourquoi vouloir tout détruire ? Vous aviez un endroit à vous et personne ne vous menaçait, je ne saisis pas l'intérêt !

– Bien sûr, tu es un petit être fragile, toi et tes congénères n'avez pas notre vision des choses. Et c'est bien ça tout le problème. Je dois nettoyer ce monde afin de mieux le rebâtir. Les mages sont trop puissants pour se retrouver comme autrefois à faciliter la vie des paysans en leur offrant des sorts qu'ils ne méritent pas, ou cachés dans des monastères. Nous sommes les égaux des dieux et le reste de la population doit s'en rendre compte, sur cette terre ainsi que sur la tienne. Bref, grâce au rituel de sorcellerie interdite que le manuscrit m'a révélé, je vais pouvoir aller puiser davantage de forces sur ton monde et obliger l'humanité à se plier devant nous. Je sais que des enfants des monastères ont survécu et qu'ils m'ont été dissimulés. Je vais les retrouver et fonder un nouvel ordre de mages, encore plus puissant que le dernier et nous serons idolâtrés par le moindre être vivant.

– Vous n'y arriverez pas, Rhoet m'a affirmé que personne d'autre que moi ne pouvait voyager entre les deux terres, vous allez rester coincé ici, c'est comme ça que vous allez finir !

L'homme aux yeux cruels lui rit au nez.

– L'ancêtre est loin de tout connaitre, il se croit plus savant que moi, mais son refus à me suivre et se servir des forces obscures n'aura eu d'autres effets que de l'emmener sur une mauvaise voie.

– De toute façon, si c'était possible, mon monde est tellement différent du vôtre que vous ne pourriez pas vous y acclimater. En plus, je ferais tout là-bas pour vous compliquer encore plus la vie. Vous vous retrouveriez enfermé dans l'une de nos prisons presque immédiatement.

Le mage noir se redresse devant elle en souriant.

– Tu ne saisis vraiment rien. Si je prends la peine de t'expliquer tout cela, c'est pour que tu comprennes que si moi j'y vais, toi tu ne le peux plus. J'espère que tu n'étais pas trop attachée au monde d'où tu viens, car tu n'es pas près de le revoir.

Son image commence à s'estomper, comme si elle devenait elle-même de la brume.

– Non, c'est impossible, attendez, non, vous ne pouvez pas faire ça ! J'ai une famille, ma vie, attendez, je vous aiderai si vous voulez, attendez, ne partez pas !

Mala est paniquée, de nouveau elle court partout en tendant les mains devant elle. Elle ne voit plus le sorcier, elle entend juste un rire digne d'un film d'horreur qui résonne. C'est un mauvais rêve, elle va se réveiller, sa fille sera là, à côté d'elle, en train de s'affoler parce que sa mère fait un cauchemar. Elle tombe à genoux et se met à pleurer, hurler.

31

– Mala, Mala, tout va bien.

Keran est là devant elle, Ictaen arrive en courant.

– Qu'est ce qui se passe, Taïr, ça va ? Tu es livide.

– Il faut que j'essaye de repartir chez moi, maintenant !

Elle ferme les yeux et se concentre sur sa respiration, comme Rhoet lui a appris. Puis elle les rouvre, les deux hommes, accompagnés d'Elyne, la regardent avec inquiétude. Soudain, la terre se met à trembler, d'abord doucement puis bien plus fort. S'ils n'avaient pas déjà été tous à genoux au sol, ils n'auraient sans doute pas pu tenir droits sur leurs jambes. Des vestiges encore debout, mais fragilisés par le temps, dégringolent autour d'eux. La secousse dure quelques dizaines de secondes puis s'arrête.

Le sorcier sort des catacombes, recouvert de poussière, en toussant.

– Ça ne va pas. Vraiment pas du tout. Mes amis, j'ai une très mauvaise nouvelle, je pense que je me suis trompé, je ne trouve pas le manuscrit. Pourtant j'étais presque sûr qu'il serait caché ici, j'ai dû mal interpréter les informations. Je vais tout reprendre depuis le début. Mais dans un premier temps, je crois qu'il y a plus urgent, je perçois un problème avec la magie. Je ne saurais vous expliquer, mais je ressens comme un grand vide. Et ce tremblement, ce n'est jamais arrivé. Je suis très inquiet.

Il relève les yeux et aperçoit ses compagnons entourant Mala.

Sa mine se renfrogne.

– Ne cherchez pas, vous n'allez rien trouver.

La jeune femme s'est exprimée avec une voix rauque. Elle retient tant bien que mal les larmes qui montent.

– Comment ça ?

– Je me suis retrouvée dans la brume, avec Relgot Triffar. Il m'a raconté qu'il s'agissait en fait de « l'entre-deux mondes ».

– Le sorcier sombre ! Comment as-tu pu lui parler ? C'est dans ta tête, il a pris possession de toi ou quelque chose comme ça ?

– Rhoet, laisse-la respirer et nous expliquer.

Keran a posé une main sur son épaule. La chaleur de sa paume la réchauffe, elle est glacée.

Mala relate les événements qu'elle a vécus et tente de répéter mot pour mot les propos de Relgot. Au fur et à mesure de son récit, le dos du vieil homme semble s'incliner davantage vers le sol. Quand elle a terminé, un silence pesant s'installe.

– Comment ai-je pu être si naïf en pensant qu'il allait rester bien sagement sur ses terres devenues arides ? Mala, je suis désolé, tout est de ma faute. J'étais tellement heureux de ta présence et persuadé que tout allait se résoudre. Elyne prépare le breuvage, tout n'est peut-être pas perdu, je vais tenter de te renvoyer dans ton monde. Tu ne pourras sans doute plus jamais revenir, mais tu pourras arrêter ce fou. Vu ce que tu nous as raconté, il va certainement être complètement déboussolé parmi les tiens. Essaye de trouver des alliés pour t'aider. Allez, ne perdons pas de temps.

Les yeux de la jeune femme croisent tour à tour ceux du guerrier et ceux du métamorphe. Elle y aperçoit la même tristesse des adieux. Ictaen détourne le regard. Sa mâchoire est si serrée qu'elle entrevoit ses muscles onduler sous sa peau. Elle avale d'une traite la boisson qu'Elyne lui tend. Rhoet se relève et commence à psalmodier. Sa canne brille de mille feux. Plusieurs minutes s'écoulent et il ne se passe toujours rien. Le vieil homme parait en difficulté. De la sueur lui perle sur le front et ses lèvres ont du mal à articuler. Soudain, tout s'arrête, les éclats de son bâton s'éteignent. L'ombre se précipite à ses côtés au moment où il se met à chanceler.

– Je suis désolé, je n'y arrive pas. C'est comme si je ne pouvais pas invoquer la magie. Je n'ai jamais ressenti ça. Je crois que finalement, tu vas rester avec nous un moment. Il faut que je réfléchisse, Mala ne désespère pas, nous allons trouver une solution.

Même lui n'a pas l'air convaincu par ce qu'il dit.

La jeune femme ne parvient pas à se réjouir de demeurer auprès de ses compagnons. Elle songe à sa fille et à sa mère. Que va-t-il arriver à l'enveloppe dans son monde ? Et le sorcier sombre, peut-il les atteindre ?

Est-ce la fin de tout ?

32

Émilie a ouvert les yeux avant que son radio-réveil ne se mette en route. Elle est surexcitée. L'autre soir, quand sa mère l'a laissée seule à la maison, elle a un peu farfouillé et elle a trouvé son cadeau. Il est emballé, mais à la forme et au poids, elle est presque sûre qu'il s'agit d'un téléphone portable. Elle a vraiment hâte d'être en week-end pour voir à quoi il ressemble. En plus, à l'école, en ce moment, c'est plutôt cool. Un garçon de sa classe, populaire, semble s'intéresser à elle. Elle n'a rien dit à sa mère pour ne pas l'inquiéter, mais il y a quelques mois, elle s'est demandé si elle avait sa place dans ce monde. Elle sait très bien qu'il s'agit d'un « coup de déprime », mais elle se sentait tellement triste qu'elle a eu envie que tout s'arrête. Elle est sûre que si elle en avait parlé à quelqu'un, on lui aurait répondu qu'elle était encore une gamine, avec la vie devant elle. Mais parfois, ça n'est pas suffisant. Elle écoute les infos et tout ce qu'elle retient c'est la guerre, le dérèglement climatique et toutes les autres catastrophes, qui viennent chaque jour noircir davantage son futur. À cela s'ajoute la situation fragile dans laquelle elle doit avancer. Elle sait qu'elles ne sont pas riches, mais de temps en temps, elle envie vraiment ses camarades. Mais maintenant, depuis sa conversation avec sa mère, elle se sent reboostée, presque même heureuse et ça, c'est super cool.

Elle se lève et commence à préparer le petit déjeuner. Elle est un peu surprise que sa mère ne soit pas déjà debout. Même lorsqu'elle ne travaille pas, en général, elle vient le prendre avec elle. Tandis que tout est prêt sur la table, elle se dit qu'elle doit avoir un coup de pompe, elle bosse dur et elle lui a appris qu'elle avait quelques petits soucis au boulot. Elle mérite de se reposer. Il est vrai qu'en ce moment, elle semble toujours avoir la tête ailleurs, en tout cas encore plus que d'habitude. Et puis elle voit bien qu'elle a maigri, elle espère qu'elle ne lui cache pas une maladie grave. L'une des filles de sa classe l'année dernière a perdu sa mère d'un cancer, c'était horrible, elle pleurait tout le temps, elle a même redoublé. Ou alors, c'est l'amour. Elle lui a dit qu'il était encore trop tôt pour parler de ça avec son nouveau « copain », mais elle ne se rendait peut-être pas compte que finalement, elle est accro.

L'adolescente déjeune seule. Elle se demande si elle va tout laisser sur la table. Au final, elle débarrasse et range ce qu'elle a sorti du frigo et des placards. Elle dispose juste une tasse, sous laquelle elle glisse une soucoupe. Elle pose sur le bord un demi-sucre et un cran de chocolat. Elle sait que sa mère sera contente du geste. Elle va ensuite se préparer. Elle allait quitter l'appartement et s'arrête la main sur la poignée. Soudainement, elle a une terrible angoisse. Elle se sent oppressée. Elle ne peut pas partir à l'école avec cette inquiétude. Tant pis si mère râle, elle lui expliquera qu'elle est trop en souci pour aller au collège sans l'avoir vu. Elle entrouvre légèrement la porte de sa chambre. La première chose qu'elle ressent est le froid qui se dégage de la pièce. C'est étonnant, car en général, il fait toujours chaud. Élise a réglé les programmateurs pour que les radiateurs démarrent trente minutes avant que les réveils ne sonnent. C'est pour ne pas avoir de raisons à ne pas se lever, lui a-t-elle dit.

– M'man ?

– Maman ?

– Coucou ?

Pas de réponse, cette fois, elle se sent paniquée. Elle s'approche du lit de sa mère et devant son manque de réaction, commence à la secouer, de plus en plus fort, jusqu'au moment où elle se met à hurler son nom.